Cristales

Alejandro Gándara

Cristales

EDITORIAL ANAGRAMA
BARCELONA

Portada:
Julio Vivas
Ilustración: «Separación», *c.* 1896, Edward Munch,
   Munch Museum, Oslo. © VEGAP, Barcelona, 1997

© EDITORIAL ANAGRAMA, S.A., 1997
   Pedró de la Creu, 58
   08034 Barcelona

ISBN: 84-339-1057-6
Depósito Legal: B. 20460-1997

Printed in Spain

Liberduplex, S.L., Constitució, 19, 08014 Barcelona

NOTA DEL AUTOR

Los personajes y las situaciones que aparecen en esta novela no están referidos a, ni basados en, personas o hechos concretos y reales. Cualquier parecido o coincidencia con alguna realidad exterior a la propia novela será producto de la casualidad, en ningún caso de la intención del autor ni desde luego de los propósitos de la narración.

1

Bien, bien. Ya lo tenemos aquí. No hay nada como confundirse un poco para padecer el amor verdadero. La Vieja Historia, la Única Historia, la única y vieja que no progresa de las Cruzadas a los superconductores o a las autopistas de la información, sino que nace y muere con cada uno, siempre repitiéndose y siempre singularmente padecida. Y además con su gran lado ridículo: contarla. Contarla a quien ya la sabe –porque todos la sabemos–, contarla a quien pueda entenderla –cuando nadie puede entender lo que es de uno y de nadie–, contarla para librarse –cuando su verdadera cadena son las palabras con las que nos han contado esa Historia. Aquí llega la confusión con sus alas doradas, volando y cegando los soles que hay detrás: ama para existir, pero desde que amas no existes. Ah, sólo se trataba, como dijo el dios, de un poco de dolor.

Y así, entera, con todo su brillo espantoso, me llegó la confusión de Clara, de la misma manera en que a ella le había llegado el amor que me contaba. Yo no podía esperarlo. Yo no podía esperar que Clara se enamorase. ¿Se puede amar siendo inteligente? Ese ser especial, un poco níveo, que siempre camina un par de palmos por encima del suelo, hecho en todo caso para ser amado, no para dolerse de amor, nuestra pequeña Fabrizia, me presentó sus pedazos como si yo pudiera hacer algo con ellos.

Cómo se parece el amor a todo su relato. Y lo contó como eternamente se cuenta, como si el descubrimiento propio abriese una ventana universal. Lo que sé de mí mismo es algo que el mundo no sabe. ¿Por qué la gente cuenta las cosas como si sólo pudieran pasarle a ella? No hay nada tan personal en este mundo, acaso el sitio en el que a uno le dejan en este escenario patético (dicho sea sin alarma existencial y sin el trágico costumbrismo de estos pagos).

En fin, al parecer ha decidido hacerse daño con Alejandro, un alumno dieciocho años menor que ella y que no atiende a formas de correspondencia. La edad, cielos. Esa diferencia la hace vieja, tan vieja como si lo importante no fuera haberse equivocado o enamorado, sino la arbitrariedad de nacer con una fecha. La edad, la mujer..., tiene razón, pero así nunca se hablará de nada. La Vieja y Única Historia vocifera en el presente mientras rechina la losa que corre sobre el pasado: ¿dónde han quedado sus más de veinte años con el Hombre-Buey, el largo viaje que ha traído a Clara hasta aquí, a este lugar gritón y hermético de muchachos repentinamente amados y de contrapartidas dolorosas? El Hombre-Buey no está. Todo está en presente. De momento. Resultaba curioso, por otra parte, que ella no mencionase mi propia historia paralela. Creí que algo de eso estaba esperando de mí, una especie de remoto resplandor en lo mismo. Al parecer, yo lo esperaba más que Clara, yo necesitaba más que ella que hablásemos de mi propia historia maligna aprovechando la mutua ocasión –¿es posible que Clara no haya querido poner la suya en contacto, del mismo modo en que nunca ha insistido en escucharme, haciendo que me sintiera leve pero diestramente empujado a los reductos de la sentimentalidad perniciosa?

Pero yo también saco a Patricia veinte años y yo también me hago daño con Patricia. Ella lo conoce sobradamente y ahora puede que tenga miedo de que las palabras que ha escuchado y deplorado, las articule su propia boca y entren en oídos como los suyos.

Y también puede que haya pensado que lo distinto es que a ella le hacen daño y yo, en cambio, lo hago. Patricia sufre conmigo. Clara sufre con el tal Alejandro. Pero debería saber, sé que lo sabe, que no nos hacemos daño solamente con el nuestro. Sería demasiado fácil escapar o demasiado fácil que nos gustara. También está el que hacemos. Y el que simplemente presenciamos. Uno tiene remedios, pasados los cuarenta, contra los males propios. Y, pasados precisamente los cuarenta, descubre que no tiene ninguno contra los ajenos. ¿Cuáles son preferibles?

Cielos, ¿de qué creía que me estaba hablando?

Lo escuché crecer desde diciembre. Desde lo que era un nombre, sin más eco que un nombre, hasta convertirse en el proyecto estruendoso de una cabeza. Y lo malo de los proyectos, como de las invenciones, es que no hay muchos, por lo que tienden a convertirse en inevitables. El tal Alejandro ha pasado de ser «alumno» a ser «necesario» en unos pocos meses: los que van desde el frío insensato a la primavera absurda de este Madrid que por algo es la capital de un país en extinción. Un alumno brillante con el que Clara hablaba después de las clases, de vez en cuando. Y Clara no había hecho eso nunca, al menos de forma tan particular, porque Clara ha odiado la confusión por encima de todo. Su auténtico talento ha consistido en ponerse siempre aparte y en estar siempre presente. Clara Seoane es Clara Seoane, principio irreductible. No es una profesora, no era una militante de izquierdas, no era un compañero, era, es, Clara Seoane, incluso en los famosos tiempos, cuando todo el mundo estaba indiscerniblemente junto gracias a estar luchando contra algo, contra el Jerarca, contra las autoridades universitarias, contra el conocimiento académico, contra el miedo a quedarse solo en la genitalidad, contra el vértigo de la actividad y el trabajo que se nos venía encima..., la niña becaria, admirada por todos, capaz de hacer cambiar de opinión a una asamblea con un ramillete de ideas limpias, pero incapaz de soportar una mota en un alma a la que el esfuerzo y la soledad habían vuelto estricta. Y a la que nadie se acercaba demasiado por temor a tanta luz reveladora. Ciertamente, nadie quiere ser visto en exceso: todo el mundo prefiere sentirse culpable de antemano. Muchas veces me he preguntado por qué sólo uno de nosotros se dispuso a amarla: el gran Lancelot, el Hombre-Buey.

Resulta impresionante que esto le haya ocurrido precisamente ahora, en el momento de esplendor, que coincide con una epifanía profesional. Sólo hace dieciocho meses que ganó la cátedra –una cátedra sangrienta en la que cuchillos macabeos se orquestaban con el tableteo de los Badalamenti, Riina y Corleone de este mundo hematofílico o académico– y sólo unos pocos menos que, de esa forma instantánea y atemporalada en que a veces se descuelga el universo para señalar a alguien con el dedo, vio publicado su libro sobre los isabelinos, su traducción al inglés, su ingreso en la Asociación Británica de la mano del insigne Aubrey –mentor de las investigaciones y de la personalidad de Clara– y la reclamación de Princeton para impartir durante seis meses en la prestigiosa Christian Gauss, púlpito sólo al alcance de un manojo florido de visionarios seculares como Adorno o Hannah Arendt. Sin mencionar que, con todo ello, se deshacía de cuajo del mundo pelagiano de verdades a medias y de enemigos extremos que organiza la vida en esta universidad que sólo es complutense en la densidad de los despachos y en el clamor corporativo. Digamos que tales cosas sucedieron con un simple golpe de bastón, como si la vida abreviase afectuosamente el plazo de una maniobra peligrosa, como lo son todas en las que un individuo es catapultado sobre los otros –después de haberlo sido sobre sí mismo–. A mí me habría bastado, por poner un ejemplo cercano, con que el bastonazo hubiese cubierto la amplitud de las espaldas de Sánchez Artola, nuestro querido anarquista incorrupto y enemigo de Clara desde las profundidades del ser, dado que Clara había poseído siempre todo lo que él detestaba como consecuencia de no haberlo poseído o de poseerlo sólo en la parte en que mediaba un esfuerzo descomunal de empleado arribista. Indudablemente, hay algo repugnante en el esfuerzo: puede que sea su increíble transparencia. Y Clara no ha permitido nunca que se vean su sudor o sus mocos. Nunca, hasta ahora. Hasta ahora que acaba de quedarse desnuda.

Soy capaz de imaginar muchas cosas, pero no imagino a Clara desnuda, ni desnudándose. No digo que no lo haya pensado: no lo he imaginado, eso es todo. Clara puede ser deseada con lo que se ve. No más adentro, no fuera de, no sin. Es el ser indivisible, una de las grandes modalidades de la permanencia.

Pero, según parece, se ha quedado desnuda. Y coincidió con que yo dije «encoñamiento», palabra que ha resultado mágica a juzgar por la llamada de esta tarde. Yo casi la había olvidado, seguramente porque para mí nunca fue una palabra. Es Clara la que la ha convertido en palabra y me la ha devuelto, con despecho, con vergüenza, como si fuera mía.

En los últimos tiempos, tratamos de coincidir alguna tarde a la salida de clases de la Facultad, damos un paseo por el Parque del Oeste y, a veces, vamos a cenar. Ésa es la rutina –asistemática, como la mirada a un viejo retrato en el que se condensa la misma cantidad de tiempo que se desfigura– que nos ha quedado después de tantos años, como un resto enmarcado. Y eso empezó a suceder el último martes. Aunque de entrada ella no intentó dejar el coche en el paseo –la que conduce es Clara, yo no tengo carnet–, sino que bajó por la antigua Escuela de Cerámica y después se metió hacia la Rosaleda. Allí aparcó. Antes, le había preguntado por su casa de Las Rozas, la casa nueva, cuándo se trasladarían, cosas de ese estilo, y había notado que a Clara le costaba hablar. De modo que la excentricidad del trayecto no me pareció algo en que pensar. Mucho menos cuando, con el motor parado, vi que se echaba sobre el volante, lo abrazaba y comenzaba a sollozar –qué rara palabra, exacta y seca–. La clase de escena paralizante en que la sorpresa se mezcla con la lástima, con el amor, con el miedo al contagio. No me moví. No dije nada. Ni siquiera pensé en lo que me paralizaba. Entonces pensé en que estaba estropeándose el peinado, ese peinado de peluquería para el domingo que desde hace unos meses se ha impuesto a sí misma y que tiene un aspecto de cosa añadida, extranjera, sobre el rostro hermoso y andrógino de esta mujer. Como si Clara sintiera la necesidad de convertirse cuanto antes en una mujer mayor, pero todavía no se hubiera acostumbrado al disfraz. Hace seis meses era una melena corta, rojiza, y ahora es un casco rígido y con puntas.

Fue soltando el volante, levantando la cara y pidiendo que saliéramos. Echamos a andar por el camino de tierra, en dirección al paso a nivel. La Rosaleda lleva años clausurada, desde la verja pueden verse los setos pelados, la tierra revuelta en barbecho, los barracones con cara arruinada. Antes fue un sitio hermoso y ahora se ha quedado reducido a lo que lo atraviesa: un camino de tierra y una carretera con dos filas de plátanos manchados de humo. Cuando llegamos al cruce, Clara se dio la vuelta. Yo había confiado en que nos fuéramos desviando hacia el parque, los pinos y las laderas de hierba, el tránsito de gente. No nos habíamos dicho nada todavía. Pero el volverse debió de darle impulso. Curiosamente, sólo cuando abrió la boca sentí que empezaba a estar disgustado con ella.

Había estado con Alejandro en la casa de Quintana. Le había llevado, se lo llevó. Con alguna excusa, ella no me dijo que hubiera ninguna excusa, pero yo estuve pensando en la excusa, en cómo serían esas excusas en Clara, esa pequeña miseria solapada por un noble instinto.

El tal Alejandro estuvo bebiendo coñac, se bebió media botella (del Hombre-Buey, con toda seguridad). Mucho más tarde, Clara decidió ponerse cómoda, atravesar el salón con una camisola y ponerse a hacer café en la cocina. Ya le estaba llamando. Mientras hacía café esperaba que él se acercara por detrás o esperaba por lo menos la mirada en su espalda. Pero al final no tuvo más remedio que acabar de hacer el café y llevarlo a donde le esperaba el muchacho medio destruido. Clara se sentó en el suelo y dejó a los pies del otro toda la consciencia de su semi-desnudez. El éxito que no había conseguido hasta entonces, lo exigió de golpe a su cuerpo, precisamente al cuerpo del que desconfiaba. Hizo más. Sentirse cómoda con la melopea del otro. Y, amparándose en su borrachera –que camuflaba la suya, la de su deseo–, suplicarle que fueran a dormir juntos. Él dijo «no». «Sólo hoy». No. Clara le dijo que podía quedarse en el sofá y se marchó a su habitación. Abrió la cama, pero volvió de nuevo al salón y a la súplica. «Sólo hoy». «No». Hasta que no tuvo más remedio que preguntar por qué. Un rechazo sexual es un rechazo sexual, se sitúa rigurosamente en la carne y en lo que esa carne hace imaginar. Por tanto, es un golpe trascendente. Lo que te digan después de eso no agotará nunca las posibilidades de miseria que te han dejado. Para qué lo preguntó. O, mejor dicho, eso no era una pregunta. Puede que el otro haya dicho «no» a dos pechos caídos, a un cuerpo viejo, a un proyecto triste, a una imagen que no coincide con su fantasía, puede también que se esté diciendo «no» solamente a sí mismo y que te haya escogido a ti como emblema –como emblema de una negación autohomicida. No lo sabes, nunca lo sabrás, de modo que la situación sugiere una formidable variedad de preguntas de la que debieras librarte –en primer lugar y ante todo, librarte– pero que inevitablemente aceptas porque, aunque la interrogación la pones tú, crees, firmemente y al mismo tiempo, que va dirigida a ti. Por tanto, ¿qué vas buscando? Poca cosa: hacer balance, contarte tu historia desde el útero materno a las últimas oposiciones –la historia falseada por los dolores arbitrarios o por los demostrativos, la historia religiosamente personal pegada al mísero pellejo, en fin, la única historia que interesa porque es la que excede al narrador por todas partes. Es entonces cuando, con un poco de ánimo y de desgracia acumulada, manejando rigurosamente el rechazo insondable y el balance falso, empiezas a tirar la casa piedra por piedra y a echar sal a puñados en el terreno donde la edificaste. Maldita sea, estas cosas se saben. Así que, cuando preguntas por qué, lo que esperas del otro es un poco de ayuda en la demolición, de la misma forma en que antes se prestó a tu placer inventado.

Me parece que el tal Alejandro debió de ayudar cuanto pudo. Dijo que nunca había pensado en ella como mujer. Ni siquiera se le había ocurrido que ella actuara como mujer mientras estaban juntos. Que la relación se había establecido sobre el entendimiento, digamos, intelectual. Era además lo que ella le había dicho. Así que ahora todo esto le resultaba sorprendente.

Era lo que ella le había dicho. Clara lo repetía camino de tierra arriba, camino de tierra abajo, rodeando la Rosaleda clausurada. Desde luego, fue sincera en aquellos primeros momentos, cuando descubrió aquel examen brillante. Con los papeles en la mano imaginó el alma gemela, no como una de las nuestras, no un alma vecina. Más tarde, buscó la cara, pero más tarde. Y la cara, según ella, contenía ya la tragedia de parecerse al texto. Hasta ahí casi podía ser verdad que el acercamiento fuese intelectual. Era verdadero y falso, naturalmente. Lo importante es que ella lo esgrimió para su tranquilidad –y la del otro– a la hora de arriesgarse a estar juntos.

Verdadero y falso. La locura vino de poner la cara junto al texto, aunque el tiempo haya empezado la historia por otro principio. La lógica es temporal, pero el tiempo no es lógico.

Ella se lo dijo a él en los términos de una inteligencia que se encuentra con otra inteligencia. Hacía mucho que no leía un texto así, dónde había estudiado, qué pensaba hacer. El otro agarró la cuerda y se quedó por allí, como el escalaventanas que es, seguramente. Cuando Clara decidió aparecerse como mujer, el otro ya había hecho el nudo. Los nudos atan y en las cuerdas se utilizan para ascender. Un sujeto muy peligroso.

Cuando Clara se detuvo en la puerta de la Rosaleda, pegada a la verja y metiendo las manos de una forma medianamente teatral, me dieron ganas de hacer algo con ella, algo que le hiciera daño. En vez de hacer, le dije: «estás encoñada».

No me escuchó en ese momento: ha tardado veinticuatro horas en escucharlo. Cuando la gente se desnuda, el que corre peligro es el testigo. No me escuchó y siguió hablando: si hubiera tenido veinte años menos, si hubiera sido una compañera de curso, habría pensado en pretextos. «Y además le ha resultado tan fácil».

Había estado desnuda y arrodillada a los pies del sofá, tumbada por el desprecio. «¿Y algún día?», preguntó. Pero ya no le contestaron.

–¿Por qué me dijiste eso? –me ha preguntado hace un rato.

–No lo sé. La verdad es que no lo recuerdo. Estabas fuera de ti.

–Es un insulto –por lo menos volvía a la realidad, se preocupaba de cómo era vista.

–No quería insultarte, me habría gustado pegarte.

Escuché su silencio.

–Me parece que no has estado a la altura, Román. Prefiero no entenderte –y colgó.

Entender. Ella me dio el famoso texto antes de que se juntara con la famosa cara, que por cierto sólo he visto de lejos. Un simple examen, ocho páginas. Letra de quien ha pensado mucho en su letra, la letra es siempre espejo, no explicación. Era letra de quien ha tenido que mirarse mucho, sin cansancio. «La función política del diálogo socrático». Es curioso que la característica más evidente es que no responda al tema. No es que no responda, es que alardea de no hacerlo. Se trataba de Teoría Política. El rumbo de la cuestión no podía estar más claro: después de todo, al gran conversador ateniense se lo cargaron sin darle tiempo a devolver el gallo a Asclepio. Bien, el tal Alejandro dedica las ocho páginas a explicar cómo la estructura interrogativa y el final abierto de los diálogos platónicos –trasuntos de los del otro, pero trasuntos– no tienen más objeto que representar el silencio del lenguaje. Nada del contexto sofista, nada de la Atenas histórica, ni un solo término de teoría política. Agarrado el tema del silencio, vienen después unas cuantas ilustraciones musicales y literarias, para rematar con una hipótesis del peligroso sujeto: las lenguas tienden al idiolecto, no a la comunicación humana, es decir, lo que quiere cada uno con la lengua es hacer su propio idioma y pasar de cualquier entendimiento.

Otra característica es la habilidad del elemento con las palabras. Las conoce. Una especie de temperamento poético o mágico. Puede decir auténticas barbaridades, pero al final el discurso «suena». Ese lado de las cosas en que, por estar bien, parecen verdaderas. También da la impresión, eso es lo del temperamento, de que escribe como habla. Ocho folios en dos horas no son ninguna tontería, y no los ha escrito en un balneario. Le han salido, pues. Es curioso que con tanto alambique no resulte pedante ni pretencioso. Por ejemplo, jamás se escuda en terminología técnica –en fase de digestión, como correspondería a un alumno–, no dice «estructural», ni «hermenéutico», ni siquiera «sociológico». Si antes había desprecio del tema, aquí hay desprecio de la jerga, que sólo puede ser, sumando lo uno y lo otro, desprecio sin más, empezando por quien le puso el examen y acabando por el grupo humano y nervioso que le rodeaba.

La tercera característica aumenta la peligrosidad de las otras dos. El texto tiene plan. El autor sabe cómo empieza y cómo termina antes de ponerse a escribir. Hay una cadena o, mejor dicho, hay un paquete de cajas chinas que el autor va desembalando hasta sacar la más pequeña, la que tiene el anillo del dragón: estructura interrogativa, final abierto, silencio, ilustraciones del silencio, lenguaje sin comunicación. Todo sumamente persuasivo y todo sumamente previsto, con los correspondientes efectos en la autoestima del lector.

Conclusión redonda. La capacidad para evadirse, la capacidad para camuflar su evasión en un universo coherente y vacío –con aspecto inexpugnable–, la capacidad para proyectarlo antes de hacerlo y de hacerlo sin defectos de manipulación, es la de una mente acostumbrada a la impostura y que juega con el reconocimiento para hacer que los otros carguen con las consecuencias.

No se trata de ningún talento, se trata de una forma de supervivencia en contacto con el delirio. Este tipo ha estudiado a los otros, los trabaja. Pobre Clara.

Mientras Clara se soltaba de la verja y seguía repitiendo «le ha resultado tan fácil» –y aún seguía sin escuchar lo que después escuchó–, recordé el día en que me dijo, yendo hacia el parking de la Facultad entre los parterres mustios, la niebla y la luz dispersa de los faroles: «hay alguien magnífico». ¿Por qué no un alumno, por qué no sencillamente un examen? No, ella ya lo había convertido en «alguien», ya iba derecha al fantasma. El otro debió de pescarlo al vuelo, el fantasma. Y se vio libre de cuerpos. «Hoy, no». Y hoy es nunca, porque hoy es siempre el presente.

Clara me cogió las manos y yo se las apreté con toda mi fuerza. Le hice daño, ella se soltó mirándome con los dos ojos de almendra tártara un poco asombrados y la boca entreabierta como si fuera a preguntarme algo. «No vuelvas a verle», le dije. «No puedo hacerle eso», contestó mientras yo me quedaba contemplando sus manos enrojecidas como si las mostrara procedentes de una acción exterior.

Así debí de mirar las manos de Patricia, el sábado, cuando me agarró del pelo en el restaurante y empezó a chillar y a insultarme. Yo le había dicho que el dolor, el suyo de esa noche y de casi siempre, no garantiza la sinceridad. Algo parecido.

2

Llamó por el contestador a las dos de la mañana, casi se me para el corazón, por lo menos Mundi estaba haciendo seda. Miré por el balcón de la sala, por una abertura de los visillos, y Alejandro también estaba mirando. Quería que no me hubiera visto y que lo dejara, pero llamó otra vez con un timbrazo que yo creo que atravesó la casa. Volví corriendo a ver si Mundi se había despertado, pero la única diferencia es que ahora los ronquidos sonaban como si el oso estuviera contestando al ruido del telefonillo, o sea, como golpes. Volví a la sala de puntillas. Alejandro estaba en la acera de enfrente, pegado a la pared y mirando hacia arriba, como si hubiera pensado en trepar de espaldas hasta llegar delante del balcón. Entonces ya supe que me había visto antes y también pensé que era mejor que me hubiera visto y que hubiera visto que yo no quería abrir. Aunque él nunca había hecho eso, sentí el miedo de haber estado esperando que lo hiciese. Al principio de la separación, después de unas navidades me dijo que en mayo se marchaba y en mayo se marchó, aparecía por casa cuando quería y yo le dejaba. Esta misma casa en la que ahora está Mundi, en la que antes estuve yo sola y en la que antes estuvimos Alejandro y yo. Hacíamos el amor y a veces nos salía un día entero y normal como cuando vivíamos juntos, del desayuno a la noche. Hacíamos el amor, pero era un amor distinto, Alejandro estaba más violento y yo empecé a mezclarlo con la esperanza, con la de que volviera. Para él era un amor rojo y para mí tornasol. No era el mismo amor, ni nosotros. Y casi enseguida me di cuenta de que no, que todo era todo lo que pasaba cada vez que pasaba, que no se hacía con ideas para el día siguiente, que esa esperanza era que yo veía cosas inmóviles. Cada vez que hacíamos el amor de esa manera, él me quería decir nunca, porque me tocaba por donde no me había tocado y había demasiadas cosas nuevas. Así que me estaba diciendo «no». Lo de antes, no.

Cuando Mundi se vino a vivir conmigo hace cinco meses, fui yo la que dijo «nunca». Podíamos vernos y podía vernos, pero yo estaba con Mundi. Mundi y Alejandro eran amigos, todo lo amigo que se puede ser de Alejandro que no se sabe por dónde va a salir, qué es lo que dice y qué es lo que hace, porque muchas veces eso va junto y muchas veces no, aunque él se empeña en que siempre va junto y pone un empeño rabioso en demostrarlo. Mundi y él eran amigos. Intentamos, quizá no lo intentamos y simplemente no hablamos de eso. El otro día, por ejemplo, Alejandro vino a comer, era domingo, se quedó hasta por la noche y después dormido en el sofá hasta la mañana del lunes.

Pero ahora yo estaba sentada a oscuras en ese sofá y esperando la llamada siguiente. Y llegó la llamada y volvió a atravesar la casa. Mundi, tranquilo y con su serrucho. Ahora ya no fui al balcón, porque no quería que me viera ni que me viera viéndole.

Entonces sentí que estaba allí esperando nada, a oscuras, con Mundi en la cama y Alejandro en la calle. Lo lógico sería volver a la cama y olvidarme, o descolgar el telefonillo y decirle a Alejandro que se fuera. Claro que por qué no lo hacía.

Alejandro me da pena. Siempre me la ha dado y a pesar de eso siempre le he querido, siempre me ha parecido fuerte. A Mundi le extraña que se tenga pena de Alejandro. Y a mí, también. Siempre me dijo no te quiero. La verdad es que siempre trató de decirlo, y siempre lo dijo cuando tenía ocasión y pensaba que yo podía escucharlo sin género de duda, del todo. Pero de todas formas yo le traje a casa, le mantuve y le quise porque él no tenía nada ni puede tener nada, a no ser que sea todo o lo más parecido. Entre un poco y nada, él siempre prefiere nada. Sé por qué le pasa eso y siempre he pensado que soy la única persona del mundo que puede saberlo. A lo mejor no es pena, a lo mejor es que le entiendo y a lo mejor es que no se puede entender sin pena.

Empezó a aporrear el timbre. Yo creo que le daba puñetazos. No me moví del sofá, aunque pegué el oído al cuarto de Mundi, por si había cambios. Mundi come, bebe, duerme, trabaja y ahí encuentra la satisfacción, la satisfacción la encuentra en límites. Alejandro nunca está en las cosas que hace, haga lo que haga siempre parece que va a hacer algo después. Alejandro es después, más lejos o en otro sitio. Ésta es la diferencia fundamental que veo y que siento después de haber visto a los dos en casa. Aunque ya la supiera desde antes, desde siempre nada más verles.

Me dije voy a bajar, no aguanto más los puñetazos. Pero no bajé. Empecé un inventario de todo lo que había puesto en el salón y enseguida me di cuenta de que no había nada de Alejandro porque Alejandro nunca había traído nada a casa. No tenía nada, es verdad, pero tampoco lo puso nunca. Quitando la mesa de maestro, ese mueble partido, un hato de astillas, con el que va cargando a cualquier parte. Dos cerámicas de Talavera y él ya no dejaba de aporrear el timbre. Una tajín de Marruecos, dos platos de la Alcarria, un bordado de Madeira no de los caros, los sillones de mimbre que Mundi había arreglado, el tapiz de lana con una casa y dos pinos que me regaló mi hermana Rosa hace tres años, en total todo lo que he ido juntando en esta casa para que fuese mía y no del casero, mientras Alejandro estaba furioso allí abajo y mientras yo tenía la impresión de que la casa se estaba llenando de timbres, puede que se hubiera vuelto loco y quisiera despertar al edificio entero. Así que no había más remedio que bajar.

No me apetecía bajar en bata y zapatillas, pero tampoco me apetecía vestirme. Si me vestía, a lo mejor acababa saliendo, dando una vuelta con él o al final íbamos a su casa que no quedaba tan lejos al fin y al cabo, y que no la escogió él. Siempre me acuerdo de que no la escogió él, de que se la escogió la catedrática. Abel ya vivía allí. Y la catedrática ya conocía a Abel. Un día vino Alejandro y me dijo:

–Seremos vecinos, Regina. No estoy tan lejos.

Lo dijo en serio y nada que ver con una forma de hablar. Algo así como si me estuviera diciendo que no se había ido o como si me estuviera diciendo que no iba a ser tan difícil volver. Diciéndomelo a mí. Hay unas palabras que son como arbustos y otras que son como pintarlos.

Yo no quería salir y eso aparte de lo que Mundi pudiera pensar después. Fui al dormitorio. Miré a Mundi, mi gordo y con la barba que le hace más gordo, me gusta abrazarle para ver si le llego. Miré a mi oso y entonces pensé por qué no se despierta ahora mismo en vez de dejar que me marche. No, que no se despierte. Me senté en la cama y me puse unas babuchas de cuero que nunca me pongo, un regalo que me hice a mí misma del viaje a Marruecos. Ojalá, volví a pensar, se despierte Mundi y me pregunte qué pasa. Y ojalá, pensé, claro, que no se despierte y no haya más lío. También me puse la gabardina encima del pijama. Iba un poco rara y se me ocurrió que me había vestido para no salir, pero para salir a la calle si hacía falta, o para no salir de todas formas y aguantar un rato.

Bajé los cuatro pisos por la escalera, aunque podía haber cogido el ascensor. No tenía ganas de que aquello empezara. Tampoco encendí la luz, con la de la calle en los rellanos había suficiente, me imagino que era ya una precaución.

En el portal, le miré por la cristalera. Seguía pegado a la pared de enfrente, de esa manera en que él se pega para sostenerse que lo dice todo. Pensé que aporreaba los timbres y volvía enseguida a la pared, a mirar hacia el balcón. Me vio y vino andando muy despacio. Hacía frío y yo lo sentía a pesar de la gabardina, a pesar de que estábamos en primavera, el empedrado tenía el brillo de la helada que empezaba a caer y que caería más.

Era un pájaro calado, no por el agua o la helada, sino pegado y encogido por sí mismo. Alto y tan consumido que parecía que el corazón o el cerebro le estaba sorbiendo la carne. Y los dos ojos verdes estar nadando, a flote de la carne y del cuerpo.

–Déjame que duerma contigo, Regina –me dijo nada más pasar.

–¿Por qué? –le contesté en vez de contestarle lo evidente, que Mundi estaba arriba, que él sabía que Mundi estaba arriba, entonces por qué le contesté por qué.

Alejandro se quedó mirando la gabardina, los botones de la gabardina. Y ya me puse a pensar que estaba hermoso. Con el pelo negro rizado, muy corto, con la cara pálida de pájaro, metido en aquella chaqueta que tuve que regalarle a la fuerza al principio, medio incolora o gris y que era de viejo, de las que siempre parecen sucias. No tenía otra chaqueta. Y no tenía otra chaqueta porque nunca la había querido. Porque con ésa al final se dio cuenta de que ya estaba donde quería, o sea, hablando todo el rato de sí mismo. Su única chaqueta, su única chaqueta, ésa.

–¿Ya no quieres estar conmigo? –dijo un rato después y creo que se había puesto a temblar.

Entonces, como había hecho en el sofá, me puse a contar lo que tenía delante, lo que tenía la calle Hernani, la cuesta hasta la Basílica, las casas con las bombonas en los balcones, los balcones de hierro, las fachadas de cemento, gris azulado y gris amarillento, las escaleras de madera, los portales de baldosas.

–Vienes ahora y crees que te puedes quedar.

Pude haberle contestado que Mundi estaba arriba, que a lo mejor era lo que él quería escuchar y yo lo que tenía que haber contestado. Ahora me pregunto por qué yo no quería esa conversación. Yo estaba hablando como si Mundi no existiera, como si sólo existiéramos nosotros dos, allí, en el portal, en la noche de la primavera rara. Y pudiéramos tener en ese sitio esperanzas que alguno acabaría creyéndose. Por qué no se daba cuenta de que ya era llevar agua en las manos de uno a otro.

–Podemos ir arriba. Aquí hace frío –dijo él.

–Estás borracho –se me ocurrió de pronto, aunque ya lo sabía, pero no era algo que tuviese que llamarme la atención, ni que decirle.

Alejandro bebe y Alejandro no bebe. Esté como esté, no supone cambios. Por eso, da un poco igual. Lo que pasa, que cuando bebe se adhiere, va por ahí necesitando. Le sale lo de siempre, pero necesitando. Puede no beber nunca y puede empezar a beber y no parar. No lo tiene previsto, no lo busca, pero de repente ha bebido. Así que en aquel tiempo terminé descubriendo que la razón es que no le gusta beber y que le pasa con ello como con todo lo que no le gusta. O sea, nada en especial y todo, lo de siempre.

El caso es que yo seguía hablando como si no hubiera Mundi. Lo mismo que Alejandro había hecho desde el principio.

Empezó a temblar, a temblar de verdad. A pesar de que no era lo que se dice un temblor, como uno se imagina que es nada más un temblor.

–Quiero estar contigo. Déjame subir.

–¿Has estado con la catedrática?

También era una forma de hacer que viese que Mundi no era el problema. Que el problema era él. Y entonces que el problema era yo.

–Me vuelvo a Mérida –fue todo lo que contestó sobre la catedrática.

–Mentira –dije, y mentira y Mérida sonaban casi igual.

–Aquí no tengo nada que hacer.

No era temblor.

–¡Nada! –acabó gritando.

Eran como cabezazos, sacudidas, todo muy seguido. Como si estuviera haciendo un agujero en el aire que había entre los dos, con su nariz de pájaro, con la cabeza detrás de la nariz.

–Deja de montar números –pero se lo dije asustada.

Vi que lloraba, aunque las sacudidas no eran por el llanto, al revés, el llanto lo había producido lo otro, estoy segura. Lo había producido el verse así, el verse la desesperación que nadie quiere verse. Hay quienes en la desesperación nos nublamos, pero Alejandro se ve. Si huyera su alma, entonces sería algo así.

–Dime por qué no puedo, venga, porque eso sí puedes decírmelo –los cabezazos y picando el agujero de aire entre los dos.

No sé si yo era capaz de decir algo, lo cierto es que él de repente dijo otra cosa,

–¿Por qué sonríes?

–No estoy sonriendo, qué leches te pasa, yo no sonrío –y era verdad que por lo menos yo no lo sabía y estoy segura de que era imposible.

Él se quedó un poco más quieto. Casi quieto del todo.

–¿Por qué has sonreído?

–Estás borracho y no sabes lo que ves.

Bajó la vista a las baldosas y después la cabeza, que se quedó descolgada y quizá como si hubiera rodado a un sitio. Ya quieto del todo. En esa quietud parecía más grande de lo que era, y más roto también, de pedazos juntos y entre todo una falsa figura.

–Ven mañana y hablamos –no había mañana ni palabras, pero era lo único que tenía en la boca.

–Por lo menos dime por qué no quieres que suba.

–Hay alguien –dije.

Entonces se marchó.

3

El chalet está en el kilómetro 17, antes del desvío de Las Rozas. De la autovía lo separan seis mil metros cuadrados de pinar. Hay una ladera de hierba y en medio una piscina que se construyó según el gusto de Clara. La casa está al final, cerca del lindero del monte. Son seiscientos metros construidos que se reparten en plantas, sótano y garaje. Un porche ocupa todo el frente y da a la ladera y al bosque de pinos. En total, diez mil metros cuadrados para alguien solo. Clara ya no vendrá. Le gustó a ella y la habitaré yo. Hay un seto de más de dos metros alrededor de la casa, que hace un cerco con los pinos. Alguien lo habrá visto crecer durante años. Quizá el mismo que lo plantó. Quizá, no. Quizá otro se lo encontró creciendo y yo lo he encontrado convertido en un muro. Puedo pasear por el bosque, tumbarme al sol en la ladera de la piscina, beber vino en el porche y contar los días detrás del muro. No me habían dicho que los muros tuviesen revés.

Éste lo han hecho para mí. Estaba todo listo cuando Clara dijo que se quedaba en Quintana. Enseguida contó lo otro. Se acabó el castillo.

–De acuerdo. Cogeré un pico y una pala y demoleré el chalet. Nadie tendrá que vivir en él.

Ella me miró como si no tuviera nada que decir. Contestó más tarde, en la postura inmóvil y defensiva que había mantenido ese tiempo.

–Siempre has tenido un trapo rojo delante de los ojos.

Su frase favorita en lo que me concernía. Antes, me gustaba. Escuchada ahora, en cambio, se refería a alguien que había estado ciego y que se daba golpes. El trapo rojo era mi forma de enfrentarme y de luchar. Hubo un tiempo en que eso era apreciado.

Siempre me gustó que me viese como a un guerrero, como alguien valiente, porque me parecía que era el valor lo que yo podía darle. Ahora no le sirve o no le basta. Qué voy a hacer con todo ese valor, con toda esa guerra.

Ayer cené en el cónclave. Compareció el Dos y también Herminio. El resto lo formaban los de siempre, con las alternancias, ausencias y apariciones repentinas que agitan esta época. Nadie está seguro de adónde tiene que ir, ni tampoco está seguro quedándose. Los intelectuales hablan cada vez más y los ideólogos cada vez menos, mientras los demás buscan razones para escuchar. Es el tiempo en el que todos quisieran salvarse sin salir de casa, escribiendo un libro o sintetizando aforismos, a cobijo de la sucia realidad. A Herminio se le preguntó como en una descarga de fusilería, dado que representa ahora los miedos de todos, las financiaciones y los trasuntos judiciales. Pero el discurso fue del Dos, contabilizando la culpa y la pena. Un gran alegato. Nada que entender, nada que decir, se trata de hacer pensar que aún se está interesado en el juego. La casa del Partido se está desmoronando entre la vergüenza de los de dentro y el asco de los de fuera. Hemos mentido, quizá no, quizá hemos falsificado y eso nos había parecido distinto de mentir. No es lo mismo, el sufrimiento empieza por otra parte y se sufre diferente. El Dos y yo nunca nos hemos caído en gracia. Él parece decir la verdad como si nunca dejase de jugar a las cartas. No me gustan los tahúres. Acabó en su tiempo mirándome por el rabillo, puesto que desconfía cuando no gusta. Ayer volvió a mirarme por el rabillo, pero esta vez fue por el rabillo del temor. Yo también le miré. Se estaban mirando dos animales desorientados, dos animales sin casa. Bienvenido al club. El valor ya no sirve para resistir, ni para amar. Hay otros sentimientos en el mundo. Mi mujer ama a un desconocido y mi partido es un desconocido. Los que tienen sólo valor se quedan guardando una puerta por la que no pasa nadie.

–Es absurdo que quieras quedarte sola, porque te has enamorado de alguien que no te ama. La soledad no tiene nada que ver con eso. Yo estoy aquí. No me importa.

El piso olía a papel y madera. Ese olor de nuestra vida era el olor que quedaría de ella. La vida y la casa de Quintana. Estaba hablando de pie, como un invitado erguido ante un consorcio.

–Es mejor que te vayas cuanto antes. En la otra casa todo está listo y a ti te gusta el campo.

Me gustaba el campo, pero no como ella lo decía. Ella lo decía para decir algo en la despedida. El campo era una vieja fantasía, como la de tener hijos, como la de que envejeciéramos juntos. No servía para el uso. No era nada.

–Vas a necesitar a alguien. ¿Por qué me has contado que esa persona no te quiere?

–Tener esperanza nos humillaría a los dos. Quiero que veas que, a pesar de todo, te pido que te vayas.

–Soy un buen compañero, un buen apoyo. Podrías necesitarme. Han sido muchos años.

–No hay sitio para el compañerismo.

Lo que se diga en un abandono es siempre comprensible. Siempre se colocan las palabras exactas en el corazón del que escucha.

Dejé de estar de pie y me senté enfrente de ella, en el otro sofá. Compañerismo. Cuando hay que irse, las palabras cambian, las casas cambian y los rostros también cambian. Hay que trasladarse rápidamente. No conocía el rostro de Clara, ni aquellas manos juntas, ni la postura defensiva. No era la Clara que yo había protegido. Ni la que había visto temblar. La cara de niña huérfana con la que llegó a la Facultad y que llevaba escrito que nunca había tenido a nadie. La cara de incertidumbre de esos últimos años, cuando no sabía si el tiempo le había pasado por encima y no sería capaz de hacer nada de lo que quiso.

–Pero tú qué quieres hacer –le pregunté el día en que le robaron la oposición de Agregado, mientras lloraba en el mismo sofá en el que me despediría.

–Estar aquí. Con mis griegos, contigo.

–Pero eso ya lo tienes.

–Es cierto. Lo malo es esta humillación...

Román Ugalde descubrió la palabra «andrógino» en el segundo año de Facultad. No tardó en aplicársela a Clara. Supongo que se la aplicó a todo bicho que le dio oportunidad. A Román lo único que le importa es conseguir que alguien le oiga, ya que por lo demás está ciego. Él contó algo que había leído y para contarlo se aprovechó de Clara. Francamente, lo único que le pasa a Clara es lo que le ha pasado. Es la niña huérfana, al cuidado de una madrina que nunca confió en ella porque nunca confió en los padres que se la dejaron. Y que estuvieran muertos no había mejorado el concepto que tenía de ellos. Clara creció convenciendo a su madrina. Y su madrina jamás fue convencida, ni en el lecho de muerte. Ése es el encanto y el temblor de Clara. Puede fascinar y tener miedo a la vez. Las cosas con las que se fue haciendo el rostro, el rostro que era mío. Distinto del que me dijo que me gustaba el campo y que no había sitio para el compañerismo. Duro y desconocido.

Pero la cara ajena también era su cara. Últimamente ha visto a Román más que a mí. Tengo celos de eso, quizá de él. Lo curioso es que no pienso en el que ama. Quizá no quiero pensar. No quiero pensar que haya elegido a alguien tan joven para empezar por otro principio. Porque eso significaría que nuestro principio ya estuvo mal. Todo menos eso. El chaval puede estar ocupando el principio y Román, el presente. No hay sitio para el compañerismo. Creía que yo era el mejor situado en la lista de refugios de Clara. Pero ha elegido a Román, aunque yo hubiera podido escucharla más que como marido, más que como un inversor en espera de beneficios. No ha sido así. Ugalde estará contento. Le he visto muchas veces la expresión de que Clara me viene grande. A él, no. A él, que vive desde hace diez años con su madre y que plantó a su mujer y a sus dos hijas porque quería buscar «otras formas de salvación» que no fueran la familia. A él, no, ya que tuvo la grandeza de regresar a la casa de su madre con sus libros embalados. Román el huidizo, el puro. Siempre llegaba tarde, nunca estaba, nunca se podía confiar en él. Él aguantaba en este mundo, según otra vez sus declaraciones, para ver cómo los demás se convertían en seres miserables. De todo ello hizo un encanto. Esa clase de elemento del que se dice que ya se sabe cómo es. Un hijo de perra mimado. Román Ugalde, alias Ni Un Rasguño. Los puros, a la hora de cenar, están en casa. Un viaje relativo por la disidencia, otro por el matrimonio y vuelta al torreón de los papás a orillas del Manzanares, adornado de unas nostálgicas cuadras de caballos y de una renta familiar perpetua obtenida de inmuebles. Ni un rasguño. Toda la vida por delante. Un rentista a tocateja. Otro que miraba por el rabillo.

Me hubiera gustado tener hijos, pero Clara nunca quiso. Demasiado para el Hombre-Buey, ¿eh, Román? Entonces pensé que éramos el caballero y su dama a perpetuidad. Me gustaba. El monje guerrero y la castellana con su manto de almenas. Y lo que queda es un muro al revés.

–Me estás echando –dije fijándome en la mano articulable de madera del anaquel, encima de la cabeza de Clara.

–No hables así. Yo no te echo, Goro. Pero, sobre todo, no hables así. Es mejor que evitemos la confusión. Acuérdate: lo que nos duele no es la tragedia, sino la confusión. Hace mucho tiempo que solamente nos acompañamos. La soledad de dos en compañía, nos reíamos de eso cuando nos pasábamos la vida haciendo cosas y ahí es donde hemos acabado. Porque hemos dejado de hacer cosas igual que hemos dejado de hacer el amor. Te llevas el sexo fuera de casa, junto a lo demás, igual que yo. Somos dos mundos, aunque nos quede la melancolía de haber sido uno.

Era terrible el esfuerzo de estar escuchando a alguien que no era Clara dentro del cuerpo de Clara. No pensar en que era Clara. El rostro deformado por las palabras, pese a que fuera completamente idéntico. Los ojos rasgados, la nariz respingona, la boca que se estiraba y cerraba, igual a cuando la besaba, el pelo rojo sobre la piel más blanca del mundo. Observé la permanente extraña de su pelo y me pareció que se la había hecho para que no la tocasen.

–Recuerdo que cuando ibas a verme a la cárcel decías que había que construir la vida y que la vida era algo más que irse dando contra las esquinas. Yo creía que el mundo lo habían hecho para pegarse con él, no para vivir dentro. Lo entendí y te casaste conmigo. Era esto lo que querías. La confusión consiste en que no sepas que lo has querido.

Clara se ladeó en el sofá y se quedó semitumbada mirando hacia el balcón. La luz que no había visto, de ocaso rojo, le dio de lleno y yo pude imaginar la cara de hacía muchos años, la cara de niña sin padres. Bajo la mano articulable.

–Me emocionaba ver cómo luchabas y también me daba miedo. Eras el buen salvaje lleno de fuerza, que no pensaba en el peligro y que no creía que hubiera nada más fuerte que él. En cambio, tu cuerpo era pequeño. Resistente, duro y pequeño. Cuando te abrazaba me parecía que podía romperse. Tenía miedo de que te hicieran daño, de que acabaras matándote.

Clara se incorporó un poco, se apoyó en las dos manos y después bajó la cabeza.

–¿Ya no soy el buen salvaje?

Oí cómo lloraba, con la cabeza metida en el pecho. No creo que quisiera que yo escuchase. Sabía que ese llanto no era por mí, que como mucho era por nosotros. Pensé en la casa de Las Rozas y no pude preguntarle siquiera por qué lloraba.

–Quieres decir el buen salvaje con un sitio en Ferraz y otro en el Banco, un socialista en tábula rasa, tratando directamente con la naturaleza –lo dije mortalmente serio, aunque la idea me pareció después mortalmente graciosa.

–No es por nada de eso... –contestó tragándose las lágrimas.

Pero sé que es por todo eso, aunque no sea nada de eso. Sé que tiene que ver con todo lo que tenemos juntos, que es lo mismo que todo en lo que yo me he convertido. Construir la vida, construir esto. No me acuerdo de ese viaje. Lo único que puedo decir es que estoy aquí y que lo he aceptado todo.

Me acerqué a ella y, desde abajo, quizá estaba de rodillas, levanté su cara, pero antes de verla ya sabía que sólo iba a ver la cara de un ser invisible. Con la cara del ser invisible en la mano, pensé que era terrible que Clara no viviese en la casa de Las Rozas. Que lo peor de todo es que yo tuviera que vivir allí. Que era una ventaja que ella no viviese allí. Que lo mejor para mí era tener ahora esa casa.

Todo a la vez. Todo coincidiendo en un agujero de dolor.

4

Me digo que es suficiente con no pensar, dejar que el alma transcurra, que haya cristales, peatones, cintas en el pelo, jardines... Cuando lo hago, cuando me sale, todo marcha bien, porque los cristales, los peatones, las cintas en el pelo y los jardines, ocupan todo el espacio, todo el espacio que habitualmente, de forma completa, ocupa lo otro. Pero luego es mucho peor. Veo una chaqueta de pobre, como la chaqueta de la que él no puede desprenderse, o descubro en un escaparate cosas que podría haberle regalado, o escucho el nombre de una calle; entonces es como caerse a un fondo, una caída con un golpe que no llega, pero que el vértigo anticipa. He llegado a temer al dolor tanto como a las formas de escapar de él.

Sin aprender al mismo tiempo casi nada. Quizá sea menos lacerante el propio dolor que esos pequeños rodeos que hacen que después te atraiga con más fuerza. ¿Es cierto que esto no tiene fin y que, si no tiene fin, es por culpa mía, como dice Román, como dice Goro? Y si fuera así...

Quizá no vuelva a verle, siempre lo pienso, aunque nunca lo pienso como liberación, sino como un rostro nuevo de este mal, como si no bastara con lo que me hace el rechazo; empiezo a creer que el dolor extremo necesita justificación, que sufrir todos los días todo el tiempo necesita una explicación para que uno se tolere a sí mismo; que yo estoy buscando esa explicación, y que por esa causa veo a Alejandro pobre, veo a Alejandro que se va. Así que estoy sufriendo por esa causa, porque él no tiene nada, porque me dejará sola. La razón de este sentimiento excesivo no es, por tanto, sólo yo, sólo lo que hay en mí y está mal. Pobre..., que se va..., ayer pensé que se iba para siempre, llevándose en la despedida el dinero que yo acababa de darle.

–Tengo que pagar a Abel.

Durante la película, cada instante de la película, he estado pensando en su olor a cantueso, ese olor natural que no borran sus prendas viejas, su higiene un tanto regular; he pensado en tocarle, en tocarle el sexo, en apretárselo, en exprimirlo, en beberle. Él ha dicho «tengo que pagar a Abel».

–¿Vas a venir a Londres?

Es mi respuesta extraña, tal vez violenta, que sale de entre mi excitación de ese momento, tan material y concreta, y su petición de ese momento, tan material y concreta, y pienso que sale huyendo, pienso que se levanta como un pájaro en un corrimiento de tierras que van a chocar, para encontrar un sitio seguro, tal vez en el aire, tal vez en una tierra que no se mueva.

–Necesito treinta mil pesetas. Dime si me las vas a dar o no.

Los ojos le han brillado, los ojos verdes y marinos, apuntados como los de un pájaro; su ira; pienso que él tarda poco en encontrar su sitio seguro, la posición conmigo desde la que ya no tiene que justificar el rechazo porque yo se lo he justificado con algo; entonces llega su ira, su ira cargada de verdad, de necesidad.

–Hace más de un mes que te lo pregunto. No me has contestado.

Lo he dicho suavemente, tratando de no temer su rabia, armándome de mi propia razón, aunque sepa que no es la razón la que me ha hecho hablar de Londres. Sé que no nos estamos mirando, sé que no nos miramos porque ninguno quiere. No mirar, no mirar qué.

–¿Quieres pagar treinta mil por el viaje a Londres?

Ha sonado como un cuchillo al salir de un forro, un rasguido, un rasguido que es un ruido estirado, su boca estirada, tal vez estirada como una sonrisa con punta y con filo. No hace falta mirarle.

Contemplo los sofás rojos de la Filmoteca, de otomana, gastados, sin embargo estoy segura de que el rojo es el rojo del primer día. Pienso que hemos venido a ver, ¿para no mirarnos?, una sesión doble con dos películas que yo he querido que vea, *Alicia en las ciudades*, *El miedo del portero al penalti*, y pienso que siempre estoy enseñándole cosas, ocultándome detrás de lo que le enseño, o quedando a un lado, no lo sé, quizá oculta en un lado. Y sigo pensando que quería que viese esas dos películas, aunque lo que he esperado han sido estos quince minutos entre película y película, que siempre espero el descanso o el final de lo que le enseño, pero que no puedo dejar de enseñárselo. Y si yo me enseñara durante la proyección...

–No tienes derecho...

Parece que acabo de decírselo a los sofás rojos de otomana, a lo que acabo de pensar, pero la verdad es que suena en voz alta como si estuviera llamando a alguien para que acuda en mi ayuda, él mismo, Alejandro, tal vez.

Transcurre bastante tiempo. Del piso de abajo viene el ruido de botellas de la barra de la cafetería, que asciende y se deposita enfrente para suavizar un poco el silencio.

Ha sonado el timbrazo para la segunda película y no nos movemos; mejor dicho, nos ha dejado quietos, envarados, como si nos hubiéramos tragado esa voz pulsátil que suena a una boca que no se ha abierto.

–¿Para qué quieres que vaya a Londres? ¿Disfrutas pasándolo mal? Creí que tenías algo que hacer allí.

Creo firmemente en lo que digo a continuación:

–No quiero que vengas a Londres para nada. No te preocupes, no es un ardid, espero no ser tan vulgar. Está suficientemente claro. Para ti no soy una mujer. Quizá lo único que estoy buscando desesperadamente es una contestación.

Y también creo firmemente que lo que he dicho no es una verdad exacta; una convicción momentánea tiene la habilidad de un discurso honesto, de la misma forma en que una duda siempre parece sincera, pero los momentos siguen y las dudas se disipan.

–Si voy a Londres, me darás las treinta mil pesetas. Supongo que tengo que entenderlo así.

«Supongo que puedes entender lo que quieras», sería mi respuesta inmediata en el mundo en que yo sigo pensando «para ti no soy una mujer»; aunque finalmente no digo nada. He sentido que su boca ya no es como el cuchillo, que se ha hecho más pequeña sin perder la dureza.

Tengo que terminar el libro sobre los Trockmorton, el libro detenido en este año de infierno. Él tiene que ver con ese infierno; sin embargo, quiero que venga a Londres. Lo que significa que no quiero escribir el libro o que no quiero que venga a Londres. No vamos a ver ya esa película, tengo todo el tiempo para seguir escuchando «Londres» y «treinta mil pesetas», junto a «para ti no soy una mujer», para seguir escuchando con ese fondo de voces opacas que viene de la sala.

Me gustaría abrir el bolso, sacar la chequera y decirle: «te lo doy a cambio de que no me contestes, ya no quiero tu contestación, ahora te estoy pagando de verdad por lo que tú no esperabas, yo me voy a Londres a terminar con los Trockmorton y tú te quedas con el dinero que le debes a Abel». Mucho de los dos habría quedado resuelto.

–Eres un miserable.

En el silencio de ahora, corto y más condensado, sin mirarle, siento cómo la sangre circula por sus venas en una sola dirección, y con una cascada al fondo.

–Tú tampoco estás nada mal, utilizando lo que tienes contra mí, utilizando treinta mil pesetas para que te conteste.

–Antes de que tú me pidieras el dinero, es decir, antes de hace un cuarto de hora, yo te había ofrecido el viaje. Tengo tanto derecho como tú a una contestación. No estamos hablando de dinero, sino de desprecio.

–Con la diferencia de que yo te desprecio por mí mismo y tú me desprecias con el dinero.

–Entonces es muy fácil. En cuanto te lo dé sólo quedará tu desprecio, ese desprecio superior que no necesita recursos.

Y he abierto, ahora sí, el bolso, pero cuando la mano todavía está hurgando adentro, la suya me ha agarrado la muñeca y hace daño.

–Espera.

No puedo mirarle por culpa del daño.

–Espera.

No dice nada más. Siento los latidos de la muñeca y la presión de su mano aflojándose.

–No puedo ir contigo a Londres. Tú sabes que no puedo. En Madrid no hay nada, no tengo nada que hacer y no quiero quedarme sólo con lo que tú me des.

–Me estás haciendo daño.

–Deja el bolso ahora, te digo.

Saco la mano del bolso, la dejo junto a la otra, aunque su mano no se ha soltado, las dos apoyadas en el cierre, como si guardaran lo que antes iban a regalar a toda costa. Nos hemos mirado tan fugazmente que no puedo estar segura; además las caras de Alejandro van y vienen, las que provocan deseo, las que me odian, las que están en paz, las iracundas, como los fotogramas veloces de una metamorfosis; a veces, cuando me mira, hay rostros superpuestos y, a veces, no hay ninguno.

–No tengo adónde ir.

Retirando su mano como si le costara un esfuerzo muscular, le costara un gran esfuerzo saber dónde va a dejarla, cuánto más cerca o más lejos de mí, ya que después de todo me ha tocado; sobre qué va a dejarla sabiendo que yo miro esa mano que se separa. ¡Oh, Dios, si, con todo, sólo acabara importándome eso...!

–He pensado en volver con mi padre a Mérida.

Le he mirado y he notado que él llevaba mirándome más tiempo; sé por qué le he mirado. Ha empezado a mentirme.

Alejandro no puede volver con su padre, no tiene ese regreso. Le odia, el odio engendra fantasías, las fantasías engendran mentiras. Sé que ha empezado a mentirme con el cuchillero que un día le dijo: «si te quedas conmigo, por lo menos serás cuchillero». Con el cuchillero perdió a su madre hace quince años, de la que después no supo nada. Tal vez un pobre hombre que no merece el odio de nadie, y menos de un hijo, porque no puede albergar ese odio. Alejandro quería irse, quería huir, de modo que ese pobre hombre decía sus miedos con «quédate y, por lo menos, serás cuchillero». Alejandro sólo pudo revolverse con su odio contra lo que le parecieron ligaduras; en otro caso, se habría visto obligado a comprender a su padre, al que, a su vez, no podía albergar. Pero no me está mintiendo con la fantasía, sino con otro brebaje. Siempre está esa historia, la del niño huérfano, por un abandono y por una locura; el pequeño Oliver, aunque sin supervivencia, sin protección final, el pequeño Oliver hasta hacerse completamente viejo, negándose a que su novela concluya. Lo que me dice, me lo entrega como si yo tuviese que guardarlo en ese bolso que no me deja abrir; lo que me dice y es mentira.

–No tienes que volver a tu casa. Yo voy a apoyarte siempre. Siempre.

Me he escuchado al decirlo.

–No tengo adónde ir.

Como diciéndoselo a sí mismo, sabe que le estoy escuchando.

–Ven a Londres. Tómatelo como unas vacaciones. Piensa que yo no voy a estar contigo, no te preocupes por mí.

Lo estoy diciendo convencida y ese convencimiento tan consistente y tan nacido del instante igual que unos minutos atrás, me hace pensar en mi propio esfuerzo, en mi propia mentira en la que no me atrevo a pensar. Londres no es una trampa, me repito muchas veces, no es una trampa para él. Pero Londres, si él viene, es una oportunidad..., mi parte de mentira.

–Quizá solamente tenga que hacer lo que puedo hacer.

Mientras nos miramos, se me ocurre que le estoy hablando de Londres como si yo no fuera a estar allí, que él me habla de su padre como si yo no estuviera aquí; inventando este vestíbulo con el sofá rojo de otomana en el que ninguno de los dos estamos, en el que ninguno puede estar. Tal vez, sonrío para adentro, terminemos los dos en Londres.

–Todavía no sabes de qué eres capaz. Tienes talento. Igual que yo me he fijado en ti, se fijarán otros, pero debes darte tiempo, hace un mes que has terminado la carrera.

–En cinco años no he conseguido nada.

No contesté.

–El problema no es cuánto hay que esperar, sino cuándo debe esperarse.

No contesté.

–No tengo adónde ir, aunque pienso en la casa de mi padre.

No contesté.

No contesté y abrí el bolso, saqué la chequera y escribí treinta y cinco mil pesetas. Ignoro por qué treinta y cinco mil y no treinta, que eran las que él había pedido. La voz en alemán de una mujer llegó a través de la sala, reverberante y lejanísima, como una advertencia de alguien que se ha quedado muy atrás. Presté atención, porque creí que estaba entendiendo. Pensé que no sabía si le pagaba por su mentira o si le estaba pagando por la mía.

5

El Hombre-Buey me pasó una invitación a cenar a la nueva casa de Las Rozas según la fórmula que registro a continuación:

–¿Sabes que Clara se va a Londres?

–Sí.

–¿Sabes que se va con ese muchacho?

–Sí.

–Cenamos esta noche. Te espero a partir de las nueve.

Y colgó. Deduje que el «ven» tenía la dirección de Las Rozas y llamé a Clara para enterarme de cómo llegar. Clara me contestó como si estuviera al otro lado de una ventanilla de información y también colgó. Uf.

Que yo sepa, Goro sólo ha mantenido conmigo relaciones celotípicas. Hubo un momento, hace ya bastantes años, en que decidimos eliminar los encuentros tripartitos. El Hombre-Buey caía en silencios modorros y·agresivos, cuando no le daba directamente por hincar el cuerno –sea esto entendido en su literalidad para no sucumbir a ninguna fantasía de astucia por su parte o hábil esgrima psicológica, cualidades ajenas a los morlacos de gran trapío. Simplemente, no me soportaba en las proximidades de Clara, no digamos estando él delante.

Así que tenía fundadas reservas acerca de que Goro y yo pudiésemos aguantar una cena a solas, a no ser que yo me presentara como el Hombre Invisible y departiera en las mismas condiciones. Me dije que éste sería un excelente papel y en cualquier caso mucho mejor que el de exponerse a recibir un testarazo del fino estilista santanderino –aunque para ser exactos nacido y criado en Torrelavega, metrópoli del mercado vacuno y de la sosa cáustica.

Vagamente, se me aparecía además la sospecha de que en algún momento tendría que contar a Clara el resultado de aquel peligroso ñaque –caso de que lo permitiera– o bien echar tierra como si no hubiera pasado nunca. Un foco de silencio, instalándose precisamente cuando su desvarío nos estaba reuniendo tras años de intimidad un poco protocolaria, no me parecía un precio justo por una cena.

Bien, podía llamar a Goro y decirle que no iba. Pero percibí rápidamente que desde el principio había dado por hecha la entrevista. ¿Por qué? Bueno, supongo que, como en el chiste de Dios, no había mucha gente en el lugar y en cambio había un tipo colgando del saliente de un precipicio. Pensé, no obstante, en la razón de que los amantes alienados contra su voluntad –del vínculo, se entiende– pasaran sistemáticamente por un proceso de vinculación a personas ajenas a ellos, pero comunicadas, a veces de estrambote, con el amante desprendido. Los amigos, los compañeros de trabajo, los viejos amores, la asistenta, los padres que dieron a luz al ingrato sujeto, todos, padecen una exhaustiva investigación compensada con una exhaustiva confesión. Primero está el intento de desnudar la verdad del otro (la del amante ido) y luego está lo que verdaderamente se busca: desnudarse uno mismo. Por un lado, se trata de una prueba sentimental de tipo compasivo y, por el otro, de componer un sistema de equilibrio entre lo roto y lo todavía anudado. No es más que una conjetura.

Nadie iba, pues, entre otras cosas, a librarme de exponer a mi anfitrión una hipótesis, por sucinta que fuera, de las relaciones entre Clara y el tal Alejandro, alias «Escalaventanas». También entonces me di cuenta de que tenía una para el muchacho, pero no estaba muy seguro de tener una para Clara: tampoco tengo una hipótesis para mi relación con Patricia que sea muy diferente de lo reprobable a primera vista. Hasta ahora me he conformado con poco y, en el fondo, me he sentido aliviado con el desvarío de Clara –que generosamente me pospone. En todo caso, debería poner cuidado en lo que dejaba salir por esta boca, ya que no estaba dispuesto a añadir nada propio a lo que sucedía entre mis viejos camaradas –que amablemente habían encendido mis circuitos de alerta con su ejemplar utilización del teléfono. En consecuencia, habría que armonizar al Hombre Invisible con sus exposiciones teóricas.

A las ocho y media, cuando salí al Paseo del Príncipe, aún no había conseguido nada suficientemente insulso como para salir del paso con Goro. Culpé a los cuarenta y tres grados que achicharraban las acacias en esta primera semana de julio, adecuadamente pegajosos y húmedos gracias a esta especie de río al que mi infancia y mi madre tanto deben. (Mi padre se ahogó en él sin que la ciencia haya descubierto cómo. Según parece, entraña la misma dificultad que ahogarse en una palangana. A no ser que el protagonista se empeñe más de lo debido).

El paseo estaba desierto, en una sombra apelmazada. Un taxi pasó y luego otro cruzó el puente. Notaba una presión tórrida sobre mi cráneo pelado y, debajo, esa clase de vacíos sólidos que parecen intemporales, como después de un accidente. Pensé en que no quería cenar con Goro y en que lo había dado por hecho, pensé en la voz de Clara por teléfono, pensé en que no tendría nada que decir y de pronto pensé en que no había taxis y en que hacía calor. En momentos así, y en ocasiones realmente graves de mi vida, me he marchado a casa sin más razón que no encontrar ninguna para soportar molestias metódicas. Admito la catástrofe, pero no la molestia. De modo y manera (como dice el conserje de mi pasillo en la Facultad) que estaba ya decidiendo seriamente darme media vuelta, cuando un tipo salió de un bar, cogió el vehículo y enchufó la luz verde. Bien, me dije, el universo ha temblado ante mi decisión.

Informé al conductor y el vehículo empezó a moverse sobre raíles de asfalto. Por la ventanilla entraban chorros de fuego. Seguramente, y puesto que no se me ocurría la teoría insustancial que proponerle a Goro sobre las relaciones de su mujer, se me acabaría ocurriendo durante el trayecto alguna forma de zaherir al taxista por no llevar aire acondicionado. Después de algunos laberintos por el cinturón Oeste de la capital y de un rodaje crematorio de varios kilómetros, topamos con un atasco de primera en la salida de Aravaca a la autopista de La Coruña.

–¿Es que han estado esperando aquí hasta que llegáramos nosotros? –le dije al conductor tratando de que sonara como un reproche que él pudiera añadir a la negligencia térmica del automóvil.

El hombre, que tendría cincuenta y tantos años, unos ojos oscuros dentro de unas pestañas extrañamente jóvenes, miró por el retrovisor y dijo:

–Le voy a contar algo personal, si no le importa.

Le contesté que adelante –no muy seguro ni muy atento tampoco a lo que se me estaba proponiendo– mientras observaba la longitud del follón, hacía cálculos horarios y sudaba. No quería llegar tarde, me parecía que todo sería peor si llegaba tarde.

–Toda mi vida he sido chófer –empezó el hombre sin dejar de mirar por el retrovisor y sin volverse, a pesar de que el automóvil seguía detenido–. He conducido camiones desde los veinte años y durante casi doce me hice la línea Madrid-Zürich en un autobús de Alsa. Es lo que más me ha gustado en la vida, conducir. Siempre me ha parecido raro que me paguen por hacerlo, que me pagaran por algo que me gustaba tanto.

Nos movimos una docena de metros. El hombre se calló durante los correspondientes segundos: me pareció una deferencia profesional.

–Pero empecé a tener familia –aquí cerró los ojos un segundo, aunque sin mover la cara del ángulo del retrovisor–. Les veía seis días al mes y la cosa, en fin, ya se imagina. Entonces, hará de esto nueve o diez años, un vecino quiso vender una licencia de taxi con el coche incluido. Yo se lo compré todo en seis plazos. Muy bien, pensé para mí, salgo ganando porque estoy en casa y sigo haciendo lo mío. Se habrá dado usted cuenta de que el coche no es moderno. Este Peugeot ya no lo fabrican desde el 82.

Nos movimos otro poco y nos quedamos dentro de un túnel que cruza la autovía. Por alguna razón, el sepultamiento no refrescó el ambiente. La sombra sobre los ojos del hombre daba ese toque de certeza que reciben las cosas cuando se parecen a lo que uno está dispuesto a imaginar que son.

–Al principio, encantado de la vida. Pero ya ve lo que es Madrid. De atasco en atasco, diez horas todos los días, se dice pronto. El frío y el calor me dan igual, pero lo de ir a trancos o estar parado lo llevo fatal. Hasta que le cogí asco al volante. Asco de verdad. Me ha cambiado el carácter. Cómo será que ahora mi mujer me dice que por qué no vuelvo a la carretera. Con cincuenta y un años, ya me contará.

Otro tranco, como diría el hombre, y salimos del túnel.

–¿Sabe una cosa? –los ojos volvieron a verse con nitidez y pensé que no debían de ser distintos hace cuarenta años–. Lo que más me duele es que me hayan quitado lo único que me ha gustado en la vida.

Y los ojos se quedaron en el retrovisor un buen rato.

Hasta que mucho después, y desde luego más tarde de lo previsto, el coche no se detuvo bajo un puente de acero –frenando en una media luna de grava en la que comenzaba el camino–, no dejé de pensar que la historia del chófer vocacional quizá acabara resultando útil. Era una historia universal: lo quitado –eso que se dice haber tenido y que nunca ha sido tan completo como en este preciso instante en que se echa de menos– como significado total de la vida. Desde el Rosebud de Kane hasta el Combray de Proust, pasando por el caniche de Ignatius Reilly. Si crees que te han quitado algo ya eres un contador de historias. Exacto: la primera ficción. La primera ficción universal. Podría servir. Sólo faltaba averiguar qué era lo que le habían quitado a Clara.

Me dije en este punto que aquello no sería más que un juego –un juego de salón, pero de salón entre lo Du Deffand y lo Laclos–, un juego en condiciones de urgencia: algo que decirle a Goro. Al mismo tiempo que, como en esos días en que se huele en el aire la lluvia que está cayendo en Guadarrama y que llegará a Madrid por la tarde o tal vez no llegará nunca, esos intercambios entre cosas posibles y cosas remotas, empezaba a preguntarme por lo que sabía de Clara. Puede que las relaciones largas con los individuos de la misma especie fueran como la carreta de un *sundowner*, un gran peso de la propiedad que rara vez se desembala. Quizá me hubiera conformado demasiado pronto con trazar las pertinentes paralelas como quien traza el dibujo, después del primer vistazo al mapa, de una ciudad desconocida: Clara y Alejandro, Patricia y yo, Clara y yo. Sí, supongo que sí. Supongo que me había pospuesto a mí mismo gracias a la emoción de haber conseguido distribuir el paisaje. Pero no fue por Clara. Porque Clara también había sido pospuesta.

El taxista había dicho «lo único que me ha gustado en la vida», que era también lo único que había hecho. ¿Y si a Clara le hubiera dejado de gustar lo que tenía, que era también lo que había conseguido, que era también lo único que había hecho? A veces, incluso, se consiguen cosas para poder dejar de quererlas. A veces o siempre. En fin, la conquista rematando un insaciable deseo de no querer nada. Pobre Hombre-Buey escuchando que Clara ya no quería nada y escuchando que a lo mejor lo estaba diciendo de la única forma que a ella misma le protegía de saberlo, que evitaba intromisiones y suspicacias: amor verdadero, la gran historia terminal, besar el fuego. El taxista tenía su historia y Clara tenía la suya, pero tal vez no fuera tan distinta la procedencia.

Habían pasado ya las nueve y media, el sol estaba cayendo por Guadarrama, los bosques de El Pardo que se veían al fondo sostenían por encima una canícula y yo acababa de apretar el portero automático de una verja tras doscientos metros por el camino de grava, dejando a la derecha un pinar joven lleno de matorrales. La voz de una mujer me dijo que pasara y la cancela se abrió.

La casa estaba al pie de una ladera de césped que se remontaba como un torso hasta rayar con el bosque agreste de los pinos. La luz de los faroles, en lo que todavía era una tarde visible, rodeando la casa, hacía más sombrío el pinar. El edificio, una gran planta cuadrada con dos pisos, tejas a dos aguas, un porche que ocupaba el frente bajo un alero, tenía una situación bastante esquinada, como si lo hubieran empujado contra el seto-muralla que rodeaba la finca y que se detenía en los extremos del bosque. A la luz de la tarde y de los faroles, que dejaba en el aire una mezcla sin acabar, el primer golpe de vista producía la impresión de un asentamiento colonial en medio de una hostilidad extranjera.

La otra extensión, la que iba de la verja a la casa por el flanco izquierdo del caminante, era tierra pelada con algunos cuadriláteros en barbecho o simplemente removidos y abandonados. Apartado un poco contra una puerta de hierro que hacía de trasera de la finca, había un montículo de escombros consolidado por el tiempo.

Cuando llegué a la entrada de la casa –nadie había salido a recibirme, no se escuchaba nada y se respiraba una atmósfera infractora– me paré delante del olivo que guardaba la escalinata, retorcido como un grupo contorsionista. Entonces oí la voz de Goro:

–¿Quieres darte un baño?

Bajaba por la ladera secándose con una toalla y, al parecer, desde algún sitio en el que era posible bañarse.

–Creo que no sé nadar –le contesté con la duda de si estaba tratando de ser simpático o diciéndole la verdad.

Ahora utilizó la toalla como una correa sobre la nuca y siguió andando con la vista en el suelo. Tenía el cuerpo delgado de un hombre mucho más joven (Goro debía de tener, como yo, los cuarenta y ocho) y el dibujo fibroso de los músculos sobre el esqueleto que siempre fue pequeño y fino. Un poco intacto después de los años, pensé.

Cuando llegó a mi altura, sin detenerse, sin sonreír, casi sin mirar, dijo:

–Subo a vestirme y le digo a Carmen que vaya poniendo la cena. Pasa.

En el vestíbulo había un paragüero de bronce, una alfombra grande de lana y dos tinajas esmaltadas, en el estilo premeditado de «vida en el campo». A la derecha subía una escalera y a la izquierda había una puerta de cristal tallado que Goro empujó.

–Espera por aquí. Vuelvo enseguida.

Era el salón. O, para ser exactos, lo que uno se imagina que debe ser un salón, cuando utiliza esa clase de imaginación que se nutre de lo previsto, aunque no lo sepa. Había dos sofás enfrentados en mitad de aquel espacio, funcionando como observatorio de lo que les rodeaba: una docena de cuadros modernos y de estilos diferentes, una chimenea de mampostería inmaculada, dos aparadores art déco simétricos y con grandes espejos, un escritorio estilo Imperio con una columnata negra, un clavicordio (era realmente un clavicordio) en un ángulo de luces... He sido invitado a Chiswick House, me dije. Pero no sonreí para mis adentros. Era la imagen de un salón, quizá no fuese siquiera un salón real, era como mucho –en lo tocante a realidad– la fotografía de un salón. La iconografía de un espacio con objetos a la que todavía no había llegado –si es que un espacio así admite el contacto– el toque desordenado de los vivientes. Pero las imágenes vienen de alguien, del ojo que las mira, por supuesto, y del que las ha proyectado. Me acerqué al clavicordio y sentí a Clara tocándolo y levantando la vista hacia los ventanales que coincidían en el rincón. En casa de su madrina –la Madrina legendaria de su infancia, inescrutable como la directora de un internado– había también un clavicordio. Clara ha contado muchas veces que nunca le dejó tocar en él. Y que, no obstante, le había obligado a estudiar música. Quizá aprendió entonces a odiar la música y a desear el clavicordio, en una de esas esquizofrenias que tanto estimulan la infancia. De todas maneras, podía imaginar que tocaba en aquel salón, delante de mí, con la música guiando a todos los objetos amontonados a su espalda, como la proa puntiaguda de un buque, hacia algún sitio de afuera. Sólo que Clara había decidido en el último momento no hacer sonar la música. ¿Qué hacía Goro con aquel almacén de cosas deseadas por otro?

No escuché la puerta, sólo a Goro decir:

–Ya estoy aquí.

Venía dentro de un chándal viejo de algodón y de unas chancletas de baño. No me ofreció conocer la casa, ni hizo preguntas sobre el marco incomparable. Se limitó a mover una puerta corredera y a introducirme en el comedor. Un sitio amplio, con posibilidades amplias, bodas, bautizos..., chocante. Digamos como cualquier habitación de una casa de alquiler en la sierra: un conjunto castellano de mesas y sillas de madera maciza, tosco e incómodo, diseñado para resistir inquilinos. Unos leves visillos y un ventanal pegado a la noche eran el resto de la decoración, si se exceptúa la bombilla con visera que iluminaba desde muy arriba con una luz blanca, recortando la habitación en forma de carpa. Me parece que Goro cerró la corredera con un exceso de fuerza, como si quisiera cancelar para esa noche el mundo demasiado próximo del clavicordio.

Había dos manteles individuales con cubiertos, colocados uno enfrente de otro, en el extremo que daba a una puerta por la que se colaba una corriente de oscuridad fresca. Por allí apareció la mujer mayor, gordita, con el pelo cano, unas gafas de montura dorada y un vestido camisero –pensé por un momento que Goro se había traído a su madre de Torrelavega, al estilo de los párrocos– y preguntó si servía la cena.

Mientras la mujer dejaba en la mesa una botella de vino y una sopera con gazpacho, Goro me preguntó:

–¿Por qué nunca has publicado nada?

Una vez repuesto del raro introito, contesté:

–Porque nunca he escrito nada.

El gazpacho me repugna, esa necesidad de llenar de sabor el simple aplacamiento de la sed y de llamar comida a un trago.

–Escribiste la tesis –dijo.

–Milagrosamente, como sabes. Pero no era un libro. Las tesis tienen la misma estructura que un memorándum para pedir una subvención, que es, al fin y al cabo y con pretensiones vitalicias, su verdadero objeto.

Goro estaba tomando el brebaje con la cuchara y yo trataba de averiguar adónde quería ir a parar mientras observaba los pelos tiesos de su flequillo, indomablemente muchachiles, pero con el contraste cano de la cabellera.

–No has contestado –dijo de una forma ligeramente seca, aunque no se tratase más que de una constatación.

Vi al Hombre-Buey sentado en aquel comedor de batalla con

su chándal descolorido, separado por una simple pared del desván suntuoso de la vida anterior, rodeado de una tierra sin ocupar, tomando gazpacho y preguntando a un tipo despreciable por qué no escribía libros. Y tuve la sensación, un poco brusca, un poco descontrolada, de que el hombre del chándal podía hacerme cualquier cosa. Hacerme..., sentí miedo. No una amenaza difusa, no inquietud, ni incertidumbre: miedo, miedo físico. Pero no era entonces, no era en aquel momento. Había tenido miedo de Goro durante todo el día. Pero tampoco era ese día. Si me atrevía a decirlo, si me atrevía a poner las palabras delante de mí, por primera vez, aun no sabiendo nada de las razones, aun no sabiendo nada en absoluto, podía decirme a mí mismo que siempre había tenido miedo de Goro, miedo desde que le había conocido. Miedo físico, me repetía, un sentimiento que tocaba la carne, que concernía al cuerpo. Observé al hombre pequeño, duro, estriado, con las articulaciones prensiles, los músculos elásticos, agarrando, agarrando algo vivo que cambiaba en sus manos, en su boca, entre sus piernas, y que terminaba deformado antes que muerto. Me vi enfrente de él, alto, asténico, con los lentes dorados y la barba veteada, como un profesor de Oxford (según Clara) con las palmas blancas y algo tembloroso en lo alto de su silla. Había una circulación entre el cuerpo de Goro y su realidad, rozamientos, como entre aquel comedor y aquel salón. Goro podía hacer algo, siempre. Y yo no podía hacerlo. Nunca.

Y ahora sucederían cosas en aquella distancia de metro y pico entre los dos. Hice un esfuerzo por seguir contestando y por hacerlo con un poco de valor.

–Me preguntas como si no quisiera decírtelo.

–Sé que lo sabes.

Goro había terminado el brebaje y me miraba con una atención grave. Si con el mismo talante empezaba las preguntas sobre Clara, podía darme por muerto.

–No lo sé –dije con firmeza.

Goro siguió igual.

–No escribo porque quizá no quiero que me escuche nadie –me pareció que esto, aparte de ser una respuesta, también podría decirle algo sobre aquella conversación.

Pero entonces su cara se relajó. Su cara triangular, un tanto vascongada, hecha a su vez de triángulos pequeños, en los ojos, en la boca, en los agujeros de la nariz, tendió hacia lo cuadrilá-

tero bajo el soplillo blanco de sus pelos frontales. Acercó el tronco, como si quisiera seguir escuchando, y a mí no me quedó
más remedio que animarme.

–Hay un fondo innoble en el oficio de escritor. Ese tipo humano alardea primero de su soledad para escribir y luego corre-
tea como una fulana para que le lean. Los únicos escritores que
me parecen dignos son los que quieren vender a toda costa. A
ésos, por lo menos, les da igual que les lean o no. Y si corren detrás de la gente es simplemente para sacarle los cuartos.

–Pero tú hablas mucho. Te gusta que te escuchen –dijo casi
amablemente.

–Es la misma diferencia que hay entre follar y hacer el amor
–proseguí–. El follar es funcional, parentético y limitado en el
tiempo. Hacer el amor es una cosa tibetana entre dos entidades
en pelotas: el universo y tú. Los tibetanos no se corren, sólo as-
piran a la disolución en la gracia.

Goro volvió a retraerse, pero sin tensión. Me pareció que lo
último no le había dejado especialmente alegre. Estoy hablando
demasiado, me dije, y no habíamos quedado en eso. Vengo a escuchar y a ser más estúpido de lo normal.

–Me gustaría saber de qué estamos hablando –dije, de pronto, sorprendido, a pesar de ser yo el que había estado hablando.

La niebla tiene la particularidad de hacer que todo el mundo
se pregunte cómo ha llegado hasta allí. Goro no pestañeó, pero
alzó un poco el cañón oscuro de la mirada y lo dejó apuntando a
la parte alta de mi cabeza, de forma que parecía seguir mirándome cuando ya no lo hacía. La mujer, Carmen, regresó con una
bandeja. Retiró unos cubiertos y puso otros (me había bebido el
gazpacho sin respirar y también me estaba preguntando cómo
lo había hecho). Y dispuso el utillaje para el rodaballo que venía
a continuación. Ese pez, muerto o vivo, tiene siempre el aspecto
de irse a comer algo, no de ser comido.

–Esta mañana me llamaron de Moncloa –empezó a decir
Goro, mientras cogía la pala de pescado y miraba de frente al te-
leósteo.

Esperé que siguiera hablando, pero, al parecer, había decidido hacer una pausa para desarmar al bicho. Le llamaron al Banco, pensé. El famoso Banco. ¿Por qué nunca pude hablar con
Clara de ello? La gran carrera política de Goro, truncada un día.
Mejor dicho, sustituida. El secretario de Estado se enfrentó a su
ministro. El ministro había decretado la inolvidable Ley de Al-

quileres –cosas así hacen la memoria histórica– que convertía a los inquilinos en sediciosos potenciales y a los arrendatarios en señores feudales maniáticos. Y que aguó la fiesta de medio país durante la década dorada. Por lo demás, la Ley, como vaticinó Goro aquí y allá, en todas partes, en esos cinco minutos de gloria que nos corresponden por vida, no cumplió nunca los objetivos que le sirvieron de máscara: aquello de más pisos y más baratos. Pero Goro no se dedicó a las objeciones técnicas como estilo. En ese momento cenital, optó por la proclama, que era, después de todo, el único lenguaje donde encajaba su energía. Mientras el puño derecho lanzaba ganchos a la Injusticia, a la Insolidaridad y al Engaño, el izquierdo tenía bien agarrado el estandarte de la Verdadera Izquierda y de los Orígenes Socialistas. Fue como un ataque epiléptico. Y creo que el mundo quedó más impresionado por el arrebato del sujeto que por lo que decía, como corresponde a un mundo de imágenes. Goro tardó en caer menos de una semana y menos de una semana después ya era consejero-delegado de un banco mediano que ha resultado extraordinariamente expansivo. De portavoz de los desheredados a Ejecutor del Gran Poder. Cuando sucedió todo eso, hacía tiempo que Clara y yo veníamos hablando del hartazgo de Goro, de su dificultad para las miserias prácticas, para lo sinuoso. Además, todavía se divisaba al fondo aquel otro paso, pocos años atrás, con el que dio el portazo a sus viejos camaradas y se trasladó a los «gallineros del difunto Pablo Iglesias», tal y como definía él mismo a los futuros compañeros socialistas. Creo que este asunto tampoco salió nunca con Clara. En resumen, yo estaba convencido de que aquel insurgente sentimental y marxista, cuya voz se oyó a gritos durante unos cuantos días, había decidido dar de coces a las dobleces del poder y regresar a su viejo estilo de caballo percherón. Creo que fue la prontitud. Todo pasó en semana y media. No fue, por tanto, una crisis de autenticidad. Hay que quedarse, pues, con el estallido. Con el estallido, con el silencio de Clara, con la ignorancia, de nuevo.

–Uno de nuestros aliados –Goro continuaba– había pedido la comparecencia del vicepresidente en la comisión que te puedes imaginar, bueno, da igual, todas las comisiones huelen a lo mismo, hoy en día. Hasta ahí podíamos llegar –hizo una mueca de desafecto que podía referirse al pescado que tenía en la boca o a lo que acababa de decir–. Querían que fuese a verle. Las aguas y su cauce. Yo conocía bien al aliado y podía convencerle. Le saqué a la cafetería del Congreso. No había nada contra él, no se entienda mal. Quizá contra alguno de los suyos, pero no contra él. Me mandaron porque yo actuaba bien de garantía. Y él lo vería así sin muchas explicaciones.

¿Desde el Banco?, me pregunté mientras Goro volvía a mirar a la parte alta de mi cabeza y sujetaba los cubiertos sin hacer nada con ellos. ¿Una garantía desde el Banco o desde tu persona?

–«No hace falta que nos tomemos el café», me dijo. «Basta con que hayas venido. A mí me basta. Que dejen de preocuparse». Y se marchó sin llegar a sentarse. No estuve allí ni cinco minutos. Debo de ser una especie de cartero. Llevo algo de un sitio a otro, sólo lo llevo yo. Algunas veces soy también el paquete.

Pensé automáticamente en las cosas del salón, detrás de la pared que había a mi espalda. También pensé que quizá Goro no estaba hablando de eso, que yo no sabía de qué estaba hablando desde el principio. Mi miedo era nítido y lo demás, un fragor en la niebla.

–He tenido un Citroën Mehari. *Hora de Madrid, Mundo Obrero.* Yo conducía ese coche en el 71, después de la jugada que me mandó al aparato clandestino. Madrid por la noche, repartiendo doctrina de los intelectuales y moralejas para la clase adoctrinada. Era un cartero. Soy convincente como cartero, por eso esta tarde no estuve ni cinco minutos en el Congreso. Y en el Partido progresé mucho. No sé si nos conocíamos en esos años.

¿Si nos conocíamos en esos años? Siguió masticando rodaballo y esperando tranquilamente algo parecido a una contestación. Masticaba lentamente, como si estuviera moviendo un caramelo pegajoso de lado a lado de la boca. Su vista iba del plato a mi coronilla, también muy despacio. Y las palabras sonaban átonas, como en una primera memorización. Esa lentitud de todo producía el efecto de llenar el sitio de gravedad, como si la noche, el techo, la bombilla, nuestras cabezas, estuvieran pesando. ¿A qué demonios venía lo de si nos conocíamos en esa época? En esa época hacía años que nos conocíamos. Ya habíamos terminado en Políticas –Goro en la parte de Económicas, cuando las dos facultades estaban reunidas. «Si nos conocíamos...» Puede que hubiera alguna clave que yo no había detectado. Por ejemplo, ese «nos». ¿Clara? Tampoco Clara. Llegaba un par de años por detrás, pero la conocíamos desde que entró en la Facultad. Además, fue Clara, con esa rapidez que ya tenía entonces para diagnosticar situaciones en curso, la que determinó que el traslado de Goro del Comité Regional al aparato clandestino, tenía el aspecto de una maniobra para congelar a un adversario político (pero ¿se lo dijo a él o solamente a mí?). Es curioso: más tarde se comprobó que ese análisis no fue muy exacto y que Goro progresó mucho más rápidamente por esa vía. Pero él sigue considerándolo una «jugada» (al tiempo que es capaz de admitir que ha progresado mucho). ¿Quién se la jugó?

–No hice de cartero en Londres. Cuando daba clases de español en el Antonio Machado. El club de emigrantes –empezó a decir.

Carmen había vuelto a entrar –con una puntualidad íntima, materna– coincidiendo con el momento en que Goro terminaba su plato. Creía recordar que lo mismo había sucedido con la pócima del comienzo. Me estaban dando aprensiones.

–Nunca tomo postre –dijo Goro–. ¿Quieres café?

–Solo, por favor.

–Yo voy a tomar un coñac. ¿Quieres tú?

–Por ahora, no.

La mujer se fue y Goro aguardó su vuelta en silencio, mirando en la dirección en que se había marchado. Traté a mi vez de permanecer absorto, fijándome en el reluz blanco y verdoso que se desprendía de la cima del seto, tras el ventanal, y que cortaba la oscuridad por el medio. Carmen regresó con una bandeja. Goro se sirvió de una botella de Armagnac dejándola al alcance y yo vertí café de una jarrita de plata.

–Fueron cuatro meses enseñando. Por aquel entonces necesitaba descanso y poner tierra de por medio.

Se acercó la copa a los labios y aproveché para decir:

–Pero fuiste con Clara...

Miró, mientras bebía, a través del cristal, con los ojos distorsionados y flotantes. Después bajó la copa y los entornó como si estuviera recogiendo cabos sueltos.

–Cuatro meses enteros. Nunca me ha gustado la enseñanza. Todo pasa entre paredes. Me recuerda la infancia. Conocí a una chica canadiense. Se llamaba Jeanette Shaw. Pequeña y pecosa. Se fue antes que yo. Me acuerdo de sus lágrimas encima de las pecas. No es normal que debajo de las lágrimas haya algo. Por lo general, sólo se ven las lágrimas.

–Es cierto –me parece que llegué a decir.

Era como seguir por encima de la tierra a un topo que va corriendo por debajo. ¿Dónde estaba Clara, otra vez? Goro se fue a Londres siguiendo a Clara, cuando Clara iba siguiendo a los isabelinos de su futura tesis doctoral, a sus futuros Trockmorton. Goro cortó durante cuatro meses su carrera clandestina y yo me quedé sorprendido de que Clara aceptase la persecución. Eso pudo ser hacia el 72. En el 73 se casaron. En Inglaterra, vivieron juntos –cosa que confesó Clara años después del matrimonio– y en buena parte del dinero de las clases de español, proporcionado por esa oficina de enganche comunista que era el Antonio Machado. Me sorprendió, eso creo. No veía a Clara con Goro, porque siempre la había visto conmigo. Siempre la había visto con «nosotros». En el «felipe», donde aterrizaban las almas de la izquierda volante con el *Cuadernos...* en el sobaco (después de haberlo leído entre líneas). O en el Seminario del Gran Padre Blanco, don Carlos Vives, terrateniente valenciano, banquero por desposamiento y, a pesar de todo, una cabeza que no era de este mundo (aunque sin llegar a las celebraciones que Clara ha hecho siempre de él, explicables, al fin y al cabo, porque ha sido su mentor y le debe al patriarca tanto como le hubiera gustado deberle a su verdadero y desconocido padre). Bien, supongo que éramos gente que no quería ser de este mundo, mientras Goro había metido las manos en su barro y le soplaba todos los días al Golem de su conciencia. Un «manos sucias», alguien de fuera. Por supuesto, le conocíamos. Por supuesto, ella le conocía. Nos conocíamos todos en aquel salón de esgrima que era la Facultad, donde cada cual medía las fuerzas hasta hacerse una idea de lo que significarían fuera de allí, en el mercado de la oferta y la demanda –para qué contarlo de otra manera. Éramos pocos, pero la competencia no era reducida. Además, nos conocíamos bien, como sólo pueden conocerse los rivales que van en busca de identidad porque todavía creen que hay una bien entera y sin pedazos, esa edad. El Hombre-Buey circulaba, la rodeaba, pero no soy capaz de reproducir una sola mirada de Clara hacia él. El Hombre-Buey, digámoslo todo con el pesar del desconcierto, que era el mejor alumno de su promoción y de muchas pasadas –no por cierto en ese sentido opositor y relojero de los que, con bien tallado traje, se desatan la muñeca y dicen un tema ante un tribunal al que ya creen pertenecer, sino con ese aire abisal de los que saben lo que saben y desconocen la relación con su sabiduría. Creo que siempre mantuvo algo impertérrito en sus contestaciones, como un duelista al desenfundar, como si el arma fuera la tópica prolongación del brazo no obstante hecha de un material distinto. Si no era inteligente, es que era muy diestro, y si no era muy diestro, se trataba entonces de una brutal sincronía entre el golpe y el cerebro que lo desataba. Una clase del mejor, por así decir, sin refracciones, sin eco, sin resmas, como la boca del agujero de un proyectil. Y sin la pesantez del plomo, por supuesto.

Queda el episodio oscuro de la cárcel. Hace tiempo que no consigo recordar si Clara le visitaba antes o después del viaje a Inglaterra. Goro estuvo preso cinco o seis meses y lo único que puedo recordar es que Clara me hablaba de ello, no cuándo. Y, por tanto, no puedo recordar si la sorpresa de pensarles juntos es reciente o antigua.

Él la siguió. Y ahora resulta que era cansancio, tierra de por medio, una canadiense pecosa.

–En el 81 me convencieron y me llevaron con ellos –el topo corría, corría. La copa se había renovado–. Iba entre los elegidos. Me he preguntado muchas veces por qué, por qué vinieron.

¿Me había perdido algo de la conversación? En el 81... Cielos, estábamos haciendo repaso de Historia, íbamos deprisa. En el 81. El Golpe. El Golpe y Goro. Tenía que haber más. ¿Fue entonces el aparatoso traslado? Los socialistas in péctore y un grupo de la gens comunista que se pasó al bando propicio: una pareja de abogados, una pareja de catedráticos, una pareja de aristócratas, una pareja de escritores, en fin, una pareja de cada especie que quería meterse en el Arca..., y Goro.

–Por qué vinieron. Ellos ya estaban en el viaje. Ya tenían firmado el carnet, ya no estaban en el Partido. Eso ya había pasado, ¿comprendes? Entonces, vinieron.

Exacto. Y aunque no pueda comprender, recuerdo. Casi todos eran tentáculos de esas inextricables familias españolas que actúan masivamente en la conquista del poder y cuya unidad aparece camuflada por terceros o cuartos apellidos, por la eliminación de los compuestos o por un vínculo tan débil desde el punto de vista de las clases menos organizadas (primos terceros, tíos-abuelos, concuñados, bastardos) que cualquier denuncia de complot ha de pasar inevitablemente por una enfermedad de la imaginación. Pero no es tampoco un complot. Éste es un país sin proyecto y hasta el mal necesita uno. El país en cuestión se agarró una depresión clínica en el XVII (habíamos sido los amos del mundo sin salir de la miseria y de pronto nos quedamos con la miseria a solas, así que se nos atragantó la épica, fruto, como es sabido, de mezclar lo imposible con lo ruin) y no la ha soltado todavía. De forma que basta verlos con las redes extendidas y tirando en sentidos opuestos –que es como más abarcan las redes– para saber que se trata de simple avaricia.

¿Qué hacía Goro con semejante personal? Aquí estaba el paisaje de fondo que se columbraba todavía cuando pasó lo de la Ley de Alquileres. Tampoco de esto, me repito, pude hablar con Clara. Al menos, no como yo quisiera. De ciertos temas que se refieren a Goro, ella siempre ha hablado en términos genéricos del tipo: «se está muriendo, pero sabe que la muerte no es una afección».

–Fueron Paco Lozano y Concha Villar los que vinieron a casa. Me dijeron «necesitamos que vengas con nosotros». No les contesté y vinieron otro día.

Goro tenía las manos enlazadas y apoyadas en la mesa, rodeando la copa. Miraba esas manos y al punto indeterminado de mi cabeza. En la cocina se escuchaban ruidos y me imaginé a aquella especie de madre haciendo tareas inútiles y esperando.

–Al otro día les dije que sí. Tenía miedo de quedarme solo. Ellos estuvieron hablando hasta las cuatro de la mañana. Pero yo ya estaba convencido.

Paco Lozano era compañero de cátedra de Clara, aliado eventual contra los pontificios de Navarra –injertados en sus días más seniles por el terrateniente valenciano, que cambió de liberal en la Dictadura a ultraconservador en la Democracia, sospecho que por una especie de fanatismo hacia su propia singularidad–, y Concha Villar era una abogada matrimonialista, del grupo de mujeres de la Institución Libre que se reunía en la calle Miguel Ángel, sobresaliente y pública, un tipo de mujer independiente y profesional que se ha resuelto más tarde en una imagen prolífica.

–Lo que decían era verdad –pero tú ya has dicho que estabas convencido y que tenías la impresión de quedarte solo, solo de qué, de quién–. Nuestros amigos de Suresnes estarían demasiado solos y se perderían navegando, el Partido había tocado techo, estaba enclaustrado, vivía de la burocracia interna, de los chismes, de los rencores, había algo que hacer en otro sitio.

Goro bebió de un trago. Sus palabras se habían vuelto vacilantes y otras veces se arrastraban o silbaban. Pienso en Paco Lozano, el reptil previsible: desde el principio se sabía que llegaría lejos y desde el principio se sabía que era un reptil. Tenía esa sabiduría que tiene todo hijo de notario rico para estar en todas partes y además disponía de un balazo en el culo como garantía incuestionable. Rubio y guapo, *of course*. Clara siempre le manejó, lo que equivale a que decidió tenerlo cerca. Y Concha, bueno, Concha Villar pertenece a esa clase de personas que parece tenerlo todo y que parece tenerlo todo sin haberlo pedido (y que, para colmo, lo tiene). El dragomán de Clara en la pequeña, hermética, élite femenina de aquellos años.

–He pensado por qué vinieron. Soy un cartero. Pero no llevo cosas de un sitio a otro, eso es mentira, no –entonces me miró fijamente y descubrí un arco de luz en las pupilas negras, como una resistencia encendida y parpadeante que, a pesar del brillo nuevo, producía un efecto agónico–. No llevo cosas, amigo, nada de cosas. Llevo personas. Las llevo. Como llevé a éstos. Éstos no podían ir solos. A éstos nadie les creería. Les llevé yo. Les creyeron, nadie dijo nada. Tú no lo sabes, pero nadie dijo nada. Fíjate bien.

Intentó beber. En la copa no había nada.

–Espera un minuto –dijo, volviendo a servirse.

Pero no se llevó la copa a los labios. La había dejado junto a la botella y la observaba.

–Esta mañana me llamaron de Moncloa...

Se detuvo. Levantó la vista y me miró como si estuviera buscando algo. Sentí frío. El arco brillante daba frío.

–Esta mañana me llamaron de Moncloa..., ¿por qué nunca has publicado nada, Román?

Estaba pegado a la silla como si me estuviera amoldando a un cuerpo duro, a un cuerpo que protegiera.

–Espera un minuto –dijo levantándose.

Se golpeó en la cadera con una esquina de la mesa. Después se apoyó en la puerta, antes de desaparecer con un giro extraño.

Me quedé mirando esa puerta, notando la corriente fresca que venía de su oscuridad y presintiendo el regreso de Goro –lo presentía atravesando la oscuridad con la exhalación de las almas atormentadas, una especie de bufido, contornos blancos, una mancha gaseosa, envolviendo en un torbellino blanco a la víctima.

Pero quien se presentó, y de manera no mucho más real, fue la mujer, Carmen.

–Se ha quedado dormido –no dijo el nombre, ni quién, y me

fijé también en las pupilas grises, nada sorprendidas ni azoradas, como si estuvieran reducidas por una compasión acostumbrada–. Voy a llamarle un taxi.

Mientras me fugaba por la autopista hacia la noche caliente de Madrid –porque era una fuga, era correr en alguna dirección y disfrutar absolutamente con el movimiento, con la velocidad– empecé a pensar en Patricia, en su encuentro, en dónde estaría a esa hora. No había decidido nada, pero me gustaba pensar que estaba en alguna parte y que yo podría ir a esa parte. De Patricia lo sabía todo y yo podía convencerla, además, de que lo sabía todo de ella.

No fui a buscar a Patricia. Ni tampoco entré directamente en casa. Me quedé en el río, dando vueltas por el dique de los patos y viendo caras que ondulaban en el agua, que se alejaban y que emergían como si salieran del fondo.

No habló de Clara, no hubo preguntas sobre Clara y yo había visto a Clara en todas partes. ¿Era yo el testigo de una historia sin Clara contada por el hombre que nunca prescindió de ella? El Gran Lancelot luchando a vida o muerte por tener su propia historia, probándola con testigos. Pero ¿qué pasaría con la otra? ¿Ya no sería suya? ¿Al gran guerrero se la habían contado como él contaba ésta? Un guerrero sería entonces el hombre que creía en todas las historias, absolutamente en todas. Amar, batallar. Y tal vez se sentía traicionado, tal vez le habían traicionado, no ahora, tal vez siempre. Tal vez se había traicionado, pero tenía a Clara, aunque ya había caído el último pedazo de un escenario increíble.

Tuve la sensación de que los pies empezaban a estar húmedos y fríos. Pensé en si mi padre habría estado paseando por la orilla antes del baño definitivo, si también había sentido los pies húmedos y fríos. Nunca había pensado en él con tanta proximidad.

Y cuando Goro me preguntó por qué no escribía, quizá me estaba preguntando por qué no había hecho nada, por qué ahora no tengo que hacer nada con mi historia. Pero él sabe tan poco de mí como yo de él.

6

El tipo paseaba al perro por la glorieta dando más vueltas de las normales. Yo me había levantado temprano como demasiadas veces últimamente pensando que tenía que hacer algo urgente aunque después me di cuenta de que no había nada urgente que hacer. A las ocho y pico de la mañana. Se paraban en los semáforos y después seguían dando su vuelta. La afectividad sin conflicto dando su vuelta. Cuando un tipo de cuarenta con traje gris y corbata se pone a dar tantas vueltas a su perro puede que a su perro no le pase nada pero a él seguro que sí y acabará haciendo algo con su perro. En este caso marearle por ejemplo. Yo me había parado en el almacén en el que ya había desesperados mirando los monitores del escaparate con un partido de fútbol repetido. Se me iba pasando la urgencia lo urgente que hacer. Pero parado en el almacén. No quería pararme a pensar en ese algo o en esa urgencia que me levantaba temprano por las mañanas. De lo más lógico.

El tipo no iba delante de su perro. Iba detrás de su perro. Pero no iba tranquilo porque iba siguiendo la prisa o la pereza del perro. Si hubiera ido delante él habría marcado el ritmo y se habría visto con toda claridad que él era una clase de amo. Ni era dueño ni iba tranquilo pero estaba allí.

El chucho era un trozo de pelo duro un rabo de salchichón con mirada obsesiva que se movía responsablemente moviendo los omóplatos y basculando. Había que darse cuenta de que el animal estaba acostumbrado a hacerse cargo de las situaciones en detrimento del hombre del traje. Porque el hombre del traje bastante tenía con aparentar que estaba dentro del traje por convicción propia. Hombre abandonado. Desde el brillo de los zapatos al del pelo junto a la idea sin arrugas de que el esqueleto era trasladado intachablemente. Pero los ojos entre bolsas encarnadas y debajo de vidrios no se movían ni a izquierda ni a derecha clavados en la base de una frente altanera sospechosa. Alcohólico autoentrenado en la servidumbre de la verticalidad como tantos vistos sufridos. El cuchillero sería otro ejemplo. El cuchillero afilaba de pie porque el cuchillero estaba muerto cuanto más muerto más igual a un vivo. El efecto era el de esos caballos de carrusel que giran y giran con ojos barnizados mirando a lo infinito que está afuera y en redondo. Hombre abandonado. Final.

Bajo el puente los autobuses de la Universitaria estaban vacíos porque lo natural era que nadie subiera en semejantes fechas. Fue allí entonces donde se me ocurrió lo urgente que tenía que hacer o mejor dicho lo que podía hacer. Tenía que hacer el equipaje porque al día siguiente me iba a Londres. Nos íbamos pero me gustaba pensar que yo me iba. Yo. Y también era urgente pagar a Abel. El cheque estaba en el bolsillo días atrás. No había encontrado a Abel. Aunque antes de encontrar a Abel había que cobrar el cheque así que lo uno había pasado con lo otro. Una Caja en la misma glorieta. Se me ocurrió mientras miraba los autobuses parados vacíos debajo del scalextric.

Ya había quitado la vista de allí mirando al chucho de pelo duro cruzar la calle Artistas para seguir con su vuelta y al hombre del traje gris doblando la esquina de la misma calle y perdiéndose en la calle. El perro no miró hacia atrás y el hombre no apareció ni poco más tarde ni nunca. El bicho cruzó el semáforo de Santa Engracia. Pasó por delante y dio otro giro completo a la glorieta. Él solo. Yo estaba esperando todavía que apareciese el traje.

El rabo se paró en el escaparate entre las piernas de los que miraban el partido de fútbol grabado en los monitores. Ya nunca más habría un traje gris. El hombre abandonado abandonaba a su perro que después de todo cargaba con las responsabilidades en los omóplatos. Lo desconcertante es que no hiciera nada por buscar al hombre. Moviendo la cola de medio palmo daba la impresión de que quería hacerse sitio para ver televisión.

Dio media vuelta. Se acercó. Puso el hocico en la pernera. Pensé que iba a cobrar el cheque y crucé el semáforo de Santa Engracia. Eran las nueve por lo menos. Entré en la Caja y el chucho se quedó con la nariz en el cristal que es una forma de decir algo que no pasó pero que le gusta a la imaginación. Aunque fue eso. Guardando veinte minutos de fila pero no dejé de pensar en el pelo duro que se había quedado en la puerta. Hasta podía quedarme con el bicho. Más tarde pensé que podía quedarme con el bicho. Treinta y cinco mil pesetas y Abel y Londres. Me gustaba pensar que me iba solo. Fuera de que estuviese a mi alcance pero que quizá algún día lo estaría para sentir que lo urgente era necesario.

El perro me siguió por la calle Artistas. Conmigo no iba delante. Bajé a Hernani por la callejuela del Asturiano que siempre me trataba con simpatía porque un día mientras le pedía el menú le dije que a mí me hubiera gustado ser de Asturias. A él gordo con bigote abandonado en el bar de todo lo que no era el bar debió de parecerle mucho. Era demasiado pronto para que Abel estuviese en casa y yo no tenía una gran idea de lo que haría allí tampoco sobre el equipaje. El equipaje esa seguridad en marcharse.

Entré en el bar de tapas más abajo y pedí un café. Apestoso como el sitio. Uno se puede acostumbrar al asco como se acostumbra a lo que tiene cuando uno lo tiene. El pelo duro se quedó en la puerta y yo pensaba en si de verdad me había elegido en por qué si yo no llevaba un traje gris ni traje sólo mis pantalones de tela de gabardina y la americana que me regaló Regina. Aunque hoy no la llevaba puesta por el calor pero de todas formas siento que la llevo puesta. Me la regaló me acostumbré a caminar sintiéndola encima. Cargo un poco los hombros y desmadejo el cuerpo para dejar que flote y caiga perfecta. El Sarmiento en cambio nunca me ha regalado nada. Me da dinero. Me lleva al cine. Me llevará a Londres. Pero no me compra ropa. Es bueno tener tan pocas cosas suyas. Es malo que se sienta dueña de lo demás.

Dejé de ver al salchichón un rato. Ya había terminado el café. El suelo estaba lleno de la mierda de esos bares que exhiben la mierda porque la mierda sería su forma de riqueza. Era lo que tenían y por tanto era posible pensar que se conformaban con lo que tenían. Añadir las manchas de café en la camisa blanca de los dos camareros cuando estaba claro que nunca saldrían con ellas a la calle. Otra exhibición de lo que tenían. Querer lo que se tiene sería una exhibición se me acabó por ocurrir. Da igual que sea mierda da igual lo que se tenga porque ser rico es querer lo que se tiene o sea hablamos de mierda.

Pedí otro café. Me pareció que empezaba a sentirme a gusto

allí. El chucho regresó. Puso las patas delanteras en el escalón de la entrada y se quedó mirando. Podía irme con él y podía hacer que esperase. Prefería pensar que me esperaba. Me gustaba pensar que me estaba esperando. El café solo por las mañanas me revuelve el estómago. Me levanto pensando que lo necesito. Más tarde como ese daño era esperable como ya sé todos los días que el café me hace daño el daño no es tanto o el daño es otra cosa. A lo mejor no es daño. Me da igual excepto que lo espero.

Pagué di la vuelta y el animal no estaba en el escalón. Se había colocado en la esquina de la calle Hernani en la acera por la que iba a pasar. Me miraba igual que desde el escalón. Tuve la idea de que los dos ojos brillantes cargados de negro eran tan falsos como los ojos barnizados de los caballos de carrusel a los que se parecían los de su amo. Falsos en lo material porque de otro lado representaban la mirada tan bien como los de verdad.

Pasé la esquina y escuché las uñas rascando en el suelo. Si llegaban hasta el 35 de Hernani abriría el portal para que entrase detrás con sus pezuñas hasta el primero. Si se había acercado a los pantalones también podría seguirme. La sensación de una libertad animal encadenándose. La sensación de que si me seguía yo nunca sabría librarme de él.

En la tienda de electricidad supe que yo había decidido no mirar hacia atrás. La calle Hernani es una calle extraña no sé si triste o alegre si es pobre o es rica si es una calle importante o es un canal de los que desembocan humo y sólidos en Santa Engracia. Regina vive cerca alrededor de la Basílica pero ella se ve mirando hacia Orense. Yo he vivido con ella alrededor de la Basílica y ahora he acabado aquí. Una casualidad es una coincidencia sin refutar. ¿Voy a refutarla yo? De todas formas desde la Basílica ella siempre miró hacia Orense y yo nunca conseguí mirar hacia allí. Por eso quizá he acabado donde he acabado sin casualidad. Me dijo una vez que las cosas no se ven que sólo se ve hacia donde mira uno. La calle Orense es limpia y sin duda y parece que es dueña de lo que pasa por ella. Toda diferente a Hernani. Escuchaba el ruido resbaladizo de las uñas del perro pasando por delante del Asturiano el tipo simpático por tan poco. Regina cuando nos separamos me dijo que yo iba por la vida dando patadas a una lata siempre preocupado por llegar a la lata y darle otra patada. Siempre atrapado por la lata en vez de levantar la vista a lo que ella llamaba el alrededor. Me contaba historias. Llamaba a las historias «canciones de cuna». Es la cosa más fácil a la que uno puede acostumbrarse. Pero la dejé. Sólo estaba bien con ella cuando me «cantaba». Sentía su trabajo triste de administrativo en el Ministerio y veía su impotencia para pintar un cuadro que pudiera mostrarse aunque lleva años dando clases en el Bellas Artes. Quiere ser pintora no le importa que todavía no lo sea. Sabía muchas cosas de todas maneras. Vivimos por ejemplo en un mismo sitio espacial pero el sitio no se parece en nada. Una noche en que empecé a gritar me contó que un verano estuvo en una playa y que en esa playa un niño pidió socorro porque se ahogaba. Se lanzó un hombre a salvarle y el niño le agarró del cuello hasta empezar a ahogarle también. Luego pasó lo mismo con otro hombre que se lanzó. Pero sin saber por qué un tercer hombre al que le estaba pasando lo mismo se puso de pie y entonces advirtieron que el agua sólo cubría hasta el pecho. Eso era una canción de cuna. Pero yo tenía que ver cómo todos los días se iba al Ministerio y todos los días regresaba del Bellas Artes sin un cuadro que enseñarme. Pero no era triste ni incapaz.

Cuando metí la llave en la cerradura del portal miré por el rabillo. El animal no estaba en la acera. Le busqué un poco. No aparecía a la vista. Había una salida a la calle Artistas en el último tramo en realidad casi enfrente. Podía haberse despistado haber olido un cubo de basura o una perra en celo y no andar lejos. Hice girar la llave y me metí en el olor a felpudo y yeso.

Tumbado en la cama pensé que el olor a yeso era el de una pared a la intemperie y que en los felpudos se escondían poblaciones de insectos roedores. Quizá había vuelto a la casa por culpa del bicho de pelo duro. Me levanté temprano con algo urgente y luego había vuelto y ahora estaba tumbado en la cama como si la mañana fuese a empezar todavía. Regreso es recaída porque todos los «re» son formas de enfermedad total.

Estaba en un cuarto pequeño al lado de otro cuarto pequeño pegados los dos a un salón pequeño sin luz un pasillo y una puerta más todo construido con moqueta verde y paredes de yeso de los que nunca podría saber por qué estaban allí. Aparte de que la mesa de maestro que me compré en el Rastro y las ocho baldas con libros y la colcha de estameña fueran míos eso sí sin mi casa. Por eso me estaba haciendo ahora tan pequeño como un insecto roedor aunque los otros insectos roedores de felpudos y moquetas se hubieran ido y yo me hubiera quedado solo en la moqueta verde o en los felpudos mientras cielos de yeso hacían circular un viento blanco húmedo por debajo de otro cielo visto e invisible. Blanco.

Cuando me desperté Abel estaba en el salón comiéndose un yogur y sentado en el sofá.

–¿Qué tal? –dijo y la boca llena se apretaba hablaba.

La cuchara rebañaba el plástico para conseguir una gota blanca que llevar a la boca grande debajo de la nariz aplastada debajo de los ojos redondos negros incrustados como los del chucho pensé.

Ensimismado en el yogur. Apenas mirando con un golpe hacia arriba de los incrustados. Una relación con su cuerpo como si estuviera con alguien tratable. Alguien de quien se habla y Abel era de los que hablaban de su cuerpo y lo cuidaba como si estuviera cuidando con algo de susto a otro que le acompañaba. Allí estaba su cuerpo grande más grande que el mío. Su cara aplastada y su pensamiento asustado.

–He estado leyendo *La rama dorada* –soltó mirando con desprecio el fondo vacío pero sin despegarse del envase.

Prefería que me hablase del hospital y de las camillas transeúntes que él empujaba.

–El pensamiento mágico es la disolución –sentenció jugando con el envase a la altura de los huevos y a continuación clavándome la mirada asustada.

Últimamente dice frases. Clara le conoció en un seminario de Segundo. Él la ayudó una tarde en una avería del Saab que no era del todo una avería. Se quedó rondando desde entonces. Antes de que yo la conociera pensaba que eran amantes. Un tipo de dos metros con un esqueleto equivalente a un traje de Batman y una mujer sintética por donde quiera mirarse. Cabía que se juntaran. Tomaban café en el bar y atravesaban el jardín. Él con la cabeza baja como si estuviera recibiendo instrucciones y ella abrazada a libros con un gesto de andar por allí seminterrogándose. Ahora él se encarga de todo lo que le pasa al coche. También planta semillas en las jardineras de Quintana. No sé si planta semillas exactamente en las jardineras de Quintana pero podría plantarlas un día inesperado como inesperadamente se averió el Saab.

–Así que has estado leyendo –dije.

Levantó las cejas suele levantarlas hasta que le llegan al pelo y se le puso la cara esa estupefacta contra sí mismo igual que las que se estrellan contra las cristaleras de las estaciones.

–No he tenido tanta suerte como tú y no hace falta que te rías de mí. Aprenderé.

–No me reía. Me estaba despertando.

El envase se quedó por fin en la mesa y él empezó a mover las piernas dándose con las rodillas. Yo no quería sentarme otra vez quería hacer algo urgente.

–¿Vamos a comer? –se me ocurrió.

–Clara me ha dicho que al final vas a Londres.

Seguía escuchándole.

–Yo ya sabía que irías.

Sentí las treinta y cinco mil pesetas en el bolsillo las sentí pesando allí de golpe. Junto a que Abel ya sabía que iría.

–Yo ya sabía que irías –repitió con una autoridad que venía del yogur satisfecho pero sin perder la cara estupefacta contra sí mismo–. Desde el principio ibas a ir.

Se me cruzó por la cabeza que él sabía más que yo más que yo de verdad. No se me cruzó por la cabeza. Se me quedó en ella porque yo no tenía con qué responder a eso. Porque yo no tenía nada que se le pareciera. Entonces comencé a pensar que si yo no tenía nada él tampoco podía tenerlo. Sólo estaba ejercitándose como con las frases. Diciendo frases. A lo peor lo que sí sabía es que yo no tenía nada y por eso podía ejercitarse.

–¿Cómo lo sabías?

–Está la mecánica de las cosas.

La cara aplastada era la cara de un boxeador que en ese momento lanzaba puños pero yo no sentía el peso de esas manos sino el de los billetes en el bolsillo del pantalón. Era gracioso escuchar al camillero hablando de mecánica. Nadie pide más.

–¿Y cuál es la mecánica de esta cosa?

–Aprovechar la ocasión –dijo sin pestañear porque no hay pestañas en la resolución–. Tú no podías desaprovechar la ocasión.

–¿Beneficiarse de la ocasión tiene que ver con la mecánica? –ahora estaba completamente despierto y trataba de escupir esas palabras completamente despierto.

Juntó los labios y los curvó hacia abajo dejándolos muy delgados como la boca de una hucha. Enseguida desvió la mirada hacia el yogur. Las rodillas castañeteando.

–Sabes lo que quiero decir –acabó contestando.

–Más vale que lo sepas tú. Yo no he dicho que tenga que aprovechar nada ni que esto sea una ocasión.

–Te conozco bien, Alejandro. No eres tan difícil de conocer.

Se levantó y se fue hacia el espejo del salón lo único que brillaba en aquel cuarto interior. Se pasó unas cuantas veces la mano por el pelo y después miró en los dedos los restos que se habían quedado. Tenía una mata hermosa de treinta y cinco años de persistencia tal vez por eso le preocupaba.

–Os vais mañana –dijo regresando–. ¿No pensabas decírmelo?

–¿Cómo no iba a pensarlo?

–Y cuándo me lo dirías.

–Cuando lo preguntaras.

Se quedó de pie agigantado al otro lado de la mesilla del sofá pero me seguía pareciendo un cuerpo con un pensamiento asustado.

–Somos amigos –dijo–. Para mí es importante que seamos amigos. Tienes que entender que te hablo desde el afecto.

–O desde la mecánica...

–Di lo que quieras. Yo soy tu amigo.

La palabra amigo trajo la imagen de un león en invierno cuando los leones cazan solos. No sé qué idea era ésa ni por qué aparecía allí pero veía el león y la sabana fría tendiéndose bajo unos pies que erraban.

–Al principio eras el amigo de Clara. Pero ahora es muy distinto, ¿no te parece? Creo que podías haberme dicho antes lo de Londres.

–Tengo que irme.

–Creí que querías ir a comer.

–Vamos a comer. Antes tengo que ir a otro sitio. Me esperas en el Asturiano.

Al abrir el portal noté que en la mano iban las treinta y cinco mil pesetas hechas una bola. ¿Tenía que dar treinta y cinco mil o sólo treinta? ¿Lo estaba olvidando? Habían estado en el bolsillo del pantalón todo el tiempo como si fuera a darlas muy pronto no tuvieran que quedarse en un sitio especial guardadas y también como si fuera a necesitarlas en cualquier momento para cualquier cosa. Daban las dos y media. El chucho de pelo duro. El calor no dejaba respirar el aire. Siempre en la hora de la muerte hay un cielo gris y aire respirable pero también se da el caso de que la muerte haya llegado antes que uno. Otra vez la imagen del león. Eran las dos y media. Era jueves y el tiempo se acababa. Corrí. Corrí. Pidiendo a ese dios relojero que había inventado la mecánica que Regina no hubiera llegado todavía a su casa porque si Regina había llegado a su casa yo no me atrevería a subir todas las escaleras yo no me atrevería a ver cómo me abría la puerta de su casa.

Después de minutos pegado a su portal recontando todo a lo que no me atrevería la vi subiendo por Orense. Con el fondo de edificios de cristal luminosos y fríos clavados en el aire irrespirable. Trayendo el cobijo de los escaparates. Rubia y pequeña como si caminase por una calle ancha cargada con su bolsón de esparto. Muy despacio con sus pies pequeños. Hasta que me vio y siguió viéndome. La luz de los edificios fríos se quedó dentro de los ojos pardos que ya sé que nunca se desclavarán del sitio donde los tengo porque yo los he visto así y sé lo que significa que yo los haya visto así.

Me esperas dijo como si lo supiera como si estuviese comprobándolo estuviera asustándose. Tuve necesidad de tocar el pelo rubio y bajar las manos por las sienes. Descansar del sol resbalando. Pero llevaba la bola de treinta y cinco mil pesetas en la mano y dije ten. Quédatelo. Sus manos se habían quedado abiertas y la bola cayó al suelo. La recogí y después le apreté los dedos con toda mi fuerza. Ella dijo qué me estás dando. Y luego otra vez a punto de llorar qué me estás dando. Pero yo no quería verla ni ver sus ojos hasta que les pasara todo lo que podía pasarles. Prefería escapar corriendo otra vez sintiendo al león la sabana el frío mientras sonaba qué me estás dando qué me estás dando. Todas las treinta y cinco mil.

Corriendo por Hernani pasando de largo el Asturiano y pensando que así se llegaba a Londres.

7

Salí de Las Rozas. No estaba atrapado ni encerrado. Me quedé ahí sin contar los días y el tiempo ha pasado. He intentado saber lo que estaba mal, pero estoy acostumbrado a no descubrir nada solo. Los lugares me tragan. Un día era martes, otro viernes, en un calendario intercambiable. Me van tragando porque no tengo nada que escuchar, nadie a quien oír y eso se va trasformando en un estado de ánimo placentero y mortífero. Sin embargo, me pareció que en el último momento me estaban dejando recados. Cogí el coche y apreté autopista abajo. Clara se iba hoy a Londres. En el Banco había Consejo.

Quería pedirle a Clara las llaves de Quintana. Podría cuidar las jardineras mientras ella está afuera. No tenía previsto encontrarme con ella, aunque se marchaba. Las jardineras corren peligro de carbonizarse. Bastaría con que no volviese en una semana. Sólo las jardineras. Eso no sería motivo de discusión, ni haría falta que se lo suplicase. No había que suplicar. Necesitaba las llaves para cuidar las plantas. Un sencillo trabajo de mantenimiento que no significa nada, no añade nada. Sin despedidas. Cuando regrese, le devolveré sus llaves y si quiere podrá llamarme a ver cómo va todo.

Por lejos que se vaya, siempre puedo ocuparme. Puede quedarse el tiempo que quiera, en Inglaterra o en cualquier otra parte. Puede escuchar el concierto con *spaghetti* de Saint Martin's, ir a Ham House, comer en Avedissian. ¿Hará eso con él? Es posible que visite a Aubrey. No importa. No importa, aunque no respete el Londres que es nuestro, aunque se dedique a pisar encima de las huellas, porque eso no significa nada. Nadie puede empezar por otro o por ningún principio. Hará lo que quiera. Ella me da las llaves, sin discusión y sin súplicas, y yo cuido las plantas.

Llegué a Rosales. Las hojas de los árboles brillaban y pasaban. Hacía calor. Los caminos del parque y las terrazas estaban desiertos. Todo iría deprisa y sin obstáculos. Dejé el coche en doble fila. Sería un momento. Caminé hasta el portal y saqué mecánicamente las llaves. Me di cuenta cuando la puerta estaba abierta y había acabado de empujarla. Yo la había abierto y entonces me detuve. Me detuve en el mismo umbral sin decidir dar un paso adentro o volver atrás. Tenía las llaves, todas las llaves. Las tenía y recordaba que Clara nunca pidió que se las devolviera. Tampoco yo lo hice. Para qué había corrido tanto. Para qué quería pedir unas llaves que tenía. Qué estaba haciendo allí. No necesitaba hablar con Clara para pedirle nada y estaba seguro de que tenía que pedírselo antes de que se fuera.

Una sorpresa parecida a la de descubrir el revés del muro. He cerrado la puerta, pero no me he movido del umbral. La portera ha salido y mirado a través del cristal esmerilado de la puerta. Ha inclinado el cuerpo y se ha quedado quieta, a pocos metros. Adivinaba los trapecios de su bata de colores, la cara alargada. Ha sabido quién era y ha seguido sin moverse. No ha dicho nada. No se ha atrevido a preguntar. Ninguno empuja la puerta y nos quedamos a través del cristal. Esperé a que se diera la vuelta y me fui.

Cuando venía hacia el Banco, he pensado que de todos modos podría haber hablado con Clara. Después me he dicho que ya tengo las llaves. No se trataba de Clara. No tengo historia con Clara, aunque haya una última oportunidad para que yo cuide las cosas de Quintana.

He subido a mi cuarta planta hermética del Banco. La puerta blindada con el telefonillo, el guardia de seguridad en la cabina de cristal, la recepcionista, la vidriera, Cora y Maite en dos mesas opuestas en la antesala del despacho cerrado. Una oficina hermética y acristalada como un muro al revés. Desde el sillón estoy viendo el Paseo de Recoletos, la Biblioteca Nacional, la plaza de cemento de Colón, el tráfico de la arteria sobre el que oscila la torre. Cora me ha dicho antes: ¿ya se encuentra bien?

—Tiene el orden del día encima de la mesa. El presidente no ha hecho modificaciones. No se preocupe, no hay nada importante. La hora es la prevista, las doce.

Han pasado horas en el sillón negro, oscilando. Sin querer he abierto un cajón y ha aparecido una fotografía de Clara, que miro sin llegar a tocar.

El presidente llamó, ¿vienes?, estamos todos. Subo a la quinta y trato de arreglar algo por dentro, como si comunicara cables, despertar. Un malestar de óxido. Me siento frente al presidente en la mesa ovalada. Ya están hablando. Hay un fluido largo, un rumor permanente, como si las conversaciones transcurriesen en medio de humo. Una atmósfera artificial, de presagio. Echo un vistazo intentando situarme. Han venido todos, sin fallo. Reviso el orden del día y no encuentro nada de particular. Ni un fallo entre los de fuera, ni un fallo en la Casa. El grupo de comunicación, la multinacional, los ex ministros, los viejos asesores, los pequeños absorbidos, y los que nos llamamos «nosotros». Seguramente, no pasa nada, pero todo está abarrotado como en un sueño.

Dirigido a mí, he escuchado algo intrascendente, pero me fijo en la sonrisa de dientes esculpidos e inmediatamente me pregunto por las llaves de Quintana. He notado la alarma. Debería estar despierto, debería despertar. Me he concentrado en ese rostro de cuarenta años, en la mirada de hurón brillando en pleno bosque. No ha dicho nada, nada importante. No hay sensaciones. El presidente levanta la voz. Me ha costado encajar esa voz en la cabeza de pelo blanco y piel bronceada, que también ha brillado. Las hojas que esta mañana pasaban y brillaban.

Teoría política general. Teoría política general del momento. Van a ganar los populares, van a ganar como quieren. El capo de la comunicación pregunta si eso afectará a la distribución de créditos. Los socialistas se han llevado tradicionalmente la saca. El presidente atiende concienzudamente la cuestión, y esa atención concienzuda indica a la Casa que no hay nada que responder. Le miro. A sus sesenta años produce la impresión de que le queda toda la vida por vivir. Quizá gastó su inocencia en el momento oportuno y ya no tenga que ir perdiéndola lastimosamente a lo largo del tiempo, que es lo que nos hace viejos. La inocencia, el principio de Clara. Román huyendo, puro. Habría que quemar la vida nada más empezarla. Para que el fuego no llegue tarde, no esté llegando siempre.

Es un consejo informativo y ordinario. La Casa calla y los actores de afuera interpretan. Es una escena de un sueño, están todos. Despertar, despertar. El opositor perderá sus posibilidades en una campaña larga. El César tiene que dejar pasar ocho o diez meses tras el último descalabro y todo volverá a ser suyo.

Todo lo largo es reversible porque así está hecho el mundo. Como todos saben, el mundo es redondo, de modo que, a mayor camino, más posibilidades de volver al punto de partida. Galopamos sobre el propio terreno, pienso. De nada me sirve. Eso también es de sueño.

Los que han hablado siguen hablando hasta contradecirse. Es el principio del fin de una época. Hay que prepararse para lo que inexorablemente tiene que llegar. Es decir, todos en la mesa ovalada, tras un comienzo analítico, se han rendido a la fatalidad. Pero creo que «nosotros» estamos cada vez más callados.

Resulta que he estado hablando. He hablado, quizá mientras me parecía escuchar. Debemos actuar no sobre el resultado de las últimas elecciones, sino sobre el estado de ánimo de la población. Eso es lo que habitualmente se proponen los líderes, contesta el capo, y distingo los dientes esculpidos. Me parece que los líderes parten del principio de que la gente quiere elegir, insisto. Puede que estemos viviendo una época en la que la gente, tanto si elige como si no, preferiría no hacerlo. Nosotros debemos mostrar, no nuestra falta de decisión, sino nuestra preferencia por no tomar ninguna.

Creo en lo que he dicho, aunque las palabras suenan en una casa en construcción en invierno. No se despierta fácilmente a este mundo. Es un mal día, todo acabará pronto. Hay que llegar vivo al final. Tras lo último, se ha quedado un vacío en el centro del óvalo. Un vacío sin gloria flanqueado por trajes oscuros cortados a ras de la silueta. Trajes, gente vestida, entre la que he estado hablando. Un escalofrío idéntico al de las llaves, ¿voy vestido? No muevo las manos, pero la intención es palpar, asegurarme de que voy con algo puesto. Hacia la derecha hay un reflejo. Tranquilidad. He reconocido el traje gris claro y una corbata más oscura. Todo está bien. Pronto terminará este paseo de sonámbulo.

Trato de sentirme bien y repito que debemos mostrar nuestra preferencia por no tomar ninguna clase de decisión. La forma en que me han mirado, recuerdo tiempo después, es la de parar golpes, los golpes de una maza en el escudo ligero de la teoría política general del momento. Si toda la vida pudiera ser así. Si toda la vida fuese un simple campo de batalla, con vencedores y vencidos, con golpes de maza y escudos ligeros.

Mucho más tarde, el presidente ha entrado en mi despacho con la piel de bronce y me ha dicho: has estado muy bien, Goro.

Algo inesperado en ti, eso de no tomar decisiones, pero tremendamente adecuado.

Me doy cuenta de que no quiere sentarse. Ha abierto la caja de puros.

–Les falta humedad –ha dicho–. Has estado muy bien, Goro, pero debemos ser sensibles. Tenemos a los populares en el barrio, como quien dice. Nos basta con ser sensibles.

Se ha quedado delante, no acaba de sentarse ni de mirarme.

–Tú eres sensible. Imagino que no tienes una posición cómoda. Siempre he pensado que resulta más sencillo poner una bomba que enfadar a los amigos con los que cenas. Pero tú no tienes que hacer ni una cosa ni otra. Se trata de sensibilidad.

Ha continuado con los puros y su humedad. Un hombre como él puede pensar en la sensibilidad. Miro su piel, mientras pienso en carcoma.

Se ha marchado. Cuento esos amigos con los que voy a cenar desde el despacho que oscila sobre la arteria, dejando que pase ese avión hacia Londres. Voy replantando una a una todas las jardineras que dan al patio de manzana, para matar el tiempo.

En el teléfono estoy diciendo: Teresa, por favor, quiero verte esta noche, tenemos que hablar. No estoy viendo la cara de Teresa que contesta que no, que se acabó, que debemos vivir en paz.

–Nos lo hemos llevado todo afuera –dijo Clara.

Yo no he estado buscando. Con Clara lo tenía todo. Con Teresa se acabó hace meses. Duraba demasiado, Clara lo supo. Me fui pensando que era alguien a quien volvería. Hay cosas que me he ido llevando afuera, pero no he estado buscando. No he estado trasladándome. No he ido poniendo cosas en otro lugar. No he dejado nada fuera, ni nadie me está esperando.

Escucho la voz de Teresa que dice que no, la voz que sale del hilo. Y ahora, en el teléfono, estoy suplicando. Suplicando como creo que no le habría suplicado a Clara si Clara se hubiese negado a darme las llaves. Quiero despertar, que acabe.

8

Era domingo y le dije a Mundi que fuéramos a ver el Thyssen. Iba siendo hora de que fuéramos. Nos habíamos levantado temprano, cuando el sol estaba todavía frío y animaba a moverse, aunque ya se viera venir la torra en el cielo legañoso. Mundi no dijo ni sí ni no, porque nunca dice ni sí ni no cuando se trata, como él dice, del «hecho cultural». El oso no es indiferente, qué va, lo que pasa es que lo ve como un compromiso, un compromiso con su ignorancia y a la vez un compromiso conmigo. Él está bien en casa, en límites, pero distingue entre «lo privado y lo público», «los hechos de conciencia y la acción exterior», me parece que es más o menos así. O sea, él se quedaría en casa, pero debería salir. Gracias a Dios es marxista-leninista y no se siente del todo mal con la comprensión del mundo. No se siente del todo mal todo el tiempo, quiero decir. Nunca he entendido qué hacían Alejandro y él juntos.

Creo que había pensado ya en Alejandro cuando decidí que este domingo tenía que salir de casa enseguida, aunque de esto no pueda hablar mucho conmigo misma. Se me ocurrió el Thyssen. A veces, no se me ocurre nada y entonces me quedo quieta, quietísima, en días en que las cosas se ponen a empujar. Si dibujara un sentimiento, dibujaría a alguien que viaja, porque nunca se ve qué hay en un equipaje, sólo se ve el peso. Igual que unas veces me quedo quieta, hay otras en que me veo quieta, son las peores.

La cara de compromiso de Mundi es una cara graciosa. Es la cara de un niño mojando bizcochos y escuchando, mirando hacia arriba, pero más que nada atento a su tazón y a lo que escurre. Detrás de todas las caras de gente hay una cara de niño, siempre he pensado que yo soy capaz de verla. Por ejemplo,

Mundi ya era entonces lento como un buey, imposible que fuera corriendo a ninguna parte, pero tampoco estar clavado mucho tiempo. Estaba yendo siempre, porque le veo andando por las calles del barrio de ladrillo del Pilar, sin barba y sin tripa, pero ya como si las llevara.

Llegamos al Thyssen y mientras esperaba que Mundi aparcara el coche por allí cerca compré las entradas y decidí los Flamencos. Eran demasiadas salas para una sola mañana, siempre en un museo elijo una parte pequeña primero para volver después, aunque muchas veces no vuelva. Quizá seguía pensando en algo fresco y me volé al Norte, a tierra de agua, a ojos cristalinos. Puestos así, los Flamencos.

Había Van Eyck, algo de Durero y sobre todo la recua de retratistas que sale en los manuales. Esos rostros de mármol impresionante y esos cuerpos escondidos en pieles, sedas y joyas. Creo que esa pintura son todo caras, por mucho que las adornen, matrimonios hechos de cara, caras de hombre solitario o de mujer solitaria, también se me ocurrió que siempre hay otra cara además de la que se ve, otra cara que está mirando y que se adivina aunque no esté pintada. Pensé que Mundi se estaba aburriendo cuando dijo:

–Parece que les han pintado ya muertos y les han puesto todo lo que tenían.

Después me di cuenta de que no, de que le gustaba mirar las diademas de perlas, hechas con una simple pincelada blanca y un brillo, o los rubíes, de rojo espeso engastados en un amarillo igual de espeso.

–¿Tú crees que se ponían lo mejor para el retrato o que siempre iban vestidos así? –preguntó.

Mundi hizo que me acordara de mi hermana Rosa y de su afición por los tapices. Con los tapices se muere de hambre, pero no creo que haya fuerza en el mundo que la aparte de su telar. Vive en la casa de los enanitos del bosque, con tres habitaciones, los dos críos y el marido, y una habitación es para el telar. Cuando vivíamos en Entrevías, íbamos a un médico de Conde de Barcelona, que tenía una auténtica casa de médico, o sea, una muestra atiborrada de lo que un viajante como mi abuelo podría despachar entre Marrakech y Andorra. Ella salía siempre alucinada, ¿has visto todo lo que tienen? No era has visto algo, esto o lo de más allá, sino has visto todo lo que tienen. Como si el todo fuera una cosa en concreto que no pudiera dejar de mirarse. La pobre sufrió más de la cuenta aquel piso mondo en el que las sillas entraban con créditos y el único mueble, digno de tal nombre, era una televisión Elbe encima de una repisa de contrachapado. Así que ahora ha forrado su casa y podría forrar barrios enteros si alguien le comprara lo que hace.

Me digo si yo no pintaré cuadros por la misma razón. Lo cierto es que no los pinto del todo, me gustaría pintar, que no es lo mismo. Me obligan a coger la paleta, pero verdaderamente no sé si pasaré algún día del carboncillo. Todos los años el mismo runrún, me matriculo en óleo o en dibujo, y le doy unas vueltas inútiles a la misma trompa. Total, dibujo y óleo.

Cuando estaba con Alejandro siempre le decía que quería pintar cuadros, porque me parecía que él necesitaba que le dijera eso, que si yo no pintaba cuadros, él se iría. Todo porque un día en la sierra me vio dibujar un bosque de líquenes. Un bosque de líquenes es como un ejército fantasma, de cerca y de lejos. Alejandro lo vio y me dijo que por qué no me dedicaba a pintar. Le contesté que yo no pintaba, que sólo dibujaba. De pequeña me habían pegado un lápiz a los dedos, me gustaba dibujar todo lo que veía que me gustaba. Pero con los colores es otra cosa. Los colores son mezclas, manchas y pincel. Y además una vez leí que un pintor usaba el rojo laca para la vehemencia, el turquesa pálido para el ensueño y el melocotón para la ternura. Me preguntaba si yo llegaría a saber eso alguna vez, ir de un color hasta donde espera una emoción. Conocía los cálidos y los fríos, pero de allí no progresaba con naturalidad. Los colores siempre me han dado mancha, pero las líneas y los contrastes me dan paisajes y cuerpos. La línea es una virtud y la mancha es una plaga. Creo que Alejandro se puso furioso, se controló, pero se puso furioso.

–Sólo quieres quedarte donde estás. Eso está bien. Tú sabrás.

Enseguida le dije que no me costaría nada intentarlo.

–Pero tienes que aprender. Tienes que ir a un sitio donde te enseñen. Hay gente ahí afuera. Hay sitios. No vale lo que tú hagas sola delante de tu cuaderno ni delante de tu lienzo.

No pasé la prueba en la Facultad de San Fernando, así que me matriculé en los cursillos libres del Círculo de Bellas Artes, donde íbamos más bien de todo.

–No pierdas el tiempo –me dijo entonces y como si ya no le interesara tanto, aunque yo sabía por qué decía todo.

Aquellas últimas semanas, pasé los días diciéndole que le traería un cuadro, que aunque se fuese, en mayo había dicho que se marchaba, se llevaría un cuadro mío. Pero no quería que se fuese con él, sino que se quedara a ver los que iría haciendo, que se quedase un cuadro tras otro. A mi pesar, yo se lo decía para que se sintiera mejor mientras estaba y nunca acabé de hacerme la ilusión de que quisiera ver un cuadro mío. Ni tampoco la ilusión de que fuera a quedarse.

Mundi me hizo pensar en mi hermana y mi hermana en Alejandro. Y mientras Mundi seguía haciendo preguntas de estraperlista, a mí se me vinieron encima las treinta y cinco mil pesetas del imbécil de Alejandro. Imbécil de veras, ya no quiero entenderle, porque él se ha dado cuenta de que le entiendo y esto puede ser un suplicio.

¿A qué vienen las treinta y cinco mil pesetas? Me las da y se va corriendo. Luego me entero que a Londres, por Abel y de cualquier manera, por casualidad. Sólo hay una explicación, que él no las quería. Conociéndole, eso es una explicación. Por Dios, qué fácil sería matarle. Como le ha matado Mundi o le ha ido matando cualquiera con el que se ha tropezado. Es la persona con menos amigos que conozco, o sea, ninguno. Nunca se sabe si está contigo o contra ti, si llega o se marcha. No tiene nada, pero desprecia a los demás que tampoco lo tienen. Sus proyectos, que nunca realiza, siempre son demasiado grandes como para que los entienda uno que siempre realiza proyectos pequeños. Son palabras de Mundi y sólo con subirse a las palabras de Mundi bastaría para matarle. Y por qué a mí me gusta tirarme a su hoyo.

Quise devolvérselo enseguida, por un lado. Digo por un lado porque no quería así, por las buenas, entrar en uno de esos montajes trágicos que Alejandro escribe, dirige y protagoniza, y de los que Alejandro es también el único público, y no le importa a quién meta con tal de que se escenifique. Los niños usan el llanto cuando tienen hambre, cuando les duele la barriga o cuando quieren llamar la atención, es decir, que el llanto les sirve para todo por muy diferente que sea. Se supone que cuando se hacen mayores aprenden a expresar de forma diferente lo que es diferente. Alejandro no lo aprendió, Alejandro explota, y las explosiones son iguales para cosas que no se parecen, es muy difícil averiguar lo que hay detrás.

Por un lado, quería devolvérselo y por el otro naturalmente

que no. Él se fue corriendo y yo me fui a casa pensando que a ninguno nos vendría mal un rato de tranquilidad. Después de comer me acerqué hasta la suya, toqué el timbre y no contestaron. Vi venir a Abel por la parte de Cuatro Caminos y le esperé. A éste siempre me ha costado cogerle el aire, aunque seguramente no es más que un buen chico. El buen chico que son todos esos chicos de barrio, Mundi también, yo también, pero yo me parezco a otra cosa, que han querido salir y seguir saliendo, no volver nunca más, un empleo pronto y una carrera tarde, que con treinta y tantos años empiezan a vivir el primer presente. A veces tienen un aire y a veces es como si lo hubieran perdido. Mundi lo tiene. Mundi es de los que pasaron el bachillerato estudiando encima de la lavadora y descubrieron la injusticia. A Abel le pasó lo mismo, pero me parece que sólo llegó a descubrir que no le gustaba. Lo peor que le puede pasar es que se quede con el epitafio que le pusieron a mi abuelo, el viajante, «ni fue lo que quiso, ni quiso lo que fue». Me cuesta cogerle el aire, esa presencia de hombre grande y fuerte, y ese gesto de incertidumbre total que le hace caminar con la cabeza gacha o mover los ojillos como si le estuvieras deslumbrando cada vez que dices una palabra. Eso puede ser enternecedor o asqueroso. Es asqueroso si él lo sabe y lo practica, y es enternecedor si el pobre no se da cuenta. Yo creo que no es más que un buen chico y que ése es el problema, porque los buenos chicos pueden ser cualquier cosa dependiendo del momento, no sé qué le pasará con Alejandro a la vera. Para Alejandro enconado, Mundi y Abel se hicieron viejos al principio y ahora se han acordado de que no tienen biografía. Me parece que es otra forma de decir cosas suyas, porque a los treinta y dos de Mundi y a los treinta y cinco de Abel, nadie puede saber si ha sido viejo.

–¿Has visto a Alejandro? –fue Abel quien lo preguntó y yo me quedé un poco parada, porque no quería hablar de la escena.

–Venía a decirle una cosa –contesté.

–Estoy preocupado por él, Regina –dijo con un suspiro más bien solemne y empezando a mover los ojos por cualquier sitio menos por mi cara.

Me quedé callada, él apretó los labios, y supuse que seguiría hablando porque no podía estar apretando todo el tiempo.

–Estoy preocupado –repitió–. Creo que es de esas personas que nunca le encontrará sentido a esto.

–¿Estás hablando de algo? –no sé cómo lo dije, pero en ese

momento me acordé de la enfermedad de Alejandro, de cuando Abel dijo que no podía ocuparse de él y todo se arregló finalmente, creo que por la intervención de la catedrática, porque Abel sí que acabó cuidándole. Trabaja en un hospital y yo pensé, aunque parezca tonta, que era el menos indicado para dejarle tirado. Es porque pienso que las personas se parecen a lo que hacen.

Era una hepatitis normal, sólo se trataba de comprar queso fresco y jamón de york. No era tan difícil.

–Hay que ordenar un poco el mundo, porque el mundo no se ordena solo. No hay más experiencia que ésa. El orden que coloca las cosas, lo diverso, y da unidad en lo que a simple vista parece caótico.

Había oído hablar a Abel otras veces de esa manera, mejor dicho, era la forma en que hablaba Abel en cuanto la gente se ponía a lo que se llama hablar. Pero normalmente necesitaba un calentamiento, un poco de nocturnidad, no unas copas porque no bebía, que el personal cogiera el cable, esas cosas. Antes de la hepatitis, Alejandro le traía por casa a jugar a las cartas y allí largó lo que quiso más de una vez. Pero nunca le había visto un ataque abstracto con su propia moto.

–Es un problema de equilibrio, de proporción, lo mismo que pasa con las relaciones, y no es nada más. Cuando se habla de la identidad no se está hablando de otra cosa, porque la identidad juega con eso, está jugando todo el tiempo. Hay que mirar, tratar con el conocimiento.

De pronto, pensé que había pasado algo entre Alejandro y Abel, y que eso tenía que ver con el dinero que yo llevaba en el bolso. Pero no podía saber qué era, ni tampoco quería preguntárselo a Abel que, también de pronto, mientras seguía moviendo ojos a todas partes, mientras hablaba de aquella manera, me iba echando para atrás, no por nada, no por nada bueno o malo, simplemente pensé en Alejandro junto a Abel y como en una trasparencia sentí a la catedrática. Ahora pienso que eso me llevó a los Flamencos, que no escogí el Norte, que escogí el presente. Caras y caras entre caras, unas visibles y otras invisibles. Y es que quizá vi entonces una escena monstruosa, en la oscuridad total, porque Alejandro nunca contará nada y Abel no sabe hablar, en la misma oscuridad en que se aparecen los horrores mucho antes de ser vistos, como pasa en el túnel del parque de atracciones.

Cuando me iba, Abel me preguntó si sabía que Alejandro se marchaba a Londres, que si había ido a despedirse. Le contesté que no sabía nada. A pesar de que desde ese momento empezaría a saber muchas cosas.

No pude guardar el dinero en casa. Desde luego, Alejandro me dio algo que no quería, pero si me lo dio a mí fue para decirme que no lo quería. Quiso decirme algo, como siempre, para no tener que hablar. Sucede que yo no podía quedarme en casa con ello y estar mirándolo y acordándome, tampoco era cuestión de comprar guisantes y embutido. Así que lo he llevado en el bolso durante estos días, lo llevaba en el bolso este domingo por la mañana, cuando el Thyssen, y cuando Mundi me recordó a mi hermana y mi hermana me recordó a Alejandro.

Al salir del museo, era todavía temprano, Mundi me cogió del hombro y empezamos a caminar, bajo el sol que ya no estaba frío, pero que no hacía efecto todavía.

–Algún día colgarán ahí un cuadro tuyo –dijo Mundi, riéndose no sé cómo.

Me apretó un poco más, pero no me quedó más remedio que mirarle. Lo había dicho por decir, por jugar un poco con las palabras o con las fantasías, sin darle importancia. Era justo que no le diera importancia a mis cuadros, porque mis cuadros estaban sin pintar. A pesar de todo, no me gustó que lo dijera, no me gustó que hablara de ello, quizá no me habría gustado que lo dijese de ninguna manera, que tocase el tema de ninguna manera. Tuve una cierta ciega al ver a un tipo gordo, de treinta y dos años, que había trabajado media vida de administrativo en la Westinghouse, que se había quedado en la misma fábrica y regresado a la misma oficina comercial a pesar de la licenciatura, que me pasaba la mano por el hombro y hacía pronósticos bobos sobre mi pintura. Por más marxista-leninista que fuese y lo que quisiera decir. Pero no fue del todo por eso, no fue ésa la ciega de pánico. Fue ver a Alejandro cuando me decía que tenía que ser pintora y fue verme a mí, cuando me gustaba que me lo dijera. Era descubrir de repente que yo no le decía a Alejandro que quería ser pintora para que él se sintiera bien, sino que yo se lo decía porque me gustaba verme en los ojos que me miraban cuando se lo decía, y ahora era otro el que me apretaba con su brazo.

Desde Recoletos subimos a Serrano, íbamos un poco sin rumbo, el sol resbalaba por una película de piel, bajo el brazo supuesto de Mundi. Hubiera podido andar kilómetros antes de ser abrasada. Mundi me dijo que quería tomarse una cerveza en El Aguilucho, en Hermosilla. Le vi tomarse una jarra y cómo la espuma se quedaba en el bigote espeso, todavía no se había pasado la ciega. Después bajamos otra vez a Serrano porque le dije que quería ver escaparates, quería ver cualquier cosa y era la sensación de por la mañana cuando quise salir de casa y se me ocurrió lo del Thyssen.

Frente a los escaparates Mundi se quedaba más lejos y sentía que era igual que si me dejase respirar. Le veía en los reflejos, dándome la vuelta o mirando hacia la calle. Pero la sensación no acababa de irse. Era como si llevase el abrazo pegado y todavía sin saber de quién era el abrazo, porque al final la mirada de Alejandro se había transportado a los brazos de Mundi. Tenía miedo porque era físico. Era físico el no distinguirlo. Igual que un bosque de líquenes. Yo no miraba de verdad los escaparates, sólo estaba esperando a que aquello se fuese, se fuese de una vez, por favor.

–Vamos a comprarte camisas, te hacen falta –dije a Mundi.

–No tenemos dinero y además está todo cerrado –contestó.

–Aquí está abierto y déjame lo del dinero a mí –se lo solté como si él no pudiera tener ninguna relación con el dinero igual que no podía tenerla con la pintura.

Estábamos en Marks and Spencer. Subimos al primer piso y fui sacando camisas de los expositores. Después escogí tres chaquetas de verano.

–Creo que nunca he usado una chaqueta de éstas –dijo Mundi.

–Pruébatelas y después escogemos las camisas que combinen.

Mundi fue hacia los probadores con el equipaje y cerró la cortina. Otro momento malo fue imaginar que Alejandro salía de allí con la chaqueta de pobre que le compré en el mercadillo de Tetuán, quizá lo imaginé porque él no había estado allí y ahora estaba aquí.

La única vez que me llevó a Mérida, discutió con su padre por otra chaqueta. Nos quedamos tres días. El padre le preguntó cada uno de esos días a qué se dedicaba en Madrid. Alejandro le contestó la primera vez que estudiaba Sociología, pero le contestó como si le escupiera, la verdad es que yo no me imaginaba que su padre pudiera no saberlo. Su padre le siguió preguntando eso y él le siguió escupiendo. No había forma de hablar con

Alejandro de lo que estaba pasando, igual que nunca ha habido forma de hablar de su madre, ni de nada, que primero estaba muerta y después era que les había abandonado. La tarde en que nos volvíamos, el padre sacó una chaqueta de cuadros de un paquete. Era una de esas chaquetas de tergal, con las solapas anchas, que hacen daño a los ojos. Alejandro se volvió loco y empezó a gritarle a su padre que quería el dinero de la chaqueta y no la chaqueta. Yo le decía que cogiera la chaqueta y que por favor nos fuéramos. Pero él no dejó de gritar que quería el dinero. Su padre acabó cogiendo la chaqueta, envolviéndola en el paquete y desapareciendo fuera de la casa. Era un hombrecillo pequeño, con los ojos saltones, oscuro, con la piel pegada a los huesos, yo creo que se había ido pareciendo a sus cuchillos. Oigo los gritos de Alejandro.

Cuando Mundi salió del probador con la primera chaqueta, me pregunté si podría esconder a Alejandro debajo de todo lo que se ponía Mundi. Debajo de chaquetas y de camisas de Mundi, donde yo no le viera, pagando con su propio dinero.

9

Había abierto los ojos como si la cama estuviera en medio de Kennington Road justo en medio del cielo gris y de las tiendas de griegos y árabes. Desde el medio justo de afuera podía hasta mirar el escaparate donde está el Hércules visto desde el primer día. Más que Kennington Road tiendas de griegos y árabes también en la mitad extrañada de que Clara hubiese escogido allí el apartamento vi el Hércules blanco de mármol veteado del escaparate del anticuario. Que era el verdadero Londres al que yo había venido. Solo mirando el Hércules con la clava y la manzana solo mientras Clara alquilaba en otro Londres un apartamento que era en el que vivíamos. Siempre en medio del sitio al que he llegado aunque esté en una habitación con las puertas cerradas. Falta de pertenencia. Pasa cuando llego a una ciudad cuando cambio de casa incluso cuando cambio de habitación porque no hace falta un viaje grande o pequeño simplemente un traslado. De repente estoy en mitad del sitio de afuera. Sea el sitio que sea aunque siempre para no deslizarme hacia el fondo de esa mitad trato de agarrar algo como por ejemplo agarrarme al Hércules reposado de mármol. Abrí los ojos de todas formas en el altillo hasta que empezaron a ver el papel floreado y el tragaluz. La piel bajo la sábana estaba húmeda o extraña. Fue después de tener abiertos los ojos cuando los oídos también se abrieron. Abiertos al ruido de la escalera con los peldaños que crujían. La casa no era buena ni buena aunque diese a los jardines de Kennington Oval y no solamente porque fuera una casa inglesa sino porque pertenecía a ese tipo de casa que se come a los de dentro gracias a una estrechez que va sumando cosas. Donde parece que los muebles están puestos para demostrar que todos esos muebles caben en la casa. Una pelea contra la estrechez como esas peleas contra la pobreza que la hacen más visible. El Sarmiento decidió no pasarse en esa partida del gasto. Lo explicó en el avión con otros detalles que iban apartando lo posible de lo imposible. Como si tuviera miedo al dinero y a mí juntos. Porque parecía que me hablaba a mí mientras que el dinero es suyo.

Había oído el crujido pero creo que lo he llamado crujido después. Eran sus pies sobre la escalera. Sus pies desnudos tocando con la punta los peldaños. Pensé que se parecían a los latidos cuando suenan en el corazón de otro. Los escuché con la atención del que va a contarlos aunque no los conté. Los pies desnudos se acercaban y yo lo sabía todo. Ese contacto entre la madera y la piel.

Eran latidos de corazón escuchados en otro. Miré por el tragaluz el cielo de un tono de gris que era perfecto. Extendido sobre la ciudad de la que no sabía nada. A mil y pico kilómetros de nada. Vi sin haberla pensado ni traído la cara de Regina inclinándose y un poco disuelta como si fuese la cara de un recuerdo de hace mucho tiempo. Tenía los ojos más brillantes y el pelo más claro. Los labios estaban rojos encarnándose de una manera que no eran los suyos. Era Regina y no era Regina entonces me pregunté qué era. Mientras el ruido de los peldaños se acercaba tan acompasado. Muchas cosas eran un recuerdo en ese momento aunque tuviese los ojos bien abiertos tratando de no estar en medio de Kennington Road entre los árabes y los griegos. La cara de Regina se acercaba se inclinaba como los días en que era perfecta al despertarnos. Ella siempre tenía los labios calientes pero esa cara no era la suya sino su recuerdo mientras sonaba la escalera. También el día en que llegamos a Londres era un recuerdo disolviéndose a toda prisa como si cada pisada en la escalera lo empujara hacia atrás o echara velos. Vimos la casa y dije que me quedaba arriba. Clara contestó que como yo quisiera dicho con esa forma de quedarse en silencio que es una forma de esperar otra cosa. Estaría defendido por aquel tramo de escalera angosto con una curva pensando que la subida y la curva eran demasiado retorcidas para un deseo. Incluso demasiado retorcidas para un Sarmiento. Pero desde entonces desde hace ya más de diez días o un tiempo que tampoco he contado he quedado expuesto a escuchar esos golpes de corazón de los pies en la madera. Avanzando más cada mañana. Sólo por las mañanas y nunca por la noche. Salidos tal vez de una espera agotada en la cama de abajo que para descansar se pone en movimiento hacia el altillo. Porque yo puedo imaginar a Clara esperando mientras me duermo de la misma forma en que oigo sus pies cuando me despierto. Aunque nunca llega ni acaba de subir del todo. Ella pasa hasta el mediodía en el British y yo la recojo para comer. Más tarde vemos caminamos y cena. Ella sabe siempre el lugar de la cena después de que el día se ha ido espesando juntos. La cena es la primera puerta de la casa que se abre por la noche. El día entero se va empujando hacia esa puerta como una boca por la noche. Desde los pies en la escalera por la mañana y su salida oficial hacia el British y su paseo oficial conmigo para enseñarme cosas que parece haber estado preparando en el British más que la saga de nobles agropecuarios que tanto dice que le interesa. Ella empieza a no probar bocado y yo empiezo a beber. Se va haciendo tarde y ella parece no haber estado allí para comer y yo parezco haber estado allí sólo para beber. Un restaurante cualquiera que también ha elegido preparado como todo lo demás como una visita o un descubrimiento a los espacios blancos de un mapa que acabará lleno completamente de itinerarios incluso de países con el nombre de los exploradores. Entonces recapitula el día. Repite todo lo que hemos hecho una cosa detrás de otra. Ha estado bien verdad que ha estado bien. Todas las noches sin importarle que yo me dé cuenta del sistema o que ella se vea repitiendo lo repetido incapaz de enfrentarse a una estrategia derrotada. Siempre en el mismo momento cuando traen el segundo plato y mirándome con una sonrisa sistemáticamente asustada por los pronósticos pero que emplea como una mueca sin importarle tampoco. Lo recapitula por su cuenta sin esperar a que yo diga nada pero con la intención de que yo lo acabe ahora que se acerca la puerta abierta de la noche en la casa. Igual que esos padres que retahílan operaciones matemáticas para que los niños hagan la última captando su atención y obligándoles al paso que termina el juego. Los mármoles de Elgin las adelfas de Ham House los Canaletto de Windsor las barcas de Regent y ahora. Y ahora. Y ahora sería volver a Kennington a la casa de Kennington donde hay muebles atestando lo estrecho. Entre los muebles dos camas una noche y yo tengo que decirlo. Acabar la última operación que es la suma de todas las operaciones que ella ha ido haciendo. Después de captar mi atención o de captarme durante todo un día que sigue a otro idéntico que precede a otro idéntico.

Mientras deja el tenedor para masticar yo pienso todo el tiempo que no es una mujer si por lo menos lo fuera. Una mujer cualquiera no me importaría. No me importaría tenderla en Kennington hasta echarle toda la sangre y verla disolverse en sus propios líquidos como ácido. Pero ella no tiene el grito de una mujer en la cara pidiendo el exterminio ni señales de que lo haya hecho más bien que se ha escondido de eso hasta camuflarse venéreamente. Si es algo esa cara es la imagen de un alma tal vez la suya o tal vez no. Los ojos de chino más la nariz que no llega a ser puntiaguda y los labios tensos como una cinta de la boca grande bajo el cascote pelirrojo impasible. Ese cascote del que promete muchas veces que lo devolverá al cabello natural porque también antes era natural. Yo también recuerdo otro pelo hace mucho. Siempre el mismo rostro. Entonces cómo puede haber aprendido a gritar. No hay marcas de mujer sólo una forma de estar. Siempre el mismo rostro y quien no cambia su cara sólo quiere decirte dónde está que es donde está siempre. Si por lo menos se pintara. Fuera sucia o gorda. Una culona con tacones y escote y los labios doblados por el carmín imaginándote los sitios donde te va a teñir. O simplemente una vieja rodeando de perlas el prepucio antes de darse la gran merienda. Tampoco es vieja porque tampoco quiere decidirse.

Había oído el crujido y los pies desnudos se acercaban. No como los otros días. Quizá lo que supe es que lo había oído más cerca o que era imparable porque estaba ahí al lado o porque el ritmo no era el de los otros días o porque a fuerza de repeticiones acaba por llegar una definición. Eso era lo que crujía y por eso lo llamé crujido al sentir que algo iba a partirse entre el tiempo hasta entonces y el tiempo de después. La cara falsa de Regina no se iba ni tampoco sus labios calientes verdaderos. Un despertar sería un párpado de inocencia.

La vi en la puerta la vi bajo el tragaluz con un camisón corto abierto en el pecho y una rueda de volantes en el final. Una prenda sin sexo sin edad que se puso a dar pasos. Acercándose hasta la cama. Y se arrodilló a los pies. El camisón de niña de novia de vieja. Completamente abierto volante sin cuerpo.

–¿Estás bien? –esa voz igual.

–¿Has dormido bien? –volvió a decir puede que corrigiendo quizá aplastando lo anterior porque su cara estaba tensada sin ningún gesto y quizá se parecía demasiado a lo que había dicho al principio formando entonces un estado de ánimo.

Ninguna contestación. Era un crujido. Yo no podía atar sus palabras para que fueran de un sitio a otro. Sólo sentía la piel húmeda o extraña bajo las sábanas. En cambio de su piel no sabía nada porque no podía mirarla sin saber antes algo del camisón. Había un Hércules en un escaparate.

Puso una mano que no vi llegar sobre la sábana y movió los dedos como si la rascase aunque por debajo yo la notaba como una araña que no se mueve del sitio. En vez de escurrir el cuerpo tiré de la sábana y la tensé con los pies dejando un dedo de diferencia de aire entre la sábana y mi cuerpo. Entonces ella paró el movimiento. Sentía una escocedura y estuve a punto de decirle que me había hecho daño pero no me parecía posible que me hubiera hecho daño ni me parecía posible decírselo.

Fue inclinando el cuerpo desde la posición arrodillada hasta quedar plegada del todo sobre mi estómago pero sin tocarlo como si hubiera aceptado el dedo de aire que yo quería poner entre los dos.

No me levanté aparte de que no hablé. Ni me escurrí. Se había quedado en vilo como abrazada a mí y sin estarlo. Ella estaba en vilo pero yo no era capaz de moverme de deshacerme de ella de las maneras fácilmente imaginables. La dejaba hacer todo eso mientras yo no quería que lo hiciera. La forma de plegarse en vilo de la que sólo veía el pelo. El pelo y el camisón y trozos de piel blanca casi azulada que no eran de ninguna parte sólo pedazos amasados entre el pelo y el camisón. A un dedo gravitatorio del aire del cuerpo de debajo de la sábana una especie de imagen lunar con fuerza adherente y repelida. Aunque una imagen humana imaginariamente abrazada a lo atrapado y materialmente envuelta en su propia carne de torbellino giratorio y desfigurado. Imagen humana. De carne deformada y disparada al vacío por la boca de un cañón.

No podía irme porque yo también estaba atraído. Por la imagen lunar. Por la repulsión. Yo podía quedarme allí siempre a condición de que ella se quedara. Atados con aquella distancia del dedo de aire. Contemplarla sólo con contemplarla se estaba mejor que escuchando sus pasos en la escalera mejor que viajando todo el día hacia la boca de la noche en la puerta. Casi bien quizá bien. Aunque nunca hubiese imaginado que podría estar bien con Clara en una cama.

Era la fuerza de mantenerla a esa distancia de dedo y de mantenerla girando alrededor sin que pudiera penetrar sin que yo tuviera que arrojarla. Así dejaba de verse la cara de Regina. De sentirse al abrir los ojos en medio de los árabes y los griegos. De tener que pensar en la piel húmeda o extraña. Cerrando herméticamente la gravitación como dos encerrados en un cuarto de su tamaño. Más solos o juntos que nunca. Además podía mirar su cuerpo sin resbalar su cuerpo encogido hecho un nudo suspenso. Por primera vez. Por primera vez sin escapar de él o arrojarlo.

Pero ella tuvo que corromper esa escena feliz. Porque ella tuvo que hacerlo seguramente igual que yo hubiera podido pegarla o matarla por hacerlo por lo que me estaba haciendo.

Se lanzó y juntó su cara a la mía. Rodeó con su brazo el hombro y una mano se quedó tocando la cara mientras su aliento se hacía húmedo en mi cuello. Y al poco tiempo ya estaba apretada notando sus labios sellados en la garganta. Cerré los ojos y el resto de su cuerpo movía el aire para venir a enroscarse.

El primer instante de una traición es la parálisis. Todo era perfecto pero en realidad fue una argucia de gato que se encoge para tener toda la potencia de su extensión en el salto. No había estado en vilo ni a distancia. Se había recogido en otra espera como la espera de las noches antes de subir por la mañana al altillo. Para dar el último salto desde los pies de la cama a la cabecera. Y el segundo instante es la violencia. Lo que no se entiende o no se entendió expulsado a golpes.

Agarré sus muñecas las empujé hacia atrás con su boca que seguía sellada en el cuello aunque sus manos estaban atadas en lo alto y por detrás como un colgado demasiado elástico capaz de separarse de los miembros. Solté las muñecas. Empecé a apartarla por los hombros. Como si levantara un peso pectoral. El peso de Clara o diez veces el peso de Clara. Cayendo con toda su fuerza quizá desde la órbita hacia el centro de toda la gravedad. Como debía haber temido y no temí. Escondiendo la cara en el pelo. Por eso no vi su cara ni tampoco cuando se levantó y salió por la puerta del altillo sin decir una palabra y esfumándose en el camisón de volantes.

Luego pensé en que tendría que levantarme y que no sabía cuándo me levantaría. Quizá esperase a que Clara fuera a su tarea oficial en el British. Tal vez podríamos desayunar juntos y no dejar un día tan en blanco. También pensé que si Clara hubiese vuelto a intentarlo me habría dado la libertad completa de defenderme. Me dejó sin libertad al marcharse en silencio. De dar en su cuerpo los golpes de mi propio corazón. Quedaban todavía ocasiones. Quedaba mucho tiempo en Londres. La próxima vez. No hacía falta que fuese en ese día porque la próxima vez ya estaría libre.

Llegaba a las manos el ardor de la libertad en los golpes. El calor en la carne ahora vacía tras la marcha y retrasada. Pero era libre.

Entonces quise empecé a tocarme. A tocarme hasta el final.

10

Rodeando Saint Martin, he llegado paseando larga y plácidamente a Charing Cross, arrastrada con suavidad por el descenso desde el British. Es otro día de calor en la inesperada sequía londinense, cubierto por la gasa que sube del Támesis, cargado con ese gentío de metrópoli antigua que deriva por las galerías del Covent, las callejuelas del Soho o las plazas de Belgrave, ante las fachadas suntuosas de la City, de un modo extrañamente susurrante, como si no fueran demasiados o como si la ciudad estuviese almohadillada por el asfalto caliente y el vapor del río. Probablemente he sentido que me estaba deslizando, que en ese deslizamiento hallaba una paz de trayecto que no existe ni en los puntos de partida ni en los de llegada; ir de un sitio a otro sería una forma tranquilizadora de no estar esperando nada, de no querer nada, de estar yendo simplemente porque hay unos pies en el suelo. Imagino que he atisbado un poco de paz en ese camino untado de cerilla entre el British y Charing. Mejor dicho, lo que hubiera podido ser paz, de haber enfocado el paseo con sus límites y, como una bailarina, haber danzado sin salir del escenario. ¿Cómo vuelve la paz? Tal vez sólo se trate de una visión en los malos momentos. Parecía tan al alcance...

Me he metido en la sensación nada más entrar en el vestíbulo de la estación tras el cruce breve del Strand, en mitad de la nave circundada de tiendas y de bocas subterráneas o abiertas a la calle, al acordarme de Goro. No me había acordado de él en este tiempo, podría decir incluso que no he podido acordarme, que no es posible. No estoy segura además de que ahora le haya recordado, como se supone que es un recuerdo; la escena completa de un personaje, un sentido completo, una selección hecha previamente con o sin consciencia, pero que logra la medida de algún sentimiento o de alguna emoción que después se superpone y cubre la escena con su telón gelatinoso hasta que la representación desaparece; no estoy siquiera segura de que se trate de Goro y no de mi presencia en algo que ocurrió y he recordado. La estación de Charing y Goro, de repente.

Fue el primer día, a última hora de la tarde, en que Goro se vino a Quintana. Había dos grandes armarios dejados allí por la dueña, dos auténticos armatostes de nogal sin ninguna gracia y descuadernados, cuyo valor actual se corresponde con el peso de los listones que se hagan con la madera. Estaban fuera del dormitorio, porque no había forma de hacerlos pasar por la puerta, cosa que ya se había intentado; uno, a la entrada y, otro, en el pasillo de la salita. Yo ocupaba, es un decir, dado que una familia numerosa se las habría visto y deseado para conseguir que cualquiera de ellos diese simplemente la impresión de que en la casa había inquilinos, el que estaba más cerca del dormitorio, lo que significaba media docena de metros de ventaja sobre el del vestíbulo. Le dije a Goro que el otro era todo suyo. Era el día en que fui a buscarle a Carabanchel, un par de semanas después de decidir, en los locutorios de la cárcel, que cuando saliera viviríamos juntos. Traía una bolsa de viaje y una cazadora. Él me contestó: «me gustaría estar en tu armario». Recuerdo que traté de buscar aprisa una razón para convencerle de que mi idea era mejor. No pude acudir, por supuesto, al recurso de la capacidad de los armatostes, que es el primero, y quizá el único, que sugiere directamente un armario. Le dije que sería más cómodo de esa manera. Pero él insistió. «He venido a vivir contigo. Me gustaría pensar que cada vez que abra el armario por las mañanas voy a encontrar tu ropa dentro».

El armario de Goro ha encontrado el camino reticular de arcos, vigas y travesaños, de hierro gris que se ve al fondo de los andenes; se ha movido por él como una araña que se ha descolgado al fin sobre mi cabeza con el último hilo en la boca; ha estado esperándome, quizá desde el instante siguiente a las palabras de Goro, hasta que he entrado en Charing. No es la primera vez que recuerdo esa escena.

Aquella noche no pude pegar ojo, hablamos y hablamos, sobre todo, Goro. No llegamos a hacer el amor. No lo habíamos hecho todavía; en realidad fue todo tan extraño y tan oscuro como lo he recordado más tarde, no me refiero en particular a ese día, sino a la situación, al que decidiéramos vivir juntos. El armario fue quizá el primer aviso de algo que se estaba colando por los intersticios de nuestra fulgurante decisión, de nuestro ordenado proyecto de vida en común, como en la novela de Lebert el caos primordial empieza a colarse por las grietas del mundo creado mucho tiempo después del Génesis; construido todo sin conocernos juntos, sin saber lo suficiente, siendo conscientes de ello y sin importarnos en absoluto. Cuando Goro se durmió, yo seguía pensando y pensando en ese pequeño asalto de lo oscuro que fue el episodio del armario. Como una niña ilusionada, había ido a recogerle; con la cabeza llena de fantasías, de cosas por hacer juntos, en un día brillante de sol próximo al verano, y podía ver por delante los meses de libertad y aquel viaje a Londres concebido desde hacía años como el cierre, quizá la conjuración, de una etapa de tentativas y movimientos adolescentes; con la fortuna añadida de que alguien estaría conmigo, un compañero adulto, con el que me situaría en el camino que ahora empezaba. Y, a pesar de ello, traté de defender mi armario sintiendo en lo íntimo la angustia casi física de encontrarme revuelta con Goro en el espacio de un mueble, huyendo de la mezcla y manteniendo en secreto el sueño de la compañía. No sabía tanto, por supuesto.

Pasé la noche en blanco, sintiendo el terror hueco de lo inexplicable o, quizá, de lo que no quería o no estaba en condiciones de explicarme. Por la mañana le dije que sería mejor que, durante un tiempo, guardáramos nuestra relación en secreto. Tenía razones, aunque suponía que a él ya se le habían ocurrido. El equilibrio siempre forzado de los miembros del departamento en el que yo acababa de entrar, la adscripción política de Goro con el remate de su estancia en la cárcel. Goro ya conocía a Vives, liberal por aquel entonces, pero nada más que eso. En la otra banda estaban los militantes de toda la vida. A mí me había colado Vives, y mi supervivencia dependía de identificarme con él en lo académico, sacando la política al jardín. Era la única manera de no estar chocando todo el tiempo con unos y con otros, de no convertirme, de ninguna de las maneras, en una mediadora empujada, poco a poco, a terreno de nadie, más vulnerable que ninguno y, desde luego, depósito de las sospechas que los bandos no tendrían más remedio que arrojarse a medida que se acercara la transición política. Se lo dije a Goro recalcando que no le contaba nada que él no supiera y que estaba convencida de que él apoyaría esta decisión, la menos perjudicial para ambos.

¿Cómo me encontré hablando de perjuicios de la relación al día siguiente de haber embarcado las ilusiones y los proyectos, y a Goro con ellos, en el «cuatro latas» con que volvimos de Carabanchel? No le decía nada nuevo, se lo repetía una y otra vez; «nada ha cambiado desde ayer», supongo que me decía a mí misma una y otra vez. Desayunábamos en la terraza de Quintana, Goro se había levantado lleno de excitación. Quería que preparásemos el viaje a Londres enseguida, que dedicáramos todas nuestras energías a eso y desde ese momento; que él se pondría inmediatamente manos a la obra. Cuando le hablé, se detuvo y me miró, creo que durante un segundo estuvo asustado y entendió más de lo que yo conseguía entender, o quizá no, quizá sólo estaba a la expectativa de una conclusión más dolorosa, de algo que le sacara de mi armario. Pero si se le pasó por la cabeza cualquier cosa parecida, enseguida se dio cuenta de que tenía un arma para defenderse de ella. El viaje a Londres. La excitación del despertar le sirvió también para despejar las dudas y los pensamientos nefandos. Yendo a Londres nada podía ocurrir, o en todo caso, si había alguna idea escondida en mis palabras, no tenía fuerza suficiente para desbaratar lo importante. Hizo, pues, un puente a través de las palabras y enlazó el antes y el después; lo primordial era viajar a Londres independientemente de la utilidad que pudiera prestarnos en aquel momento y más adelante. Se limitó a contestar: «Es bastante lógico que las cosas sean así». Y a renglón seguido se lanzó de nuevo sobre los preparativos. Debo decir que a mí también me tranquilizó pensar en el viaje, porque Londres significaba que Goro no pensaría demasiado en lo que yo le había dicho, y que yo podía dejar de pensar, gracias a ello.

Durante un año, los amigos sospecharon, pero no pasaron de ahí. Nos habíamos casado al volver de Londres, sin más presencia que la de los testigos, un hermano de Goro y la madrina. Sabían que estábamos juntos, en una especie de solidaridad privada, acaso con esporádicos encuentros íntimos, pero no nos veían como pareja, es decir, no nos aplicaban el fuero metonímico de los matrimonios, según el cual el humo sigue a la llama. Al cabo de un año, hubo que poner las cosas en claro, por la sencilla razón de que en la práctica una situación tan ambigua no era sostenible e inducía a una extrañeza más dañina que la escueta verdad.

Pero aquel año se quedó dentro, tan dentro como la noche

del armario, y en cierto sentido nos acostumbramos a ser un matrimonio secreto para los demás, es decir, para nosotros mismos, que habíamos encontrado en la máscara algo que podíamos compartir, algo de lo que no podíamos desprendernos como si tal cosa. Sí, creo que hacia dentro crecimos como nos habíamos comportado hacia fuera. Si no queríamos ponerlo todo en juego...

Imagino que coincidir con un recuerdo de Goro en Charing Cross resulta de otras coincidencias, de una especie de cuaderno logarítmico en el que aparece Londres, preparativos de viaje, un armario de Quintana, la mezcla rehuida, el altillo en el que Alejandro se ha hecho fuerte, la aprensión, pisoteada por el deseo loco, con que subo su escalera. Dios mío, defendí mi armario y ahora estoy condenada a romper puertas. ¿Cómo vuelve la paz? La he atisbado en el deslizamiento desde el British y aquí se ha sumergido por completo en un recuerdo y en la espera de Alejandro, apenas he atravesado el lugar de la cita; el corazón pica como una abeja en vez de latir, el estómago se hace hueco, y el cuerpo entero está esperando la ponzoña y el peso que lo hagan existir, malogrado y dependiente, dentro de algunas constantes. La paz es no tener en qué pensar, seguir el vuelo de una mosca, clasificar por colores los zapatos de los viajeros, predecir el ruido de un grifo que gotea. La paz que es un concepto de vencidos...

Tengo miedo de llegar a los sitios antes que Alejandro, o quizá sólo tenga miedo de verle llegar, de tener que comportarme de una manera u otra mientras se acerca, en esa distancia malévola antes de encontrarnos que va llenando de signos proféticos los pasos y los gestos. He aprendido cosas; he aprendido a recibirle sin exaltación, sin efusión, sería mejor decir que he aprendido a hacer los esfuerzos necesarios, aunque reconozco el gesto incontrolable de los labios, esa sonrisa estúpida que se abre en mi cara y se paraliza mientras él se va acercando y muestra su rechazo; que se paraliza, porque no puede dar marcha atrás y porque se queda absorta ante la humillación de la respuesta. Entonces guardo las manos en los bolsillos, me aprieto entera con los brazos, y me protejo de mi propia sonrisa, de mi degradante falta de defensa.

Podría no exponerme; podría llegar tarde, yo que siempre he llegado tarde, y no padecer la aproximación a esta mueca ridícula en exceso semejante al espíritu que la anima. Él me daría esa oportunidad, porque Alejandro es puntual como una bomba de relojería, pero no sé no exponerme, no sé no esperarle, ya que, al fin y al cabo, nuestra relación consiste en que yo me expongo y espero, y él llena de metralla a los incautos.

He paseado por los andenes y he pensado en lo que voy a contarle de Charing, los viejos trenes que todavía hacen sus pequeños paseos con sus carricoches y portezuelas privadas como en los tiempos de Conan Doyle, como en el inicio de cualquier aventura disparatada de Mister Pickwick, o de los caricaturescos anarquistas de Conrad. ¿Quizá, en aquel otro tiempo, me cité con Goro en este mismo lugar? ¿Por qué ese pequeño dato no llega con claridad a la memoria?; ¿quizá porque no es tan pequeño como imagino? Tuvo que ser aquí, en Londres, donde dimos los primeros pasos por nuestras vidas paralelas. Me cuesta recordar el pisito combado y carcomido de Princess Square en la misma medida en que allí no pasó nada; porque Goro y yo vivíamos en la misma casa, pero nos encontramos en el exterior. En aquel tiempo parecía todo tan natural...

He visto en los relojes la una en punto. No hemos quedado en ningún sitio concreto. Sólo me he atrevido, después de lo de esta mañana, a decir, desde el otro lado de la puerta del altillo, las dos palabras de Charing Cross, ni siquiera he dicho «estación», y confío en que haya deducido la hora de siempre. No sé si hubiera sido capaz de pronunciar la hora, fuese o no la de siempre. Sentía que un montón de zarpas me habían arañado la piel, y eso que ni siquiera llegó a tocarme; porque no tiene nada que ver con que me hubiera tocado o no, sino con la respuesta de la carne, con el valor de la propia piel, como en una violación.

Aun cuando yo misma esperaba lo peor, un desgarramiento progresando con el día en hebras de dolor, extendiéndose como el vestido de una novia arrastrado por el British, por todo el paseo de Londres; lo que ha ido llegando, como la oleada de un analgésico, es una postrada curiosidad por mi cuerpo, como si ya no fuera familiar, ni del todo mío.

«Estoy aquí», he oído por detrás. Antes de que me volviera ya sabía que la sonrisa bobalicona empezaba a estirarse por mi cara y que los brazos se apretaban para juntar mi cuerpo. «¿Adónde vamos?», esta vez he podido leerlo en sus labios, mientras sus ojos buscaban alrededor una forma de irse. He sentido miedo de que nos marcháramos en ese momento, de tener que enfrentarme tan rápidamente a un paseo de silencio hasta el Porter´s, donde había pensado que le gustaría comer, entre los funambulistas y los artesanos del Covent. «Déjame que te enseñe la estación», le he propuesto con la sensación de que la sonrisa se estiraba aún más, hasta deformar en el reflejo de sus ojos la carne que ya había sido despreciada esa mañana. No ha dicho nada, pero me ha mirado. Me ha mirado con una de esas miradas planas, tan convincentemente extrañadas y suyas, que son como un encogerse de hombros.

Le he cogido de la mano en un gesto festivo, tan festivo como desesperado por olvidar lo que había pasado esa mañana, porque lo olvidara él. He arrastrado una mano sin dedos hacia los andenes, teniendo la impresión de que iba dando saltos entre volantes de colores y un chaparrón de serpentinas, como una mejicana borracha llevando de fiesta a un esqueleto; sintiéndome idiota, loca, mientras citaba una frase de Samuel Johnson y hablaba de los juegos de columnas y cristal de Terry Farrell; pegada a aquella mano que no podía llevar en la mía sin distraer la atención hacia otro lado, mientras pasaban trenes azules y rojos con un número frontal.

El andén salía a un exterior de vías convergentes que cruzaban el puente de hierro sobre el Támesis, encima del embarcadero. Llegamos hasta la señal que prohibía continuar a los peatones. Era una sensación extraña estar allí de pronto, oliendo desde aquella altura el agua oleosa, tras una breve excursión desde el vestíbulo comercial de la estación. Solos. De la mano. Únicamente entonces pude estar callada, suspendida sobre el río, como si fueran alas los dos brazos del agua. Pero no eran alas para volar, sino para quedarse quieta sobre el vértigo, sin miedo. Me gustaba pensar que no sabía cómo había llegado hasta allí, y que aun así podía quedarme.

Creo que hacía un buen rato que ya no tenía la mano de Alejandro. «¿Quieres jugar a algo?», me dijo. «Se trata de que tú camines por el bordillo del andén con los ojos cerrados. Yo te llevaré del brazo. Pierdes si abres los ojos una sola vez antes de llegar al final». «¿Es un juego?», pregunté. «Es un juego, porque tienes que confiar en mí y yo puedo hacer lo que quiera». «¿Me cogerás del brazo?», pregunté. Me miró sin pestañear y respondió: «Lo que he dicho es que yo te llevaré del brazo».

Me coloqué en el bordillo y cerré los ojos. Imagino que él debió de sentir mis palpitaciones al agarrarme, pero estoy segura de que fui yo la primera que notó las palpitaciones de sus dedos, que estaban fuertes y hacían daño. No hacían daño siempre, a veces se esponjaban después de haber clavado una garra en el sitio extraño por el que me habían cogido, debajo justamente de la axila.

Seguían el ritmo de mis pasos a ciegas, cerrándose, abriéndose, con el movimiento de tijera de mis piernas, sin empujar, sin utilizar los trucos del juego; sólo haciendo daño y retirándose. Creo que por eso seguí avanzando hasta el final y nunca tuve miedo.

11

He aquí que, un mes transcurrido, recibí testimonio de que Clara estaba viva. Y lo recibí de modo y manera (como diría el conserje de mi pasillo en la Facultad) que me dejó anegado en un mar de dudas, cosa por lo demás refrescante –me refiero al mar (dudas, aparte)– en este campeonato por la calcinación total que Madrid está jugando con otros equipos del África sahariana y nororiental. *Well, well.*

Una postal. En el reverso, palabras. En el anverso, un cuadro de Hogarth. Nada más sencillo a la hora de traducir el mediomensaje: una postal sugiere que no se quiere hablar, aunque también sugiere un aplazamiento. Hogarth es un caricaturista al óleo de las miserias humanas, un trágico sarcástico. El cuadro en cuestión, *La visita del doctor*: sanguijuelas, dama agonizante y parentela con cara de lechuzo. Digamos que, por un lado, la postal decía que no había nada que decir, mientras, por el otro, exageraba lo que no se decía. El silencio junto al aullido de un histrión. Nada más fácil de traducir, repito. La única dificultad estriba en si Clara se calla y ríe acerca de un dolor ya superado o de otro completamente actual.

El texto rezaba: «Todavía no he conseguido sentarme en el pupitre de Marx. Hemos visto la ópera de Sunset Boulevard, en el Adelphi. Sir Walter Raleigh sigue en el mismo pedestal de Whitehall, junto a una estatua gigantesca de un general bengalí que no conozco. La otra noche, en el puente de Vauxhall, vi cómo la marea empujaba al Támesis en sentido contrario. ¿Qué tal en la ribera del Manzanares? Tuya, en la lejanía, Clara».

Sólo una primera persona del plural: «hemos visto». Lo demás, al parecer, le pasa únicamente a Clara. ¿Qué hacía por la noche en el puente de Vauxhall, evidentemente a pie, y asomada al río? Si esa ópera tiene que ver –sospechablemente, sí– con la película de Billy Wilder, estamos ante la historia de *amor fou* entre una vieja actriz y un escalaventanas de Hollywood, con final patético. Lo único que parece estar en su sitio, continuando con las interrogantes deductivas, es Sir Walter Raleigh, aunque curiosamente en Whitehall, no en el British, que es donde Clara está persiguiendo a su saga de Trockmorton. También curiosamente, lo único que aparece del British es ese asunto del pupitre de Marx, cuyo *côté* relicario no es nada en comparación con el fetichismo adolescente que supura. No me imagino a Clara pensando todos los días, camino del British, en si conseguirá sentarse en el pupitre de Marx. Este toque impúber, ¿estará relacionado con algo que la ha devuelto a esa intolerable edad de la vida o estamos sencillamente ante un agravamiento del proceso? Dándole otra vuelta, el texto entero suena a misiva de calcetinera que escribe a casa para demostrar que está cumpliendo razonablemente con su programa turístico-cultural, cuando en realidad está trastornada por el descubrimiento de que las noches son más largas de lo que jamás hubiera imaginado. Finalmente, «tuya, en la lejanía»: ¿no hay un exceso de calor?

Silencios y aullidos, risa y dolor, soledad y compañía, adolescencia y reliquias, escritura fría y despedida calurosa. Dos columnas tabuladas de opuestos bajo la mirada poliédrica del sujeto (noto que en algún momento la exégesis va a supurar sus tópicos, pero es difícil que en la exégesis uno no parezca inteligente –aunque no sea más que por esa disposición a atravesar la jungla de los datos, con una osadía que se ha permitido dejar en casa el utillaje de supervivencia– o al menos más inteligente que los que permanecen callados).

Determino, pues, que la hipótesis del agravamiento no me ha convencido. Me resulta difícil creer que el muchacho haya ido a Londres determinado a resistir también en Londres. Pero esto es otra cosa. Lo que importa es el texto de Clara. A estas alturas, debería estar ya vencida, humillada y su escritura sería tan plana y pegada al suelo como la piel de un animal deshollado y extendido sobre el parquet. Hablaría, dado el caso y en exclusiva, de sus Trockmorton. Mejor: no escribiría, ni siquiera como aplazamiento de la inevitable conversación a su vuelta. Ha escrito, luego ha podido hacerlo. Y lo que le ha salido es un ojo del diablo, como lo llaman en la costa: dos grandes paredes acantiladas, abiertas en brecha, por donde entra en sordina la primera marea de la tempestad. Puedo escucharla.

Al fin, el escalaventanas ha sido reducido. Una noche cualquiera, después de todas las noches posibles de resistencia, borracho como una cuba o calculando –gracias a la curda, esa forma de saltarse instintos mal considerados– que tenía que dar a Clara algo a cambio de que ella siguiera cerca y, paradójicamente, se alejara un poco. Una especie de plazo crediticio que deja todo en el aire hasta el próximo vencimiento, pero que actualiza el intercambio y lo renueva con las mismas incógnitas que antes. Todo sería menos duro y costaría tan poco como no dar nada a la mujer que está siempre ahí. Pagar con una parte para asegurarse de no pagar la totalidad y, sobre todo, de no acabar pagando uno mismo. Los sentimientos positivos son reductibles con unas cuantas caricias, pero su ausencia es inviolable. Se puede manejar al que te ama sin necesidad de amarle tú, pero el ajeno es inaccesible y extenuarse en ello le aleja aún más. Cuidado, pues. Clara cerca, sin excesos y sin garantías. No permitirle siquiera la presunción de autonomía, ofrecerle un vínculo débil, un poco de esperma en una noche psicotrópica, una dádiva en la plenitud de la incógnita.

No pude evitar la sucesión de imágenes de Clara acercándose al varón desnudo, como una gata que trepaba desde la punta de los pies hasta el vientre en el que se anclaba. ¿Realmente habría sido así? Me cuesta imaginar su orgasmo, porque el orgasmo es una especie de pacto para un final, es, de hecho, un final. Mientras que la fuerza de estas imágenes tenía que ver con imaginar su deseo, con asistir a su desarrollo, con observarla como a una hembra desnuda, revolviéndose como si tuviera que librarse de ligaduras. Con despojarla, por mi cuenta, de todo lo que la había vestido desde que la conocí y me dispuse a no amarla, aquella luz de Clara que hacía tanto daño, su manera de flotar como una entidad.

¿Cómo habría ido reuniendo su cuerpo con el otro? Estoy seguro de que fue trepando hasta abarcarle, de que calentó su piel con un rozamiento deslizante, yendo de un costado a otro, de que fue fundiendo el cuerpo extraño para asimilarlo sin penetración, absorbiéndolo. La carne blanca de Clara produciendo calor, extendiéndose después de cada contracción, mientras el cuerpo duro de debajo va mostrando sus partes blandas con temblores localizados, igual que un dibujo de arena soplado por una racha de aire, y poco a poco va convirtiéndose en una onda que se cuela por las entradas de Clara, completamente arqueado sobre el lecho como si el desenlace fuera a suceder en una suspensión perfecta. Ya aupado y pegado a Clara, Clara recoge con una mano su cintura y funde las ingles, mientras la otra mano sella los pechos y la boca. La espalda de Clara se hiende, como si la columna se hubiera descolgado a otra cavidad o la hubiera traspasado al de debajo, y aparece un valle que continúa en las nalgas, recogidas como promontorios que oscurecen la ensenada. Luego, hay un instante de parálisis y, después, nada.

Una sucesión de imágenes que no pude evitar y que entraron por el ojo del diablo de la postal. Entraron por ahí, pero el ojo era mío. Había un extraño placer en poder ver a Clara en esa situación sin que ella me viera a mí, sin que ella supiera que la estaba mirando. Supongo que me convertí –de repente, pero con la potencia de un iniciado que ha guardado sus energías para el pasaje definitivo– en una especie de *voyeur* textual. Había algo más, algo que picaba como el rencor, sin ser rencor. Digamos que era como el primer síntoma de una enfermedad, desconocida hasta que no ha evolucionado, y en la que el síntoma tiene demasiadas equivalencias como para forzar un diagnóstico. Clara nunca había tenido cuerpo, no había tenido eso que se retuerce y se expande en dirección a uno, durante la presencia de uno. Su matrimonio con el Hombre-Buey tampoco consiguió que apareciera. Todos estos años ha permanecido como desde entonces, nunca me ha hecho pensar en deseo y, no obstante, es la única mujer con la que me ha gustado estar. Yo fui el que habló de su aire andrógino y el primero que se sintió cómodo con esa idea, tan cómodo como me he sentido siempre con Clara. Ahora, en cambio, al verla desnuda, tratando con un cuerpo, puedo hacerme más preguntas.

Patricia me llamó esa noche para cenar. Me dijo que había reservado en Sacha. Inquietud. Sacha es demasiado grave para Patricia, cuyos placeres gastronómicos limitan por el norte con las pastas de Rugantino y por el sur con los chopitos (a este y oeste hay océanos de *fast food*). La ocurrencia de cenar con mantel de hilo, vajilla de San Claudio y pavesas iluminando una carta internacional suponía la puesta en marcha de un plan meditado. Gravemente meditado. Accedí con la seriedad necesaria para ocultar mi total desconfianza. (En Sacha, además, se daba la infausta coincidencia de haber sido lugar fundamental en el arranque de nuestro idilio –naturalmente, a propuesta mía).

Patricia se retrasó lo suficiente como para que no me quedara más remedio que contemplar su desfile por el patio adoquinado –yo había optado por una mesa en la terraza, en el intento de aligerar la espesa atmósfera sentimental que suministraba el interior del restaurante, aunque también de buscar un espacio abierto donde alguna de las temibles escenas de Patricia no cundiera como un eco. La hermosa melena negra y rizada flotó durante medio minuto sobre los hombros descubiertos del vestido de Valentino que le regalé en primavera –tras deliberaciones autóctonas sobre la potencia simbólica de un regalo extralimitado y que no se encadenaba con ninguna especie de hábito obsequiante, ni en la gama alta ni en la baja– con la intención de restañar cuantas heridas fuera posible, tanto si pertenecían a mi dominio como si no. Venía con tacones altos, elevando la estatura de sus ondulaciones y, en consecuencia, imantando más de una pupila. Es realmente bella. Una belleza total y sureña de veintisiete años que ha decidido amarme con la intensidad de lo que nos separa. Supongo que llevamos dos años conformándonos con lo que el otro no puede darnos.

–Prefiero adentro –dijo antes de cualquier saludo.

No me atreví a preguntar. Creo que me sentí como el delincuente al que han descubierto un plan criminal.

Le dije a Miguel que iríamos dentro y nos colocó en una de las mesas de la pared, cerca de la barra. El restaurante ya estaba lleno. Por la cara de Patricia había cruzado la primera sombra. En esos casos, los ojos oscuros parece que dejan caer una mancha en la pequeña nariz recta, como una arruga que desciende hasta cruzarlos por una mitad lanceolada.

–He pensado que teníamos que hablar –dijo tratando de apartar la sombra con un esfuerzo demasiado visible que le plantó en la cara una sonrisa incompleta, convencionalmente torpe.

Miguel acababa de dejarnos la carta en el borde de la mesa y le miré fugazmente.

–No te preocupes, sólo quiero hablar –dijo ella.

–No sé qué quieres decir.

–No voy a agarrarte del pelo como aquella vez.

–Ya veremos qué prefiero, después de todo.

Abrí la carta, que me sabía de memoria, y Patricia hizo lo mismo. Pero la cerró rápidamente.

–Sólo quieres que esté ahí, pero no quieres hacer nada conmigo –dijo de sopetón–. Estoy cansada, tengo que saber algo más.

Miguel vino a cubrir el flanco vacío de mi respuesta.

–¿Cuál es la crema fría del día? –le pregunté sin darle tiempo de abrir la boca.

–Tomate y zanahoria –contestó.

–Está bien. ¿Qué vas a tomar, Patricia?

Patricia miró a Miguel y luego volvió a coger la carta. Traté de ganar un poco de tiempo, mientras observaba cómo pasaba las hojas sin leerlas.

–¿Habéis hecho hoy el ragout de calamares?

–Da la casualidad de que sí –dijo Miguel–. Aunque también recomiendo la cola de merluza rellena.

–No me engañes. Eso es, por lo menos, para dos. Y a condición de estar empadronados en Santurce.

Miguel rió cortésmente estirándose el traje oscuro y arrugando las sienes de largas briznas. En ese momento me dije que sería ridículo encontrar a aquel hombre, que tendría mi edad, haciendo esgrima sentimental con una jovencita de veintisiete en un comedor elegante. Supuse que ésa es la impresión que debe dar un maître profesional, una especie de serenidad moral que acompaña las digestiones.

–Yo quiero lo que acaba de decir –dijo Patricia, sin levantar los ojos de la carta y moviéndola como si estuviera escurriéndosele de las manos.

–¿La cola de merluza? –pregunté, adelantándome a Miguel.

–Sí, lo que ha dicho –entonces levantó agrandados los hermosos ojos marrones–. No, no. Quiero decir la crema fría.

El hombre sereno hizo resbalar su mirada por mi persona y la continuó hasta Patricia.

–¿Prefiere que le haga alguna sugerencia?

–Estoy segura de que quiero la crema fría.

–Por supuesto. Me refería al segundo plato.

–Ya sé. He estado viendo cosas aquí...

Pero no hizo ningún gesto de indicar en la carta. Se limitó a cerrarla y a mirarme como si estuviera pasando algo. De hecho, estaba pasando. La interferencia de Miguel se traducía como una ayuda demasiado evidente. Quizá estaba ayudando a Patricia a decidir, pero quizá esa disposición tenía que ver con que había comprendido la escena desde el principio y se había propuesto poner todo de su parte para procurar el aflojamiento.

–La cola de merluza –dijo Patricia de pronto, con una firmeza disparatada.

–Es un plato un poco excesivo –comenté casi por obligación, aunque hubiera preferido no decir nada.

–Pero la merluza me apetece.

–Está rellena y eso es distinto –dije como si estuviera huyendo, como si lo hubiera dicho mientras me marchaba.

–Ya lo he decidido.

–Tenemos un rape con una muselina de hierbas que acabará gustándole más que la merluza –dijo Miguel.

–Ya había pensado en la merluza –contestó Patricia con una severa rebaja en la convicción.

–Naturalmente. El rape viene con una pequeña ensalada de angulas. Se lo recomiendo sinceramente. De lo contrario, no insistiría.

Miré a Miguel, pero Miguel parecía completamente conectado a Patricia. Era un plato terrible, para gente que tiene que contarle a otros que ha ido a un restaurante y recordar un plato que adorne la conversación. ¿Realmente se estaba entrometiendo hasta el punto de calificar a Patricia ante mis ojos con esa sugerencia, después de haber diagnosticado sutilmente la escena, o eran mis propios ojos los que daban órdenes al sentido de las cosas?

–Bueno, pues el rape. Creo que tiene usted razón.

–El Rioja de la casa –concluí.

Empezamos a cenar en silencio. La primera acometida de Patricia se había quedado en el aire, a cierta altura, con la amenaza suspendida del descenso. El primer plato se terminó en silencio y el segundo fue empalmado rápidamente por el servicio –lo que me hizo pensar de nuevo en Miguel–, de modo que sostuvo la continuidad de la situación. Pero Patricia no parecía estar mordiéndose la lengua, ni resentida porque yo no le diera pie a seguir con lo que había iniciado antes de que llegara Miguel, diría que estaba cansada de repente y que realmente cenaba para recuperar fuerzas. Diría que algo había pasado y que iba renunciando, bocado a bocado, a su «necesidad de saber más». Apenas levantaba los ojos y, cuando lo hacía, me miraban como miran los de alguien que se despierta en una noche de tren. Tal vez me había enamorado de ella por esos dos rostros que componían la realidad de su cara: el rostro bello y poderoso de un físico más que afortunado, y el rostro encogido y erosionado de su vida de administrativo en un banco en el que intenta progresar sin saber cómo. Llegó de Soria a los dieciocho años y da la impresión de haber probado ya todo aquello de lo que es incapaz. Creo que me enamoré de ella por esos dos rostros, pero también por eso me fue imposible el amor, atado, no obstante, a todo aquello de que podía convencerle.

–He estado pensando en las vacaciones –dijo cuando nos estaban sirviendo café.

Hizo una pausa larga como si esperase algo de mí, pero yo me conformaba con el sorprendido placer de comprobar que ya no volveríamos al tema inicial.

–Podemos irnos una de estas semanas que quedan de agosto –no sonaba como una propuesta festiva, sino como la última cifra de un largo regateo.

Seguramente, hay una forma de belleza que es un espejo, que es una declaración permanente de dónde estás, de cómo te distribuyes en lo que está ante ti.

–Me vendrían bien unos días en la playa. Y nunca hemos viajado juntos.

Era cierto.

–¿Por qué nunca hemos hecho un viaje?

–Esa manía de las parejas siempre me ha hecho gracia. Lo primero que hacen al enamorarse es proyectar un viaje. Su idea del amor no es la de permanecer juntos, sino la de marcharse: los fines de semana a Riaza o a Málaga, y las vacaciones a Inglaterra o a Egipto. Está ya ritualizado: después del desposorio, el viaje de bodas.

–¿Sabes que eso es lo que dices siempre? –preguntó sin agresividad.

–Lo siento. No me parece mejorable.

–Pero yo te escucho y sólo siento que estás agarrado a ello. Siempre estás agarrado a tu historia de las cosas.

–Como todo el mundo.

–Todo el mundo no está agarrado.

Llamó a uno de los camareros, con un gesto de la cara y señalando con una mano. En esa llamada silenciosa pude ver sus pupilas de perfil, y el borde inferior, rozando con el párpado, brillante y agolpado.

–¿Vas a pedir una copa?

–Sí.

–¿Has seguido bebiendo?

–No.

Le sirvieron whisky en un vaso ancho, con bastante hielo. Bebió un sorbo muy despacio, mirando por encima del vaso. Después volvió a dejarlo en la mesa y enlazó las manos relajadamente.

–He pensado en La Manga. Allí el agua siempre está bien.

Patricia eligió Sacha y el vestido de Valentino para saber algo más de nosotros –no hay saber sin escenario o adorno, la ignorancia siempre da un rodeo por la representación. Luego, había renunciado a saberlo. Finalmente, propuso unos días de vacaciones y ahora, con la última frase en que la elección del lugar suponía una decisión sin condiciones, se sentía con fuerzas para poder renunciar también a que yo le acompañara. Si conseguía no hablar conmigo, también podía prescindir de mí. Se alejaba. Le veía cruzando hondonadas de chumberas y espigones y entrando descalza en el mar. Su cuerpo perfecto y mojado, en el aire luminoso. Me pregunté cómo sería Patricia en las manos de otro hombre, rozada por una piel distinta –como me lo había preguntado de Clara por la mañana–, y también descubrí que Patricia podía ser distinta. Que Patricia podía ser en esa fantasía una mujer que yo no había visto antes: como Clara en las imágenes de la mañana.

Entonces deseé que se fuera tanto como recordaba haber deseado.

–No me importa que vayas sola –dije con una de esas voces que se articulan en el fondo del cuerpo y no en la garganta.

No contestó, ni le cambió la expresión de la cara.

–¿Sabes cuánto hace que no me tocas? –preguntó.

–Prefiero que vayas sola.

–Más de seis meses.

–Me gustará pensar que has podido irte.

Cuando nos separamos me sentía bien, extrañamente liberado y vinculado a la vez a la marcha de Patricia. Sabía que pensaría en ella y que ella estaría lejos. Nada más.

Me acerqué al embarcadero de los patos antes de subir a casa. No quería encontrar a mi madre despierta. Observando a los animales que deambulaban por el laberinto de agua oscura y planchas de luz que caían de los faroles del puente, se me ocurrió una curiosa comparación entre el Amor y la Historia de España. Me divirtió pensar en ello en esos momentos y me divirtió aún más la perspectiva de dedicarle tiempo en los días siguientes, hasta que fuese presentable.

Según mi recién lanzada hipótesis, los españoles recurrir\
mucho a la Historia general y poco a la memoria. Son capac\
de reactivar el Descubrimiento de América todos los años o vivi\
con el macabro destino de un imperio decaído (la más larga de-
cadencia que se conoce en el universo, pues persiste), pero con-
sideran imposible averiguar qué les ha pasado anteayer. Les
gusta la Historia porque contiene doctrina y reglas suficientes
para explicar todas las conductas, por novedosas que sean. Pero
no saben nada de la memoria. La memoria estaría compuesta
de los detalles, de la forma en que se ha hecho el aprendizaje,
del conocimiento que atraviesa (eso explicaría que fuese un país
donde la Educación no es relevante y en el que la Política se encarga de todo). La Historia es mítica y doctrinaria, la memoria
es un esfuerzo lacerante.

El Amor también se divide en Historia y memoria. Todos los
enamorados quieren vivir la Historia del Amor (que nunca es la
suya, por cierto), una larga galopada de Perceval por los pára-
mos de *Cumbres borrascosas*. Y para vivirla tienen que olvidar lo
que les ha pasado el día anterior, en el matrimonio anterior, con
los hombres y mujeres anteriores. En esto han de ser cuidadosos: cualquier cosa aprendida arriesga peligrosamente la reedi-
ción de la Gran Historia.

Me parecía gracioso darle vueltas al asunto mientras miraba
los patos y los patos habían mirado a aquel hombre de treinta y
tantos –mi padre era en ese momento, en el de aquella muerte,
mucho más joven que yo y sin embargo yo observaba a un an-
ciano eternizado– zambulléndose en un invierno parecido al de
sus partidas perdidas, de sus caballos en la montaña, de la superficie helada que se atraviesa cuando decidimos que nos hemos quedado solos.

12

Herminio estaba sobre una tumbona leyendo los periódicos. Había una encina al lado, en mitad del jardín. Alguna vez se había hablado de ella. Trasplantada de Salamanca, algo así. En el jardín no se apreciaban cuidados especiales. No le veía desde la cena en que apareció con el Dos. En la piscina había unos muchachos sentados en el borde.

–Ya sé que no es la mejor época para venir a Riofrío. Y menos con esta seca –saludó.

–Es un placer verte.

–Un placer bastante abultado, ¿no crees? –dijo, echando un vistazo a su volumen.

Se marchó sonriendo a buscar una cerveza en el frigorífico. Me senté en la tumbona pareja y pensé un segundo en su invitación repentina a comer un sábado en la casa de campo. Hubo una época en que casi nos hicimos amigos. Me gustaba la forma que tenía de reírse de sí mismo. De cualquier cosa. Tenía la fama y la apariencia de uno de esos individuos consistentes, grandes y pacientes, que suelen estar por encima de la histeria general en condiciones críticas. Le tocó la misión de remplazar en el Partido al financiero que entregó su cabeza. A partir de eso, ha ejercido de interlocutor, quedando pendiente lo de la amistad.

No me sentía especialmente bien. Había pensado en Clara al salir a la otra parte del túnel de Guadarrama. Fue sólo una ráfaga. Quizá yo también habría debido marcharme. Siempre me quedaba pensar que éste había sido un viaje.

Podía tratarse de una llamada personal. Ahora la gente del Partido tiene muchos asuntos personales. Hemos llegado a ese punto, como diría Román, en que hay que buscarse formas de salvación. Los más pragmáticos serán pronto hombres sen mentales. Los sentimientos son lo que se mete en las maletas de los viajes de vuelta.

–Y la vida, ¿es buena contigo, Goro? –preguntó al volver, dejándome en las manos un botellín y un vaso.

Me encogí de hombros. Quería saber por qué me había llamado y su pregunta era de esas que dejan todo más en el aire que antes. Herminio se quedó callado y me miró como si supiera algo más. Yo no quería plantear problemas iniciales de confianza.

–Me he separado hace unos meses –decidí comentar.

–Uf –resopló y dirigió la vista a las crestas de la Mujer Muerta, desdibujadas en el aire caliente.

Quizás sólo quiso dar la impresión de que meditaba, pero su aspecto daba a entender que lo estaba digiriendo dentro de aquella masa de carne desplomada en la tumbona. Pretendía ser un gesto solidario. No pasaba nada por agradecérselo.

–No te preocupes. Lo peor ya ha pasado –dije.

Me miró como si le importara cada una de mis palabras y estuviera dispuesto a escuchar todas las que le dijera. No dije más, de momento.

–Yo estuve fuera de casa seis meses, hará un par de años. No mereció la pena. Y creo que no me he equivocado.

–Es ella la que se ha ido.

–Eso no importa –contestó con rapidez–. Siempre es cosa de dos. Quién se va o quién se queda, es lo de menos. La gente da mucha importancia a eso, pero no tiene nada que ver con lo que ha pasado.

Empezaba a sentirme mejor con aquel hombre de pocos pelos en la cabeza, deshilachados y rojizos como los de la barba y sentado junto a su encina de Salamanca.

–Espero que no seas de los que le dan muchas vueltas a la cabeza y acaban perdiendo el conocimiento. Tú eres diferente, si no me equivoco.

Los muchachos de la piscina empezaron a hacer ruido con gritos y chapuzones. Herminio les miró como si le hubieran interrumpido.

–Hay algunos que queman su casa con todo lo que hay, para no volver la vista atrás. ¿Y qué sucede después? Lo que sucede después es que no tienen casa. No creas que descubren algo nuevo o que inventan cosas. Nada de eso. Se quedan sin nada y ahí se acabó lo que se daba. –Herminio miró su vaso vacío–. Voy a por otro par de botellines.

Cuando volvió pensé que seguiría hablando, pero se echó un trago al coleto y volvió a quedarse mirando la Mujer Muerta. Quizá estaba esperando alguna respuesta o quizá sólo era mi sensación de estar agradecido.

–El primer golpe ya ha pasado. Hace tiempo que he normalizado la vida. Creí que me costaría más.

–Las cosas posibles se disfrazan de imposibles para que no todo el mundo pueda tenerlas, ya que son escasas. Pero, bueno, también se trata de que haya unos pocos amigos por ahí cerca.

–Eso es.

–¿Ha habido amigos? –Herminio dejó de mirar las cumbres.

–Supongo que sí.

–Eso está bien. Ya sabes que aquí siempre tendrás uno.

Antes de que tuviese tiempo de darle las gracias, prosiguió.

–Es curioso lo que cuesta encontrarlos en las situaciones difíciles. No es que la gente sea mala ni buena. Es como un reflejo. Ya no los encuentras donde estaban, han salido corriendo un día antes o un minuto antes. Todo el mundo se quema con el fuego, sea el fuego de quien sea, y hay que entenderlo. Por suerte, no todos somos iguales, ¿no te parece?

Tampoco llegué a decir nada. Aunque me parecía bien así y que Herminio entendiera que yo no quisiera hablar mucho. Era confortable dejarse llevar.

–Hay que saber quedarse en el sitio, crecer y dar sombra. Como esta encina. Yo soy gallego, pero mis padres se trasladaron a Salamanca cuando yo era un crío. Cuando compramos esta casa, se me ocurrió traerme una encina. La habría podido encontrar por esta zona, pero quería una del campo charro. Mi mujer dice que he plantado un símbolo. A mí me da igual, a condición de tenerla delante de la casa y de verla por las mañanas.

Herminio sonrió a medias y me miró con un gesto sentimental en la cara. Yo pensé en la casa de Las Rozas, en el olivo retorcido del porche, en lo que había avanzado desde que me instalé.

–¿Te acuerdas de Marga? –la mujer estaba allí, menuda y un poco imperceptible, con un vestido de flores.

–Naturalmente –en realidad, no estaba mintiendo, sino haciendo esfuerzos por no lamentar un vacío de la memoria.

Me levanté y le di un beso. Ella recibió el saludo con una sonrisa francamente silenciosa. Me observó un par de segundos y después se dirigió a Herminio.

–Mini, he puesto la mesa afuera. Me pareció que estaríamos mejor bajo la parra y cerca de la piscina.

–Lo que tú digas será siempre lo mejor.

Herminio le hizo un arrumaco que ella recibió sin borrar la sonrisa y rodeamos la casa por el lado de la piscina.

–¿No tienes calor con la chaqueta? –me preguntó.

–Es la costumbre. Ahora me la quito, si no os importa.

–¿Por qué nos va a importar?

–Me refería a que vamos a sentarnos a la mesa.

–Ay, Goro –dijo, parándose y con los brazos en cruz–. Así no vamos a ninguna parte.

En ese momento y sólo como si saltara una chispa, se me cruzó el asunto de la invitación a comer. Era un fastidio. Prefería no recelar de una intimidad que aún no estaba ganada. Sólo son tiempos duros, me dije rápidamente, en los que la gente se acerca.

Me habría gustado seguir hablando con Herminio a solas. No tenía ni idea de cuándo había sido la última vez que me había encontrado frente a tres elementos de dieciocho años en una distancia corta.

En la presentación supe que dos eran los hijos de Herminio y Marga, chico y chica, y el otro era un invitado del muchacho. El hijo era un tipo muy delgado y tan alto como el padre, de aspecto simpático y un estilo CEU madrileño. La muchacha tenía otro aire. Era pequeña y ancha sin llegar a ser gorda, y el pelo teñido de rubio rojizo caía desgreñado sobre los hombros. También parecía simpática y llevarse bien con su hermano.

Marga puso una ensalada gigante en el centro de la mesa y a continuación trajo una fuente con filetes.

–Cuando queremos darle a esto un tono campestre, hacemos una barbacoa –dijo Herminio–. Pero la verdad es que se convierte en un coñazo. Hay que levantarse, esperar y, al final, todo se come frío. La barbacoa es una atracción para «invitados fin de semana». Nosotros preferimos comer en familia y vernos las caras sin interrupciones. Espero que no te importe comer en familia.

–Te agradezco el detalle –sonreí, con la sensación de que había algo expectante.

Herminio devoró un par de filetes a buena velocidad, levantando la vista de vez en cuando a los chavales que se habían puesto a hablar y a mí, que comía sin tanto apetito.

Marga miraba a los muchachos sin intervenir en absoluto. Como si les estuviera vigilando a cierta distancia, cuidando de que no se hicieran daño. Hablaban de presupuestos de la universidad, de las reformas, de lo que había hecho el PSOE. Chocaba oírles esas cosas unos cuantos minutos después del barullo de la piscina. Entendí que se disponían a entrar en la universidad. Al mismo tiempo hablaban de transformaciones, en ese estilo juvenil de peripecia. El hijo se volvió varias veces a Herminio como si fuera a hacerle una pregunta, pero le encontró demasiado ocupado. El amigo parecía estar de acuerdo en todo, mientras la hermana solía alargar por sistema lo que se acababa de decir. Si no hubiera sido tan claro el acuerdo, habría dicho que la muchacha manejaba una ironía particular.

Pregunté, por cortesía y porque Herminio estaba fuera de juego, qué estaban estudiando y qué iban a estudiar. Me contestaron con algo más que la respuesta inmediata. Planes de estudio, notas de selectividad, profesores conocidos, ese catálogo de cosas.

–Esto ha estado muy bien –dijo Herminio brindando hacia un último trago.

El hijo, que explicaba algo sobre opciones, se volvió hacia él.

–Lo que pasa es que todos piensan que todo está mal y que no se ha hecho nada. Que el PSOE no ha hecho nada. Y eso lo dice gente de dieciocho años que no tiene ni idea de si se ha hecho algo o no. Tú siempre has dicho, papá, que las cosas no se han explicado bien. O sea, que eso es muy diferente de que no se haya hecho nada.

El anfitrión me miró como si me invitara a intervenir. Yo ya había escuchado otras veces discutir sobre el asunto de la explicación de las cosas. Pensé que el padre y el hijo solían hablar mucho.

–Completamente diferente –dijo la muchacha, dirigiéndose a mí.

–El problema es que nadie sabe nada –dijo el amigo mirando al hijo y a Herminio– y se discute de política cuando, por ejemplo, a nadie le interesa cómo se dan las clases, que no es un problema de política, sino de profesores.

Me pareció que el hombre de pelo rojo escuchaba tranquilamente. Que estaba acostumbrado a tener aquellas conversaciones con sus hijos, sentado en aquella mesa, delante de los mismos platos vacíos, muchos días al año.

Los muchachos siguieron un rato más, mientras Marga servía el helado.

–Ya sabéis lo que pienso sobre todo ello –concluyó el pater familias como si hiciera un subrayado a lo dicho por todos y cada uno y volviendo a echarme encima aquel gesto de invitación.

Rechacé la oferta, caso de que lo fuese. Me pareció que bastaba con la sintonía existente. Además era agradable sentir, después de la comida bajo la parra, a los pies de la Mujer Muerta, al otro lado de Guadarrama, que no había nada especial que decir ni que escuchar. Prefería concentrarme en el aire caliente y en las crestas desdibujadas. Eché un vistazo a la encina y me acordé del olivo.

–Goro, tú y yo vamos adentro, si te parece.

En el salón hacía fresco. La casa estaba bien construida en piedra y olía a cobijo de campo. Marga trajo una cafetera y tazas. Me había sentado en el sofá y miraba las acuarelas en las paredes blancas y las vigas deformadas de madera, de una construcción anterior. Herminio se había quedado de pie, junto a la ventana desde la que se veía la encina. Parecía bastante contento de estar en aquel lugar. Lo suficiente como para no haberse ido de vacaciones a otro sitio. Quizá se tratara sólo de amortizar la casa, pero la satisfacción parecía real. Vagamente, se me pasaron otras razones para que se hubiera quedado cerca de Madrid. El verano del 95 no dejaría en mucha gente el recuerdo de unas vacaciones largas. Pero para mí era más satisfactorio contemplar a aquel hombre que miraba la cordillera desde su jardín, en su casa, con su familia, invitando a amigos y plácidamente colocado al otro lado de Guadarrama, que pensar en lo otro. Estuvimos en silencio, disfrutando cada uno de lo que veía, con la taza de café en la mano.

Herminio acabó sentándose en el sofá de enfrente.

–Me enteré por casualidad de que estabas en Madrid. La verdad es que algo había oído también de tu separación. Te habrás preguntado por la llamada, me imagino. No es normal que alguien te localice en vacaciones.

Había dejado la taza de café en la mesilla que nos separaba y puesto las manos en las rodillas.

–La verdad es que sólo había pensado que era sábado. No se me había ocurrido lo de las vacaciones. Mi noción de la época en que vivo es todavía un poco confusa. He tenido que trastocar muchos planes, ya me entiendes.

Entonces volvió a entrar Marga.

–Ha venido Pere Coca –dijo, volviendo a salir en el acto.

Se levantó y fue también hacia la puerta, sin mencionar nada. Quizá Marga no dijo «ha venido», sino «ha llegado». De todas formas, creo que escuché «ha venido», aunque ahora estaría dispuesto a jurar que dijo «ha llegado». La sombra abultada de Herminio se había movido del contraluz de la ventana y salía por la puerta. En ese momento tuve una impresión de sombra que se escapaba del salón blanco y acogedor. Pere Coca era su adjunto y su presencia tenía relación con la lógica, no con la conveniencia. Fue la manera de salir de Herminio lo que imprimió movimiento a la situación.

Escuché las voces en la zona de la parra, el saludo de los muchachos y a Marga. A Pere Coca se le oía su catalán controlado bajo las palabras en castellano. Era un burgués de una torre de Vallvidrera, maqueado y moreno, con una figura de maniquí manipulada para posar en un escaparate. Junto a Herminio, Pere Coca parecía el caballero con su segundo de armas forzudo y preceptor. Pero era al revés. Aunque al revés no eran un caballero y un escudero, sino un gigante y una serpiente enroscada. La forma de moverse de Pere Coca y el hocico de la boca, recordaban a esa clase de animal.

Había otra voz bajo la parra. Hablaba en español, pero con un acento latinoamericano que no pude identificar porque se escuchó muy poco. Por supuesto, no la reconocía. Puede que fuese un amigo del catalán, un compromiso del fin de semana que tuvo que llevarse puesto a la hora de despachar con el jefe. Pero el jefe lo había hecho coincidir con mi invitación. No se trataba de una visita inesperada. Ésa era la manera en que Herminio había salido a buscarles.

Quizá yo estaba dando demasiada importancia a mi presencia. La invitación de Herminio me había sorprendido. Luego, me había encontrado bien todo el tiempo y ahora vivía con sospecha lo que no era más que una interrupción y un arañazo en el bienestar. Herminio tenía que estar comunicado y Pere Coca era el correo. Eso podía pasar muchas veces al día y el teléfono no es un soporte adecuado. Nada era extraño.

Las voces se escucharon como si se hubiesen enderezado hacia el hueco de la puerta. Unos segundos después, entró Herminio, seguido de un hombrecillo regordete trajeado y de Pere Coca en mangas de camisa. Los tres sonrieron.

–Gregorio Aja. Luis Ángel Cañizares, un amigo americano –fue Coca el que hizo las presentaciones.

Herminio ya se había sentado y vio ese protocolo a cierta distancia. Marga entró enseguida y los recién llegados aceptaron su invitación a café. Herminio se sumó y yo dije que no quería nada.

El americano se quedó en un sillón, sin perder la sonrisa blanca, en la postura de un indio silencioso dispuesto a agradar. Calculé que era centroamericano y me pareció, quitando su vestimenta demasiado formal para un sábado en Riofrío, que le habían dejado caer allí como a un paracaidista. Marga trajo los cafés tan rápido como si sólo hubiera tenido que coger la bandeja en el cuarto contiguo. Pere Coca se había situado al lado de Herminio. Yo estaba solo en el sofá de enfrente y el indio cerraba la parte izquierda.

–Luis Ángel estudió en la Autónoma de Barcelona, a principios de los setenta. Entonces yo era su profesor. Pero ahora es un hombre importante y seguro que tiene muchas cosas que enseñarme –comentó Pere Coca con su sonrisa de lagarto cuando se fue Marga.

–No lo crea tanto, mi querido amigo. Nunca se deja de aprender y menos de personalidades como usted –contestó el americano.

Luego hubo un silencio prolongado, movimiento de cucharillas y algo parecido a una espera. Crucé una mirada con Herminio que había echado todo su peso contra el respaldo y de nuevo volví a sentir un gesto de invitación. No tenía en la boca ni en las manos nada que pudiera excusarme. Era un hombre importante, había dicho Coca. Eso tiene muchos significados, según la jerga elegida.

–Viaje de placer o negocios... –dije, con toda la convencionalidad que pude.

–A veces, los negocios son un placer –y el indio soltó una carcajada cortada en tiras tras depositar la taza y su platillo sobre la mesa.

–Ha venido a España a poner una oficina para sus negocios –intervino Coca–. Pero es mejor que lo cuentes tú, Luis Ángel.

–Oh, no es nada. Una pequeña oficinita, muy poca cosa, para que los europeos listos inviertan en un buen negocio –el indio volvió a reírse.

Se echó hacia atrás como si hubiera cancelado la conversación por esos derroteros y colocó los brazos cómodamente sobre los apoyos del sillón.

–Es un buen amigo –dijo entonces Herminio, dirigiéndose a mí y sin mirar siquiera de reojo al americano–. De esos que ya no quedan, y que están si los buscas.

–Muchas gracias, señor –dijo de todos modos Cañizares.

–Es una buena idea, si me permites que la explique, Luis Ángel –dijo Coca.

–Clarito que sí. Cuenta, anda, cómo te la imaginas.

Coca se pasó una mano por la cara como si estuviera afilando los rasgos de ofidio.

–La sociedad comercial está radicada en Panamá y se dedica a los asuntos inmobiliarios. En estos momentos tienen un macroproyecto para crear una ciudad satélite cerca de Colón y pegada al Canal, frontera con Costa Rica. Un sitio con muchas salidas para empresarios de todas partes –Pere Coca me lo estaba exponiendo a mí sin ninguna duda, como si Herminio ya hubiera oído hablar de ello–. El gobierno panameño ya ha firmado la concesión y avala el proyecto. Eso asegura que se lleve a cabo o, como mínimo, que los inversores puedan estar respaldados.

–¿Se les devolvería el dinero? –pregunté.

El americano miró entonces a Coca y Coca se concentró un momento mirando al suelo.

–Respaldados –dijo lentamente– ante un consejo de administración, por ejemplo. Si la cosa no se materializa, no es fácil que se acuse al administrador.

–Panamá no es precisamente una garantía, y confío en que el señor Cañizares me disculpe –Cañizares hizo un gesto de espantar preocupaciones–. No sé quién mandaría su capital tan lejos, en todos los sentidos –respondí.

–Eso, precisamente, puede funcionar como parte del atractivo. Panamá es un sitio universalmente reconocido porque allí se pierden todas las pistas, ¿no te parece?

Me parecía. ¿Empezaba a comprender?

–Estoy un poco torpe, Pere, perdóname. Entiendo que se quiere atraer el dinero que no se deja flotar.

–Flotar en ninguna de las modalidades –concluyó el serpiente.

110

Coca exponía cuidadosamente mientras el indio observaba. Cada uno estaba precisando su papel, pero ya nada tenía que ver directamente con las ocupaciones del señor Cañizares. Herminio no decía nada. Se limitaba a no perder contacto con el respaldo del sofá y quizás a interpretar los mensajes para un interlocutor imaginario.

–Un dato interesante: la sociedad comercial con sede en Panamá está en manos de una entidad financiera de las Caimán.

Era un dato interesante. El último de aquella conversación.

–¿Qué te parece? –dijo entonces Herminio–. Un buen amigo que viene a casa con buenas noticias.

Herminio se inclinó hacia adelante y Pere Coca se relajó sobre el brazo del sofá. El indio me clavó la mirada durante un segundo y luego la perdió, con una mueca sonriente, hacia el centro de la mesa. Nadie siguió hablando. Yo tuve la sensación de que por primera vez me daba cuenta de que aquélla era la casa de Herminio. Que las paredes eran blancas y las habían decorado con acuarelas. Que mi cuerpo pesaba, que era agosto y hacía calor. Que el viaje que había hecho hasta llegar a aquel sofá y encontrarme con aquellas personas me resultaba completamente desconocido. El viaje por la conversación anterior con Herminio, los amigos, la casa, la familia. El viaje por los sentimientos de seguridad y de cobijo en aquel lugar, donde todo parecía apartado de Madrid. Ahora había una sociedad comercial en Panamá administrada desde las Islas Caimán y un tesorero que iba a poner una oficina en Madrid. Yo mismo no era más que el consejero delegado de un banco. Si había hecho un viaje era para estar en un sitio que ya conocía, bastante viejo, como todas las sospechas. Ahora era sábado de verdad, un sábado de agosto, y Herminio, el financiero del Partido, me había invitado a comer a su casa de Riofrío. Eso era lo que había pasado. La única realidad.

–Desde las Caimán será fácil revertir el dinero. Sólo hay que ponerlo en Madrid –dijo Pere Coca en un murmullo.

–Cállate –le ladró Herminio.

Pensé que no habían sido muy cuidadosos. Que contaban, por ejemplo, con que Herminio me tendría a punto. En sus cálculos, ni siquiera me daría cuenta de que no me estaban presentando, de que el americano ya me conocía. Se habían limitado a soltarlo, sin tanteos, y punto. Traté de pensar cómo me veían, por qué les había parecido tan fácil y si tenían razón. Si yo era simplemente fácil si se me hablaba de casa, amigos, familia. Si tenían razón, entonces yo debería aceptar que las cosas eran así y aceptar todo lo demás.

–Les digo, señores, que quizá mi presencia aquí les perturba a ustedes.

–Espere un poco, por favor –dijo Herminio sin mirar al americano–. Goro, necesitamos ayuda. Nunca te hemos pedido esta clase de cosas, a pesar de tu posición. Pero todo anda mal, todo va mal, y en este momento no podemos ir ya para atrás. Tú eres una vía libre en este momento. Ya sabes cuántas nos quedan.

–Quizá hayan de conversar ustedes más. Mi presencia... –volvió a insistir Cañizares.

–Es mejor que ustedes se conozcan –interrumpió Herminio–. Son ustedes los que van a colaborar y hace falta verse las caras.

El consejero delegado veía la cara del jefe de la oficina donde su banco iba a poner el dinero. Sólo hace falta poner el dinero en Madrid, como decía Pere Coca. Y mirándonos ahora las caras conseguiríamos que volviera desde las Islas Caimán, aunque no al mismo sitio, sino a otro situado cerca de los ojos de Herminio.

No era la encerrona, sino las escasas dificultades que se habían planteado para tenderla, lo que hacía que me fijara en el sitio para reconocerlo, para reconocer cómo había llegado hasta allí. Las paredes blancas, las acuarelas, la Mujer Muerta, la encina desde el ventanal, y también las caras necesarias de Herminio mirando desde el paisaje de las acuarelas o desde cualquier otro punto, colgando sin cuerpo en la habitación, desconocidas.

Sabía lo que tenía que hacer. Levantarme y salir por la puerta sin decir una palabra. Otras veces había hecho cosas parecidas. Me había resistido o defendido o rebelado. Lo hacía fácilmente cuando era el guerrero de Clara. Ahora, en cambio, el cuerpo me pesaba en el sofá porque Herminio me había contado una historia de amigos, de casa, de familia, de los que estamos aquí y no somos como los demás, de los que se quedan. Lo que me pegaba al sofá era quizá el peso de otra historia muy diferente. O de tantas. Herminio me había contado algo paralizante y yo no sabía exactamente qué. No tenía nada que ver con la tramoya fácil que había montado, puede que tuviera que ver solamente con que yo estuviera allí escuchando. Con que yo no pudiera dejar de escuchar nunca.

–Cuánto –fue todo lo que pude decir.

No lo dije porque estuviera de acuerdo, ni porque hubiera decidido, ni porque de todas formas fuese a hacerlo. Lo dije porque me costaba levantarme.

13

La primera operación consistía en comprarle algo de vestir, aunque habría de llevarse a cabo con toda la delicadeza del mundo. A menudo tengo la impresión de que sus prendas viejas, algunas incluso de cuando llegó a Madrid, son una manera de referirse a lo que yo me pongo. Me parece imposible que pueda conservarlas todavía.

Empecé preguntándole si le gustaría visitar a Sir Robert Aubrey, de quien él ya había leído algunas cosas y que fue uno de mis mentores en el Warburg Institute, por mediación de Vives. Era además una de las visitas que quería hacer y de las pocas que resultarían posibles, teniendo en cuenta la época. Me había invitado a cenar el viernes en su casa de Albany Street, con la compañía que yo deseara, por supuesto. Eso significaba al día siguiente. A Alejandro se le iluminaron los ojos mientras me escuchaba y después, mientras pensaba la contestación, fueron apagándose como si les cayera un velo. Me maravilla la trasparencia verde de esos ojos cuando se alegran tanto como me horroriza su opacidad mortecina en el decaimiento; con la luz me atraen y cuando ya estoy cerca y a tiro me lanzan el veneno. Práctica de animal ponzoñoso...

–Prefiero quedarme leyendo.

Le observé mientras buscaba en la mesa alguno de sus *Fausto*, tocando los libros como si los desenredase.

–No es hoy. Iríamos mañana.

–Ahora estoy bien leyendo. Quiero seguir así.

Tuve el presentimiento, conociéndole, de que él tampoco deseaba que la conversación terminara ahí. He detectado las aberturas en lo que dice con más aplomo; no puedo evitar la sensación de que me estoy acostumbrando a escucharle y a pasar por las rendijas en vez de chocar frontalmente contra la tortuga de escudos lacedemonios con la que se defiende y ataca; resulta más sencillo así, aunque no podría contar la cantidad de golpes recibidos hasta adquirir este hábito renuente al choque que quizá es la consecuencia de esas señales incontables, como si después de todo no hubiera conseguido ir más allá de una derrota en la que se ha afilado el ingenio, como en todo desastre.

–Me da miedo verte rodeado de tanto *Fausto*.

La intuición me dijo que esto podría interesarle. Levantó la vista y me alcanzó una chispa pequeña de sus ojos; en esos casos muy semejante a como cuando se aprieta un timbre.

–¿Te da miedo? No sé qué quieres decir.

–Ya juegas lo suficiente con tu demonio. Puedes hacerte daño.

–Pero fíjate. En Marlowe es una alegoría, en Goëthe es una metáfora y en Mann es un relato existencial.

–Esta última parte es la que me da miedo.

Me miró como si tuviera que distinguirme a lo lejos.

–Los demonios forman parte de la vida y nosotros vivimos en el siglo que les ha sacado a escena.

El familiar tono apodíctico..., cuando nada tiene por qué ir bien.

Continuó hablando, hablando, pero esta vez decidí que yo no estaba escuchando su discurso esférico y envolvente, con el que se me había aparecido meses que ya sonaban años atrás, con el que me había fascinado y que me obligó a buscarle; estaba escuchando como se escucha un instrumento al abstraerlo de una sinfonía, la energía de las palabras, la pasión dispuesta para un servicio que no importa cuánto importe. Pensé en las rendijas, en ponerme ante ellas, en si podría colarme y quedarme quieta...

Terminó de hablar, me miró satisfecho, con los ojos trasparentes, fulgurando, sin una especial inquietud por lo que yo dijera, cerrándolo todo. Imagino que podía leer en mi rostro el encantamiento que ya había visto otras veces; así era; la única diferencia es que yo en ese momento me sentí capaz de actuar, de moverme con el efecto que mi hechizo provocaba en Alejandro.

—Me gustaría hacerte un regalo.

Hice el comentario antes de que se le pasara la emoción de sus palabras, cuando todavía podía contemplarme rendida por ellas, a su antojo.

Hizo un gesto de aceptación con esas manos blancas, largas y un poco femeninas, que siempre están escondidas en los bolsillos, que rara vez se ofrecen o se exponen.

–Hay que ir afuera, a un sitio que también quiero enseñarte.

Habíamos comido temprano y vuelto a casa. No llevábamos allí más de una hora. Por un momento, pensé que eso podría convertirse en una objeción.

–¿No vuelves al British?

Ése fue todo el comentario.

Salimos enseguida y le di al taxista la dirección de Regent Street. Media hora más tarde le hice parar en la esquina de Liberty´s.

Ante la nostálgica fachada Tudor, hablé a Alejandro del comercio con las Indias Orientales y de aquellos almacenes tradicionales y lujosos que habían sido uno de los mayores escaparates del mundo en el esplendor colonial británico. Durante más de un siglo, la sociedad internacional había encontrado en Liberty´s la mejor y más exquisita exposición de tejidos, artesanía y joyas, procedente de todos los rincones del mayor imperio conocido; intentaba componer el cuadro que Alejandro necesitaba para pasar al interior del establecimiento.

–¿Quieres que entremos?

Lo preguntó él, mientras aún estaba preocupada por haber hecho lo necesario y no dejar resquicio.

–Quiero comprarte un auténtico traje inglés. Se me ha ocurrido.

Lo contesté de inmediato, sin haberlo pensado y sin estar convencida de haber apurado las posibilidades.

Tuve la impresión de que entonces se quedaba quieto, quieto como no lo había estado cuando preguntó si quería que entráramos. No me atreví a mirarle. Supongo que me lancé hacia la puerta pretendiendo que mi energía tirase, como una rienda, de la suya. Atravesé las primeras salas del entresuelo y acabé colocándome en el centro del patio octogonal, con sus balaustres de madera ascendiendo hasta el último piso, y con las alfombras y las sedas suspendidas en una cascada de colores inmóviles sobre el vacío.

–¿No es una maravilla?

Cuando hice la pregunta en voz alta, no estaba segura de que Alejandro anduviese por allí, o llegando, o quieto en la calle.

–Es curioso.

Sí, su voz estaba cerca.

No le miré; después de todo, no era una respuesta que me permitiera mirarle. Antes había esperado ante sus rendijas, pero ahora tenía la sensación de que yo me había puesto a huir; quizá de mis rendijas o quizá quisiera llegar pronto al final. Mientras, trataba de observar los paños y los tapices tendidos sobre nuestras cabezas, trataba también de tomar fuerzas para el próximo paso.

–Creo que la ropa de hombre está en las plantas de arriba. Vamos por las escaleras, así rodeamos el patio.

Pretendía evitar los ascensores, las aglomeraciones, la estrechez, las molestias, las esperas. En el camino, hubiera deseado hacer comentarios sobre el olor de la madera, sobre el crujido del suelo, sobre el rumor casi privado de las conversaciones, sobre el efecto doméstico del interior de Liberty´s, pero preferí atesorarlo por si hacía falta más adelante.

Al tercer o cuarto intento, tras descifrar el laberinto señalado por varias puertas, apareció la sección de caballeros en el recodo de la última planta.

–Bueno, aquí estamos. ¿Qué te parece regresar a la calle convertido en un caballero inglés?

Como en esas sensaciones de arrebol, tuve una impresión de tontería que me subía a la cara, así que, para enjugarla o para no dar tiempo a que Alejandro la pensara en el plan de alguna de sus percepciones catastróficas, le agarré del brazo y le empujé, por el corredor de maniquíes, de expositores y de perchas, buscando de paso que mi excitación quedara sujeta a una especie de enganche.

A la vez que echaba vistazos a lo que ofrecían las firmas y a los modelos destacados en algunas tarimas, fui percibiendo una situación bien distinta de la que había imaginado. No estaba, de una parte, en un santuario del *gentleman* británico, sino rodeada de prendas convencionalmente deportivas o convencionalmente continentales, como en cualquier gran almacén del mundo; de otra, no seríamos atendidos por un recepcionista elegante que nos acercaría los paños mientras descansábamos en un diván jaspeado y, desde luego, Alejandro no iba a desfilar para mí sola probando un modelo tras otro en una sala íntima. Mi imaginación había volado mucho, llevada por las alas de mi pequeño éxito, y se había alejado más aún del propósito de vestir a Alejandro para sentarle de una forma presentable en casa de Sir

Robert Aubrey. Sí, hubiera sentido un gran placer contemplando sus movimientos durante horas, reposadamente distante, las flexiones de su cuerpo bajo las telas cortadas que pagaría más tarde por el precio de aquella transformación ante mis ojos...

No había tanto tiempo, ni la escena sería representada por mi pequeña compañía privada. Temía el cansancio de Alejandro, una revelación súbita sobre aquella absurda excursión, una pregunta desmoralizadora, una fuga. Entonces, lo que había imaginado con exceso, y que tenía el peso de una pirámide de naipes, se derrumbaría como losas de cemento sobre el escaso propósito por el que había comenzado todo y que hacía rato que dejó de ser escaso.

–Estamos buscando un traje.

Acaba de interceptar a un hombre con placa de identificación.

–¿De alguna firma en particular?

No sé por qué me fijé en que el dependiente había contestado en un standard de academia para extranjeros.

–No. Simplemente un traje inglés de temporada.

–Me temo que eso resultará complicado. Para el verano, encontrará algunos italianos y franceses en aquella sección. Son los únicos de que disponemos actualmente.

El hombre identificado continuó su marcha y yo, en un momento de indecisión, miré a Alejandro.

–Todavía hablan demasiado deprisa para mí. ¿Qué ha dicho?

–Con su natural sobreabundancia de locuciones, que miremos por allí.

Poco antes de una escalinata que bajaba hasta el perímetro del patio, nos detuvimos ante un perchero corrido en el que no había ninguna indicación de moda extranjera o semejante.

–¿Hay alguno que te guste?

Hice la pregunta empezando a tocar los tejidos. No era realmente una pregunta, sino una forma de que no se alejara. Ni se acercara demasiado...

–Es tu regalo. Yo nunca he llevado traje, así que no recuerdo haber tenido preferencias.

Singularmente, no apareció el tono de biografía desdichada que solía acompañar a comentarios de cariz similar.

–¿Puedo ayudar de algún modo?

Habíamos escuchado por detrás la voz de una mujer.

–Estoy buscando lana fría, un traje de lana fría.

Contesté rápidamente y mucho antes de mirar la cara de la dependienta.

Durante un instante, me estremeció la intromisión, pero nada más encontrar la expresión «lana fría» me pareció que todo iría mucho mejor así, más velozmente, dotando de mayor claridad a mi presencia allí, a mi presencia delante de Alejandro.

La mujer estuvo separando perchas hasta que se volvió con una en la mano.

–Éste es un precioso traje italiano de ojo de perdiz, a muy buen precio.

–No me importa de dónde sea. Es para este caballero.

Alejandro se había quedado a unos cuantos metros de distancia, como una sombra tranquila.

Le había prometido un auténtico traje inglés y tenía en las manos un auténtico traje italiano. Podríamos irnos y buscar en otra parte, pero había dejado todas mis energías en Liberty´s, en hacer que Alejandro entrase, y ahora me sentía tan dentro como él de ese lugar. No me creía capaz de reproducir otra vez las emociones y la atmósfera que nos habían llevado hasta el sitio exacto en que nos encontrábamos, ni me sentía capaz de salir con las manos vacías. No quería pequeñas victorias truncadas, ni que él escapase.

–¿Te gusta?

Alejandro arrugó los labios, insinuando que no tenía nada en contra.

–Quizá le parezca demasiado grave para un hombre joven.

Este apunte de la dependienta lo sentí como una nueva intromisión, aunque tal vez sólo tratase de interpretar mi tensión, mi falta de comodidad tan aguda.

–No me lo parece en absoluto. Puedes probártelo ahí al lado.

La dependienta permaneció allí mientras Alejandro se ocultaba en el probador. Lo cierto es que, en esa zona al menos, no había el barullo que podía verse al otro lado del patio, a través de las estrechas puertas que daban a salitas con los mostradores cargados de telas al por mayor. La mujer aguardó en silencio, pero yo me sentía en su compañía como quien saca a un perro de presa, bien protegida para las contingencias y muy consciente de los peligros de soltar la correa.

Alejandro salió del probador con un traje hecho a medida, la caída perfecta, las hombreras asentadas, el pantalón quebrándose en el lugar justo de los mocasines; quizá era un poco gris para su piel pálida, un poco clásico para los rizos negros, pero el esqueleto alargado de mi cantueso le daba maravillosamente la forma. Salió con todo eso y con algo más; con algo más que ya supe en ese momento que la memoria resguardaría como esas impresiones que caen en un lugar intacto, ni hollado antes, ni siquiera conocido. Alejandro salió con la mirada trasparente y verde echando chispas, y la sonrisa más abierta y blanca que le había visto, iluminado, entregado, bajo la prenda transformadora. Una luz de dentro había estirado su piel, liberándola del ceño, de las arrugas, de las sombras que siempre parecían producidas por la interposición de objetos remotos. Una explosión radiante, interna, que venía de un lugar tan escondido como remotas eran las sombras.

–Me sienta bien, ¿verdad?

Lo dijo con la misma indefensa vanidad con que lo hubiera dicho un niño pegado al espejo de su habitación.

Me sentía demasiado maravillada como para contestarle, aunque esta vez no necesitaba que le dijeran nada, le bastaba con mirarse, con girar alrededor de sí mismo durante un buen rato, espantados sus negros demonios y contoneándose por una escena trivial, llena de luces artificiales y de miradas como las otras.

–Traiga un par de camisas, color salmón, rosa pálido. Y alguna corbata de cachemir en tonos grises.

–¿Te gusta de verdad?

Alejandro insistía una y otra vez.

–Estás estupendo.

Quería que aquella escena durase, que se probara camisas y corbatas y que siguiera danzando ante mí toda la tarde. Me preguntaba cómo se había fraguado el hechizo, qué parte de mi varita y qué parte de su corazón, al tocarse, habían conseguido convertir la calabaza en príncipe. Me lo preguntaba con la intención de no conformarme, de no aceptar ninguna respuesta. Había corrido tanto para llegar allí...

Daba vueltas, caminaba, regresaba al probador y se quedaba unos segundos ante el espejo, bajo la luz poderosa del foco, y a veces hasta creía ver un contorno fulgurante alrededor de aquella figura. Dios mío, me costaba tanto creerlo como me costaba pensar en el lúgubre callejón de meses por el que habíamos caminado entre arañazos y golpes, siempre a la distancia precisa para llegar a tiempo a la herida. Pero ahora sentía que la emoción estaba hecha de toda clase de líquidos, dulces y amargos, espesos y ligeros, que van llenando el cuerpo como si fuera un recipiente hasta desbordarse por los ojos, suavemente si es alegría, a borbotones si es lamento.

–¿Estás llorando?

Le escuché de pronto, aunque no había perdido la sonrisa.

–Claro que no.

Se quedó mirándome un segundo resplandeciente como si estuviera comprendiendo.

Después se probó las camisas y las corbatas, y prolongamos el tiempo en aquella isla tranquila, en la tercera planta de un falso edificio Tudor entre Regent y Marlborough Street.

–Me gustaría que lo llevaras puesto.

Se lo pedí cuando ya habíamos decidido cada cosa, cuando ya se había encantado con todas, con la certeza de que todo era ya posible y con la libertad de haberme asegurado las emociones.

Al salir, mientras esperábamos la llegada de un taxi, vimos a un oficial de los Horse Guard cabalgando por el centro de Regent Street, con una larga cola de coches siguiendo su paso, y con el animal echando bosta. Impávido, con el uniforme abotonado hasta el rostro en una gran costura vertical, el soldado miraba el horizonte de la altura de sus ojos, maravillosamente indiferente y acompañado por el respeto silencioso de los automóviles en caravana; a veces, lo natural es una confabulación de todo lo artificioso.

Al día siguiente sólo tuve que decirle a Alejandro:

–Puedes ponerte el traje otra vez para ir a casa de Sir Robert Aubrey.

Llegamos a las ocho a la casa de Albany. Por el camino, Alejandro se disparó sobre los libros de Aubrey con una satisfacción un poco nerviosa, como si estuviera dictando un conjuro sobre la visita. Hablaba de la Revolución Inglesa, de Cronwell, de Hakluyt, de John Dee y de la gran expresión resumen con que Aubrey, trayéndola del poeta Andrew Marvell, *world up down*, pintaba un cuadro histórico tan complicado. Creo que, a su vez, Alejandro estaba pintando posibilidades, temas de conversación con nuestro anfitrión, y calculando en mi rostro la oportunidad de cada cosa con la misma insistencia con que la tarde anterior había preguntado por su traje.

–Trata de no abrumarle con tus conocimientos sobre su obra.

Le enseñé una sonrisa que pretendía dotarle de tanto reconocimiento como prevención.

–Creo que Aubrey y Vives son muy parecidos.

–Pertenecen al mismo tipo, desde luego.

Después, seguimos en silencio, como si se hubiera encontrado una clave.

Emily, la mujer de Aubrey, nos abrió la puerta de su maravillosa casa georgiana, construida en la terrace de Albany. Vestida con un largo vestido de lino blanco y un echarpe de gasa, depositó su pequeña mano azulada en la nuestra y luego hizo que le siguiéramos hasta el comedor, comentando alegremente la sequía de los parques londinenses y el descubrimiento, terriblemente más jocoso, de la inutilidad de las canalizaciones municipales, intocadas desde la Gran Guerra, para atender el sorprendente problema.

Sir Robert estaba más encantadoramente grueso que hacía dos años y trazó el movimiento de besarme la mano, y a continuación nos presentó a su hija Frances, a la que yo no había visto nunca, y a un tal Malcolm Burnett, músico y amigo de la familia. En mi turno, presenté a Alejandro como a un joven y brillante historiador español que se estaba doctorando. Malcolm y Frances debían de tener la edad de Alejandro, y cualquiera hubiera dicho que los tres pertenecían al mismo grupo étnico, altos, muy blancos, un poco asténicos, pelo oscuro, ojos claros. Frances era realmente guapa, con el rostro ovalado y lleno, los ojos grandes y limpios, la boca roja, todavía adolescente. Enseguida me llevé a Alejandro para que me acompañara en el pequeño ritual que tanto celebraba Sir Robert cuando alguien entraba en su casa. Consistía en acercarse hasta la chimenea de mármol veteado y contemplar con admiración, a un lado y a otro, los dos pequeños retratos de un hombre y una mujer, firmados por Constable y cuya herencia era estimada por su dueño como la más preciosa. La celebración de Aubrey cuando alguien rendía este pequeño homenaje, tenía que ver con la decorosa y del todo afectuosa guerra interna que mantenía con su querida Emily, cuya mirada al pasado se interrumpía, lo más lejos, en el art déco o en las escenas de los anacronistas italianos de los años ochenta. De hecho, el mobiliario Mackintosh del comedor, original, por supuesto, tenía como finalidad contrarrestar los efectos de aquellos dos maravillosos Constable y, a través suyo, la propensión de Sir Robert a convertir su casa en un museo para el que nunca le faltarían energías ni, por supuesto, legado familiar.

–Cada vez son más bellos.

Al escucharme, Sir Robert estiró la cara sonrosada en una manifiesta sonrisa, mientras Emily empezaba a dar órdenes a una camarera.

Poco después nos sentamos a la mesa, en las altas, negras e incómodas sillas Mackintosh y me apresuré a elogiar la vajilla china y a preguntar a Emily por el origen del esplendoroso cristal del juego de copas. «Suecia», respondió desde la cabecera más distante de la mesa, desde la que se oponía a Sir Robert.

Alejandro y yo habíamos sido colocados frente a Frances y Malcolm. Me fijé en el traje de hilo color hueso de Malcolm y decidí que el de Alejandro no tenía nada que envidiarle.

–Me gustaría decir, aunque nadie a estas alturas puede ignorarlo, que tenemos entre nosotros a una historiadora eminente.

Y Sir Robert se dispuso a servirme vino de una de las botellas que llevaba su nombre en una etiqueta francesa.

–Sir Robert, por favor.

–Querida Clara, tengo el mismo derecho que don Carlos a sentirme orgulloso de ti, así que te ruego que permitas a este declinante intelectual británico llegar hasta el final.

–No diré más, siempre que eso no signifique que esté de acuerdo con sus elogios.

Sir Robert bebió y los demás le acompañamos.

–A una historiadora eminente y a uno del reducido número de miembros extranjeros del Consejo Británico de Historia.

Bebió del cristal sueco y continuó:

–Ciertamente, éste no es más que un vulgar honor en comparación con lo que realmente representa. Porque lo que realmente representa es el camino a seguir por las jóvenes generaciones de investigadores, aturdidas por las nuevas ciencias aplicadas y sustituyendo la tradición del pensamiento occidental por una guerra entre especialistas vecinos. En fin, y para no abrumarte, querida Clara, sólo quiero decir que eres nuestra última frontera contra la barbarie positivista a la que ha entregado todas sus fuerzas el mayor número de zoquetes (*squats*) imaginable.

Sir Robert dio otro sorbo, dejó la copa sobre la mesa y me

tocó el brazo, lo que en su lenguaje significaba un aparte y la invitación para que los demás hablaran entre sí como quisieran.

–Espero que todo vaya del mejor modo posible. ¿Cómo es que no nos has visitado antes?

La camarera comenzó a servir ensalada de berros y Sir Robert se apartó para dejarle espacio. Confiaba en que Aubrey, con sus palabras, no estuviera interesado más que en trasmitir cortesía. Conocía a Goro casi desde el principio y yo podía temer con razón que en algún momento preguntara por él, aunque la situación no tenía muchas escapatorias; si no lo hacía, es que había sobrentendido lo suficiente con la presencia de Alejandro; si preguntaba, tendría que contestarle con algo que se pareciese a la verdad, si no quería que en el futuro, cuando la conociera con precisión, esta cena volviese a su memoria en forma de malentendido.

–Todo va del mejor modo posible, Sir Robert, y ya sabe que, sea tarde o temprano, para mí siempre es un placer verle.

Traté de duplicar los formulismos para que sonaran a capítulo cerrado. Sir Robert sonrió mirando el plato de berros y estirándose la servilleta sobre las piernas. Malcolm miraba hacia Frances que, en ese momento, se dirigía a Alejandro y le preguntaba una generalidad sobre su doctorado al tiempo que le decía que era una apasionada de la restauración. Sentí cómo Alejandro se atascaba con las palabras y finalmente construía una frase difícilmente inteligible, que apenas respondía a la cuestión de Frances. El rostro de la hija de Sir Robert hizo un esfuerzo por no parecer demasiado interrogativo ni confuso y siguió hablando sobre su trabajo, lentamente y sonriendo. «Por cierto...», Sir Robert hizo una pausa, se llevó las manos debajo de la mesa y giró ostensiblemente el tronco:

–Todos los días leo algún acontecimiento de la vida política española, y me refiero también a este mes de agosto. Realmente, ¿es todo tan agitado?

Goro volvía a planear en las palabras de Aubrey. Quizá, aunque pronto lo sabría, mi temor, como todos los temores, se adelantaba precipitadamente a la realidad; era yo quien veía a Goro sentándose y levantándose, yendo y viniendo, en una silla fantasmal colocada entre Sir Robert y yo.

–No he leído a menudo la prensa británica en estos días. En España todo es tratado bajo la forma de escándalo, que es la forma en que mis compatriotas pueden comprometerse con la rea-

lidad, ya que, en otro caso, la realidad les aburre mortalmen
El escándalo, Sir Robert, es el modo en que a un pueblo falto c
curiosidad se le obliga a pensar en algo. Confío en que aquí todavía no se hayan dado cuenta y se limiten a creer que aquello
es un polvorín. La verdad nos haría más daño que si el país saltara por los aires.

«Vamos, vamos...». Sir Robert hizo un aspaviento acompañado de una sonrisa franca y volvió a enfocar su plato.

Frances ya había conectado con Malcolm, y el silencio de
Alejandro llegaba desde mi derecha con un aliento frío. Escuché
a Emily preguntarle, en un inglés cuidadoso, sumamente foneti-
zado, si había estado antes en Londres.

–Pero, Clara, no irás a decirme que no pasa absolutamente
nada. Escándalos financieros, guerra sucia y los tribunales trabajando incansablemente. No me dirás que esto no es nada y
que el tipismo español, con su graciosa manera de salir del abu-
rrimiento, nos engaña a todos.

Sí, ya estaba convencida de que la insistencia circular de Sir
Robert giraba alrededor de Goro. Ahora ya sólo le faltaba preguntar por la opinión de quien, estando más cerca de mí y viviendo desde una posición privilegiada aquel mundo trastorna-
do, pudiera dar claves objetivas. Alejandro, mientras tanto,
buscaba palabras y las reunía esforzadamente en frases convencionales.

–Sin duda, Sir Robert, sin duda. Pero creo que no interesan
en absoluto. Lo cierto es que he venido a Londres para olvidar
aquello en la medida de lo posible.

Al llegar aquí, pensé que ésta podría ser una buena manera
de acabar con el circunloquio, pero también pensé que era una
manera brusca.

–Oh, lo siento, lo siento de veras. No quería...

–Es natural. Por favor, no haga usted que yo me sienta mal
ahora. Es todo tan delicioso...

Emily salió de su atoramiento con Alejandro arrojando sobre
la mesa una imagen de Londres aún más patética que la de la
época del Blitz, mezclando la fealdad y la falta de un auténtico
espíritu civil, por lo que inevitablemente todo londinense debería sentirse avergonzado y mostrar esta vergüenza en primer lugar ante los visitantes. Durante un rato, habló con mucha gracia
de los deberes de hospitalidad de un londinense honestamente
avergonzado y de las diferentes maneras de exponer la vergüen-

za en sociedad. Mientras hablaba, observé el perfil tenso de Alejandro, con una tensión que rehuía encontrarse con mi cara. Me había hecho demasiadas ilusiones o quizá sólo me había hecho una que me había vendado los ojos. Se trataba de que todo iba a salir bien, alguna vez todo saldría bien, por la sencilla razón de que todo no puede salir mal todo el tiempo. Ingenua de mí... Precisamente a lo que más se parece el mundo es a la ley de Murphy, a la catástrofe le basta con una sola posibilidad, igual que la mecha no necesita todo el fuego del mundo, sino un vulgar fósforo. Se me había olvidado que Aubrey conocía a Goro y que preguntaría por él, y nada había cambiado, sí empeorado, tan sólo porque no estuviéramos hablando de él. Sir Robert ya sabría que yo no quería hablar de ese asunto, aparte de mis suposiciones en la extravagante conversación, porque ni siquiera le había dado noticias sobre el que, hasta que no se dijera lo contrario, era mi marido. Españoles o ingleses, todos somos muy sensibles a las incomodidades y a los silencios impuestos. Hubiera podido inventar cualquier cosa y haberlo arreglado más tarde, en otra ocasión o en otra visita. Pero caí del guindo cuando ya era demasiado tarde. Con la misma venda dejé de ver que Alejandro no tenía inglés suficiente como para aguantar una velada presidida por dos Constable y algunas otras presencias igual de graves.

Durante el segundo plato, un roastbeef frío con salsa béarnaise que levantó aclamaciones en el paladar tradicional de Sir Robert, fluyó una conversación extensa, sin apartes y sin liderazgos. Sir Robert lo intentó con Alejandro, que esta vez pudo articular un par de párrafos historiográficos relacionados con la obra de Aubrey gracias al apoyo de la terminología y, seguramente, a la preparación que le había permitido un silencio prolongado. Confié en que esto le sirviera de cataplasma. Mientras tanto, Malcolm hablaba de países latinos y Emily le contrapunteaba con anécdotas de su experimentada cosecha, tomándome los dos como referencia con la mirada y a cuya cortesía respondía yo con comentarios sueltos que trataban de animarles a seguir con el tema. Frances, que lo seguía todo con una sonrisa divertida, enlazó de pronto con la música, con conciertos en la catedral de Orvietto, en las pequeñas iglesias venecianas; tenía, dejando a un lado su belleza, un encanto especial que iluminaba y daba alegría, pero que mantenía a la vez una distancia hecha de seguridad, una seguridad muy serena, de las que atraen a cualquier hombre. Sentía que Alejandro miraba a Frances..., y que nosotros no nos mirábamos. Me preguntaba cómo iría cayendo todo en aquella conciencia de esponja nerviosa, llena de recovecos y de filamentos; el mundo de Aubrey, las dificultades con el inglés y su minusvalía patente, una muchacha de su edad con una imagen que lanzaba destellos, mi compañía, la sombra que yo proyectaba sobre él...

Cuando terminamos la bandejita de frambuesas que concluía la cena y empezamos a levantarnos, a petición de Emily, «para ponernos cómodos en otro sitio», Frances trató de convocar una súplica unánime para que Malcolm nos diera un pequeño concierto.

–Me parece reprobable, querida, exprimir de esa forma a los invitados.

La protesta vino, naturalmente, de Aubrey.

–Por favor, Robert. Malcolm puede pensar que harías lo imposible por no escucharle.

–Eso sería una extraña forma de equivocarse por su parte, ya que él sabe suficientemente cuánto placer me produce su música.

Con esta respuesta, Aubrey se encontró apoyando a Frances más de lo que hubiera querido.

–No discutan por mi causa, se lo ruego. No me siento exprimido por soplar un poco en mi oboe, Sir Robert. Deje de preocuparse. Estaré encantado. Si sus invitados españoles nos conceden el permiso, todo habrá quedado resuelto.

Malcolm concluyó el alegato con una mueca de ojos cómplices espléndidamente dirigida a Alejandro y a mí. Me apresuré a decirle que estaríamos encantados sin esperar las palabras de Alejandro que, probablemente, no habría seguido el curso rápido de aquella esgrima.

–Sólo me preocupa que seas un muchacho tan excelente y que yo tenga que darme cuenta cada vez que te veo. Está bien, está bien. Será un placer escucharte con un poco de brandy en la mano. ¿Un poco de brandy, Alejandro?

–No, gracias.

Alejandro contestó ligeramente aturdido, como si sólo hubiera entendido a medias, y una décima antes de que yo pudiera repetírselo en español.

Pasamos al salón, en el que Aubrey guardaba, encerradas en vitrinas, sus joyas bibliográficas; y en el que Emily había respetado el estilo cómodo y tradicional de muebles pesados y viejos sillones de cuero. Malcolm fue a por su estuche mientras la camarera servía té y café, y Sir Robert extraía una botella de cristal tallado de un aparador. Aubrey volvió a invitar a Alejandro a que le acompañara y Alejandro contestó ahora con una negativa enérgica y clara, como si fuese ahora cuando realmente entendía lo que antes había rechazado. Aubrey bebió solo, y yo pensé que Alejandro, a quien precisamente no le asqueaba el alcohol, estaría lamentando no haber establecido quizá el único punto de contacto con Aubrey que se le había ofrecido sin complicaciones y que, con un poco de suerte y vapores, habría podido ser de lo más eficaz.

Malcolm tocó durante casi media hora, en honor de Frances, piezas pequeñas de Benedetto Marcelo, y la verdad es que sacaba de su oboe una conmovedora combinación de estremecimiento y de calma. Frances le miraba embelesada, pero con una sonrisa inmóvil que seguramente haría dudar a Malcolm entre su oboe y él a la hora de acertar con el protagonista indiscutible de la emoción de la muchacha. Alejandro les miraba a los dos. Se había sentado en el sillón con la espalda recta; con seguridad, no llegó a relajarse en la hora y pico en que aún se demoró la despedida. No es que pareciera rígido; parecía más bien adherido, como si le presionara una fuerza que le ponía dos manos en el pecho. Aunque aprecié el gesto de crispación, recuerdo que en aquellos momentos pensé en su cara como en la de alguien que está abriendo, aunque todavía no ha dado el paso, una puerta a una casa triste que es la suya, que preferiría no haber abierto esa puerta, pero que finalmente es la de su casa. Temí que estuviera viendo en Malcolm lo que él estaba lejos de ser, y en Frances lo que no podía tener; y, de paso, que estuviera adivinando una lejana conjunción entre ellos, no como si se amaran o pudieran amarse, sino como si el destino estuviera dispuesto a actuar por ellos, a obligarles a amarse; adivinándolo de esa manera dolorosa en que un instante de perfección hace presentir una eternidad perfecta o una imagen bella y vacía una existencia plena; con la misma fuerza que el reconocimiento de una carencia, y gracias a ese reconocimiento.

Nos pidieron un taxi y nos despedimos hacia las once y media. Le pedí al taxista que nos buscara algún sitio para tomar una copa por la zona del Strand, antes de preguntarle a Alejandro, antes de que Alejandro dijera nada. Me parecía, creo que sólo pensaba en eso, que Alejandro necesitaba una estación antes de apearse en Kennington. El taxista estuvo preguntando, a razón de una pregunta por semáforo, por la clase de sitio al que queríamos ir, y yo le contestaba lo mismo que le había dicho al principio. Ese ir y venir de un lado a otro de la ventanilla, no dejó serenidad más que para decirle a Alejandro que podríamos tomar algo antes de volver a la casa.

–Lo que tú digas.

El taxista nos abandonó en el Strand, cerca del Adelphi, invitándonos a que callejeáramos un poco, sistema infalible para encontrar lo que se desea. Yo aspiraba tan sólo a encontrar un *licenced* que sirviera alcohol después de las once; y quería que eso sucediera pronto; no me apetecía la idea de mover mucho a Alejandro y que se disparase algún nervio. Desde el día anterior me sentía como haciendo nudos, así que, de pronto, no podía verme con dos cabos en las manos y la sensación de no ser capaz de atarlos.

Hubo más que suerte. En el mismo callejón del Adelphi, quizá me llevó hasta allí una huella de memoria intuitiva, porque no recordaba haberlo visto el día en que fuimos al teatro, apareció un tugurio de luces amarillas y escalera estrecha, que subía hasta un primer piso en el que dos blancos y un negro estaban tocando delante de una sala de mesas en penumbra. Había un verdadero gentío, pero el camarero consiguió detectar una mesa y hacerle un aparte suficiente para que entraran las sillas y pudiéramos sentarnos.

–Quiero coñac, dile que doble.

La orden fue emitida cuando todavía estaban preparando la mesa. Pedí lo mismo. Creo que los músicos tocaban algo así como un Gershwin disparatado, imagino que en clave de jazz, pero en ese momento me interesaba más Alejandro. Todavía no había decidido mirarme, seguía a los músicos con atención, pero no con la atención con que había seguido a Malcolm en la casa de Aubrey, diría que con la dificultad de volver la cabeza hacia mí.

El camarero nos trajo dos vasitos de tubo. Alejandro bebió el suyo de un golpe. Le pedí otro sin consultarle, aprovechando que el camarero se había entretenido en la mesa de al lado. Entonces me miró y hasta creí distinguir una cierta luz agradecida.

–Me gustaría que me contases cómo lo has pasado. Estás guapísimo con ese traje.

–Era un buen grupo de gilipollas.

Aparte de la brutalidad evidente, lo dijo sin amargura, con un tono expectante, como si la música final me correspondiese a mí.

Preferí dejar el remate para otro momento. Traté de parecer confundida y de que siguiera hablando; lo hizo.

–Robert Aubrey es lo que ya se sabe que es un intelectual. Su casa, su mujer, su hija, sus invitados, todo lo que le rodea es lo que rodea a un intelectual. Es como si los libros y todo su pensamiento hubieran agonizado en la misión de ordenar lo que de verdad le interesa, que es esa clase de vida. Puede que sus libros no sean tópicos, pero al final sólo han servido a un tópico.

–Supongo que es la vida de un intelectual tópico, a condición de ser previamente aristócrata. Yo siempre he creído que esas vidas te interesaban...

El camarero regresó con el tubito; Alejandro lo vació hasta la mitad en el primer trago.

–No me interesan. Yo quiero ser otra cosa.

–De eso nunca has hablado mucho.

–Porque no lo conseguiré.

–Yo creo que puedes conseguir cualquier cosa. Te bastaría con quererla y estar más seguro.

–¿Tú crees que puedo conseguir cualquier cosa?

–Cualquier cosa.

Vació el vaso y miró el mío. Se lo acerqué, pero no lo tocó, de momento.

–Te equivocas. Ya he perdido mucho tiempo. Tengo veintiséis años. No empecé a estudiar hasta los veintiuno. Y mi educación anterior es pura paideia española, o sea, por las mañanas vas al aprisco, por la tarde vuelves del aprisco, un asunto agropecuario que nada tiene que ver con el aprendizaje. No conozco bien ningún idioma, no sé tocar la flauta, tengo un encanto miserable porque tengo una ignorancia excelente, mi talento consiste en imitar voces, puedo hablar como Aubrey, como Goëthe, como Platón o como tú. Yo no tengo nada mío.

–Tú puedes hacer lo que quieras. Tienes un talento profundo, que es mucho más que tener encanto, un talento con las palabras.

–Puedo fundar una secta.

Entonces cogió mi vaso y bebió, de nuevo, hasta la mitad. Estaban aplaudiendo a los músicos, que dejaban sus instrumentos en el único rincón despejado de la sala para tomarse un descanso.

–Me gustaría que me dijeras la verdad. Que me dijeras si voy a servir para algo, si voy a conseguir algo.

En la sombra, le brillaban los ojos como si tuvieran una liquidez fija, de todo el tiempo, de que fueran así.

–¿Piensas que no te la digo?

–Dime sólo la verdad.

Se había echado sobre la mesa y su cuerpo se vencía hacia el mío como si fuera a taparme la huida; me venía su olor, su olor de cantueso. Cogí sus manos con todas mis fuerzas, pensando que podrían escurrirse, aunque yo estaba dispuesta a resistir mucho.

–Eres la persona más inteligente que he conocido. Pero eres más que tu inteligencia. Eres también cómo ves el mundo. Tus errores no te hacen peor. Tú tendrás tu forma de hacer las cosas y no serás como yo, ni como Aubrey, ni como Vives. Antes de lo que esperas, todos lo reconocerán. Eres de los pocos que pueden aspirar a la gloria, por encima de la fama y del éxito, porque no tienes que mirarte en nadie.

–No lo conseguiré...

–Acuérdate de Eckhart. Puedes ver demonios que te arrastran al infierno o puedes ver ángeles que te reconcilian con la vida. La forma en que lo mires, eso es todo.

–Lo sé, sé que es eso...

–Los dioses te han concedido todos los dones, hasta el de ser feliz. No los maltrates con tu desdicha. Ya sabes que están hechos de un cristal muy fino.

–¿Y no los habré destrozado ya?

–Todavía están enteros, todavía están ahí.

No había intentado separar sus manos; estaban bajo las mías, distendidas, cerrándose y tocándome con los dedos, contestando.

–Tienes todo el tiempo para ti. Todo el tiempo. Yo te daré todo el que te haga falta. No puedes tener prisa.

–No tengo prisa, sólo tengo miedo... Llevo esperando, escapando... A veces, todo es igual que al principio, cuando pensaba que no podría salir de la casa de mi padre. Cuando todo estaba allí y lo demás era lejano, cualquier cosa parecía lejana...

–Ya no vives con tu padre. Ya no estás en Mérida. Ya no eres un niño. Has acabado la carrera. Yo estoy contigo.

–Hasta cuándo...

–Hasta que tú quieras. Como tú quieras.

–Te cansarás...

–Vámonos de aquí.

No separamos las manos en el taxi; no las separamos al llegar a la casa de Kennington ni al subir las escaleras hasta su altillo. Sólo se despegó para quedar tumbado en la cama, boca arriba.

Le quité el traje, la corbata, los calcetines, los zapatos. Después, tocando con cuidado, como si los desactivara, los botones de la camisa. Tenía los ojos abiertos y miraba al techo, con los brazos tendidos a los lados. Fui besando cada ojal, cada costura, y dejé que los labios resbalaran hasta el canal que iba declinando. Luego, llené la boca, aferré la boca, para que él se metiera entero dentro de ella, permitiendo que se fuese, que volviera.

Yo estaba encima y él me agarraba los muslos como si me atrajera, pero yo regresaba otra vez, regresaba muchas veces, clavada elásticamente a su cuerpo. Pensaba en todas las veces que se había ido y en todas las veces que había vuelto, pensaba que ahora hacía lo mismo, pero dentro de mí. Pensaba claramente, como si estuviera pensando claramente en otra parte y contaba, como si contara con números, las noches en que se marchó, los días en los que volvía. Esos pensamientos entraban y salían de mí como una espada de hoja afilada moldeando una vaina de piel viva.

Sentí enseguida que me desgarraba por donde yo misma me había abierto, que los dos costados del cuerpo se vencían y se cruzaban sobre el suyo y que, aunque yo no me hubiera partido por eso, se había dado una explosión que me atravesaba con ondas y que me estaba llenando. Algo suyo ya no podría irse más.

Me quedé abrazada, creyendo que ese abrazo era tan fuerte como las manos que nos habían llevado desde la mesa del callejón del Adelphi a la casa de Kennington Road. Pero él se despegó de pronto, se dio la vuelta y esa noche no volvió.

14

Ha sido nuestro último día de vacaciones. No había más dinero, quince días justitos. Y pasado mañana a empezar septiembre. Septiembre es óleo y carboncillo, como todo en esta vida, el tiempo que se para en los dilemas, más Ministerio, más Mundi y su oficina de comercial, más trajín para llegar a donde estabas antes. Septiembre significa más de lo mismo para los que somos como todo el mundo, y sólo pensando en esto ya podía haberme acordado de Alejandro, aunque las cosas no iban al principio por ahí. Acordándome o sin acordarme, me han dado ganas de estropearle a Mundi su siesta y preguntarle por qué nunca tenemos dinero, por qué gana tan poco y por qué lo gano yo. A lo mejor, nos lo explica su doctrina y su doctrina nos explica también por qué los pobres además de pobreza tenemos familia. Él todavía tiene que estar ayudando en casa, que son veinte mil y una recua de hermanos pequeños, y yo a mis padres cada dos por tres. Mundi dice que no somos pobres, sino más bien «desheredados». Entiendo que quiere decir que con una herencia podríamos pasar por ricos. La pobreza es gente parada, por ejemplo una familia numerosa, contando lentejas o contando monedas y muy quieta, quieta del todo, mirando hacia lo que cuenta, a nada más y en silencio. La dibujaría así.

No desperté a Mundi, porque, me gustase o no, ya se había despertado Alejandro. Septiembre será también lo que nos traiga el pájaro loco. En catorce días no ha estado aquí y ahora que tenemos que regresar, él regresa. Me molesta todo lo que coincide, me molesta que él regrese al mismo tiempo, aparte de que vuelva o no vuelva en el justo momento.

Me venía septiembre, Ministerio, carboncillo, la calle de La Basílica, Alejandro, como si fuera por una carretera en la que iba encontrando pueblos con esos nombres por la ventanilla del coche, aunque donde estaba era tumbada en la playa de San José, bastante achicharrada, demostrándome a mí misma que era capaz de aprovechar hasta el último segundo de las vacaciones y hacer lo que nunca hago, ponerme debajo del sol, que odio. De pequeña, mis padres nos mandaban a Santa Olalla y me pasaba el día debajo de un alero, porque cuando el sol me roza me trasformo en un cangrejo. Y llevaba horas así, empecinada. Había llegado a ese punto de hervor en que empieza a no sentirse ni el cuerpo ni la arena, y como que la cabeza se traslada. Las imágenes hacían flash, un medio pedo de alucinaje. En un momento dado medio entreabrí los ojos y vi una montaña reluciente que no dejaba ver nada más, y resultó que era sólo la panza de Mundi, disfrutando en plan hipopótamo. Ha pasado los quince días en el mismo sitio de la arena, así que cuando llega ya le está esperando la hoya que ha ido haciendo a base de peso. Lo gracioso de la bestia es que cuando dice que va a disfrutar, disfruta. Dijo quiero ir a Almería, porque allí no hay más que sol y agua y lo que quiero es tumbarme boca arriba y punto. Cuando él dice y punto es porque está sentando doctrina, lo que él llama pensamiento dogmático, muy necesario a veces, según él también. Llegó a Almería, se quedó boca arriba, y punto.

A mí se me ocurrió achicharrarme y celebrar la despedida. Lo que sentía no era el fuego del sol, sino que me cubrían el cuerpo dos pieles, una muy caliente y otra muy fría. La muy caliente estaba por encima y la muy fría pegada a ella, pero por debajo. Apareció flash la otra vez, la otra vez idéntica. Todo está parado siempre y también hay en la vida lo que funciona como una cremallera, tocas un diente y pasas a otro hasta el final. Por ejemplo, los dolores son cremallera. Hace dos años. Hace dos años, en el aborto. Por ahí ha entrado. Ras, la cremallera. Volví de la clínica y me quedé sentada en un sillón con esas dos pieles, y así estaba cuando Alejandro entró por la puerta, de madrugada. Le había dicho lo que pensaba hacer, y se lo había dicho todos los días desde que lo supe. Pero Alejandro se había quedado mudo. Sólo me miraba, me miraba sin decir palabra. Nunca me atreví a pronunciar la palabra feto, ni por supuesto niño o hijo. La única palabra era «hacer». Alejandro no me miraba con tristeza ni de ninguna otra manera, no me miraba como si estuviera conmigo. Sólo me miraba, no sé con qué. Ni siquiera estoy segura de que me mirase a mí. Quise adivinar pensando en su madre, en el abandono, y en si ahora aquello le estaba volviendo. Pero yo creo que allí, en aquellos ojos color de agua de mar, no había emoción, era como cuando sale mal un dibujo, que no dice nada, todavía y peor, que no tiene ni la intención de no decir nada. Me dejó hacer. Es verdad que yo fui la primera en hablar de hacer y que a lo mejor no hablé de otra cosa. La noche de la víspera le pregunté, tuve que preguntárselo, que si pensaba acompañarme a la clínica. Respondió que sí, sólo que sí, sin más palabras que ese sí. Pusimos el despertador muy temprano, había que estar allí a las ocho menos cuarto. Se levantó conmigo. Se vistió conmigo. Fui a la cocina a prepararle un poco de café y cuando volví al salón, Alejandro se había marchado. También es curioso que no se me pasara por la imaginación que hubiera bajado a por algo, o que me estuviera esperando en la calle, cualquier cosa, sino que enseguida me di cuenta de que se había ido, de que no vendría a la clínica. Lo entendí tan rápido que casi no me hizo daño. No había entendido nada en esos días, pero de repente entendí que se había marchado. Yo creo que esa sensación de haber entendido algo por fin, fue mejor que el que Alejandro me hubiera acompañado. No le guardé rencor o creía que no le guardaba rencor. Cuando volvió, a las tres de la mañana, yo estaba en un duermevela más bien febril, me levanté como otras noches en que llegaba tarde y me metí con él en la cama como si no hubiera pasado nada. Recuerdo las dos pieles pegadas, que a lo mejor son la piel de entender y la de no entender, la de querer y no querer, o a lo mejor lo único que pasa es que una no es mía, por pegada que esté.

No le guardé rencor entonces o eso creí. Eso creí porque cuando se envenenó con los antibióticos, aquello que pareció una hepatitis, y Abel no quiso ayudarle, cuando tuvo que intervenir la catedrática, y cuando yo me enteré, que fue bastante después, me pasó por la cabeza, como un rayo bien es verdad, un rayo en lo rápido, que se había merecido estar solo y sufriendo. Acordándome del aborto.

Tampoco quedó nada claro. Fue a principios de este año. Alejandro ya no se dejaba caer por casa en la forma de antes, pero podría haber avisado de que estaba enfermo. No había nada roto, ni había pasado nada como para que ni siquiera lo dijese. Prefirió pedirle ayuda a Abel, que no quería dársela, y quedarse esperando a que le ayudara. Nos lo contó Abel a Mundi y a mí, un día por la calle. Le resultaba imposible estar pendiente de Alejandro y Alejandro no quería entenderlo. La catedrática acabó pidiéndoselo a Abel. Pero yo nunca he dejado de preguntarme por qué le resultaba tan fácil dejarse caer por casa cuando le parecía y, sin embargo, le pareció tan difícil mandar un simple recado cuando de verdad nos necesitaba. Después de pensar que se lo tenía merecido, también pensé que quería morirse y que estaba montando el aparato que necesitaba para morirse, entre unas cosas y otras. Esto también lleva al aborto, a la manera en que miraba. Alejandro a veces se muere y a veces hace todo lo posible para morirse. Abel estuvo ayudándole un par de días, después le dijo que sinceramente no podía estar pendiente de él todo el tiempo y que tenían que buscar una solución. Pero no había ninguna solución. Si conozco a Alejandro sé qué pudo pasar por su cabeza cuando Abel le dijo eso, cuando alguien le deja indefenso. No estoy segura de que la idea sea indefenso, más bien es otra cosa que puede estar al lado o que puede estar dentro. Mi hermana y yo, siendo todavía crías, fuimos con mis padres a visitar a un primo que vivía en el Barrio del Pilar y al que se le había muerto su mujer. Tenía un niño de seis años y supongo que nos llevaron para que jugáramos con él, aunque éramos mayores. Cuando entramos en su habitación vimos que tenía atadas todas las cosas, unas con otras, las patas de la silla con la mesa y en la mesa atados los lapiceros y el estuche, las patas de la mesa con las de la cama y atados a la cama un oso y una jirafa de peluche, y en el arconcito donde los guardaba también estaban atados todos los juguetes. Recuerdo además que lo hacía con cuerda, con hilo de coser, con hilo de lana, con cordones de zapatos. Fuimos a decírselo a mis padres y al primo. Mi primo dijo que ya le había llevado a un psicólogo, porque eso lo hacía con todo lo de la casa, si le dejaban. Por lo visto, tenía que ver con el miedo a seguir perdiendo cosas, después de haber perdido a su madre. Una noche de las muchas en las que Alejandro se revolvía en la cama sin poder dormir, le conté esa historia para explicarle que no podíamos atar todas las cosas, porque nunca teníamos cuerda suficiente y al final acabábamos utilizando hilo de coser, pero que lo peor de todo es que en vez de jugar con los juguetes o hacer los deberes sobre la mesa, gastábamos todo el tiempo en hacer nudos y en buscar con qué atar. Creo que el caso de Alejandro, y ya lo pensaba entonces, es un poco distinto al del niño de nuestro primo. Alejandro ata las cosas, pero después las saca a la calle y él se queda en casa, agarrando un cabo y tirando de vez en cuando a ver si se ha deshecho un nudo o se ha roto una cuerda.

No sé quién llamó a la catedrática, puesto que la catedrática acabó metiéndose. Eso también nos lo contó Abel, lo que pasa es que nos lo contó insistiendo mucho en que ella se lo había pedido. Creo que de lo que de verdad quería hablar es de que ella se lo había pedido. No me imagino a Alejandro llamándola, además, por esas fechas tenían todavía una relación muy reciente, no más lejos del trato de la Facultad y de que ella le pusiera en contacto para lo de la casa. Pero esas cosas siempre van deprisa, cuando van. Estás en el cine con alguien, te vas a tomar una copa a la salida, luego a dar un paseo, y te encuentras a las cuatro de la mañana mirando las estrellas y contando tu historia desde el primer biberón. Después resulta que estás mirando otro cielo, pero raso, el de tu habitación o el de la suya, y que en ocho horas has empezado otra vez el libro de tu vida por ese capítulo por el que siempre empiezas tu vida. Eso pasó con Mundi. Haciendo ese cálculo, sospecho que todo arrancó antes de las navidades del año pasado. Lo que sea, que no sé lo que es, porque la locura de Alejandro no deja verlo. La vez de la chaqueta en Mérida, el día antes, por casualidad me quedé a solas con el padre en la cocina y el padre me dijo, como si dijera un secreto que no podía oír Alejandro, como si me advirtiera, me dijo Alejandro está loco. Pero yo pensé que la mirada y el convencimiento del padre también eran de loco, por eso no le creí, o por eso pensé que eran locuras distintas. Y que a mí me tocaba ocuparme de la que me tocaba, sin compararla con otras y sin compararla con el convencimiento que otros tuvieran.

La catedrática había entrado mucho antes, creo que la catedrática estuvo siempre. Conocí a Alejandro en segundo de la Facultad, en una asignatura de Filosofía. Se había cambiado ese año al turno de noche. Se mantenía de lo que había ahorrado en los tiempos extraños de sus viajes que, por las cuentas que deja echar, pueden haber durado lo mismo tres meses que tres años. Trabajó en el extranjero y aquí vendiendo biblias, era lo que iba contando. Estuvo en muchos países, pero a mí me parecía que cuando los describía eran siempre el mismo. Igual que los trabajos, que fueron muchos, hasta navegante, y a mí siempre me parecieron el mismo. Alejandro no dejaba hacer preguntas sobre eso y sólo lo contaba de un tirón, generalmente cuando había bebido y también él llevaba su punto de hervor. Podría jurar que hay otra gran mentira, de las que suenan a Mérida, en todo ello. Lo malo es que las mentiras de Alejandro no son lo peor, sino lo que esconden. Con él, casi se prefieren las mentiras. Así que se había mantenido, mejor dicho, porque en ese momento había dejado de mantenerse y había cogido el turno de noche para encontrar algo por la mañanas. Lo cierto es que al final no necesitó encontrar nada. Se vino conmigo a los dos meses de conocernos.

Me había matriculado en Sociología con dos compañeros de la oficina, Javier y Luisa. Javier tenía cuarenta y cinco años y Luisa, que era un poco mayor que yo, veinticinco o veintiséis, acababa de separarse. Los tres queríamos hacer una carrera, cada uno con sus razones, y al final coincidimos, sobre todo, porque nos hicieron coincidir los baremos. Javier estaba asustado porque no había estudiado desde los dieciocho años y Luisa iba cargada de energía, aunque de una energía un poco loca. El primer año lo pasamos mal y el segundo iba a peor, cuando encontramos a Alejandro. A veces, yo me sentía como Javier, con demasiados años encima, veinticuatro años gastados son muchos y tantos como cincuenta o cien, como para recuperar el tiempo perdido a toda velocidad. También a veces me sentía como Luisa, atorada y loca. Y no era ninguna de las dos cosas, pero tampoco era alguna otra. Siempre me ha costado mucho estudiar conceptos si antes no los he visto, quiero decir visto palpablemente y como supongo que eso es imposible, pues eso es lo que me pasaba. Desde luego la compañía de Javier y Luisa no ayudaba a pensar en cosas distintas de la fatalidad.

Una noche estábamos en el aula, entre clase y clase, mirando apuntes y desesperándonos por culpa de Weber y de un profesor que enseñaba a saltitos, como los pájaros cuando andan entre charcos. Total, que algo le había pasado a las religiones primitivas, porque en los apuntes no estaban. Y el tochazo en el que sí estaban tenía miles de páginas. Empezamos a discutir y yo acabé enfadándome, llegué a decirles que no llegarían a ninguna parte nunca, de bastante mala manera. Recuerdo las caras de Javier y Luisa, esas caras tristes de los animales cuando el dueño descubre que son demasiado mansos, no sé por qué se me ocurre esa comparación, pero el caso es que mientras ellos se apagaban, más me encendía yo. Cuando ya dudaba de que pudiera pararme, esos ataques no me daban todos los días, alguien de al lado me tocó en el brazo y dijo yo me lo sé, os lo puedo explicar. Al principio no podía pensar en contestarle, sólo podía pensar en qué estaría pensando aquella cara inteligente y hermosa que me encontré a la vuelta de aquella discusión entre perdidos, entre un señor maduro, una extraviada mental y una histérica, vestidos con ropa de oficinistas y con el aura pintada de tippex.

Empezó a venir a nuestras reuniones de casa, en las que antes y normalmente nos íbamos derechitos al abismo cogidos muy bien de la mano. Pero Alejandro nos fue explicando todo, con una paciencia que nunca jamás volví a verle, creo que se sentía muy a gusto. Yo me embelesaba escuchándole, y cuando Javier y Luisa se iban, él se quedaba un rato cada vez más largo. Debí de enamorarme enseguida, porque no me atreví a preguntarme qué hacía Alejandro con nosotros, por qué se había arrimado a un grupo como el que formábamos Javier, Luisa y yo. Luego, cuando ya éramos sólo él y yo, esa pregunta no tenía sentido. Un hombre y una mujer, los sentimientos, tantas películas. En el amor siempre parece que uno no es nadie, que no viene de ninguna parte, que no le han pasado cosas, que no es tonto ni listo, pobre ni rico, guapo ni feo. Y después resulta que sí, que lo era, que lo único que ha pasado es que el amor ha retrasado la hora de darse cuenta.

Cuando me quedé a solas con él, pensé que yo no tenía nada que ver con Javier ni Luisa, o que Javier y Luisa eran el rodeo que Alejandro había dado para llegar a mí. Pero yo no era ninguna otra cosa, aunque no fuera Javier ni Luisa. Fue entonces cuando pasó lo del bosque de líquenes, las ideas de Alejandro sobre mi pintura, mi fracaso en San Fernando y mi primer destierro, antes de empezar, en los cursillos del Círculo. Antes había creído que iría bien servida con una carrera de cultura general. No había sido mala estudiante, lo que pasa es que tenía un problema con lo visible. Un día, un profesor que me quería me dijo:

–Tú no eres tonta ni mucho menos, pero no sé lo que eres.

Alejandro y yo tardamos poco en acercarnos, físicamente. Aunque no hicimos el amor hasta que él se vino a casa. Nos quedábamos en la sala besándonos durante horas, tocándonos, frotándonos como chicos de BUP. Él se iba tarde, pero siempre se iba. Hasta que se quedó. Más bien, le traje. Pensaba que evitaba la cama, o que tenía algún problema con eso. Me dejaba con la impresión de que le había bastado con desahogarse, de que no quería nada más. Cuando se vino a casa todo fue un poco más normal, aunque siempre he notado que rechaza la cama, no el sexo, pero la cama sí. Las sábanas, el abrazo, el sitio, el taparse y encontrarse, no sé.

Ya en esos primeros tiempos oímos hablar de la catedrática. Fue por una especie de ligue de Luisa que estaba acabando Políticas. Vino a buscarla a una de nuestras reuniones. Javier se puso a interrogarle, con esa manera bastante pava en la que se pregunta en el ambulatorio a los que ya conocen al médico y en realidad acabas contándoles la enfermedad para ver qué dicen ellos, sobre asignaturas, profesores y todo lo que podía prevenir un accidente en su viaje a la oposición de TAC. Javier quería ser TAC, Luisa quería borrar su matrimonio con un karateca chileno que se entrenaba con ella y yo, bueno, yo pensaba que tenía que hacer algo en esta vida, que no podía seguir mirando pantallas de ordenador por las mañanas y distraerme a ratos con un bloc de dibujo, como los niños. Total, que el hombre de Luisa empezó a cantar salmos sobre Clara Seoane. Por lo visto, aunque daba una asignatura de pensamiento político, hablaba mucho de literatura, de arte y de cine, con todo el encanto y la sensibilidad que uno pueda imaginar y era tan distinta a los demás profesores como uno ni siquiera puede imaginar. Los libros que había escrito y su estilo de ropa, su lenguaje y su forma de estar en la tarima, la influencia que ejercía en los profesores, su fama en la Facultad y fuera de la Facultad. Y después, taza y media todavía. Uno no se la imaginaba casada o con alguien, liada en lo típico, en una de esas relaciones convencionales, moviéndose por la vida en plan adhesivo. Resumiendo, el cuadro que pintó el ligue de Luisa era uno más bien mitológico, ayudado por la cara de tonto de Javier y porque Luisa estaba allí y el tipo quería demostrarle sus conocimientos de lo sobrenatural antes de hacerle un aterrizaje en toda la carne.

Cuando se fueron, me extrañó que Alejandro se dedicara a darle vueltas al asunto de la profesora por vía del que nos lo había contado. A mí sólo me había parecido que el chico se había dado importancia porque nos vio la cara de patos. Pero Alejandro empezó a hablar de la fascinación y de la pobre gente fascinada, de la necesidad que tienen algunos de encontrar lo que no existe para soportarse a sí mismos y, ya se sabe, uno de esos discursos de Alejandro que pueden no terminar nunca y que es su manera de decir como puede otra cosa. Aunque yo nunca he estado segura de qué, excepto de que le hacían daño. Se me ocurrió que se había picado con el de quinto, igual que yo había pensado que quería darse importancia. Concordaba con Alejandro el pique. Después de todo, él se había convertido en nuestro centro y durante un rato uno de afuera le había quitado el sitio. Pero una semana después llegó a la Facultad con un libro de Clara Seoane y después con otro, hasta que los leyó todos, no sé cuántos eran. Y cuando volvía el ligue de Luisa, si el otro no hablaba de la profesora, era Alejandro el que preguntaba. Lo gracioso es que cada vez que el de quinto se marchaba, Alejandro volvía a soltar las pestes del primer día. Pero nunca le dejaba hablar de otra cosa y llegó a un punto en que el otro le contestó que esperase a quinto para verlo con sus propios ojos. Pero Alejandro no sabe lo que es cesar. Cuando el ligue de Luisa desapareció, a los pocos meses, la pobre le dijo en broma que había sido por su culpa, porque el chico no aguantaba más sus preguntas. Yo sólo conocí a Clara Seoane de vista. No llegué al final. Dejé la Facultad en tercero. Con todo aprobado, por lo menos. Se me había aparecido el futuro en un bosque de líquenes.

Alejandro entró en la playa de San José por esas dos pieles que hacía mucho que no volvía a sentir pegadas, tanto frío y calor a la vez, y tantas veces. Había aparecido el aborto y enseguida, flash, cremallera, apareció cómo se vino Alejandro a vivir conmigo. Volvía a encenderse de repente la luz de aquel descansillo. Cómo le encontré acurrucado y con cuarenta de fiebre en la puerta del piso de San Bernardo en el que una vieja le había alquilado una habitación. Había perdido la llave y la vieja, que le medía el agua por jofainas, una de esas rácanas castizas que guardan los embutidos en el armario, la vieja no estaba. Era domingo y yo había tenido el arranque de ir a verle, de no quedarme sólo con las reuniones y con el rato de después. Temblaba y lanzaba gemidos que parecían de dolor, de los golpes del escalofrío. Me lo llevé a casa. Me llevé a casa su escalofrío, porque yo tenía una casa. Sólo tuvo que quedarse.

En vez de decirle a Mundi que nos fuéramos al apartamento o que nos fuéramos a urgencias, que hubiera sido lo lógico para la carbonización, aunque la sintiera de otra manera, se me ocurrió decirle que nos fuéramos a comer una langosta. Había estado pidiendo langosta todo el tiempo y yo le había estado contestando que no teníamos dinero. Pero de pronto me apeteció verle comer una langosta.

–No es todavía la hora de cenar –dijo.

Puede parecer tonto, pero me gustó que me dijera que no era la hora de cenar.

–Bueno, pues esperamos a la hora de cenar –le dije.

–No hace falta –contestó.

Caminamos hasta uno de los restaurantes de la roca y nos sentamos en la terraza. El sol se había escondido a nuestra espalda y el mar se había quedado con una estela roja, de lo más rojo, entre las puntas de la playa.

Enseñaron a Mundi la langosta viva sobre una bandeja y Mundi empezó a mirar y a levantar las patas como un experto, como si conociera esos bichos de toda la vida. Se tomó su tiempo y luego dio su permiso.

–No sabes lo que chillan cuando las hierven –comentó con alegría y extendiéndose la servilleta–. Por cierto, ¿te has fijado cómo estás?

Media hora después se la sirvieron y le dio por hablar mientras cascaba con las tenacillas.

–Hay placeres que debieran ser de todos, placeres sencillos, pero lo que nos roban son los placeres sencillos. Y nos engañan –masticaba–, nos engañan porque nos hablan del poder y de la sociedad, nos hablan de lo inalcanzable para quitarnos lo que tenemos al alcance todos los días –masticaba–. Esta langosta, fíjate, esta langosta con un blanco Pescador. Es lo que quieren quitarte mientras miras para otro lado. No cuesta mucho, pero te da miedo querer pagarlo –masticaba y bebía.

Me alegró verle disfrutar, verle disfrutar hablando y comiendo, y no teniendo que escuchar sus palabras, porque sus palabras sólo significaban que estaba disfrutando. Cuando Mundi hablaba era una manera de estar en las cosas de las que quería disfrutar, gordo y avariento como un oso, pegado a su langosta y sin dejar que nada le separase de su langosta, ni siquiera sus palabras, y menos todavía lo que le dijeran.

Yo había pensado que los disfrutes de Mundi eran a veces como los de un cerdo cuando le engordan y de repente me di cuenta de que no era tan malo tener algo entre las manos y tenerlo demasiado agarrado.

Cuando vinimos al apartamento, hicimos el amor, a pesar de que yo estaba abrasada. No es que hubiera preferido no hacerlo, sólo que dolía al mismo tiempo que quería que él lo hiciera mientras me estaba agarrando.

Ahora se ha quedado dormido y yo le doy vueltas a que mañana volvemos. De la quemazón no puedo pensar ni en mover un pelo. Espero dormirme quietecita.

15

Me dijo que si quería algo y le contesté que nada después de cien escaparates seguidos en Mount Street. No me parecía el sitio donde yo pudiera querer algo enseguida ni querer algo siquiera entre casas de piedra blanca columnas rosáceas en un gran plano de pórticos. Un barrio rico enriquecidamente aislado hacia afuera por el parque y aislado hacia adentro por sus escaparates de cristal armado y objetos rodeados de espacio. Objetos más que cosas exhibiendo su espacio disponible. No quería nada tampoco sabía si ella lo quería. Solamente paseábamos despidiéndonos hasta la hora del avión por la noche y coincidió con Mount Street. Pero ella se paraba y se paraba sin mí. La cara oculta por el pelo de la cabeza inclinada con una detención de no estar yendo de paso a veces o en general.

–Me gustaría comprarme un sahri auténtico –dijo en un lugar de improviso.

En el lugar estábamos solos aunque junto a la mujer de sesenta años maqueada que empezó a mover los vestidos de los maniquíes y a indicar con dedos blancos afilados hacia los expositores. Luego extendió una tela sobre un mostrador de rieles dorados y Clara me preguntó si me gustaba. Estaba demasiado lejos para saberlo.

–Ciento diez libras –dijo la mujer que hablaba se movía como una dama dueña del establecimiento.

–Es más caro de lo que había pensado –creo que entendí decir a Clara.

Pero poco después se lo estaba envolviendo alguien distinto a la dama que había ido desapareciendo hacia una mesa del fondo. Clara volvió con una bolsa negra con la sonrisa que le achataba la cara de esa forma en que se le podía ver su cara de niña sin serlo.

–Al final me lo he comprado –dijo.

–¿Y cuándo te vas a poner un vestido así?

–No lo sé. A lo mejor, nunca. Pero me puede servir para bailar delante del espejo. Me hace gracia.

A la salida fui yo el que se paró delante de un escaparate. Había una colección de pistolas antiguas desde el trabuco hasta el revólver. Me paré simplemente por pararme porque me llamó la atención encontrar de pronto pistolas entre joyerías y tiendas exquisitas de ropa.

–Qué miras –me dijo.

No sé si llegó a saberlo porque lo dijo y siguió andando. Entonces traté de aguantar un poco confiando en lo que había decidido mirar y preguntándome por qué ella no había querido pararse un poco conmigo para saber por qué lo estaba mirando. Aunque no tardó en llamarme. Pero mientras escuchaba que fuera yo sentía que me estaba quedando allí como si tirase del extremo de la cuerda que ella había ido desenrollando con su camino. Yo trataba de fijarme por ejemplo en las culatas en la parte llamadas cachas como si quisiera dejar de pensar en la cuerda de la que estaba tirando. Las había labradas en marfil creo y en lo que parecía madera. En ese momento me apetecía averiguar cosas suficientes antes de echar a andar hacia el sitio de ella. Pensé en lo mucho que me cuesta siempre quedarme con lo concreto y poder decir nombres de cosas precisamente allí me hubiera gustado ir a decirle lo que había visto. Hay nombres que quizá he escuchado miles de veces pero que nunca he podido reunir con la cosa. Sahri era uno de esos nombres y ahora me alegraba de haberme acordado de cachas del mismo modo en que el día del chucho me alegró clasificar el pelo duro que distingue entre otros el pelo de los chuchos. Los escaparates están llenos de cosas y la cabeza está llena de nombres supongo que para querer algo hay que haber juntado antes una cosa y un nombre. Sahri por ejemplo. Es más sencillo mucho más sencillo pensar en la muerte del significante o en las razones por las que el búho de Minerva levanta su vuelo al atardecer. Ya tenía pues una pesadilla en la que se ve a un hombre andando por una calle infinita y cuyas aceras son escaparates infinitos echando un discurso despavorido sobre el mundo como voluntad y representación pero con los ojos cerrados de pánico. A ese hombre se le acaba la voz abre los ojos cuando la calle se estrecha y converge a medida que él avanza como si fueran a fundirle entre escaparates. Prensado o fundido.

Me puse a andar teniendo por lo menos las cachas y teniendo también labradas en marfil y madera aunque ella había vuelto a esconder la cara en un escaparate y en el pelo inclinado.

–Mira, amatistas, ópalos, topacios, turquesas... Aquello es un zafiro.

Había más de cincuenta piedras en una tela blanca con el nombre inglés en un cartelito como *garnet* o *peridot*. Ella decía fíjate en ese ónice o fíjate en ese rubí. Era capaz de darme cuenta de que no me las estaba enseñando de que sólo las estaba exclamando de una manera distinta a como me había dicho mira ese Canaletto o ésta es una casa de Robert Adams. Era la primera vez en que señalaba algo de una manera en que yo no estaba con ella. Se ausentaba estando conmigo pero esa ausencia no me dejaba en paz sino que me arrastraba como me arrastraba cuando decía tenemos que ver o tenemos que hacer. Era entonces la persona que suplicaba y arrastraba al mismo tiempo.

–¿Vas a comprar alguna?

–Claro que no.

En la parada siguiente nos encontramos en Wetherell State Agents. Fotografías enmarcadas de edificios con el precio en un adhesivo diminuto entre un millón y diez millones de libras. Sólo mostraban fachadas me extrañó que desde las fachadas pudiera entenderse ese precio.

–Son casas eduardianas –dijo Clara deteniéndose de costado–, *terraces* enteras...

Eran las doce de la mañana apenas cruzaba alguien por la calle o los porches o los enrejados. Nadie se movía en las ventanas mientras yo tenía la sensación de estar midiendo a pasos una longitud de silencio a pesar de las pistolas a pesar de las piedras preciosas a pesar de los precios de las casas eduardianas. Había creído que el dinero era el griterío de muchedumbre abriéndose paso y principalmente el ruido de cuerpos mutuos desplazados mediante un tráfico de selva cuando en realidad era un adoquinado silencio de cosas quietas de puertas y ventanas cerradas en las que no pasa nada. El dinero era no estar con nadie y no salir de Mount Street. Notaba hasta dónde yo no podía ser otra cosa que un extraño aunque eso hubiera podido verlo o ya lo hubiese visto con sólo ponerme delante de un escaparate en el que ninguna cosa decía su nombre. La riqueza no habla como su ausencia grita.

Cuando miré ella estaba abriendo otra puerta y entrando.

–Son joyas sajonas –me dijo con un collar de piedras rojas engastadas en un oro mate extendido en la mano.

Enseguida lo había suspendido del cuello y se miraba en un espejo oscilante sobre el mostrador.

–¿Te gusta?

–¿Vas a comprártelo?

–Sólo he preguntado si te gusta.

Después hizo lo mismo con otros colores verdes y grises pasándolos de la mano al cuello.

–Me gustaría que me dijeses algo.

–No tengo mucha opinión sobre joyas sajonas. ¿Querías comprarte un collar?

Entonces se volvió me miró por vez primera desde que entramos en el barrio aislado de los escaparates.

–Sólo te pregunto si me queda bien, si te gusta cómo me queda.

–No sé qué decir, pero puedo decir algo que tú quieras oír.

Hinchó los carrillos y resopló pero ya se había vuelto hacia el espejo.

–Eres una mosca cojonera –murmuró mientras seguía mirándose de pronto.

Noté la columna de frío que me sostenía de los pies a la cabeza que también me clavaba al suelo. Es extraño que al mismo tiempo me sintiera lanzado al espacio aunque a un espacio encerrado en las paredes de la joyería. Una mosca cojonera. Demasiado silencio en aquel sitio y en todo Mount Street para que no pudiera escucharse con toda claridad. Mientras la columna se iba deshaciendo aunque dejando el hueco donde había estado de una forma en que parecía haber creado paredes en el cuerpo ya de los tejidos del cuerpo y el Sarmiento seguía extendiendo collares en la mano que luego suspendía del cuello pensé como un golpe de rayo luminoso y sólido donde podía sujetar el espacio que podía librarse de mí en los escaparates y que podía librarse de mí con un insulto como antes no se hubiera atrevido a hacerlo por la razón sencilla de que ya habíamos hecho el amor y de que sentía poseído lo que durante meses la había desesperado sin salir de su cercanía. Además de elegir el lugar idóneo donde su liberación no me dejaba a mí ninguna escapatoria y yo tendría que soportar la cercanía de su rechazo como ella antes soportó la mía. Ella estaba juntando el hacer lo que hacía y el haber hecho el amor porque había sacado de mi cuerpo lo que quería para el suyo que era la fuerza para el desprendimiento. Aunque en la cercanía a la que no renunciaba y a la que yo no renuncié y que ahora se me devolvía.

–Me parece que no es mucho pedir preguntarte si algo te gusta, aunque esté puesto encima de mí...

Lo dijo justo cuando yo ya estaba seguro de que no podría responder ni decir nada enseguida.

–Cincuenta libras –contestó después una de las dependientas vestida con un traje negro que iba pasando la vista de uno a otro desde el principio.

Era el collar que se puso la primera vez el de las piedras rojas en el oro mate. Le hubiera preguntado de nuevo si había decidido comprarlo pero preferí observar.

El Sarmiento me lanzó un vistazo rápido y a continuación lo hizo planear por las otras joyas que se habían ido depositando en el mostrador.

–Creo que me voy a quedar con éste –me parece que fue diciendo como si lo dijese al final.

Di media vuelta y salí a la calle esperando de espaldas a la puerta. Uno de esos taxis de caparazón iba hacia el final de la calle y entonces pensé en lo que nos faltaba de calle pero también iba contando el tiempo que ella tardaba en salir. Una cucaracha hacia donde está camuflado el agujero. Y el sonido del conteo en mi cabeza medía lo que tardaba el taxi y lo que tardaba ella.

–... con que sólo se pudiera saber lo que te pasa –escuché de Clara.

La miré pero la miré pensando que tenía que traducirla como si me hubiera hablado en inglés y tuve que poner alguna cara como la de estar tomando tiempo para traducir lo que yo tenía que contestar.

–... se puede saber qué te pasa –seguía diciendo en una continuación.

En cambio su cara tenía prisa se acercaba con los ojos tártaros y el casco del pelo de un modo en que creo que nunca los había visto. El casco de pelo que siempre prometía el regreso natural.

–Yo también quiero comprar una cosa –dije traduciendo.

–Así que era eso. El niño se había enfurruñado porque no le compraban nada. Menos mal que se lo había preguntado –dijo como si no hablara conmigo también mirando hacia el final de la calle por donde el taxi de caparazón había tardado en desaparecer–. Bueno, compra lo que quieras.

–Tendríamos que volver a Kennington.

Se le cruzó por el gesto un segundo de asombro pero volvió a recomponer la distancia de desprecio.

–Se puede saber qué quieres...

–Quiero el Hércules del que te he hablado.

Juntó las manos en el asa de la bolsa como si estuviera esperando. En ese momento no supe por qué estaba haciendo eso.

–El Hércules del que hemos hablado...

–Ya lo has oído.

–¿Y cuándo ha sido eso?

–Lo he querido desde que lo vi.

–Me refiero a cuándo se supone que me lo has contado.

Puede que se estuviera librando también de su memoria porque yo sólo podía estar seguro de que lo habíamos hablado veces. Con seguridad y sólo le habría bastado seguir la dirección de mi mirada cada vez que salíamos de la casa de Kennington hacia el escaparate de Antiques justamente de frente. Sólo podía ser imposible que no hubiera ocurrido ninguna de las posibilidades y eso es lo que dice siempre la pérdida de memoria que dice pérdida. Nada de lo perdido.

–Hay mucha diferencia en que yo diga que te lo he estado contando y tú respondas que cuándo. No vale la pena. Podemos dejarlo.

–Me parece una pregunta lógica, puesto que no puedo recordarlo.

–Más vale dejarlo.

Más valía dejarlo entonces nos quedamos inmóviles ella orientada a la parte de calle que aún faltaba como si calculara las fuerzas para desprenderse y seguir ese camino. Y yo no me movía porque seguía esperando aunque creía que ya no lo esperaba desde el momento en que dije que lo dejáramos. No era más que lo que pasaba siempre o nuestra manera de estar juntos cada uno al extremo pero compartiendo el nudo algún nudo que ataba dos trozos de los que podía estar hecha la cuerda. Una cuerda partida aparte de sus extremos.

–Vámonos a Kennington. Vamos a contemplar tu Hércules.

El viaje nos permitió seguir en el silencio anterior de la inmovilidad. La tarde se estaba yendo y esa ida aceleraba la hora del avión aunque faltaban muchas horas hasta que dieran las once. Se me ocurrió que el Hércules podía tener que ver con que nos marchábamos también con que nos marchábamos y yo quería llevarme algo tener algo que exponer obtenido del viaje. Al principio había contado el tiempo en largas semanas inacabables. Pero después el tiempo dejó de sonar hasta ese momento en el que sonó golpeando sobre el mismo precipicio del regreso. Algo obtenido con un nombre en el escaparate del regreso del mismo modo en que el Sarmiento se llevaba algo y algo mío.

El minicab nos dejó en el Oval a un cruce de la acera de la tienda de Antiques. Ella anduvo más deprisa mientras yo me preguntaba con qué tenía prisa en encontrarse. El Hércules estaba allí veteado de rojo oscuro sobre el mármol amarillento del cuerpo desnudo apoyado en la clava y con una manzana recogida en el vientre. Pero no sé si antes había estado tan cerca tan pegado al cristal como en ese día.

–No tiene sentido –hablando para sí misma aunque yo pude escucharla con claridad.

–Es magnífico –le dije en voz alta a su murmullo.

–Es una escultura de un metro. No puedo creer que hayas pensado en llevártela.

–Puedo llevármela. Lo único que hay que hacer es pagar lo que cuesta.

Ella se abrazó de la forma en que se protegía sin dejar de mirar al Hércules.

–No sé por qué la quieres ni me imagino qué te imaginas con ella.

–Di que no te gusta.

Entonces un silencio.

–Quizá fuese bella en su sitio. Desde donde está ahora sólo me parece que la han arrancado.

–Estás diciendo que no pega en Hernani.

–No lo estaba diciendo ni lo he dicho, aunque, desde luego, es una idea como para dar juego a la fantasía. ¿Habías pensado en el vestíbulo? Lo único que he dicho es que me parecía arrancada de su lugar y que ahora está en un sitio caprichoso.

No es un capricho en tanto no tienes derecho a decir eso tú que te has comprado un shari y un collar sajón de piedras rojas. Pude haberlo dicho con toda la rabia pero la palabra capricho había hecho el mismo agujero que traía de Mount Street.

–No quieres comprarla –era todo lo que había para decir.

–Supongo que no tengo que hacer otra cosa que pagarla.

Allí entre todo parecía decir querer pagar un capricho. Mientras yo sentía irremisiblemente mi dificultad para contestar lo que yo quería aunque seguía trataba de contestar y que ningún cabo quedara suelto. Ella iba a pagar un capricho. Pero antes yo había mirado y había hablado. No era un capricho para mí sino algo deseado.

El hombre pequeño saludó y antes que nada dijo en inglés:

–¿Son ustedes alemanes? –entendí claramente.

–Españoles –contestó ella con rapidez escuetamente.

–Ah, españoles. Me alegro de recibirles –dijo el hombre pequeño quizá el propio Samuel Kersch en un castellano colado por una boca pequeña llena de eses–. No he vivido en España, pero tuve mi familia en Venezuela.

El Sarmiento no dijo nada pero yo sentí que me recogían sin estar seguro de por qué me sentía recogido ni dónde. Tuve la ilusión de que podría contestarlo todo incluso como me gustaría contestarlo. En el inglés de esa ilusión.

–Ese Hércules –volvió a anticiparse ella en el nuevo estilo adoptado para tratar con lo que yo quería.

El hombre pequeño se acercó al escaparate y lo miró como si necesitara el paseo. Hizo despacio el regreso.

–Ah, es una de esas joyas que raramente se encuentran.

–Es perfecto –continué yo.

–Perfecto –repitió Kersch–. Finales del Diecinueve. Un modelo helenisto, helenístico, ¿no es?

–Helenístico –acepté.

–Una época aquí en que reproducían perfecto. Más que nada perfecto.

Entonces se quedó callado de una forma en que todo su cuerpo se había puesto a esperar.

–Hemos venido a verlo. Estas piezas deben de ser muy caras –dijo el Sarmiento inesperadamente en inglés.

–Son obras que no son caras –contestó Kersch en su español aunque mirando solamente hacia ella–, porque son únicas casi.

Hubo un cruce veloz en silencio en que los ojos se recorrieron.

–Díganos lo que pide usted –dijo ella en español.

–Pido su precio. Doscientas cincuenta libras.

Se volvió dándole la espalda.

–No voy a pagar eso.

Mientras yo sumaba ciento veinte libras del shari y cincuenta del collar de piedras sajonas. No mucho antes me había sentido a resguardo y sin embargo ahora no podía decirle que ciento veinte y cincuenta sumaban ciento setenta y que sólo existía una diferencia de ochenta. ¿Por qué era una diferencia que no podía pagar? No se lo dije porque ya me había dado cuenta de que no podía decírselo y que tenía que pensar en cuándo fue el momento justo en que no pude empezar a decírselo. Había una diferencia y ella no estaba dispuesta a pagarla.

–No puedo pagar doscientas cincuenta libras –dijo a continuación o dijo quizá después de que yo no contestara.

Salí enseguida aprovechando que ella no me dejaba ver al hombre pequeño.

16

Bueno, me dije, quizá lo insoportable de este mundo no sea su atrocidad, sino las mil caras volubles con que nos mira. ¿Qué hacía Clara poniéndole ojos al verraco de Sánchez Artola y con la complacencia, una manifestación olímpica más, del Gran Padre Blanco don Carlos Vives? Traté de controlar el impulso, pero, para mi desgracia, lo reconocí. Digamos que la tragedia no consistía finalmente en que no pudiera controlarlo, sino en reconocerlo. Sentía que Clara se había alejado desde su llegada de Londres –una llamada días más tarde y una cita también posterior, justamente para después de este tradicional encuentro de confraternización de profesores y puesta a punto de vergajos– y que en consecuencia ya tenía derecho a esperar algo monstruoso de ella. Aquella mirada a Sánchez Artola bastaba, desde luego, para empezar. El abejaruco anarquista, gran lamedor –en tanto que anarquista no estaba obligado a seguir criterio en la elección de culo– y eximio puteador de todo lo que no le perteneciera –estaba en contra, por educación y por convicción, de la propiedad privada de otros– estaba siendo bañado en caramelo por la discreta Clara. En vez de preguntarme por qué, preferí deleitarme en la bajeza de aquel ser níveo y embaucador capaz de llegar de Londres y no entregarle ni media palabra a su interlocutor máximo. Así que con el mayor placer contemplé cómo Clara iba cediendo partidas del presupuesto del departamento (para cosas a las que técnica y más que genéricamente denominamos, por ejemplo, «material») o cómo pactaba, sin las renuencias de rigor que todo funcionario ante el reparto del botín lleva en el alma, las plazas de los tribunales. Me perdí, por tanto, la belleza ancestral de esta reunión –cuya estructura y principios se remontan al siglo XVI– a la que los elegidos asistimos con la misma castiza furia depredadora que nuestros antepasados con gollete de hace cuatrocientos o quinientos años. Llegado el caso, también podría echárselo en cara. A Sánchez Artola ya me lo sabía, porque hay un Sánchez Artola en todos los agujeros negros del universo, utilizando ideologías de manual como medio de ascender social o sexualmente, en fin, una paleoespecie universitaria que ha sobrevivido a las diversas glaciaciones de la conciencia o tal vez gracias a ellas. De modo que, completando el cuadro, podía imaginar sin referencias visuales los efectos que las cálidas concesiones de Clara provocaban en él. Ella, en cambio, era el monstruoso enigma. Aquella sonrisa fija a la que daba realidad y volumen un ligero y programado temblor de los labios. Aquella fija mirada tártara de los ojos de miel con un pliegue de tristeza en la última curva de los párpados, disolviendo la fijeza en un presunto y expuesto mundo interior o trasladando la fijeza a un impulso escondido. El delicado y fijo requiebro mediante el que ofrecía su torso a Vives, pero, su torcimiento, su mirada vuelta –como si hubiera encontrado un punto repentino de atracción, una llamada inesperada– ofrecidos a quien estaba sentado casi enfrente. Todo este gran aparato seductor a disposición del abejaruco de Artola. Qué puedo decir.

Bien, estaba completamente dispuesto a reconocerme en mi lado miserable, según el cual la desfachatez prevaricadora de Clara era directamente proporcional a mi resentimiento. Todo esto, desde luego, resultaba muy humano y desagradable. Insisto, Clara era una persona deshonesta porque no se había portado correctamente en los últimos tiempos y yo estaba dispuesto a aceptar que era un miserable por haber establecido esa correspondencia. Todo estaba en su sitio. Ella seguía andando un palmo por encima del suelo y yo seguía comportándome como una lombriz.

Todo estaba en su sitio. Pero a veces el mundo está hecho de un falso cristal, y en vez de filtrar la luz, filtra la oscuridad, y la arroja sobre el inquilino distraído que había levantado la persiana para buscar en un rincón en penumbra. Estaba absorto en Clara y más absorto aún en mi forma de desfigurarla, hice un movimiento en la silla y sentí que, al despegarme del respaldo, el sudor corría por la camisa. Miré de forma refleja hacia atrás y vi que el sol estaba barriendo con un lengüetazo a media altura unas cuantas espaldas. Me levanté con la intención de descolgar un poco más el store. Mientras desataba el nudo de los cordeles, descubrí, en el erial pelado de Somosaguas y entre hondonadas de tierra removida, a un muchacho gitano que tiraba del cuadro de una bicicleta herrumbrosa encontrada seguramente en alguno de los desmontes de basura. Le seguí con la vista, mientras arrastraba la chatarra pendiente arriba o pendiente abajo, preguntándome por qué no se la echaba al hombro, hasta que desaté el nudo y bajé el store. No pensé de forma especial en lo que había visto, ni siquiera creo que hubiera observado la escena con un interés concentrado, pero cuando volví a mi sitio, miré hacia Clara y me dije «qué está haciendo» como si fuera la primera vez que la miraba esa mañana, como si los esfuerzos del muchacho gitano me hubieran vaciado la vista y la hubieran dejado limpia, limpia sencillamente para ver lo que tenía delante de los ojos. Clara trataba de ganar algo y Clara trataba de ganar algo distribuyendo sobre una alfombra de zoco, señalando con el dedo hacia una mercancía, cada uno de los encantos y cada uno de los misterios que siempre habíamos creído guardados y que siempre habíamos situado en la zona velada de su ser, y que cuando aparecían eran exaltados de esa misma zona, de manera que los recibíamos como un descubrimiento que revelaba el mérito de quien lo hacía, tras franquear la distancia, la luz reveladora, el instante de frío. Sólo había que restar la fijeza, es cierto, pero sin la fijeza que clavaba a Artola en su destino, la metamorfosis de aquellos labios y de aquellos ojos era la del gesto resplandeciente y absolutamente íntimo que el Gran Lancelot y que yo mismo habíamos presenciado desde distintos lugares y momentos a lo largo de casi tres décadas.

Si antes había permanecido confortablemente atendido en mi resentimiento y Clara me parecía una desfiguración de ese manipulado negativo –aunque satisfactorio finalmente–, ahora lamentaba enfrentarme, desde la mirada que el gitanillo con su bicicleta oxidada había reparado, a aquel rostro nuevo y viejo a la vez. Prefería ahogarme en mi lado miserable a soportar una verdad reciente, un resultado tan nítido. Prefería cargar con el rechazo o con su alejamiento, que empezar a vivir desde ese momento con una certeza tan bruta y sin alivio.

De todos modos, yo debía saber que la certidumbre no estalla como una supernova en un universo estable y además desconfiar de cualquier clase de conocimiento acumulativo. Por tanto, ni era un hallazgo de esa mañana, ni tampoco –la sensación de aquella Clara que se había vuelto del revés, dejando fuera lo de dentro para traficar con ello– se había comportado como un precipitado de informaciones y experiencias que alcanzan un paradigma final –resuelto a olvidar, por otra parte, todo cuanto no se le parezca, bajo las habituales leyes manumitidas que decretan que un hallazgo es superior a cualquier experiencia o explotación en curso. No era nada de eso y si tenía que buscar una imagen, sería la del falso cristal en una falsa ventana, en una falsa habitación de una falsa casa, dejando pasar la oscuridad cuando debiera pasar la luz. La luz no era lo que estaba mal, si algo estaba mal era el cristal, la ventana, la habitación, la casa. Tampoco era Clara. Naturalmente, hubiera preferido el hallazgo insólito salpicado por un golpe azaroso, o refugiarme en palabras de Goro, en cosas sabidas y olvidadas que ahora regresaban, en el producto de una investigación rigurosa, en un nuevo y resultante punto de vista. Pero el observador actúa. El observador es el que levanta la persiana y el que busca en la penumbra. El observador es el que aparece, al cabo de años –para su sorpresa siempre preparada para un objeto extraño–, en el otro extremo de la lente. No podía decirme a mí mismo, seriamente, que nunca había sabido lo que sabía o que nunca había podido saberlo. Lo único que podía decirme es que había llegado el momento de no ignorarlo y que después del fin viene el principio.

Clausurado el consejo de departamento, Clara y Artola se reunieron en un extremo de la mesa, uno yendo y otro viniendo, como si tuvieran que rematar físicamente la sucesión de encuentros que intermediaron las palabras en una escena formal. Dije que esperaría en la calle.

Me senté en un banco y contemplé los edificios de ladrillo levantados en un horizonte de desierto alterado, construido, removido, clavados como estacas en un territorio en el que el sentido de propiedad o de recinto parecía extraño. En realidad, sumergiéndome en una de esas esperas en las que no se espera nada ni a nadie, que van taladrando el sitio con la forma de un embudo en cuyos bordes van girando y asomándose mundos sustituibles mientras uno va progresando hacia el fondo sin hacer nada. No tenía ganas de encontrarme con ella y tampoco tenía ganas de irme. Estaba allí, esperando y sabiendo que la espera no duraría siempre.

Llegó abrazada a su montón de carpetas y agendas, igual que cuando era estudiante se la veía siempre cargada de sus libros, moviéndose con ellos de un lado para otro sin cansarse nunca, aunque cansando a los demás sólo con verla. Ya nos habíamos besado y recibido a la entrada de la sala del departamento, así que ahora podíamos prescindir de cualquier efusión aparatosa, a pesar de que nos hallábamos en el verdadero reencuentro. Un reencuentro que Clara había suavizado programáticamente con lapsos de tiempo, con un primer cruce en terreno laboral y con un segundo cruce, el presente, en el que ya habían sucedido esos primeros golpes de vista, esas primeras palabras, en un lugar reluctante.

–Bueno, vámonos a comer –dijo–. Hace un buen día para Las Vistillas. ¿Qué te parece?

–Me parece bien –contesté mientras pensaba que ése era un espacio abierto, pero que podía cumplir los mismos propósitos que el espacio cerrado del departamento, es decir, neutralizar lo íntimo o lo demasiado íntimo. Quedaba casi a medio camino entre su casa y la mía.

Fuimos hacia el coche, hacia el Saab blanco que había sustituido hacía poco más de un año a aquel viejo BMW del 81, con el morro de pronunciación francesa en color verde oscuro.

–¿No echas de menos tu antiguo automóvil? Tenía la idea de que querías conservarlo toda la vida. Y creí que lo conservarías –dije mientras nos acercábamos a la carretera de Humera.

–Claro que no. Cada semana había una sorpresa, había que repararlo continuamente o cambiarle cosas, estar pendiente, y siempre conduciendo en estado de alerta. Uf, lo que me quité de encima.

–En eso estaba la gracia, si no recuerdo mal. En conservarlo. Disfrutabas mucho los días, raros, eso sí, en que todo sonaba a la perfección. Yo acabé sufriendo y disfrutando tanto como tú. Sospecho que soy yo el que lo echa de menos.

–El día en que se lo llevaron, bajé al garaje y estuve sentada en él más de una hora. Pero he pensado que no era más que una obsesión material –esa clase de obsesiones que parecen más trascendentes de lo que son. Aquel coche me lo compré con el dinero que heredé de la madrina y era demasiado caro para mí en aquel tiempo. Era completamente mío y completamente caro –Clara hablaba sin dejar de mirar la carretera y sin dedicarme esos rápidos vistazos de las conversaciones automovilísticas, con una confusa concentración en el asfalto y en lo que decía–. Una de esas cosas irremplazables, por la forma en que lo has tenido o por el momento en que lo has tenido. Podía durar toda la vida, y ése fue el primer pensamiento que tuve incluso antes de comprarlo. Le cambiaría las piezas, la tapicería y, cuando llegara el momento, hasta el motor. El chasis y la chapa, me habían asegurado que bastaba con cuidarlos para que llegaran a eternos. Pero los cálculos de dinero no son tan extensos. Así que en los últimos tiempos el coche circulaba porque Goro pagaba las averías, los recambios y los golpes de los que ya no se hacían cargo las aseguradoras. No sé, ese coche fue perdiendo poco a poco el sentido.

–No sé si tengo hambre para comer algo de esto –dijo Clara mirando la carta desde lejos, sentados ya en Las Vistillas, en un extraño puente que los oídos habían trazado en el tiempo de la escucha.

Era una carta de merendero llano con precios altos, tolerada gracias a la sombra de los álamos, la brisa y la vista amplia que se detiene en las montañas de Guadarrama desde la primera colina del viejo Madrid.

–Desde luego, no es como para emplearse a fondo –comenté.

Pedimos una ensalada, tortilla y cerveza, para picar distraída o estratégicamente, sin la jerarquía convencional de platos que acaba afectando a los comensales, obligándoles a buscar un clima ascendente, un punto sin remisión en el encuentro, como quien sube una pirámide para despedirse en la cúspide o bajarla rodando hasta la base. Me di cuenta de que los dos estábamos de acuerdo. En caso de preferirlo, podíamos darnos un baño de horizonte mientras rumiábamos una hojita de lechuga, sin agobios de la intimidad respectiva.

Entonces ella prescindió del espíritu que presidía aquella escena gastronómica y se descargó en un estilo impropio.

–No voy a decir que hubiera podido verte antes, porque no podía. He estado con Alejandro en Londres, hemos estado juntos, pero no sé mucho más. Cuando estoy contigo, siento que debería saber.

–Nadie es perfecto –dije pensando en lo que ella decía de mí y no en lo que ella decía de ella–. Pasado mañana se acabará el verano. Una vez leí en Juan Benet que el más rencoroso de los mortales se vacía ante la caída de una hoja de abedul. Siempre me quedó la duda de si los abedules son de hoja caduca o perenne, pero nunca lo miré. Pensé que él lo sabría, no que yo debería saberlo. Es difícil coger un libro o acercarse a alguien cuando uno piensa que debería saber. Tengo la impresión de que es una forma de hablar de otras cosas.

–No se me había pasado por la cabeza que te ofendieras. Me disculpo.

–Además, hace suponer que el otro exige que sepas, que le cuentes. Es un agradable cuadro en el que se representa a un hurón metiendo el hocico en una pila de entrañas.

–Tú mismo puedes darte cuenta de que te estás pasando. Sólo quería decirte que me cuesta hablar, y que me cuesta verte, a ti más que a nadie, a ver si eso te conforta, porque verte significa hablar.

–Oh, era eso. Y sin embargo me he quedado con la sensación de que me nutro de entrañas ajenas, de sus conflictos y desgracias, naturalmente.

–Vamos, Román...

–Lo digo rigurosamente. Es una posibilidad en la que tendré que pensar. Fíjate en que siempre ando cerca de la sangre.

–En fin, cada uno acaba encontrando su sitio... –dijo Clara con una sonrisa bastante conciliadora.

Le devolví cuanto pude de su propia sonrisa, pero pensé que aquella sonrisa era otra cancelación, una dirección prohibida en las palabras. Clara no quería hablar de ella, ni de ella conmigo, ni de mí. Quizá yo tampoco quisiera oír hablar de ninguna de esas cosas y se lo había dicho envolviendo todo en una pequeña atmósfera de discurso, de discurso sobre posibilidades no tan remotas. Había estado esperando a Clara, pero tal vez no hubiera sido más que un acecho, y eso fue lo que ella dijo tanto si era consciente como si no. Yo olfateaba la sangre, por ejemplo, Patricia que tampoco había llamado aún, y a la que había expulsado morbosamente a unas vacaciones, ¿era sangre también? Pero no, no se trataba tercamente de seguir buscando ejemplos, de penetrar de pronto en la historia. Yo también prefería cambiar el tercio, buscar algo más lineal, objetivo, incluso incorrecto, porque después de todo seguíamos teniendo lechuga y tortilla suficiente como para comernos a medias un vacío que lamentaríamos digerir en ese momento y más adelante.

–Imagino que un sitio es el de Artola. A diferencia del resto de los humanos, Artola no acabará en él, sino que podrá decir que siempre estuvo en él. Es una enorme ventaja respecto de los que simplemente lo buscan. Incluso de los que lo encuentran –dije convencido de moverme en un plano objetivo, es decir, compartido fuera de nosotros y en nuestra actualidad de Las Vistillas, aunque convencido también de que un acierto es algo más que la energía puesta al servicio de una pretensión.

–Le he pedido que busque la manera de que Alejandro empiece a colaborar en su cátedra –dijo secamente y arrojando la mirada por la pendiente del Viaducto.

Creo que no podría elucidar si el sentimiento que produjo esa confesión pertenecía al género de las sorpresas. Había sonado, desde luego, como un puñetazo sobre la mesa (preferiblemente sobre una mesa sin tortilla), pero eso pertenecía más bien al ámbito de los sobresaltos que al de las sorpresas. El hecho de estar juntos desembocaba ahora en el despegue profesional del escalaventanas. Nada más natural teniendo en cuenta al peligroso sujeto. Pero eso ya no bastaba. Clara era capaz de hacerlo, de hacerlo absolutamente y de disponer sus ardides de encantamiento para conseguirlo, porque yo lo había visto. El escalaventanas pasaba a un segundo plano y las actuaciones de Clara al primero. No era extraño que no quisiera hablar, que no quisiera reunir ni mediante palabras, ni mediante ningún otro tránsito, el haberse encoñado con aquel muchacho y el haberle colocado. Pero fui convenciéndome poco a poco, en un proceso parecido al del que antes de tocar los pedazos de un objeto roto los compone primero en la imaginación a ver si hay alguna posibilidad de encajarlos, de que su verdadero temor, si lo tenía, quizá fuera mejor decir su verdadera aprensión, no se dirigía a una directa acusación de estar contraprestando a su amante con un puesto universitario –delito convencionalmente achacable, y en la misma medida comprendido, a la furiosa ceguera del amor– sino a haberse visto obligada a arriesgar públicamente sus cualidades para el manejo, la negociación y el trato. Cualidades que, por otra parte, no se le suponían, o que se le suponían desalojadas por objetivos más altos, de corte intelectual y hasta moral. ¿Fue eso lo que Goro estuvo intentando decirme, sin conseguirlo, o dejándome a mí la redacción definitiva, en su casa de Las Rozas hacía tres meses? ¿Ésa era la razón por la que le importaba tanto mi escritura, por saber si la falta de práctica no me impediría finalmente organizar su relato?

–Supongo que encontrará la manera –traté de decir de una forma cómplice y preocupada, que no dejara entrever mis propias cuestiones todavía en claroscuro y aprovechando que ella seguía desviada hacia la pendiente.

–Naturalmente –contestó volviendo rápidamente la vista, fijándola lo suficiente como para que yo buscara una filtración luminosa y molesta que se colaba entre los álamos.

Me sentí, de pronto, como el que ha estado manipulando a escondidas y culpablemente el equipaje de otro, y que al ser encontrado con las manos en la masa descubre que al otro no le importa. ¿Naturalmente? Naturalmente. Naturalmente y la vista clavada, en una especie de respuesta brutal a mis sospechas, pero de respuesta que las lanzaba al espacio como se puede lanzar un monigote, porque la realidad, si quería hacer caso a esa respuesta de una sola palabra, si quería hacer caso –aunque ya de otra manera, tejiendo con otros hilos– a todo lo que podía ser percibido, desde lo biográfico hasta lo presente, es que Clara no estaba aturdida por la operación de esa mañana, ni sentía la más mínima inquietud por quién quisiera explotarla. Había negociado con Artola a plena luz y, sencillamente, la luz no la molestaba. Quizá nunca la había molestado o quizá ya no la molestaba. Daba igual, porque lo realmente decisivo es que su respuesta tenía un tamaño desproporcionado en comparación con mi raquítica sospecha. Mi sospecha no estaba en el camino correcto para desvelar su silencio, su no querer hablar, su no saber, tan encendidamente, tan secamente defendidos. Quizá supiera algo de ella, algo de lo que había pasado, pero estaba muy lejos de saberlo todo, porque estaba igualmente lejos del camino para llegar. De acuerdo, sabía negociar, sabía manejar, lo hacía resuelta y expertamente, el ser níveo quedaba para la historia de las fantasías a cargo de unas pobres almas enfermas de los nervios o con patologías más apuradas, Goro podía presentar discretamente algunas pruebas y yo podía exhibir un taladrado repertorio de percepciones, pero ¿dónde estaba, detrás del propio manejo, el espíritu que manejaba, puesto que no le afectaba la luz?

–Podías habérselo pedido a Vives, o al propio Pascual, yo estoy con él, al fin y al cabo –dije intentando prolongar una cierta lógica de la cercanía, pero constatando ya en piedra que no se trataba de la luz.

–En absoluto –se limitó a responder.

–Podría estar de acuerdo en Vives, está demasiado cerca, y tú le expondrías demasiado. Entiendo que no te apetezca que te eche encima una mirada, ni siquiera de refilón.

–No sé qué quieres decir.

–Quiero decir que tú estás con Alejandro y que a Vives esas cosas le preocupan –dije un poco picado.

–Quizá. No lo había pensado.

Traté de continuar sin desconcertarme.

–Pero no acabo de comprender por qué eliminaste a Pascual. Hubiera sido más fácil –Clara me miraba con el gesto de estar intentando seguirme en una exposición demasiado oscura y extraña. Su gesto y mis últimas palabras me dieron materia para reflexionar.

–Pensándolo mejor –dije entonces–, quizá se trate de lo mismo.

–De qué...

–De un exceso de proximidad. Pascual también puede echar una mirada al cestito. ¿O soy yo? Déjame pensar. Vives es un moralista remoto, su moral forma parte del logos y de la buena educación, pero no de la conciencia. Así que nada que hacer con Vives en un asunto de tintorería humana. Quedamos Pascual y yo, y de los dos, soy el que puede cargar más la mirada.

Me detuve. La conversación había salido de control y además estaba hablando solo. Yo mismo había ido llevando todo al agónico terreno personal, no precisamente a pasitos, si no a buenas zancadas, a pesar de haberme propuesto lo contrario. ¿No podía controlarlo? ¿Era más fuerte la necesidad de saber, de saber de golpe en un momento impremeditado? Creo que durante un lapso estuve mirando mis zapatos, los regueros húmedos de la arena, en un territorio diminuto y encerrado, como si no pudiera levantar la vista ni volverla.

–Artola es despreciable –dijo Clara de pronto.

Alcé la vista y me encontré con sus dos ojos serios, con aquel rictus de la boca que podría declinar hacia la risa o hacia la tristeza en un segundo, con los labios juntos y las estrías marcadas.

–¿Despreciable? –murmuré como si la palabra chocara entre cien ruidos distintos.

–Despreciable. ¿No es eso lo que te has estado preguntando? Era la mejor solución.

–Solución...

–La mejor solución. La mejor solución para todos –concluyó firmemente–. Ahora tengo que irme, Román.

Debí de estar escuchando esas palabras todavía un tiempo, porque cuando dejé de escucharlas Clara ya no estaba allí, ni tampoco a la vista.

17

Abrí la puerta y ahí estaba Mundi en primer plano, con Abel por detrás, igual que si vinieran de visita. Sólo faltaba la discordia del tercero, que no venía y que seguía sin venir. Me pregunté dónde estaba la gracia de que Mundi no hubiera abierto con su llave. Se lo habría preguntado a él, pero me quedé pensando más en Abel y más todavía en ellos y el colegueo.

–Nos hemos encontrado en la calle y hemos venido a comer juntos –dijo Mundi, y yo decía para mí que quiénes eran los que iban a comer juntos.

–Si para ti no es molestia –continuó Abel–. No desearía perturbar –remató con esa forma de hablar que le sale de una boca que está desahogando una inundación de la cabeza.

Cuánto protocolo. Así que la llamada a la puerta, por ejemplo, podía suponer que cabía decirle a Abel pues no y que no, tendrás que comer en otro sitio. Me dio por figurarme que eran dos desasistidos que llamaban a la puerta pidiendo comida. La verdad es que Mundi y Abel en pareja se benefician aunque por la parte baja de cada uno, dos chicos de barrio mirando Manhattan desde el pretil del Puente de Vallecas. Me vino esa imagen de verdad. Y enseguida pensé que los prefería por separado, a uno más que a otro, se entiende.

–No te preocupes. Hay comida –contesté, como si hubiera resumido que por ahí venía todo el «perturbar».

Pero hasta que no contesté, Mundi no hizo amago de pasar, o sea, de lo más gracioso. Lo que no entiendo es que yo después dijera, cuando ya iban tranquilos pasillo abajo:

–He hecho asado.

Quiero decir lo entiendo, porque se entiende, lo que no entendí es decirlo. A Mundi la comida es una de las cosas que le preocupan, en concreto, tener que repartirla. Siempre que se reparte comida, se le pone una ceja más alta que otra, eso se le ha quedado de los once hermanos que entraban en la mesa de su casa. Y dentro de la comida en general hay un capítulo aparte para el asado, calculo que porque en el horno de su madre no se podían asar vacas enteras, y ahí es donde se pone más cejudo. El pobre no es consciente, pero cuando viene alguien siempre dice no hagas asado. A lo mejor es consciente de que sufre. No sé, no estoy segura de que se pueda sufrir y ser consciente. Lo cierto es que le había mandado una bala. No hace falta exagerar, vale con un alfilerazo. Un poco más y me pongo a bailarlo, he hecho asado, he hecho asado, y la culpa la tienes tú por traer a Abel y hacerte la visita. Y a la vez me quedé mirando mientras iban hacia el fondo a ver si Mundi se volvía de dolor o se le atrancaba el paso como cuando te llama una voz siniestra. Cómo somos cuando sabemos dónde doler. Allá yo.

Dejaron las cosas en el salón y se vinieron a la cocina, los dos muy presurosos por ayudar, por otra parte. Quitando los asuntos técnicos, no se habló mucho. Lo que sí notaba es que había atmósfera en la forma de no mirarme de Mundi, siempre a lo que tenía en las manos, en el zumbido de Abel por detrás que no encontraba un sitio en la primera fila de trasiego, porque Mundi y yo nos habíamos colocado mejor en la vanguardia de fogones. No quedaba más remedio que pensar en que Mundi se había traído a Abel y para qué. Además, en lo otro que no quería pensar era algo en lo que me podía dar por pensar todo el tiempo.

Nos servimos en el salón y empezó la fiesta. Abel se puso la servilleta en las piernas y siguió con mucha seriedad el trinchado de cordero que hizo el colega. Me estaba pasando, aunque creo que no, que la situación era rara. Puede que me estuviera pasando en que Mundi y Abel fuesen tan amarracos, en que fuesen ellos los únicos que ponían la atmósfera. Que yo supiera, nunca habían hecho ninguna clase de miga y la relación pasaba por el punto que faltaba, aunque me parece que Mundi no hubiera echado de menos ni a ese punto ni al que tenía delante. Eso era lo raro. Ahora que Alejandro estaba de lo más perdido, ni media noticia desde que volvió, si como me imagino habrá vuelto para el curso, o él o la catedrática han tenido que volver, justo ahora Mundi se traía a Abel. Eso significaba, tenía que saberlo, traer la ausencia de Alejandro. Y para qué la traía o para quién la traía. Era la primera vez que Abel aparecía por casa sin Alejandro. Vamos, Mundi tenía que darse cuenta y saber que sonaba a juego raro.

Empezamos a comer y otra de las cosas graciosas es que Mundi empezó a no decir ni media palabra. O sea, que decidió que como había puesto la pelota, a los demás les tocaba jugar al fútbol. Eso pasaría seguramente en su barrio, donde había pocos balones y mucha necesidad de salir corriendo detrás de lo que fuera. Por mí podíamos quedarnos inéditos hasta el día del Juicio. Pero al otro, que es más azorado el pobre y se sentía de visita total, no le quedó más remedio que hacer lo que hacen los niños cuando nadie quiere jugar con ellos, o sea, empezar a dar patadítas al balón contra una pared y mirar de reojo.

–Qué tal esas vacaciones –dijo el hombre–. Ya me ha contado Mundi un poco. Almería es una tierra especial.

–¿Y las tuyas? –pregunté para que hiciera pie del todo.

–Bien, yo tomé la decisión de dedicarlas al estudio. Me quedaban algunos flecos del curso, rellenar algunas bibliografías, extenderme a campos menos familiares, ya sabes.

Abel había dejado de masticar en esto último, había puesto las manos sobre la mesa y bajado los ojos como si se preparase para hacerle una topografía al trozo de carne del plato. La forma de hablar de Abel nunca dejaba de sonarme curiosa y nunca me acostumbraba, porque no acababa de cogerle el aire, porque no acababa de saber a quién le estaba hablando mientras te hablaba a ti, por ejemplo. Claro que podía resultar ridículo, pero no siempre, pero no del todo ridículo tampoco. Me parecía, muchas veces, otras cosas. Me parecía que no le importaba ser ridículo de esa forma, como esa gente que se pone corbatas chillonas porque quiere que la otra gente piense en la corbata o hable de la corbata y mientras los demás se ríen de pensamiento o de obra, ellos cavilan. Suele ser gente que lleva siempre una mano en el bolsillo en el que están sueltas las monedas. No sé lo que será, pero yo oigo cavilar a Abel mientras se frota la corbata.

–Ya ves –dijo Mundi de pronto, sin venir a cuento y sin que pudiera entenderse a qué estaba contestando, pero con la virtud de seguir animando a Abel.

–Lo cierto es que tengo proyectados los viajes para hacerlos a lo largo del curso, viajes de conocimiento. Clara y yo hemos hablado de eso.

–Vaya, hombre –dije con una sonrisa que era lo mismo que

una felicitación–. Y ¿quién es Clara? Me parece que no nos la has presentado.

–Naturalmente que sabéis quién es. Clara Seoane. Me refiero a Clara Seoane –contestó Abel exagerando, haciendo como que lo exageraba, un gesto como de asombro.

–Ah, ya. Ya veo... –no pude evitar dejar los cubiertos en el plato, coger la servilleta y llevármela a la boca, pero era como si me la hubiera llevado a la cara y encortinado la sorpresa.

La mirada de Mundi, sin dejar de masticar, ya ves, llegó rápidamente por el flanco, pero no duró mucho, algo así como una pasada de reconocimiento. No sé qué se imaginó, pero todo lo que había ocurrido es que me encontré a Clara Seoane en el sitio donde tenía prevista a una de esas novias de Abel que le duran un vistazo, dos o tres días seguidos en el Asturiano, dos o tres cafés en la Basílica o dos o tres paseos por Orense, y con las que siempre acabas viéndole por una casualidad de la que no sabes nada. Algo así como si las hubiera adiestrado para pasar por unos sitios a unas horas y tirarlas en la boca del Metro cuando termina la función. A este hombre no se le ve el género, se le ve lo arduo. ¿Le gustarán las mujeres? No creo que se le den mal. Tiene una presencia cuadrada y grande, de macho de sopetón, quitando los ojos y los dientes raramente pequeños, que disgusta o gusta mucho, según a qué mujeres. Alejandro en su vera es más pájaro todavía. También diría que Abel no habla con ellas como con nosotros o con Alejandro, aunque no sé por qué lo digo como no sea por la sensación de que si Abel habla un idioma, puede hablar muchos. Debe de ser su falta de género.

–Entonces, habíamos pensado –¿de dónde venía el «entonces», es que me había perdido algo?– un viaje por el Norte, por el Camino de Santiago, toda esa cultura, los monasterios, la cuna del castellano...

Mundi callaba, o sea, masticaba y levantaba la vista, le iba pareciendo bien.

–También hay un viaje a Alicante. El padre de Clara era de Alicante. Murió cuando era pequeña. Antes había muerto su madre y la acogió aquí una madrina. No tiene familia en Alicante, pero quizá le gustaría visitarlo. Podría proponérselo como un obsequio. Ella no menciona mucho todo eso, pero podría proponérselo.

Yo miraba a Mundi comiéndose el cordero como si se lo quitaran y veía a Abel haciendo viajes con Clara, igual que si me hubieran plantado en una fiesta con pololos. Ni idea de lo que estaba contando el saturnino con las excursiones con la catedrática. ¿Es que Alejandro había muerto? Mundi seguía su trinche obcecado y feliz, pero tanta felicidad obcecada me lo estaba quitando de la vista. Hubiera preferido verle. Cada vez era más posible que Mundi hubiera traído a Abel con una intención. Demasiado cordero y muy poca precaución con lo que decía el vecino. Mundi no estaba siendo de fiar. No era fácil ver a la catedrática sin Alejandro y con Abel, porque parecía más fácil que Alejandro estuviera muerto. No sé qué me estaban echando en aquella comida y no sé por qué en ráfagas de segundo uno lo ve todo claro, aunque lo que ve claro es también una ráfaga. Por ejemplo, a la catedrática y a Alejandro les había pasado algo en las vacaciones de Londres, algo de lo más normal si una se expone a estar pegada a Alejandro día tras día durante muchos días. Ahora estaban más separados o separados del todo y por la separación había entrado Abel con sus planes. Me dije es ridículo, pienso ridículamente. ¿Qué hacía la catedrática con Abel? De él me podía imaginar cosas, que la viera en el altar del entendimiento sagrado y que le rezara por las noches, pero a ella no la veía para nada dándose esas excursiones. Y me preguntaba por qué no. ¿No eran amigos, antes incluso de que fuera Alejandro lo que fuera?

–Valga decir, naturalmente, que no hay nada definitivo. Pero hablaremos –había dicho el saturnino casi después.

Mundi seguía comiéndose toda su indiferencia en el mismo plato en el que untaba la salsa y yo no podía creerme que él no hubiera tenido intenciones al traer a Abel. Que no hubiera querido mirarme la cara cuando conociese las noticias que él ya conocía, porque claro que las conocía y eso es lo que más estaba guardando con su silencio y con la buena disculpa masticable del asado. Si todo el lío mental de Abel con Clara me lo había querido enseñar Mundi para que yo preguntara por Alejandro, se iba a llevar un chasco como el herrón de un trompo. Si tanto le interesaba, podía ponerse a preguntar él.

–No sabía que fuerais tan amigos –dije queriendo que sonara como una bomba y partiendo un trozo de carne.

–Bien, Clara es una mujer excepcional. Completamente excepcional –abrió mucho los ojos como si le quedara algo por decir, pero luego, extrañamente, no dijo más.

Alejandro seguía desaparecido, o sea, que cada vez más presente. Por qué nadie decía nada. Nadie, nada. Y por qué Alejandro no había dado señales de vida. Desde la última noche en Almería yo había estado pronosticando el encuentro y haciendo mis preparativos. Pero luego él no se había presentado. Ahora que yo le necesitaba para estar ya segura del todo de que no le necesitaba. Me estaba hartando.

–Entonces, no has hecho nada de particular este verano –dije decidida de una vez a llevar la conversación por el lado más idiota y saliéndome del juego de los misterios estúpidos.

–Bueno, en fin –Abel puso una sonrisa de sus dientes de ratón que no comprendí enseguida–, he bajado las jardineras al patio y las he regado por las noches.

–Algo es algo –dije sin pensar, hasta que me di cuenta, claro–. Pero si tú no tienes jardineras. ¿Has puesto jardineras?

–Ah, no. No –se le había acabado la sonrisa–. Son las jardineras de Clara, las de su casa en la calle Quintana. Podían haberse quemado en este tiempo que ella ha pasado fuera. A mí no me costaba nada. No suponía ningún esfuerzo para mí, como ya le dije a ella.

–Pues hombre, has tenido que pasarte por allí todos los días.

–No me importa hacerlo por Clara, es verdad que no me cuesta ningún esfuerzo –dijo muy grave, como si estuviéramos en un asunto profundo–. Hago por ella cuanto puedo.

–Suena como si ella lo necesitara. No da esa impresión –me di cuenta de que me había puesto a apretar y de que no había pensado hacerlo, y además en el sitio.

Mundi se enderezó un poco del plato y se dio un respiro empezando a picar ensalada. Abel trataba de cortar un trozo diminuto, todo concentración, y entonces me apareció la imagen de su cuerpo grande y la del bocadito minúsculo.

–Clara es una mujer excepcional –volvió a repetir sin levantar la cabeza–. Yo creo que por eso ha estado siempre muy sola. Siempre ha estado sola. Nadie la ha ayudado, porque nadie ha visto toda la ayuda que necesita. Ella no vive como tú ni como yo, no hace las mismas cosas. Ella es superior a este mundo, ella es superior a su mundo. Y por esa razón necesita ayuda para manejar cosas. A mí me gusta hacerle fáciles las cosas que para ella son difíciles, como las miserias de la vida práctica.

Mundi dejó de picar y se sirvió vino. No solía quedarse tan serio cuando conseguía llenar el buche.

–Tampoco me ha dado nunca la impresión de que estuviera tan sola –comenté sin echar hierro, pero sintiendo el hierro por dentro, el hierro mío.

–No quiero meterme donde no me llaman –dijo Mundi de pronto y en un tono tieso–. Pero me parece una soledad bastante romántica. Ha tenido éxito, está rodeada de gente, tiene pareja.

Abel pestañeó mientras masticaba el medio gramo de carne que tenía en la boca desde hacía un rato, pero ya me había fijado otras veces en ese pestañeo que no le hacía perder la fijeza de los pequeños ojos oscuros de dentro.

–No lo entendéis –dijo–. Sé lo que queréis decir, pero no lo entendéis. Eso es una visión externa.

–No conocemos a Clara Seoane en profundidad, está claro –contestó Mundi en las mismas.

–Pero conocéis a Alejandro. A Alejandro le conocéis muy bien.

Sentí el cambio de Abel, la voz que había ido saliendo de otra manera desde hacía unas cuantas palabras y que ahora ya había salido totalmente de la nueva manera. Una voz trompicada, sin ninguna literatura ya, echando rascas de plomo. Volví a juntar extremos, los trocitos de carne en la boca y la metralla blanda escupida. No había tanto lugar. Lo más curioso es que cuando saltó el nombre de Alejandro, reculé, a pesar de que lo había estado esperando todo el rato, yo misma había estado jugando a que saltara. Con lo último me pareció que era yo la que tenía que decir algo por mucho que me costara, pero Mundi se me adelantó de un modo que era más bien sentir que me cortaba o que me sustituía, no que se me adelantaba.

–Seguramente tú le conoces mejor.

–Vosotros erais muy buenos amigos –discutió Abel.

–Yo nunca fui muy amigo de Alejandro. Él me buscaba a mí, no yo a él. Me hacía dudar que uno como él quisiera estar con uno como yo, pero nunca me engañé. Él siempre estaba solo, y yo siempre sabía que estaba conmigo porque era el que le caía más cerca. Pero en el mundo que él tenía en la cabeza, no había nadie fijo, sólo gente de paso.

Noté esos blancos que a veces aparecen en los cuadros cuando no están acabados de pintar y que absorben la mirada hasta que dejas de acordarte y de mirar lo que está pintado, y hay un momento en que el lienzo se queda ya completamente blanco y para siempre. Nunca había escuchado a Mundi hablar de esa manera, ni de esa manera de Alejandro. Podría haberme parecido brutal, si no fuera porque el blanco es ya todo lo brutal.

–Tú también estabas con él... –murmuré.

–Ya te he dicho que nunca me engañé. Y otras cosas, además, no me hacían ninguna gracia. Por ese lado, éramos materiales refractarios. Él me buscaba, pero yo no podía buscarle a él.

–Pero Mundi... –empecé a decir.

–Va a meterse en la Facultad. Va a conseguir meterse en la Facultad –se entrometió Abel con la mirada fija y oscura de los ojos pequeños clavada en Mundi.

Abel esperó, pero Mundi no tenía cara de ir a decir nada, sino de haberse quedado esperando él también.

–Sé lo que has querido decir –Abel volvió a esperar sin resultado–. Es eso lo que has querido decir, ¿no? –ahora ya no esperó tanto–. Pues va a conseguirlo. Al fin. Después de todo. Clara le ha metido allí. Clara va a necesitarme más que nunca.

Se calló de pronto. Dejó apretados los labios, pero no apartó la vista, que la fue moviendo hacia cada uno como si mentalmente repitiera y nos hiciera repetir va a conseguirlo, va a conseguirlo después de todo, Clara le ha metido allí y Clara va a necesitarme más que nunca.

–No sabíamos nada –dije para quitarme de encima aquellas frases y quitarme de encima aquella mirada de Abel.

–Bueno, es la verdad –dijo limpiándose la boca y con un retroceso a la busca de las propias palabras que a lo mejor no había medido–. Es la pura verdad. No tengo el propósito de juzgarlo. Ha sido sólo porque hablábamos de Alejandro.

Mundi y yo no nos miramos, ni siquiera hubo un flanqueo. El túnel adonde llevaban los ojos clavados de Abel era el túnel de Alejandro, de Alejandro y Clara, de Alejandro, Clara y Abel. Nosotros no hablaríamos de eso igual que nunca habíamos hablado de Alejandro como de un tema, no un tema en nuestra sala, en la sala donde Mundi y yo vivíamos solos.

Abel se marchó en cuanto pudo levantarse de sus palabras. Ese tiempo lo empleó en volver a montar su retórica para explicarnos que tenía prisa, que se había propuesto un plan de trabajo para esa tarde que no podía dejar de cumplir, etcétera. Me quedé con Mundi en la cocina y con los cacharros. Me pareció que a los dos iba a costarnos hablar. Yo tenía la sensación de que había hecho un viaje al revés y a la vez de que no me había equivocado. Pero que no tenía idea de por dónde había pasado, ni siquiera de haber mirado por la ventanilla.

–¿Por qué te viniste a comer con Abel? –pregunté mientras frotaba la parrilla del horno.

–Pensé que a lo mejor tenía cosas que contarnos a los dos.

No me atreví a decir nada, pero sí tuve una certeza grande y dura como una piedra de que yo había estado pensando durante mucho tiempo en mí y en Alejandro como si Mundi no pensara en ello y como si no me sintiera pensar, como si no me sintiera en absoluto. Pero que era yo la que no le sentía, de que era yo la que más le estaba descubriendo porque era la que más tenía que descubrir. Para mí era el oso, el sitio del abrazo en la cama, la hoya en la playa de San José, el placer metido en límites. No había imaginado que tuviera silencios.

–No todo era verdad, no todo era como estaba sonando –murmuró él después de un rato, lavando los platos con la lentitud habitual, igual que si hiciera dibujos redondos con la espuma.

–El qué...

–En la época de Alejandro una tía me dijo que yo no les gustaba a las mujeres porque se veía demasiado mi necesidad. Fue un buen palo, me dieron ganas de escaldarme la polla. Bueno, lo que tuve es vergüenza, la vergüenza más horrorosa que he tenido en toda mi vida. Lo malo es que era cierto. No podía olvidarlo porque era cierto. En cambio, veía a Alejandro, todo lo contrario. No había forma de ver su necesidad. Yo la conocía, la conocía conmigo. Pero a las tías las volvía locas.

Mundi me miró. Alejandro vivía entonces conmigo. Le hice un gesto para que siguiera, puesto que ya habíamos entendido del tiempo del que estaba hablando. Ahora no me importaba eso.

–Quería estar con él para ver cómo lo hacía, para ver cómo escondía que necesitaba. Para ver cómo las tías no se daban cuenta. Quería aprender –Mundi amagó con reírse un poco–. Cuando te conocí a ti, pensé que no tenía ninguna posibilidad. Estabas con el maestro. Y me pasó igual cuando os separasteis. Ahora estoy aquí, pero no estoy seguro de lo que ha pasado. Sigo viendo a Alejandro por todas partes. Pensé que Abel podía decirnos algo a los dos.

–¿Y crees que nos lo ha dicho?

Mundi no contestó. Le di un beso y le dije que quien le había dicho aquello era una tía a la que le iba la marcha, pero que de entender, no entendía nada.

18

Era el día de la cita con Teresa. Cuando el presidente dio el toque directo, estaba echándole un vistazo a las cuentas de la Fundación. Tratando de concentrarme después de la última llamada de Pere Coca, que ya no sonaba como las primeras veces a la voz de Herminio, sino a la suya, a la de perro sin correa. Salí del despacho en dirección al ascensor privado, después de dejar un recado en secretaría. Cuando ya estaba dentro, noté el movimiento de los papeles que me había llevado en la mano. Los papeles no hacían falta, ni formaban parte de la agenda común. Se habían pegado a la mano después de la llamada de Coca. Pensé en volver y dejarlos en su sitio. No lo hice, aunque tampoco me sentía cómodo llevándolos. Mientras tanto, no presté atención al significado de la llamada que llegaba con setenta y dos horas de antelación como mínimo. Me vino a la cabeza la primera vez que oí hablar a Román, recién llegado de Torrelavega. Decía cosas como «los acontecimientos se precipitan», «las situaciones acaban aflorando». Eran las frases redichas de alguien de Madrid, había pensado cuando no conocía bien esos tópicos. Se me grabaron. En el ascensor sonaron como si las estuvieran soplando al oído.

Crucé el vestíbulo de madera, sobrio como un comedor de barco y con el mismo aspecto de caja, aunque más espacioso. Entré sin llamar. Estaba con el teléfono y me hizo una seña con una mano oscura en el contraluz del ventanal, apagándose desde el cuerpo, una antorcha al revés. Fui directamente al salón, me senté y seguí mirando los presupuestos que se habían quedado en la mano, aunque percibiendo, como si estuviera trabajando con una cabeza de dos pistas, el espacio de color blanco, demasiado grande para todo, los sofás bajos e inclinados que obligaban a mirar en perpendicular y desde el suelo, el entarimado del rincón al que no le conocía ninguna utilidad.

–No habrá elccciones este otoño. Ni para el invierno –se acercó con sus andares renqueantes, bastante estudiados para que no se confundieran con problemas de edad–. Lo que no quiere decir que hayamos empleado bien el tiempo –no era un reproche, quería decir que había llegado el momento de actuar.

Era una obviedad que hacía una semana que era vieja, a la que él también llegaba renqueante. Yo había calculado esa semana y setenta y dos horas. Sobraban las setenta y dos horas. Había calculado mal. Había alguna razón en ese error, pero él no me la diría enseguida o quizá no me la diría. Al poder absoluto le gusta el silencio, le gusta más cuando ese silencio se escucha y no se dice nada. Yo sabía que en los momentos de indecisión le gustaba presentar cuanto antes las conclusiones, y que sentía los hechos y los argumentos que las respaldaban como una amenaza. Al poder absoluto también le gustan los atajos.

–¿Qué tienes ahí? –preguntó al sentarse, con la cara menos bronceada de mar y de barco de lo habitual, en la que se marcaban unas arrugas más pálidas también que de costumbre.

–El balance de la Fundación –contesté sin pensar en nada más.

–Ah... –dijo–. Tu ojito derecho.

No pude notar nada especial. Volví a fijarme en su cara. Me pareció que había algo distinto. Quizá tenía un poco de máscara. Puede que estuviera enfermo. No siguió hablando. Pero me estaba devolviendo la mirada.

–Tenemos una joya –dije–. Una Fundación que da beneficios.

–No hay de qué extrañarse. Es tu lado idealista. En ti es un lado muy fuerte –contestó sin mover la cara y con una chispa de interés.

Después de decirlo cruzó las piernas sin perder la rectitud del cuerpo. No me parecía lógico que quisiera que habláramos de mí. El tema estaba situado por fuera. Elecciones –financiaciones – crediticios – bancos. No me parecía lógico. Sentí temblar un poco la mano de los papeles. El temblor subió por el brazo de una forma inesperada. Lo sentí y me quedé quieto como si me estuviera haciendo una pregunta. Una pregunta.

–Teníamos mucho que ofrecer. Y también había mucho que hacer –fui diciendo.

–Claro, naturalmente. Ya sé, ya sé. La investigación no tiene por qué ser ruinosa. Ese mundo se me escapa y nunca he sabido qué decirte. Me conformaba con que por lo menos hubiera beneficios de imagen. Pero no me interesa el aspecto técnico. Yo hablaba de tu empeño –trató de poner una sonrisa en la máscara, pero no estoy seguro–. Ese empeño especial. Me alegra ver que estás satisfecho. Siempre me he preguntado de dónde has sacado la fuerza para hacerlo, además de tus otras obligaciones, se entiende.

–¿De mi lado idealista? –pregunté.

–Eso es lo que pienso o, mejor dicho, lo que intuyo. Un salto adelante en la investigación, recuerdo que decías. Yo nunca he sido un idealista. Tampoco me han parecido nunca peligrosos, como les pasa a otros. Un idealista tiene todas las fuerzas menos una, la de traicionar sus ideales.

–Yo no soy exactamente un idealista.

–Oh, por el amor de Dios, yo sólo he hablado de tu lado idealista. Ahora no estaba hablando de ti. Al fin y al cabo lo único que hay que hacer con los idealistas es no ponerse en su camino. Puede que no traicionen sus ideales, pero pueden traicionarte a ti si te pones en medio –volvió a cruzar las piernas, meneó la cabeza, gesticuló con las manos como si hiciera ejercicios de distensión.

–Tienes una extraña perspectiva del asunto. Casi todo el mundo piensa que los ideales tienen su mercado y que cotizan en bolsa. Un idealista no es un creyente, es un promotor de inversiones.

–Eso ya me suena a política...

–No es un mal tema en los tiempos que corren.

–Sí, por supuesto. Sólo intentaba conversar un poco acerca de dónde saca la gente cierta clase de energía. Eso es un misterio, desde luego –dijo como si se evadiera, pero dejando el rastro de su interés en una mirada abstraída hacia el ventanal de su derecha.

–Según tú, esa clase de energía yo la tengo puesta en la Fundación, así que no es problemática.

–Aun así, no deja de ser un misterio. Pero, en fin, todos somos un misterio. Necesito un café. ¿Quieres tomar algo?

Le dije que no. Se levantó y fue a pedirlo. Todos somos un misterio. Era suficientemente inteligente, tenía esa clase de inteligencia de dogo adiestrado, como para saber cuándo tenía que levantarse y cuáles eran las cosas pronunciadas en último lugar.

Volví a hacerme mi pregunta. Cuando desapareció el temblor, vino un golpe de frío. Tenía páginas de la Fundación en mi mano y en la cabeza la conversación de Riofrío, las llamadas que vinieron después y el tiempo que se acababa sin que yo pudiera decir que no. Me pareció que la Fundación marcaba uno de los límites del campo y que la entrevista con el presidente marcaba el otro.

–No sé qué decíamos del idealismo, pero me satisface verte feliz –dijo cuando regresó y como al tuntún.

–Creo que el idealismo lo habíamos dejado para pasar al misterio.

Nada más decirlo me arrepentí. Tenía razones. Era innecesaria esa insistencia y había un escalón saltado, el de la traición. No me beneficiaba que él escuchase ese salto.

–Bueno, entonces es que la conversación se había acabado. De los misterios no se puede hablar.

Vino el camarero con la bandeja. Mientras le servían, cruzó las manos delante de la cara.

–Creo que tus amigos andan bastante apretados. Es la única razón que encuentro para que tengamos que irnos a elecciones en marzo –dijo cuando el camarero aún no se había marchado y supuse que lo que pretendía era una entrada en harina lo más gradual posible, desenchufando los sistemas de alerta.

Tardé en contestarle. La otra conversación estaba todavía ahí al lado. Y sonaría en la que venía a continuación, en la prevista. Estaba seguro de que la casualidad de la Fundación había cambiado su estrategia, pero que la estrategia iba a ser continua. Me pregunté, ahora sí, al paso, si habría algo que le hubiera hecho adelantarse setenta y dos horas a mi previsión. Si tenía algo.

–Antes también eran tus amigos –contesté dejando por fin las cuentas de la Fundación en la mesa y notando que las yemas habían dejado señales de sudor.

Se inclinó sobre la taza, pero no tocó nada. Volvió a enderezarse y me miró. Aunque me miró desde lejos, con la luz resplandeciendo en su pelo blanco y borrando el resto de la cabeza.

–No sé qué quieres decir, Goro –dijo con una ausencia total.

–Este banco ha trabajado siempre con mis amigos –marqué «mis amigos»– y este banco eres tú.

Quise decirlo con cuidado, pensarlo mucho antes de decirlo, sabiendo que lo diría de todas maneras.

–Yo estoy aquí, por ejemplo.

Tenía el tronco arqueado como si estuviera alargando la distancia, sin dejar de mirarme. Después de decirlo, retrocedí al rincón del sofá. Quedé apoyado entre el brazo y el respaldo, en una posición inestable.

–Era una reunión de intereses. Tu caso es distinto –deshizo de una forma muy rápida la postura anterior y se inclinó sobre el café.

Pensé que algo le había fallado y que quería espantarlo deprisa. No dije nada. No había escuchado lo suficiente.

–Creo que a los dos nos interesa hablar de lo que significa esta decisión de demorarlo todo. De octubre a marzo hay seis meses. Hipotéticamente, unas elecciones acabarían con muchas cosas, con muchas presiones. Sin embargo, ellos prefieren esperar. Deben de tener sus motivos. Unos motivos muy fuertes –lo dijo casi murmurando, con la boca a milímetros del borde de la taza sostenida en la mano.

No quería hablar de mí. No le había importado hablar de mi idealismo y de mis misterios, y de lo que quedaba en medio. Pero en este terreno evitaba la interferencia. Demasiado directo y demasiado comprometido. En cambio, a mí ahora no me costaba nada. Puede que fuera sólo yo el que tenía misterios, pero éramos ambos los que se habían embarcado con «mis amigos».

–¿Por qué mi caso es distinto? –pregunté con una sensación victoriosa de estar clavando en el sitio justo.

–He pensado que quizá tengan problemas de financiación. Sería de lo más lógico –me pregunté si ya eran «ellos» para los dos, si había decidido que nos librásemos juntos.

Todo coincide en un agujero de dolor, pero en realidad todo coincide en un agujero. El agujero siempre se rodea de un remolino que arrastra permanentemente las cosas más dispares. Mis amigos, ellos, nosotros. El asunto americano, la piel de bronce del presidente, los idealistas, los misterios. Sucediendo en el mismo día en que por fin me había citado con Teresa. En el mismo día en que el catalán me había dicho que yo estaba en el Banco por algo. Que si no me habían tocado, ésas fueron sus palabras, que si no me habían tocado en doce años eso no significaba que no pudieran hacerlo. Que yo no estaba a salvo. Que yo no era una excepción. Todo sonaba a Herminio aunque lo dijera el catalán, todo sonaba a Herminio y a Riofrío, a familia, a casa, a los tuyos. Habían soltado al perro. Mientras ladraba, me dejaba deducir libremente. Después de la batalla campal en el Ministerio, del cuerpo a cuerpo con el ministro, y sobre todo después del eco suficiente, habían encontrado el sitio ideal para un combatiente libre de toda sospecha. Podría dormir un tiempo, un plazo amplio para que la deuda fuera insaldable. Ya llegaría la oportunidad en que pudieran pedirle un pequeño gesto hacia los suyos. El combatiente no podría decir que no. El gran pagador de deudas no diría que no. Habían sacado la conclusión de que la batalla con el ministro no fue más que mi forma de pagar el abandono del comunismo. Luego era de los que pagaban. Los que quieren tener historia siempre pagan. Los que quieren tener una historia congruente, de principio a final. Escuchan mucho y pagan mucho. En otro contexto, las últimas palabras del presidente habrían sido una sugerencia temible. Pero se había equivocado. Hablando de mí, podría hablar de él. De esa forma, quedaba libre y a salvo.

–No sé nada de eso. No es fácil que a mí me cuenten esas cosas. Y menos en estas circunstancias –contesté con firmeza.

–Desde luego. Lo suponía. Pero naturalmente yo no esperaba otra cosa. Quiero decir que yo no esperaba nada concreto. Sería bueno tener una idea de la atmósfera que se respira por ahí, en términos generales –abrió las manos y las detuvo como si abriera y cerrara un paréntesis hacia mí–. Bien, no hay que pensar, por tanto, en motivos, en motivos específicos.

–¿Por qué dijiste que mi caso era distinto? Se nos ha quedado por ahí ese fleco. Me imagino que tiene que ver con el lado idealista –tenía la sensación de estar moviéndome ya con toda soltura por la conversación, de haber dado en el clavo.

El tema de mi peculiaridad me había salvado primero de que él profundizara en el tema de mis amigos. Ahora podía salvarme del tema de la atmósfera y de los términos generales, igual de peligroso que el anterior. Yo no podía esquivar ese asunto sin producir la sospecha de que no quería hablar de nada relacionado con él, de que estaba ocultando información. Él tendía su red. La red caía por todas partes, pero eran chapoteos. Mis amigos, agua. Problemas concretos del Partido, agua. Atmósfera general, agua. Era una red al agua. Chapoteo. Me había quitado de en medio plantándome en un tema suyo, es decir, yo. Si se arroja a alguien a un pozo hay que estar seguro de que después se puede bajar por él a comprobar que hay un cadáver.

–Por favor, claro que tu caso es distinto. Francamente, me preocupa este periplo tan largo, de tantos meses. Hay que tener una línea de derrota, como en los barcos. En otro caso, no hay singladura. Supongo que me entiendes, aunque no te guste la mar tanto como a mí. Algún día me contarás por qué no te has venido nunca a mi barco y por qué te gusta el agua tan poco. Torrelavega no es Santander, ¿verdad, Goro? –la máscara sostuvo la sonrisa.

–Este viaje no es en barco –contesté ofreciendo una sonrisa para el intercambio.

Contesté sin pensarlo, porque me parecía que todo continuaba sin variaciones y que no tenía que moverme del sitio. Cuanto más derivase hacia mi terreno más a salvo quedaban las otras cosas. Sólo me sorprendió que él de pronto se hubiera interrumpido. Fueron unos segundos. Se atusó el mentón.

–¿Cuánto tiempo llevas en el Banco? –preguntó enseguida.

No estaba seguro de la interrupción. De su significado, ni siquiera de su existencia. Tendría que haber pensado deprisa. Pero la pregunta era demasiado apremiante.

–Más de diez años –contesté con la sensación de que cerraba la boca al acabar de decirlo.

–Eso habrá tenido un significado en tu vida.

Era mi tema-refugio, del que había estado satisfecho hasta hacía un momento, pero tenía la intuición, la intuición táctil de que ahora no llegaba por el lado previsto. Yo había querido hablar de mí y de mi caso distinto, porque me protegía, y él de pronto, que lo había estado esquivando, que me había dejado pensar que lo había estado esquivando y que lo esquivaría tantas veces como saliera, se lanzaba en picado.

–Ha tenido un significado, no hay duda –trataba de ganar tiempo y de exponer toda la perplejidad disponible ante el giro de la conversación.

–Pero cuál dirías que es –tenía las manos quietas, mirando hacia abajo.

–Me cuesta seguirte. Creo que no entiendo el final de la cuestión.

–Has preguntado unas cuantas veces por qué tu caso es distinto. Estamos con eso. En realidad, no son más de diez años. Son casi trece. ¿No son ésas tus cuentas?

–Esas mismas. Lo he dicho a voleo –sentía el equilibrio entre el respaldo y el brazo del sofá, pero no quise colocarme de nuevo.

Empujó la taza de café hacia el centro de la mesa y estuve haciendo memoria sobre si se había tomado o no el café.

–Has pasado más tiempo en el Banco que en el Partido, ¿no te parece?

–Bueno, en el Partido empecé en el 81 –dije.

–Y aquí empezaste en el 83.

–Entonces, no sé a qué te refieres.

Se levantó y caminó hacia el entarimado del rincón. Miró hacia la zona de encuentro del ventanal, por el que entraba la luz brillante. Era una luz brillante, pero no clara. Venía de un cielo tamizado de gris. Se volvió y dio un par de pasos en el contraluz.

–No es la misma clase de tiempo, es a lo que me refiero.

No dije nada. Me sentía incómodo en el sofá.

–Aquí has estado –continuó–. Por el Partido has pasado o, si te parece mejor, has acudido.

Hubiera podido contestarle que, de todas maneras, del Partido había sido siempre. Pero eso hubiera sido dar una insistencia poco conveniente en aquella conversación. Una conversación en la que ya nada parecía conveniente ni de un lado ni del otro. No era ése el concepto.

–Solamente quería decirte que aquí has estado. Tú y yo hemos sido uno en la mayor parte de las ocasiones. ¿No te lo parece?

Sí, ya había escuchado eso antes. De eso estábamos hablando. Eso es lo que había escuchado en muchas bocas, muchas veces. Por lo menos, muchas veces más de las que me sentía capaz de escucharlo. Parecía que ahora todas las bocas lo estaban diciendo a la vez. También la boca de Clara. La boca de Clara en aquellas ocasiones. El bueno de Goro cree todas las historias y paga por ellas. Las paga porque necesita creerlas. Porque no tiene una. Y ni siquiera ha sido huérfano, ni ha sido maltratado por sus padres, ni se ha perdido por ningún margen. Ni siquiera o por todo eso, o por nada en particular, porque la vida no tiene mucho sentido para casi nadie y al final consiste en el sistema por el que uno se convierte en un pobre tipo. En un pobre tipo con toda una dote biográfica. Un hombre valiente para los de la célula, El Hombre-Buey que sé que decía Román, el guerrero de Clara, nuestro hombre en la banca, tú y yo hemos sido uno la mayor parte de las veces. Podía saberlo y sentir miedo de todas formas. Sentir miedo, sobre todo. Por mucho que supiera, y ahora quizás por saberlo.

–Presidente, creo que te estás planteando convertirme en prescindible –era la única salida.

–No digas barbaridades. Sólo nos faltaba complicar la situación con absurdos. Nadie ha hablado de semejante posibilidad y yo, desde luego, no he hablado de ella.

Había elevado el tono de la voz, pero no se acercó. Volvió a darse la vuelta hacia el ventanal.

–Por Dios, Goro. Ni se me ha cruzado por la cabeza. Nunca, jamás.

En cambio, por mi cabeza sí habían cruzado ideas. Ideas peligrosamente contradictorias. Si tenía que irme del Banco debería darme prisa en ayudar a Herminio. Si me iba del Banco quedaba libre de ayudar a Herminio. Ninguna de ellas me liberaba. Por si no bastase, tampoco estaba seguro de las intenciones del presidente. Fue entonces cuando decidí levantarme. Me puse de pie. Él ya estaba de frente otra vez.

–Tengo que atender un asunto urgente –dije.

–Por Dios, Goro, ni lo pienses. No compliquemos más la situación.

Lo dijo viniendo a mi encuentro. Nos cruzamos a la salida de la salita. No entendí por qué alargaba la mano. Me quedé mirando la mano y la estreché cuando supe que eso era una despedida. Que por mucho que él tratara de sellar un compromiso, por mucho que hubiera protestado, tanto si lo sabía como si no, aquélla era la prueba de que las cosas habían cambiado. De que seguirían cambiando en la única dirección posible.

Me había dejado los papeles de la Fundación en su despacho. No hacía falta regresar a por ellos. Volví a pasar por secretaría y luego le dije a Julián que me iría con mi coche y que se lo dijera al chófer. Le escuché un par de minutos y volví a repetirle la orden.

No salí en mi coche. Salí a pie por el Paseo de Recoletos. Miré el reloj y era la una menos cinco. Hasta las dos y media no me había citado con Teresa. Sentía que necesitaba a Teresa más que nunca y que faltaba una eternidad hasta la cita. Ella había querido que fuese cerca de los estudios de la Gran Vía. No era a comer, dijo que podríamos decidirlo más tarde. No la había visto desde hacía más de un año, aunque la había escuchado. Me gustaba escucharla en la radio, incluso cuando no la conocía. Su voz no tenía nada que ver con su cara, eran realidades distintas. No imaginaba su cara cuando no la conocía y después de conocerla su voz tampoco me hacía imaginar su cara.

Fue precisamente durante la batalla campal. En una entre- vista. A micrófono cerrado, me preguntó: ¿es usted siempre así?

–No te entiendo.

–Perdone, ya sé que es personal. No quería molestarle.

–No me molesta. Pero no entiendo qué es «siempre así».

–Que no puede ser más que de esta forma.

–¿Quieres decir que es una pose?

–Todo lo contrario. Que no lo parece. Pero me preguntaba cómo conseguía mantenerlo, qué hay que tener dentro. Discúl- peme, por favor.

–Puede que dentro no haya nada. ¿Es ésa una buena res- puesta?

Estaba preparado para contarle todo. Ella siempre había sa- bido mucho más de mí que yo mismo. En esta ocasión le daría una sorpresa. Había una buena razón para encontrarse. Para que encontrarse tuviera un sentido. Me alegraba que no nos hu- biéramos visto antes, cuando yo no dejaba de pedírselo. Se hu- bieran repetido las mil conversaciones anteriores. Ahora, en cambio, estaríamos en igualdad de condiciones. Hablaríamos los dos y de lo mismo. Podríamos empezar otra vez desde ese punto. Las cosas iban a cambiar inevitablemente y ella estaría ahí si lo deseaba. No tendría motivos para no desearlo.

Habíamos quedado en la barra de Lhardy. Después podría- mos subir a comer al primer piso. Había arreglado la tarde para tenerla libre. Disponía del tiempo que hiciera falta para que Te- resa me escuchase y para escuchar a Teresa.

Ahora se trataba de hacer tiempo. De callejear un poco. An- tes de decidirlo, me vi subiendo por la calle de Alcalá y mar- chando a buen paso. A la una y pico estaba en Lhardy. Tampoco estaría de más hacer la reserva en el restaurante. Para eso no era tan temprano.

La parte de abajo estaba hasta los topes. Me hice un hueco al fi- nal de la barra, casi en la subida al restaurante, pedí un martini y le pregunté a un camarero por las reservas. Me señaló a uno que baja- ba en ese momento y que me respondió que no había problemas. Me bebí el martini y pedí otro. Casi codo con codo estaba un tipo de mi edad, muy bien vestido, solo, tomándose una taza de caldo y mirándose todo el tiempo en el espejo de la estantería de botellas. Uno que no se quita la vista de encima, pensé y me hizo gracia.

Noté que el estómago se calentaba un poco con el segundo martini y que la causa estaría en no haber desayunado. Hacía semanas que me había propuesto recuperar el ritmo de comidas. No especialmente por la salud. Sabía que comía lo suficiente al cabo del día. Era que lo olvidaba sin que resultara nada a cambio. Esas horas se pasaban sin más, se pasaba el tiempo de comer. No tenían su sitio en el día, era como si se convirtiesen en lagunas. Las lagunas se comunican con otras lagunas. A veces sueño por las noches que no he comido y me levanto para ir al frigorífico. Y mientras estoy comiendo trato de recordar si realmente he comido en ese día.

Observé que el tipo bebía despacio. Dejaba la taza muy cerca de la boca cuando la apartaba, como si necesitara mucho el caldo, como cuando alguien se agarra a algo caliente. Estaba de pie, muy recto, llevaba un portafolios en el sobaco. El aspecto general de alguien que tiene prisa y que no va a ninguna parte. Seguía mirándose en el espejo.

Dudé en pedir otro martini, mientras calculaba si estaba bebiendo deprisa. Decidí esperar. Eché un vistazo a las dos empanadillas acumuladas con los martinis, pero no las toqué. Al mismo tiempo, el hombre del portafolios había levantado una mano y pedido otra taza de caldo. Pensé que dos tazas de caldo ya no son un aperitivo, sino un almuerzo. Cuando se la trajeron, empezó a bebérsela de la misma manera.

Al final pedí el martini. Hice un esfuerzo por imaginar cómo me sentaría una empanadilla, pero no pasé de ahí. Miré el reloj. Se acercaba a las dos. El hombre del portafolios tenía una cara color de cera y los ojos saltones rebasaban las bolsas de los párpados. Seguí la trayectoria de la mirada en el espejo y descubrí, un poco sorprendido, que él también me estaba mirando. Desvié la vista enseguida, pero quedó grabada aquella mirada de frente. No coincidía mucho con la cara que había estado viendo lateralmente. Era una de esas caras que a veces se ven en el espejo y que están desfiguradas por el alcohol, por el sueño, en las que uno mismo no se reconoce.

El hombre se había marchado unos minutos después. Seguí esperando sin darle más que un par de sorbos al martini y preparando en mi cabeza la entrada de Teresa. Tenía que hacerle una confesión. Si ella aceptaba, yo tendría todo el tiempo que necesita una confesión. No se trataba de hablar del pasado, de la vieja historia. No me sentía amado por Clara, pero no podía separarme de ella. Sí me había sentido amado por Teresa, pero había podido prescindir de ella. Nada del pasado, ni de la vieja historia. Ahora sabía. Una confesión también anula los reproches y cierra balances.

El camarero que subía y bajaba volvió a preguntarme por la hora de la reserva. Llevaba demasiado tiempo esperando. Quizá eso le hizo dudar. Un rato más tarde vi a Teresa en la otra acera, cruzar entre el tráfico y atravesar la puerta. Tenía el pelo más corto, iba más vestida que antes, había crecido unos cuantos años en el aspecto. Durante un momento me imaginé que se había preparado de aquella forma para estar conmigo y tuve la seguridad de que todo iría bien.

–No puedo quedarme –dijo.

Pensé que había hecho bien no tomándome el tercer martini. Que el calor no había sido más que el inicio de un ardor. Me pregunté adónde habría ido el hombre del portafolios.

–No puedo quedarme, ahora. Es mejor así, Goro.

Se dio la vuelta. Volví a verla cruzar entre el tráfico y saltar a la otra acera, desapareciendo.

Salí a la calle más tarde. Después estuve sentado en mi coche, en el garaje del banco. Tenía miedo de ponerlo en marcha, de llegar a la puerta, de tener que tomar alguna dirección. Por una vez, me dije, por una vez voy a ir a cualquier sitio. Era la única idea que venía a la cabeza, pero no como una idea consistente, no con voluntad o claridad, sólo como las únicas palabras que se me ocurrían y que tenían el valor de una frase que empieza y termina. Sé que el viento acabó haciéndome daño, porque me escocía la cara. Que el cielo era gris como una canícula por todas partes. Que conducía sin ver asfalto ni señales, con el volante agarrado en un viaje en el aire, más alto que el suelo.

Por la noche, vi un local iluminado, un club de carretera. Me sentía mal. No era cansancio, ni el estómago, ni necesidad. Era como estar agonizando, algo que se escapaba del cuerpo. Madrid estaba muy lejos, pensaba sin parar, pensaba sin parar como un martillo.

Había un grupo de hombres enfrente de donde yo me puse. Mucho más lejos había mujeres negras al lado de una máquina de discos. Los hombres estaban discutiendo. Pedí coñac. Me lo trajo una mujer vieja que llevaba puesta una bata. Olía a lejía y a perfume. Estuve bebiendo coñac. Una de las mujeres me habló por detrás. Recuerdo que ella hablaba y que uno de los hombres que discutía agarró a otro por el cuello y empezó a darle cabezazos contra el mostrador. Lo hacía de vez en cuando. Le gritaba y le agarraba por el cuello. Recuerdo que me extrañó que el otro no escapara o se fuera a otro lado. Era un hombre pequeño, calvo, con cara de niño, pero mucho mayor que el que le agarraba. El que le agarraba parecía joven, no demasiado, llevaba el pelo largo y una cazadora. No podía dejar de mirarles. El matón se dio cuenta y me dijo algo. Yo le contesté. Varias veces intentó dar la vuelta al mostrador para venir a buscarme. Los otros le sujetaban. En algún momento estaba delante de mí, me decía algo que yo no entendía. Yo le contestaba. Sentí que me levantaba del suelo, aunque no me había sentido caer. Después, había piernas y objetos duros que chocaban en el costado y contra la espalda, pero no había dolor. Mientras pasaba eso, yo pensaba por qué no me dolía. Más tarde una mujer, quizá la misma que había estado hablándome, me decía con palabras muy claras: por aquí, aquí, esta puerta, señor. Atravesaba una cortina y llegaba al coche. Lo encendía y salía a toda marcha. Apretaba el acelerador a fondo.

La única idea entonces fue que tenía que ir a ver a Clara. Que tenía que enseñarle las heridas. Que quería que me viera con heridas. No me importaba con quién estuviese. Llamaría desde el portal y no utilizaría mis llaves. Veía el momento con toda claridad. Ella bajaba. Quizá amanecía. Yo estaba en la acera de Quintana y le decía: mírame ahora, mírame ahora.

Me observé en el retrovisor para asegurarme. Había sangre en un lado de la cara. La nariz tenía una hinchazón en la parte alta y el labio superior estaba haciendo desaparecer al de abajo. Sentía el cuerpo como si lo estuvieran apretando muy fuerte con unas ligaduras o un corsé. Los ojos se me cerraban.

Llamaría al portal. Tendría que bajar. Fue exactamente lo que hice, mucho después, al llegar a Madrid. Gritar delante de su casa que saliera a verme. Gritar su nombre y quedarme a distancia de la puerta, para que tuviera que caminar, para que tuviera que llegar a donde yo estaba y reconocerme. Reconocerme caminando poco a poco, mientras yo le decía: mírame ahora, mírame ahora. Recuerdo que gritaba. Recuerdo que gritaba y que después de un rato me costaba articular el nombre de Clara, porque la voz se había roto. Pero no podía dejar de gritar hasta que no saliera. El ruido salía de la garganta y del pecho, salía como si abriera algo seco, cada vez desde más adentro.

No dejé de hacerlo hasta que vi a Carmen, con los brazos cruzados en el pecho, en el porche de la casa de Las Rozas, bajo el farol de la entrada.

19

–Cuando firmes el contrato firmarás también tu renuncia. Son las reglas que se siguen en esta cátedra.

–¿Y eso lo ha hablado usted con Clara?

Cincuenta años seguramente la misma cara que a los veinte y que a los treinta con el pelo largo en la nuca cortado por encima de las orejas en un aspecto general de falso joven. Nada más abrir la puerta del despacho de Sánchez Artola y verle ya supe que los contactos serían remotos como con un extraterrestre. Un hombre de cincuenta años intentando regresos a la juventud sentado con uno que se quiere ir de ella no pueden hablar porque el regreso de uno es la ida del otro por lados demasiado paralelos sin la menor posibilidad de un cruce. Yo quería caerle bien a toda costa pero era demasiado extraña la extraña figura en comparación con la que había esperado.

Después de la pregunta vi cómo la piel se le apretaba y aparecían señales de la edad exacta.

–Dime tú lo que tengo que hablar con la profesora Seoane.

–Creo que no me ha entendido usted bien...

–Te escucho.

Evité su última mirada para pensar muy deprisa aunque de pronto sólo pude pensar en que podría salir otra vez por la puerta completamente expulsado después de haber estado tan cerca. Tampoco podía hacer todo lo que él quisiera desde el principio. Me veía saliendo al jardín cogiendo el autobús y volviendo más tarde. Explicándole a Clara que todo seguía igual. Aunque no era a Clara. No se trataba sino de todos los días iguales que venían a continuación. Yo no quería más días iguales en mi vida y sentía un miedo que no sabía si antes lo había conocido. Un miedo brutal estando tan cerca que no había sentido cuando estaba demasiado lejos ni cuando pensaba que no había conseguido ni conseguiría nada.

–Póngase en mi lugar. Si oyera usted hablar de renuncia el día en que viene con la ilusión de empezar.

–Eso es digno de consideración y lo considero. Lo que me interesaba es la participación de la profesora Seoane en este asunto.

–Ella ha hablado con usted.

–Ella simplemente te ha ofrecido para esta cátedra. Y yo he tenido en cuenta su ofrecimiento. Para esta cátedra, que es mi cátedra.

Miré como si resbalara los cristales con libros que forraban las paredes y el reflejo del sol que hacía opacos los cristales. A pesar de la conversación en ese justo momento de la conversación no obstante pensé que era un sitio cómodo diferente en el que se estaba bien si uno pensaba que era suyo. Podía sentirme en ese sitio.

–No todo el mundo tiene tu suerte –había cerrado sin cerrarlos los ojos como hacen los gatos y había cruzado las piernas en el sillón separándose de la mesa–. En estos días lo normal es acabar la carrera y ponerte a repartir folletos en la entrada del Metro. A ti no te ha pasado eso.

–He trabajado mucho. No todo ha sido suerte.

–Muchos han trabajado mucho. Ésa no es la cuestión. La cuestión es que tú estás aquí y los demás, no.

–Ya ha dicho usted que he tenido suerte.

–Muy bien, Alejandro. Muy bien. Lo llamaremos suerte. Estamos de acuerdo –sonrió sin cambiar los ojos y la cara delgada con el pelo largo de hilos grises se metió un poco en el cuello alto y vuelto del jersey–. Pero si lo llamamos suerte y no lo llamamos privilegios, ni apoyos, ni ninguna otra cosa, será mejor que empecemos la conversación por el principio.

Nunca antes había visto a Sánchez Artola y sólo de pasada había oído hablar de él y sólo cuando Clara le mencionó me dijo que ya había hablado con él comencé a imaginarle. Había imaginado a Clara hablando con alguien como Clara y a mí mismo como cuando hablaba con Clara. Ella confiaba en mí me había dicho cientos de veces que podría hacer lo que quisiera que era el mejor alumno que había pasado por sus clases. De pronto en un chispazo no imaginé a Clara hablando con aquel Sánchez Artola. Tampoco me pareció muy real que yo estuviera hablando allí con él y que tuviera miedo un miedo extraño a no quedarme.

–Yo no soy un privilegiado –hasta ahí podía decirlo.

Pareció no escuchar.

–Esta cátedra no es como la cátedra de la profesora Seoane, ni como las otras cátedras de Historia de este departamento. Aquí nos dedicamos al pensamiento político. Político, ¿me entiendes?

–Le entiendo.

–Tratamos ese campo de una forma especializada y con un punto de vista materialista y no me da ninguna vergüenza añadir que marxista. Campos como el arte o la literatura quedan un poco fuera de nuestra perspectiva. Pensamiento político. Supongo que tú estás acostumbrado a otra cosa.

–No estoy acostumbrado a nada, todavía –me escuché decir como si estuviera deseando decir algo como eso a la vez que me daba cuenta de que estaba diciendo algo que se movía por el exterior y que yo la aspiraba para después soltarlo como si fuera mío.

Él se quedó callado se puso recto como si fuera a echarse a andar venir hacia mí.

–No me digas que no has hecho nada con la profesora Seoane. Ella es la que te ha presentado.

–He participado en seminarios con don Carlos Vives.

–El profesor Vives es un viejo maestro. Pronto se retirará. La profesora Seoane llevará su testigo, ¿no te parece?

–Ellos trabajan en el pensamiento multidisciplinar, en la historia de las mentalidades, hacen intervenir muchos campos.

Ahora me escuché decir «ellos» solamente supuse que estaba hablando con aquel hombre que mi obligación era quedarme allí. Artola me dejó decirlo y después le puso un silencio suspenso aunque creo que eso lo venía haciendo desde hacía un rato.

–Eso tiene que haber resultado atractivo. De lo contrario, no hubieras venido de su parte.

Otra vez como un chispazo me vino a la cabeza la imagen de Clara hablando con Artola. Clara había pensado que lo mejor era Artola que era la única posibilidad que era preferible entrar por alguna puerta que encontrarse todas las puertas cerradas. Yo tenía que contestar para poder quedarme allí y para que todos los días no siguieran siendo iguales.

–Todavía tengo mucho que aprender.

No sé cuándo después me preguntó:

–¿Qué quieres tú realmente?

–Estar aquí –contesté.

Pero no estoy seguro de que llegara a preguntármelo de que no fueran preguntas y respuestas que rebotaban dentro mientras se hablaba de otras cosas del contrato por ejemplo y de firmar la renuncia al mismo tiempo.

Volvía en el autobús a casa de Clara. Sentía como si me hubieran puesto algo nuevo en el sitio donde había otra cosa y la cosa se la hubieran llevado de forma que no estaba seguro de la emoción. No estaba seguro de tenerla. Retenía lo que Artola me había dicho al final tratando de conseguir una antes de llegar a casa de Clara y también para quedarme en ella porque no podía estar tan vaciado después de la oportunidad que había estado esperando. Él me había dicho que inmediatamente ya podía ir probando con el seminario de segundo que se montaba todos los años sobre el totalitarismo en el siglo XX. Una vez a la semana cogiendo la bibliografía recomendada. Si me sentía capaz. No era difícil sólo ir leyendo al mismo tiempo que los alumnos. Mientras iba en el autobús me hacía a la idea de que esto tenía que ser suficiente para poder hablar y sentir. Pero mientras iba atando los cabos demasiado a menudo tenía que apartar a Clara diciéndome que tenía que aprovechar aquella oportunidad y apartarme a mí también hablando con Artola. Había ido a una casa y la puerta me la habían abierto extraños los mismos extraños con los que después había comido y al salir tenía que pensar que aquélla era mi casa.

Clara me dijo nada más verme que aquello teníamos que celebrarlo. Espera a que me arregle un poco me dijo vamos a El Pardo. Luego cuando ya estábamos en el coche me dijo:

–No pareces muy contento –y lo dijo como si le faltara un peldaño para ponerse triste.

–Por supuesto que estoy contento –respondí pero sin saber más de lo que respondía.

Nos quedamos en la terraza que elegía siempre rodeada de los sauces con la cuesta de un prado al otro lado de la carretera y del bosque de encinas cruzando el río.

Llegó un camarero del restaurante y nos explicó que por estas fechas ya no tenían costumbre de servir comidas en la terraza. Clara le pidió que de todas maneras nos hicieran ese favor porque ella era cliente desde hacía muchos años y creía que a ellos no les importaría hacer esa excepción. El camarero contestó que no era cosa suya sino de los dueños que sólo cumplía lo que le habían ordenado. Clara le pidió hablar con los dueños. El camarero se quedó mirándola un par de segundos como si no aguantara la idea de volver sin nosotros al restaurante y echó un suspiro fastidiado encima de Clara. Era un tipo de cuarenta años con el cuerpo de alambre mientras se marchaba me quedé midiéndole conmigo.

–Es mejor que nos vayamos adentro –le dije a Clara.

–No hay ninguna razón –contestó ella con seriedad mirándome como si yo no entendiera lo que estaba haciendo–. Debe de ser un camarero de los que contratan temporalmente después del verano. Pero los dueños me conocen.

–Podemos celebrarlo dentro al lado de un ventanal. A mí me da igual.

–¿Te pone nervioso discutir con un camarero?

El tipo de alambre volvió.

–Los dueños no están, pero dice el maître que se queden ustedes.

Nos dejó las cartas. Desapareció.

–Venga, ¿qué es lo que más te apetece? –dijo ella intentando levantar el ambiente con una de aquellas sonrisas en las que tanto me costaba pensar como sonrisas con la carta abierta delante.

–Cualquier cosa. Podemos picar cualquier cosa –contesté.

Cerró la carta y me miró con la sonrisa desaparecida que dejaba exactamente en blanco el dibujo anterior de la sonrisa.

–Qué es lo que está mal –dijo.

–Nada está mal.

Dejó la carta en la mesa ella desviándose hacia el lado del bosque de encinas con una mano en la boca. La posición de huir de querer estar escapando como muchas otras veces. Se volvió.

–Qué quieres hacer.

–No quiero hacer nada.

–Debí haber sospechado que en cuanto lo consiguieras dejaría de interesarte.

–No sé por qué dices eso.

Volvió a retirarse volvió hacia el bosque de encinas. Se le caían los ojos como otras muchas veces con la misma forma con que se le caían los labios. Yo pensaba que debía estar contento a pesar de ello pensaba que no podía ni siquiera intentarlo como si hubieran atado las manos que al mismo tiempo se alargaban para coger lo que quieren y por esa razón aprietan más las ligaduras.

–¿Piensas que te he empujado? Siempre he pensado que era lo que querías hacer, entrar en la Facultad, seguir con los libros. Quizá no hemos hablado lo suficiente.

–No me pasa nada. Estoy contento.

–Pero podemos hablar de lo que quieres de verdad –volvía a acercarse más calmada como si ahora ella alargase la mano–. ¿Qué quieres?

No dije nada tampoco podía pensar del todo la pregunta.

–Te matriculaste en la Facultad después de estar dando tumbos unos cuantos años. Algo tendrías que imaginarte para hacerlo.

Dudé tratando de pensar o de recordar.

–No me imaginaba nada.

–Nada... –murmuró echando una decepción definitiva.

Estuvimos callados y yo en cambio tenía la necesidad de decir algo pero decirlo era atravesar algo duro como una pared también estar quieto en un paisaje oscuro.

–Empecé a pensar cuando creí que tenía que irme otra vez. Cuando creí que tenía que buscar otro sitio. O volver a Mérida.

–Pero, por lo menos, entonces era esto lo que querías. Y por eso te quedaste conmigo.

De pronto entonces sí pensé estoy con ella es verdad que estoy con ella dejando de pensar en todo lo demás. Por qué si no había vuelto a Hernani desde que llegamos de Londres y a Abel sólo le había visto en la casa de Clara. No había hecho nada excepto quedarme en su casa con el equipaje a la vista en los días que iban transcurriendo. Hasta esa mañana con Artola. Pero no dije nada porque era verdad que estaba allí y me había quedado. Quedado desde hacía mucho tiempo y sobre todo desde el principio del que ella hablaba. ¿Vivíamos juntos?

–Me he quedado contigo –como si se lo repitiera a ella o sólo lo repitiera sin conocer exactamente el significado.

Ella me miró con los ojos que se iban hacia la boca otra vez.

–¿Era eso lo que querías? –aunque entonces no supe si se refería al trabajo de la Facultad o se refería a que me hubiera quedado en su casa después de volver de Londres aunque tampoco estaba seguro de que ella hubiera hablado de que me había quedado en su casa en ningún momento.

–No lo sé. Puedo quererlo –dije completamente confundido escuchando las palabras confundidas.

–Quiero estar aquí –dije más tarde–. ¿No hace frío?

–Vámonos –la escuché decir.

–¿Quieres que nos vayamos?

–El camarero nos está tomando el pelo. Hace un cuarto de hora que desapareció.

Recogió el bolso que colgaba de la silla y se levantó. El camarero vino entonces caminando tranquilamente por el principio de la pendiente. Llegaba antes de que yo hubiera podido levantarme.

–Ahora se van –le dijo a Clara cuando se cruzaba con él–. Ahora se van después de haber pedido que les sirviéramos en la terraza.

–Es usted un chulo –contestó ella.

–Yo no la he insultado a usted –creo que yo me estaba levantando–. Yo no la he llamado a usted puta.

Clara se puso pálida apretó el bolso muy fuerte y después me dejó una mirada que sentí caer por la pendiente aunque no exactamente rodando sino como lanzada y cogiendo velocidad. Con certeza esa mirada estaba mucho más arriba que yo llegaba desde una altura que podía pasarme por encima hecha una gran bola de piedra y muela.

Estaba allí en ese cruce de todas formas al final de un tiempo y le decía al camarero que no era más que un alambre porque me seguía midiendo con él y dudando de las manos que eran capaces de retorcerle:

–Es mejor tranquilizarse –pero aun estando seguro de que se lo decía al camarero me encontré mirando a Clara de frente y no sabiendo lo que pasaba en la cara del camarero.

–¿Has oído que me ha llamado puta? –preguntó una voz temblorosa de Clara.

–Yo no la he llamado nada. Fíjese usted en lo que dice el señor, que nos tranquilicemos –tampoco era una voz firme.

Yo podía hacer algo parecía fácil visto así poder hacer algo pero sólo sentía el plomo que ni siquiera permitía volverse a los lados para mirar por ejemplo al camarero.

–Me ha llamado puta –repitió Clara enrojecida.

–Vámonos. Vamos a hacer lo que dijiste antes.

Fui empujándola poco a poco porque no tenía armados los brazos para moverla y empujarla con ellos hasta que llegáramos al coche.

–Goro le hubiera dado un puñetazo. Tú no has hecho nada –murmuró mientras salíamos del aparcamiento–. Por qué, por qué no has hecho nada.

El coche atravesó el puente y enfiló por la carretera de árboles hacia Madrid.

–Por lo menos, confiesa que no has podido.

Estábamos en Quintana no habíamos comido no hacíamos nada allí. Pensé en el equipaje de arriba en que era imposible que yo no hubiera defendido a Clara. Aparcó el coche enfrente del portal. Nos quedamos allí en silencio quizá minutos. No parecía que ella fuera a salir. No había nada de que hablar.

–Yo te quiero –dije.

20

Todo empieza a estar bien, me estoy diciendo a mí misma, pero enseguida rectifico y lo que me digo es que todo está bien; es cierto, es lo más cierto del mundo. Alejandro ha empezado a vivir en casa, tiene trabajo, y la vida construida se corona. Observo los años pasados, cuando nada de esto existía, y siento que ninguna desazón es tan alta, ni tan poderosamente estable, como la montaña de cosas hechas, excavada en cada peldaño, remontada hacia el cielo en forma de pico, por más que en los inicios o en los finales del día se vea un penacho o un cinturón de bruma que da falsas impresiones de hendiduras o de vértigos. Es la obra recién acabada en la que todavía resuena el jadear del tiempo fatigado; nada más. Tengo lo que he deseado, he deseado mis deseos, no puedo lamentar haber querido otra cosa o haber dejado de quererla; no lo recuerdo, en todo caso... No pertenezco a ese muestrario de personajes patéticos que demasiado tarde consiguen lo que quieren y demasiado tarde descubren que no les gusta, para empezar a quejarse de viejas cicatrices, de llagas en las manos, de los que quedaron en la orilla. Quizá suene fatuo o, aún peor, suene a logro satisfecho, a lenguaje de conquista. No es así... Me reconcilio con lo mío, trato de hacerlo aún más mío por el hecho de haberlo conseguido, espanto a los fantasmas de las cimas que se aparecen ofreciendo un cuenco de sangre vertida o interpretando una parodia culpable metidos en sudarios, porque es más fácil aferrarse al dolor que a lo que uno ha hecho con la propia vida. Yo no necesito decir como Werther que imitando el estar bien acabaré estando bien, y matarme unas cuantas páginas después; todo está bien, todo es como ha sido. Goro puede y debe empezar su vida, su otra vida, su vida restante..., tampoco es que los demás hagamos otra cosa que empezar todos los días la vida restante. Su vida...; siempre ha preferido vivir con reglas ajenas, en espacios ajenos, con objetivos colgados como cartelones a la entrada de la casa, que leían los de afuera y que servían de recordatorio a los de adentro; los partidos, la economía, el Banco, incluso yo..., incluso la cárcel. Recuerdo la impresión de verle allí, jamás triste ni deprimido, siempre entero, como si nos estuviéramos citando en el vestíbulo de un colegio mayor. «Yo sé por qué estoy aquí», repetía; entonces me parecía que era su forma de sostenerse, de darse valor; llegué a pensar que me lo decía a mí personalmente, que tenía sentido estar allí porque yo iba a verle, y que quizá ayudaba a que se jaleara y se invocara como un guerrero indio. Imagino que yo necesitaba mucho ese valor, que lo necesitaba tanto que no podía preguntar de dónde venía, que no podía preguntármelo. Pero Goro no se estaba sosteniendo; Goro sencillamente estaba sostenido y caminaba por aquel locutorio tristísimo y desnudo con la superioridad espiritual de un ángel con arquitrabes. La cárcel nunca fue un problema para él, ninguna clase de cárcel; su problema, en todo caso, fueron los dilemas...

Los dilemas que llevaron a Román al abandono, aunque no al abandono completo; a esa clase de abandono que sustituye la acción por un papel de testigo contumaz, de observador sin clemencia y que tanto me cansa últimamente. Román no demanda cariño, ni siquiera compañía, ni por supuesto apoyo profesional, ni favores concretos, nada en él es tan vinculante; en eso ha consistido la última fase de su talento. Román demanda pura y llana información, que después convertirá en pruebas y, más tarde, en un argumento que justificará por enésima vez las razones de su abandono; pero no bastarán, nunca bastarán, nada basta, porque quedarse a solas con la justificación es como proclamar victoriosamente que se ha llegado al final de una calle sin salida; solicita entonces más información, acecha más descaradamente, se inmiscuye y exige, como lo haría un amante o un hermano con el que no se cumplen promesas dadas, sería capaz de amar a cambio de obtener su pequeña dosis diaria de fracaso ajeno o su reducido palco de mirón privilegiado. Me gustaría no volver a verle.

Le imagino observando a Alejandro, a Alejandro junto a mí, a mí junto a Alejandro; ¿hay alguien que pueda sobrevivir a una mirada que sólo cuida de sus intereses? Todo lo destruiría. Destruiría a Alejandro que ahora está creciendo y que crecerá velozmente en cuanto recorra el trecho entre sus fantasías de pequeño Oliver abandonado y una posición en el mundo; sólo le falta tocar, palpar, mirar, mirar hacia atrás y ver un sendero de huellas. Cómo no ver que no le falta más que un último gesto...

Todo está bien. Está bien incluso este día que acabo de perder intentando poner orden en las fichas que traje del British. Leo «the disenchantment of the elizabethans» o «the age of reconnaissance», junto a nombres como Pany, Maccaffrey, Chambers, Buchan, Craven, acumulando expresiones, títulos y autores; sumando, pero no ordenando, a pesar de que los datos están bien registrados y las fichas contienen un breve resumen de los intereses. He pasado las fichas varias veces, casi dos centenares de fichas, y me he dado cuenta de que pasaban por delante los días horribles de Londres a través de este trabajo mecánico, de archivero, de registrador, en el que la cantidad ha sustituido al sentido; cada ficha son horas de reloj, marcas de tiempo, que siguen sonando tic tac, como sonaban en Londres; es como estar parada ante un reloj que anda, y terminar maniobrando con la misma intención que los resortes, imitando que el tiempo va hacia adelante, que llega a alguna parte, cuando en realidad gira sobre sí mismo en una esfera de cartón. Ése fue mi trabajo en el British, visto desde la perspectiva del presente. Me pregunto si algún día seré capaz de hacer algo con estas fichas, si de verdad podrán servir para algo. Me pregunto también si es que Londres no habrá marcado el final del tiempo para muchas cosas; si este trabajo mecánico, más que un producto de lo aciago, no será el producto de un simple final de etapa, del cansancio y de la extinción. Los isabelinos me han durado quince años. Y fue Vives el que me lanzó a ellos cuando comprobó, como él decía, que yo merodeaba mucho, pero que nunca iba de caza. A mí me fascinaban los griegos, pero no conseguía hallar la puerta; había llegado el momento de escribir la tesis, de concretar, de cazar. «La adolescencia tiene un techo», recuerdo la expresión de Vives, sentado en el despacho de su casa de la calle de la Academia, bajo el artesonado, rodeado de las inmensas paredes con estanterías y vitrinas, las pesadas cortinas de terciopelo, la reproducción en bronce de la batalla entre lapitas y centauros, y fumando uno de sus cigarrillos More, como si estuviera expulsando las palabras a través del humo y alejándose de ellas igual que del humo. Había ido a su casa con la intención de defender mi derecho a seguir buscando, a no tener que decidir todavía, con la seguridad de que Vives me alentaría, de que me regalaría alguna de sus ironías sobre la vida del funcionario y, en particular, sobre la vida del funcionario académico. Me había acostumbrado a encontrar el respaldo de Vives cuando lo necesitaba; me sentía prohijada, dentro de una relación trasparente en la que los dos nos comunicábamos, más que un afecto directo y personal, el desafecto por lo que nos rodeaba. «La adolescencia tiene un techo y tú, querida Clara, quieres dar en ese techo con la cabeza». Me asusté; había acudido alegremente a la cita, pensando cosas graciosas, imaginando un acto más de afirmación y estrechamiento con Vives, que se prolongaba y hacía profundo con los años. De pronto, me pareció que Vives se deshacía de mí, soltaba la amarra y se sentaba a mirar cómo me llevaba la corriente; pero no me asusté por eso. Después de todo, sólo necesitaba unos segundos para situar lo que era evidente, que hay afectos que se enredan con el miedo o con la necesidad, con ambas cosas, que el miedo es una capa freática en los afectos desiguales; quedarme, de repente, enfrente de ese miedo, no podía asustarme. Lo que me asustó fue que, sin reflexionar, sin analizar lo más mínimo lo que estaba pasando, por qué Vives había decidido hablar así y entonces, empecé a gritarme a mí misma, no a decirme, sino a gritarme, haré lo que usted quiera, haré lo que usted quiera. Estaba asustada, pero ya en ese mismo momento asombrada de estar tan asustada. Los faldones de terciopelo de las cortinas se abrían para que entrara una luz sofocante, los centauros movían las piernas de bronce para pisotear a los lapitas, las vitrinas proyectaban un reflejo opaco de luz blanca, los cigarrillos More eran demasiado finos para consumirse entre tanto humo; el despacho hermético, silencioso, al que acudía como a un templo de paz refugiada, empezaba a mover sus piezas..., y al moverse se movía un desconocido. Me había quedado sin palabras, ni siquiera había escuchado las que don Carlos continuó diciendo, porque me bastaba con escuchar las que gritaban por dentro. Haré lo que usted quiera...

Las fichas han desfilado durante toda la tarde, sucediéndose como las cartas de una baraja que enseñan su impresión plana, su dibujo, su color, pero que al tiempo que se suceden, confunden y deshacen la imagen completa. He mirado el patio de manzana, el cielo cortado en una gran extensión, cargado de colores que se parecen a su nombre, y una ficha cuadrada es como un cielo cortado; no sé qué significan.

Me he levantado de la tarde perdida, he abierto el armario y he visto la maleta de Alejandro sin deshacer, con la ropa amontonada, en el armario de la entrada; he pensado en deshacer esa maleta, poner la ropa en los cajones y quitarla de la vista, pero no lo he hecho al ver que la maleta estaba allí, demasiado entera. Además, debería hacerlo él; aquí, también, un último gesto. Aunque, conociéndole, puede que se le haya ocurrido jugar a ver quién es el primero que se pone nervioso; pero es su armario y no tengo que darme por enterada. ¿Lo sabrá él, llegará a deducir tanto? Casi a la vez me he dado cuenta de que tengo que vestirme, de que Abel llegará en cualquier momento a recogerme para el baile de Natalia. Ah, el baile de Natalia..., principio de temporada para la pequeña sociedad en la que todo cabe, siempre que se respeten las condiciones de esa viejecita armoniosamente aristócrata y republicana; el talante progresista, una consoladora nostalgia por las artes y las letras de hace tres cuartos de siglo, a lo que vale añadir un impecable traje de noche para moverlo entre los plátanos y los jardines franceses del hotelito de El Viso, en las pausas de una noche con orquesta. Creo que no he faltado nunca a esa cita en los últimos años. La pequeña sociedad se reencuentra; los amigos y los enemigos, los que han tenido éxito, los que lo tienen ahora, los que parece que no ascenderán nunca como si se hubieran atascado entre las lianas de una planta trepadora..., un reencuentro con todas nuestras miradas cargadas de precisión, en el que se reparten los papeles del curso que comienza, tras un festivo examen ante un inmaculado cortejo. Los balances de nuestra existencia vestidos de risa, jugueteando y dejando atrás las miserias pequeñas..., hay que llevarse bien con el mundo. En la última semana, había pensado mucho en el baile y dudado; pero me llamó Natalia, todo embeleco, para quitarme cualquier cosa de la cabeza, aunque, por supuesto, no sabe nada del último capítulo de mi biografía.

He visto la maleta sin deshacer de Alejandro, he recordado su negativa de estos días al baile de Natalia. Me dijo: «nunca me has enseñado a nadie, nunca he conocido a tus amigos, ¿por qué tengo que ir ahora a un baile?». «Estuviste en casa de Aubrey, no me digas que nunca te he enseñado», respondí. «No hablaba de Londres».

–Entonces, dime a qué te refieres. Dime lo que sea.

–En todo este tiempo no he conocido a ninguno de tus amigos. Eso es «lo que sea».

–Acabamos de llegar de Londres y, que yo recuerde, antes era imposible.

–Ni te lo planteaste. Además, ¿qué tiene que ver lo que pasaba antes con que nunca me enseñaras a nadie?

–Te estoy diciendo lo del baile de Natalia.

–No iré. Por cierto, ¿cuándo se te ha ocurrido que podrías llevarme? ¿No es mañana por la noche?

–No tengo intención de discutir. Haz lo que quieras.

–Ya ves lo poco que te cuesta no llevarme.

Decido vestirme y dejar de pensar en la negativa de Alejandro y en su increíble sentimiento conspirativo. Imagino que no tendría que tomárselo a mal si le dijera lo que estoy pensando; que, a la postre, todo esto será infinitamente más cómodo si no aparece.

La luz del patio de manzana se basta para iluminar el dormitorio. Todas las prendas aparecen al color de esa luz cuando abro el armario, como pieles en el aire; es una luz tan de tarde. Dios mío, ¿y he de escoger, todavía me falta escoger? Los trajes, los pantalones, las faldas, cuelgan; los vestidos largos, los abrigos, la capa, se arrastran hasta el suelo; los pañuelos, los chales, dan vuelta sobre los colgadores, anudados, enganchados, recosidos. En un armario no hay nada que pueda verse sin tocarse. ¿Es que puede elegirse con la vista? Al tocar, queda lo grueso, lo áspero, lo tibio, lo resbaladizo..., elegir con la vista lo que ciñe la piel. La vista contra la piel... El armario abierto como los grandes ojos de los otros, en la total oscuridad de los míos; unos ojos desmedidos mirando a un ciego. ¿No bastaría con verme, con verme como me miran? Un ama de casa vestida de domingo, un directivo con un tweed, los clientes de una sastrería militar, los bebés de Zara, los adolescentes con Pepe´s Jeans, los bolsos Hermés colgados del brazo de señoras que pasan por los bulevares..., se lo ponen y todo acaba. En cambio, desde que he abierto estas puertas, yo no he dejado de empezar.

Vuelvo a tocar; hay seda, algodón, punto de seda, algodón de seda, seda salvaje y mezclada, gasa, en el lado de los vestidos; un poco más allá están los tejidos duros, con cortes también duros, con bordes duros, de trajes, gabardinas, abrigos, chalecos. ¿Por qué si las conozco toco cada una de las prendas y muevo los colgadores, y me doy cuenta de que ese acto es un acto reflejo de todas las mañanas, de que todas las mañanas se mueven las prendas y se reconocen antes de que vistan? Una semana después de morir la madrina, descubrí que llevaba días vistiéndome como a ella le gustaba; me había pasado la vida rechazando las botonaduras hasta el cuello, los trajes convencionales, los colores oscuros, las faldas rodilleras..., hábitos para la guerra en sociedad de una mujer desprotegida. La madrina no dejó nunca de recordarme que yo no tenía protección. Ella murió y yo me vestí hasta el cuello; quizá, al final de todo, había triunfado, aunque en realidad sólo triunfó durante aquellos días, hasta que pude darme cuenta.

Me pongo a pensar, en la indecisión, en la luz de la tarde, ante el armario abierto, que vestirse todas las mañanas quizá sea un significado con su piel dura; lo que queda del día de ayer, la expectativa del día que comienza y que, sin embargo, se emprende como un acto mecánico. Es gracioso; se repasa la ropa, se remueve, se agitan los colgadores, se sacan, como si se hubiera levantado la tapa de un agujero muy hondo y aún pudiesen extraerse sorpresas.

Llamé deprisa a Abel; peor que todo era aparecer sola..., y Abel me dijo que sí, con esa manera florida e instantánea que tiene de recibir proposiciones. Podía haber pedido auxilio a otros, podía haber insistido con Alejandro, pero era preferible no arriesgar tanto con el tiempo que quedaba; además de eso, Abel daba la talla perfecta para un acompañante de noche, esa geometría de hombre grande que se percibe más como un adorno de la danza, del cóctel, de las muselinas, que como una descarada elección de sentimientos. No hubiera pasado lo mismo con Alejandro; claro que no. Había perdido tiempo, pero aún no era tarde para ganar tranquilidad, porque ya sabía cómo caerían las miradas, cómo saldría tan indemne.

Y, sin embargo, no entiendo por qué ahora me cuesta tanto vestirme, por qué la luz de esta tarde, entrando desde el patio de manzana, vuelve iguales, horriblemente iguales, las prendas del armario. El tacto las descompone demasiado y la vista no alcanza... He terminado sentándome en la cama y diciéndome en voz baja: «es como una ceguera». Me he quedado ahí con esas palabras, hasta que me he dicho «ciego es como negro» y, poco después, «negro, negro, negro». Negro contra la confusión, negro contra la duda, negro para la celebración, la eternidad, la oscuridad; el negro todo lo comparte... Entonces he podido levantarme y vestirme, con todo decidido, y encontrarme hermosa en el reflejo de la luna, y verme, y verme vista.

Cuando después ha sonado el timbre, ya era feliz en mi vestido, ya podía volar con él. Abel se presenta con un traje claro, casi crema, una pajarita graciosa con un botón. Veo su cuerpo grande ocupando el hueco de la puerta; podría distinguir entre su cuerpo y lo que lleva puesto, como si lo llevase por afuera y llenase los huecos de dos puertas distintas. Abel en su traje quizá sea excesivo, pero pienso que es una fiesta para mí, que es perfecto mi color negro. Sólo un momento me dura el temblor de qué hace Abel allí, de haberle llamado, de preguntarme qué está haciendo siempre tan cerca; pero Abel sabe, debe saber, que no formamos una expectativa, que somos una casualidad, un acorde en el tiempo, como cuando se lleva nieve en la mano y se deshace cuando llega la hora sin importar todo el camino que hayas hecho, ni adónde hayas querido ir, ni dónde la hayas cogido.

–No me dijiste que venías dispuesto a impresionarme.

Las palabras salían de la boca mezcladas a sensaciones, predisponiendo el alboroto y la fiesta, porque yo quería que nos sintiéramos contentos enseguida.

Abel miraba con ojos muy abiertos, recorriéndome, un poco quieto, como si tuviéramos que esperar algo más.

–Tú estás bellísima.

Giré sobre mí misma haciendo volar el vestido, que se enroscase en la cintura y en las piernas.

–Estás bellísima.

Le di un beso.

–Y a mí me encanta tu terno.

Reímos.

Volvemos de madrugada y nos detenemos en el portal. Ha sido una detención súbita, un poco espesa. Hemos bailado durante horas y Abel no ha dejado de recordarme en el oído que era mi noche de éxito, que todos me miraban, que todos habían intentado acercarse alguna vez. Es verdad que Natalia se deshizo en piropos nada más verme, que me hizo cruzar el salón de un lado a otro casi exhibiéndome, que los hombres me tocaban, me hablaban; que hubo insinuaciones para continuar la noche de una forma más privada; que viejos conocidos me rozaban como si acabaran de conocerme. Cuando me fui, Natalia dijo: «has sido la estrella, te lo aseguro». Me he visto danzando con una cara blanca y alas negras muy ligeras, con el mismo negro plegado sobre la piel, en ese esplendor de las miradas crecientes, con Abel aguardando, protegiendo mi vuelo. Me da pena despedirme de Abel truncando la noche en el portal, pero no he dejado de pensar en Alejandro ni un solo minuto; en el momento en que volviera a casa, en el momento de verle y que me viese... No le quería en absoluto en el baile de Natalia, no le necesitaba allí, no hubiera querido verle allí, yo no estaba allí con él en esa noche espléndida; sólo le mantenía en mi pensamiento, como si teniéndole en el pensamiento le obligara a esperarme, como si pudiera hacer que me viera desde lejos, a una distancia en que no podía tocarme, ni hablarme, y que iba cargando su espera de impaciencia, de mirada, de prisión en mi pensamiento.

Me da pena despedirme de Abel, así que acerco mis labios y dejo que los bese, porque debe entender que ése es el último fulgor de la noche que hemos vivido antes de que desaparezca por completo; que ese fulgor es un estallido y un cierre, y que así nos concede una despedida leal, pero también una caricia acorde, que no interrumpe, que simplemente disuelve lo que ya se está yendo entre los dedos, esa nieve...

Entro en el piso y hay luz en el salón. Me doy cuenta entonces de que, aunque yo haya esperado encontrar a Alejandro, Alejandro podría no haber esperado, podría estar durmiendo. Me sorprendo de que esté despierto, de que esté esperándome. Le veo tumbado en el sofá, leyendo.

–Hola. ¿Todavía aquí?

Baja el libro, no dice nada y mira. Estamos ante un verdadero estupor. No hay nada inquisitivo, nada adverso, solamente su asombro que me recorre de arriba abajo, que se detiene y rehace caminos, los continúa. Pero después no habla de eso. Escucho con detalle ese silencio de lo que no dice, que ya sé que va a quedarse ahí, en todo lo que diga.

–Debes de estar agotada. Es muy tarde.

–En absoluto. Estoy como nueva.

Me he quitado la capa lanzándola a una silla, caigo en el sofá y me retuerzo en él, arqueo el cuerpo, dejo salir un suspiro. Me doy la vuelta y le miro.

–¿Y tú, te has aburrido mucho?

–He estado leyendo.

Lo dice sin mirar el libro, mientras surca con la vista.

–Es muy tarde.

Acaba diciendo, como si le hubieran cortado antes, como si un resto de respiración se hubiera atascado.

–No me importa.

–¿Has estado todo el tiempo con Abel?

–He estado con mucha gente.

–¿Te ha gustado?

–Me ha gustado sentir cómo miraban los hombres. ¿Preguntabas eso?

–No.

Ese «no» me hace pensar en el taponcito de un gran globo de silencio, rebosante, ascendiendo en el aire. Si pudiera arrancarlo y tirarlo lejos, Alejandro caería encima de mí con la estela del aire comprimido que rebufa, con todo su peso para hundirme y abrirme; hoy lo haría todo con él; hoy que siento su mirada como si estuviera mirando a una extraña que soy yo por primera vez, porque es la primera vez que me siento así con él, como un alojamiento de su aterrizaje, hoy que tengo la carne y la piel excitada y roja, rozada, a punto de gritar, llena de manos y de ojos que han pasado. Lo haría todo. No haríamos el amor como otras veces, liberando tan disciplinadamente los miembros y el flujo, como en una entrevista de cuerpos; con esa vergüenza cansada del conocimiento que convierte el sexo en un abrupto irse a otra parte, en un forzado traslado de atmósfera, provocado, no obstante, por una continuidad demasiado lineal, por una sucesión mecánica de roces fríos que finalmente desembocan en lo que no es más que un pacto llamado placer y placer mutuo. No, hoy no haríamos eso, hoy le pondría enfrente de todas las entradas de mi cuerpo, hoy le dejaría que me violentara, que me pegara. Le diría que si quiere hacerlo por detrás, que si quiere atarme. Todo...

Se ha levantado y se ha quedado de pie al otro lado de la mesilla, recto y empalado en su silencio.

–No he preguntado eso.

Está repitiendo y yo sé que le ha interesado mucho mi pregunta, tanto como la excitación que no confiesa al descubrirme de pronto con otro rostro, con otras formas en el cuerpo.

–¿Vas a acostarte?

Retozo al preguntarlo, sin la menor señal de que vaya a incorporarme y a hacerle compañía. No contesta, tampoco ha contestado. Da la vuelta al centro y se queda de pie, mirándome; encima.

–¿Vamos a acostarnos?

–No.

Ese «no», que es mío, ha sonado como un giro danzante del vestido.

Él sigue de pie sin decir nada más, tratando quizá de comprender a qué estoy diciendo «no». No como otras veces, he querido decir, no a liberarse, a pactar el placer, a continuar; quiero algo, quiero decir sí, pero es más bien atadura, posesión, daño; puestos en el placer, en tu semen, en mis mucosas irritadas, enlazado, atravesado todo. Eso es todo; quiero todo; ahora que todo está bien, lo quiero todo. Pero sólo he dicho «no», he callado por qué «no», he callado el resto.

–Me voy a la cama.

No se ha movido, a pesar de lo que ha dicho.

–Me voy a la cama.

Repite. Antes le veía preso en el pensamiento y ahora le veo preso en su deseo, tanto como yo estoy presa del mío que no se atreve a decir lo que quiere; quizá porque es nuevo o porque lo ha dicho demasiadas veces. ¿Podría conformarme, sólo esta noche, con la visión de su deseo? Podría hacerlo, debería conformarme, pero siento la desazón de algo no perfecto todavía. Me está viendo a mí, pero también está viendo todo lo que me he puesto, todas las manos que han estado próximas, los ojos que me han atravesado, Abel llevándome de un extremo a otro sobre un piso encerado en un salón de baile; yo estoy al final de todo eso... Aunque no me preocupa. No me preocupa lo que él pueda estar viendo. Me preocupa no saber a quién quiero yo que desee, a mí, si a todo lo que me he puesto esta noche y que él está imaginando allí donde no llega a saberlo. Repentinamente, me he dado cuenta de que la desazón, mi silencio, es también la forma en que me he dividido; quizá por eso he querido su violencia, también la mía, para que lo atraviese todo, llegue hasta el final, donde yo estoy esperando. Y quizá, no... Quizá me sienta a gusto, completamente satisfecha, con que tome de mí lo que está imaginando, la mujer que no había visto antes, la mujer que no había visto mirada como la está viendo ahora, que me arranque de otras manos como se arranca una propiedad de su dueño, tan valioso como la fuerza que se ha empleado en la captura. Se tiene a los otros cuando se les obliga a imaginar, sí...

Alejandro se agacha, se queda en cuclillas; está tan tenso. La imaginación es un rostro rígido. Pone una mano en mi vientre y presiona extrañamente hacia abajo como si aplastara; después la levanta y la mete entre los muslos.

–No.

Niego y aprieto con todas mis fuerzas.

–¿No quieres?

Ha preguntado sin conmover el rostro; es curioso que ahora no me atreva a mirar sus ojos, los ojos que siempre lo están diciendo todo, a toda velocidad, siempre más apresurados que su pensamiento. Un deseo es una máscara...

–No.

He repetido hasta que él hunde la mano hasta el final y yo junto furiosamente las rodillas; él convierte entonces la mano en un puño y abre un hueco del mismo tamaño, como si taladrara.

–He dicho que no quiero.

Estoy apartándole con las manos, porque está cerca, intenta besarme y le esquivo, clava su boca. Grito, me quejo, creo que llego a golpearle; luego, ya está dentro. Me abro entera, fulminada.

21

Pensaba en Patricia y también en que estaba empezando a contar el tiempo que había pasado sin que nos viéramos: de agosto a noviembre. Era mucho o poco, suficiente, definitivo, manipulable, indefinido, cómo era esa cantidad de tiempo. Las historias de amor siguen leyes fijas, un enfado oscila entre una semana y quince días, una separación para meditar, entre uno y dos meses, posibilidades de regreso hasta noventa días, más allá de ese plazo todo retorno es un inicio que implica una nueva constitucionalidad. Los asuntos amorosos no terminan en el momento de la ruptura, como tampoco empiezan en el comienzo. La imaginación se desplaza en el tiempo, en el tiempo de antes y en el de después: estamos con el otro antes de estar con él, intensamente –más intensamente que nunca, gracias a esa primera operación de la mente que consiste en trasladar el cuerpo al lugar del proyecto–, y, más tarde, en la separación, ese cuerpo se queda donde ha estado, aunque uno siga caminando solitariamente por las calles y sentándose en los cines, hasta que finalmente el cuerpo regresa y se queda a nuestro lado en la verdadera soledad que aún no había sucedido, es decir: nos reincorporamos. Los noventa días se estaban cumpliendo con Patricia.

–¿Por qué no vinieron las niñas este verano? –preguntó doña Isabel mientras iba y venía con una jarra de agua destinada a los maceteros del balcón.

–Hace años que no vienen, mamá. Ya son mayores –contesté.

La pregunta de mi madre, que no repetía desde hacía tres o cuatro años, me sorprendió menos que mi respuesta de dos frases verdaderas y de un resultado final completamente falso. Era cierto que no venían desde hacía años, muchos años. Y era cierto que ya se habían hecho mayores. Pero habían dejado de venir mucho antes de ser mayores. Lo uno no se continuaba de lo otro.

–Antes las llevabas a ver nuestros caballos, en la sierra. Una vez estaba todo nevado y los caballos corrían por la nieve. Y estábamos allí tú y yo y las niñas.

–Ya no tenemos caballos –dije, cerrando el libro.

–Es verdad. Vendimos los caballos y ahora estamos solos.

Miré a aquella mujer y sentí que lo poco que sabía de ella se había expresado siempre en lo poco que había esperado de ella, pero que la ignorancia y la falta de esperanza habían impuesto una intimidad completa –fijando la distancia que nos separaba en una especie de trayectoria constante, como dos barcos que no cesan de observarse y de situarse en la referencia mutua cuando van a cruzarse en alta mar, sólo que aquí no había cruce y, si lo había, como ahora, suponiendo que pudiera llamarse así, era para retroceder apenas al punto inicial y eternizado. Mi padre se ahogó ridículamente y yo me puse a esperar alguna respuesta que no llegó, quizá no tanto sobre la muerte de mi padre como sobre esos grandes vacíos que abarcan o, mejor dicho, que proyectan las catástrofes, más grandes que ellas, mapas en blanco de memoria o de conocimiento útil. Sólo puedo pensarla como una mujer cansada y ajetreada a la vez, de la que no he averiguado más que su silencio, un silencio que suena a destino aceptado, y una serie interminable de frases vacías dichas con el ruido de una convicción. Lo único que me cuesta es diagnosticar que está mal, que he vivido con la insania, con una pobre mujer enferma, tocada en el alma o en la cabeza. Es curioso, la proximidad nos impide aceptar la locura como es, e incluso tratar con ella. Todo es normal si es cotidiano, pero no sólo es eso. Nunca se está seguro cuando uno está solo, nunca se está seguro de que el otro esté definitivamente loco si uno tiene que decidirlo solo, a diario, mientras discute el menú, la ropa, la cuenta del banco. Esas conversaciones pueden ser un delirio, pero se está a solas para decidir la frontera, se está inmensamente solo para escapar de los parecidos y de una peligrosa empatía. Quizá la gente se ame y conviva para emanciparse de la cordura, para quedarse sola.

–Deberías volver a ver a Charlotte –dijo de vuelta con la jarra.

–Estabas hablando de las niñas.

–De eso mismo. Ahora deberías estar con Charlotte, viendo caballos en la nieve.

–Te ha dado por los caballos y la nieve.

–Perdona, cariño, te estoy molestando. No me había fijado en que estabas leyendo.

–Ya no estoy leyendo.

–Pero tampoco me cuentas por qué las niñas no han venido este verano.

Un recuerdo falso puede alimentarlo todo. No quise ver a mi padre, quizá no me dejaron, pero lo que recuerdo es que no quise. Tenía ocho años. Recuerdo que no quise porque estaba esperando que mi madre viniera a decírmelo: «ven conmigo, vamos a verle». Fue a ella, en cambio, a la que no me dejaron ver. Cosas paradójicas, los vivos pueden resultar seres impresionantes en comparación con la misma muerte. De todos modos, yo me quedé esperando a que ella viniera a decírmelo, como si me debiera una explicación, como si la falta estuviera en ella, no en la ausencia de mi padre, o simplemente como si pudiera exigirle que cumpliera con su papel de mediadora oficial con el mundo –y más concretamente con aquella forma desconocida de mundo que era la muerte, metida en casa, una intromisión arrasadora de todo el universo que se ignoraba, con tanta más razón ella debía estar en su sitio. Supongo que todo ello me permitió no pensar en mi padre, que se trasformó en un ignorado desde aquel mismo momento y en alguien cuya ausencia se trasmitió a los años anteriores, hasta el más absoluto principio, dejando de ser mi padre en la misma medida en que dejó de estar vivo, eternamente hacia adelante y hacia atrás. Días después mi madre empezó a cruzar la casa como un fantasma, y descubrí que no me veía. Me daba de comer, me metía en la cama, pero sin verme. Entonces comencé a seguirla, esperando que me dijera por fin algo que yo no sabía aún, pero que necesitaba. Perdí completamente el olfato. Una absurda respuesta a la falta de palabras. Mi madre me llamaba «el perrito» desde que pude entender las palabras, lo olía todo, iba de un olor a otro y atravesaba los sitios con la nariz por delante, haciendo ese ruido de hocico que demuestra la curiosidad en los animales. Todavía puedo recordar los olores, aunque ya no pueda sentirlos. Un olor en las manos de mi madre, un montón de espigas secas, el cuero de los arneses en el establo de caballos de mi padre, los cartones mojados y tirados en la calle, la leche condensada del tubo roto en la

cartera y mezclada con los cuadernos, un recuerdo en el que todavía baten los átomos de esas cosas, pero que no rozan la nariz
sino la pared con forma de caverna de la memoria. Cómo puede
haber recuerdo de una naturaleza extinguida. Perdí de pronto la
capacidad de oler esas cosas. Podía oler la comida, podía propo-
nerme oler algo, pero ya no podía oler azarosamente, oler mientras caminaba o pensaba, describir en olores, dejarme guiar por
ellos. Ese sentido arbitrario, casi la totalidad de ese sentido, desapareció desde el momento en que me expuse a esperar lo que
no llegaba. Puede que una pérdida de sentido dañe materialmente los sentidos.

–Deberías ir a buscarla.

–De quién hablas...

–Sabes perfectamente de quién hablo. Me has entendido perfectamente.

–¿Debo ir a buscar a Charlotte? Ha pasado mucho tiempo,
mamá. Charlotte es ahora otra persona. ¿Por qué tengo que ir a
buscarla?

–Porque deberías buscar y porque no sabes nada. Es demasiado fácil pensar que no hay nada que buscar.

Bien, algo reunió la muerte de mi padre y la pérdida del olfato, es decir, hubo algo que me permitió llevar la señal de ese luto
y la marca aceptable de ese dolor. Mucho tiempo después, durante el matrimonio con Charlotte, dejé de ver objetos, naturaleza. Ésta es una pérdida distinta, que puede llegar a la conciencia
más tarde o muy tarde, o no llegar. Mirar lo que está afuera,
concentrar una percepción en lo que sólo tiene valor por lo que
la percepción obtiene –el rincón de un jardín, la meseta castellana y un collar de perlas de río, no valen por sí mismos, valen a
partir de la mirada que los sitúa en relieve sobre el fondo uniforme de cosas a millares–, atender, interesarse de esa manera, no
es un sentido natural. Por tanto, perderlo y no darse cuenta, es
completamente natural. Daba largos paseos y dejé de darlos.
Entraba en las tiendas, buscaba cosas, y dejé de entrar y buscar.
Ya no olía, pero hasta entonces era capaz de empujar con la mirada un fila de álamos hasta su horizonte puntiagudo. La mitad
de mi jornada estaba dedicada a salir, a buscar. Un día entero,
en una casa quieta, era un suceso que desconocía. Pero, muy
pronto, con Charlotte, empecé a deslizarme en el espacio cerrado de la casa, porque fue al cabo un deslizamiento –y por una
rampa que me depositó finalmente en los agujeros de esa casa,

en los agujeros más pequeños y muelles, en la comba de otros fondos, el sofá, la cama. Nunca he dormido tanto ni visto tanta televisión como en aquellos tres años. Yo estaba depositado, hundiendo más los fondos de mis agujeros, mientras Charlotte tenía hijos. Creo que me había atraído el que fuese extranjera, que hablara francés a una velocidad superior a la de mi entendimiento, que fuese el pretexto perfecto para llevar a cabo una misión de extrañamiento total en una época de mi vida en que todo sonaba a compromiso y sepultura, como sonaba en la vida de otros. Pero en mi vida ya había habido mucho de eso o yo había decidido, de entre las cosas que podía elegir para mi biografía, que había sido así. La lucha política, las asambleas, el cerco de la célula, la puesta en marcha del cuerpo para situarlo en la primera línea de la revuelta frente a los cascos y los escudos uniformados, no me producían un temor neto –aunque durante bastante tiempo lo pensé y sentí la cobardía como un fenómeno veraz y distinguible–, me producían una tristeza existencial y profunda, como si estuviera viviendo una especie de escasez continua, de falta de alimentos y de techo, en un paisaje vuelto que no admitía más horizonte que su repetición. Lo malo es que Charlotte, en nuestra intimidad, no pudo ser para mí otra cosa que lo que ya era, un icono, una imagen trasladada, en la que no pude o no quise penetrar porque ya había cumplido su función. Una función, por otra parte, reducidamente simbólica, que no necesitaba para nada del aparato conyugal y a la que le hubiera bastado un mínimo sistema de mantenimiento afectivo. Huyendo de las sepulturas siempre he acabado sepultándome.

–Charlotte tiene que estar en algún sitio, ¿tú lo conoces? –volvió mi madre a la carga, con la jarra vacía, mirando al exterior desde el balcón.

–Está en Arlés, en Francia.

–Lo que te preguntaba es si tú lo conoces.

–Conozco Arlés.

–¿Y a ella en Arlés?

–No.

–Qué cosa tan rara...

–No sé qué es raro.

–Que no la hayas buscado allí. Yo hubiera preferido buscarla antes que quedarme aquí viendo cómo se queda seco el Manzanares con todos los peces muertos –se interrumpió un momento–. Y todos los demás muertos, también.

Temí una de las crisis de llanto, pero hubo suerte. Se dio la vuelta con su jarra y desapareció por el pasillo. Pero en cuanto desapareció ese temor y desapareció ella, y yo pensaba en quedarme tranquilo, noté que algo se estaba condensando en mi estómago o se había condensado ya, inesperadamente activo. Lo traduje, porque tengo la sensación de haberlo vertido de otra lengua, traído de otro mundo del que no sabía más que lo que mi propia lengua decía, en el deseo de ver a Patricia. Expuesto de esa manera, el sentimiento estomacal se calmó un poco. Me resultó curioso que, después de que mi madre me hubiera estado empujando a buscar a Charlotte, yo terminase buscando a Patricia, cumpliendo un deseo absurdo, aunque actualizado.

No quería llamarla, ni fijar una cita, sencillamente me excitaba –esa excitación de horizonte y no de olas– volver a verla o, en expresión sugerida por mi madre, verla en su sitio. No tenía cosas que decirle y no sentía ninguna disposición al reencuentro, la reconciliación o el rencor, al mutuo reportaje, al regateo sentimental de dos ex amantes calculando en su bolsa saqueada si cabe achicar las distancias y pagar las espinas en un abrazo de erizos.

Se estaba haciendo de noche. Decidí ir caminando. Me preguntaba qué esperaba encontrar al final del camino. Enseguida percibí que el impulso tenía una cara oscura porque, si no quería encontrarme con Patricia, si no quería el contacto, el único objeto de aquella expedición sería mirarla, mirarla sin que me viera, lo que daría como resultado una acción de espionaje cuyo objeto no guardaba relación con el valor de la captura, porque objeto y captura se emprendían en una imaginación estratégicamente ineficiente. Tal vez fuese todo más complicado y estuviera acudiendo a una cita, a una cita sin ella, pero donde estaba ella, estuviera acudiendo, de una enrevesada manera, al lugar de la separación, para encontrarme con ese lugar y regresar con él a través de una Patricia alejada, sin encuentro y sin intercambio. Cuando me separé de Charlotte, intenté volver. Volver con ella. Habían pasado dos meses. Jamás sabré por qué volví a llamar a aquella puerta. No lo sabía todo, por supuesto, o no sabía tanto como ahora me imagino que sé, sobre aquel trato con Charlotte convertida en pura imagen, pero no podía ignorar que nuestra separación había consistido en decirse adiós, como cuando uno se va a la cama o, como mucho, como cuando uno se va de viaje comercial un par de días. En realidad, y desde un punto de vista emocional, no se trataba más que de un cambio de domicilio para mí, y para ella, ni eso. Ni un drama mínimo, ni siquiera preguntas. Era un problema de domicilio y del universo correspondiente de detalles técnicos. Creo que pensé en las niñas vagamente, con esfuerzo, creo que me costaba separarlas de Charlotte, de lo que Charlotte había hecho en aquella ausencia en la que ambos nos correspondimos durante el periodo de sociedad. Eran las imágenes vástagas de otra imagen. O quizá otra marca aceptable, otro luto, de un cadáver invisible. Pero volví. Sólo puedo explicarme que volviera porque quería volver a ese lugar donde se producen las despedidas y no hay nada, porque era el lugar en donde, al fin y al cabo, me sentía a gusto –no demasiado lejos, no demasiado cerca, de una nada limitada, hecha de contornos conocidos, en que la vista puede repasar los objetos de siempre al despertarse por la mañana y al cerrarse por la noche. Me he imaginado muchas veces que regresé por esa conocida atracción que ejerce el vacío cuando está localizado, pero no estoy seguro de querer saberlo o no estoy seguro de querer hablar conmigo mismo de eso, porque es probable que ya lo sepa sin decirlo, lo tenga arrojado con un nudo y una piedra al fondo de un mar que sólo observo cuando hay sitio en la orilla.

Charlotte abrió la puerta. Supuestamente, venía a ver a las niñas, después de haber avisado por teléfono. Desde el saloncito de la casa de Puerta de Hierro se veía el monte de El Pardo, la mancha verde oscura bajo un cielo color tierra. Fue en lo único que pensé, en esa naturaleza perdida, en ese paisaje que se quedaría sin ventana, cuando Charlotte me contó tranquilamente que había venido a visitarla un amigo de los tiempos de París, que se habían enamorado, que pensaban vivir juntos y que probablemente regresaría a Francia llevándose a las niñas. Apenas dos meses después, pensé, qué temprano, pensé, Charlotte se ha decidido a otra historia. Y, de pronto, también pensé que quizá necesitaba más que yo contar su historia conmigo y que las nuevas historias no son más que oportunidades de contar las viejas, y que por eso la gente se apresura a separarse y a encontrarse en una cadena ininterrumpida donde la discontinuidad más leve produce la angustia torturada del narrador que no encuentra a quién decir teniendo mucho que decir o, por lo menos, estando en las precisas condiciones críticas para hacerlo. Historia, historia.

Pero ahora estaba caminando hacia Patricia, aunque sin intención alguna de llamar a la puerta. Crucé la plaza del teatro Calderón y me dirigí a Huertas. Vi el final de mi viaje coincidiendo con el frío que descendía del cielo canicular de falsos violetas. ¿Qué haría al llegar a la calle León? Esperar en una esquina con frío, tras buscar un observatorio con todos los resguardos, meterme en uno de los bares con perspectiva, seguir esperando. Se trataba de aguardar. Quizá Patricia estuviera en casa y quizá ya hubiera decidido no volver a salir, ¿qué haría entonces: darme un plazo? ¿Dos horas, tres? ¿Por qué tres horas y no hasta que la viese, fuera al día siguiente o fuera al cabo de una semana? ¿No había ido a eso? ¿Qué sentido tenía un plazo? Un plazo se concede a un propósito limitado, de alcance conocido, de fronteras disuasorias. ¿Es que, además, no podía darme la vuelta en ese mismo momento y abandonar una intención absurda a fuerza de una vaguedad acaso demasiado intencionada?

En el cruce de la calle León, miré hacia el balcón de Patricia, los visillos blancos, ninguna luz, nadie en el portal. Primera gran concentración en esa ausencia. ¿He estado esperando verla en el instante de llegar, una comunicación automática entre la conciencia y el mundo exterior? ¿Qué espacio crea ese sentimiento, qué clase de comunicación o de flujo es esa pretensión? Simplemente, por haber hecho un camino, del Manzanares a la calle León, ya he esperado que se produjera algo, no cualquier cosa, sino una manifestación absoluta de cumplimiento, de cumplimiento, sin embargo, de un deseo tenue y temeroso. Patricia es muy poca cosa, lo que espero de Patricia es muy poco, en comparación con toda la energía desplegada en trazar una coincidencia implacable. He sido capaz de esperar lo imposible sin ninguna necesidad verdadera.

Aun así, aguardo en la esquina. La acera es estrecha y la gente pasa rozando y mirándome. Todas las caras, al levantar la vista, exponen el roce ajustando al máximo la expresión. También los coches pasan cerca. Cuando se detienen en la señal de ceda el paso, algunos me miran desde la ventanilla, pero ésa es una mirada que descansa, que descansa en lo que ve de mí siguiendo una empatía mecánica con la respiración en suspenso del motor. Más tarde, empiezo a buscar, entre las figuras que desfilan y se acercan, un rasgo de Patricia –como la cabellera negra, golpeando las alas de la noche que se le encarama– para frustrarlo después en rasgos que no son los suyos, aunque tras el fallo del primer rasgo en un mismo rostro sigo contrastando ese fallo en los demás rasgos, como si no bastara con uno para desviar la vista.

Hay un bar enfrente. Cruzo la calle y –durante la misma ejecución del trayecto– segunda gran concentración en la ausencia. Desde el interior del local no puede observarse la acera de Patricia ni tampoco el portal de su casa. Tendré que asomarme de vez en cuando. Hay clientes de barra y una mesa de contrachapado junto a una cristalera. Noche completa en el exterior y una luz amarilla de cosas removibles, sin peso, aquí dentro. Pido un café. Bien, esa ausencia que es, pongamos, un lagarto que duerme como si lo hubieran envuelto en su propio sueño, pero al que un mínimo contacto, una brisa ciliar, le hace revolver la cabeza y agitar la cola de látigo. Mientras estaba en casa, lo he sentido posado en la zona intermedia donde se suelda el cuerpo y luego al irme de allí y desplazarme, ha despertado su tralla. Si el dolor marcha hacia el dolor, duele como un hombre sin manos delante de unas tijeras. Casi nada es demasiado importante en reposo, casi ninguna emoción conocida, y todas, en movimiento, se endurecen y tampoco son veraces. Podía haberme quedado con aquella sensación en mi casa, atravesada, pero sin violencia, sin forma especial: ni Patricia, ni Charlotte, ni mis hijas, ni mi madre, sólo un peso extendido y oscuro. Pero tuve que venir hacia aquí, hacia uno de sus encuentros, para que todo sea arbitrario y sensible. Sólo porque he decidido moverme, situarme en Patricia. Me duele porque me he movido y ésa es una verdad general. Y, de paso, al moverme me he perdido en el espacio. No sé qué es este bar, quién está aquí, igual que antes no sabía nada de esa esquina, ni nada de la gente que venía hacia ella. Cuando se corre al encuentro, se desaparece en los lugares. Todo el mundo quiere encontrar a alguien en una ciudad desconocida para ausentarse del todo. Así que mientras estoy aquí, me concedo la ocasión de sentir que Patricia no está y que yo tampoco. Yo también estoy ausente, luego tengo que sentirlo.

Salí del bar y miré hacia el balcón, que seguía sin luz. Volví a entrar para pagar el café y abandoné el sitio definitivamente. Pasé delante del portal y continué caminando, notando la sensación figurada de que me iba. ¿Me atrevía a probar esa sensación hasta el final y regresar a casa? Quizá me bastaba con su representación, con una puesta en escena que llegaba hasta la esquina siguiente en la dirección contraria y luego otra esquina ya

213

dando la vuelta, otra más, otra hasta completar el rodeo de la manzana, volver a mirar el balcón apagado y repetir esa representación de que me iba, pero que terminaba en una vuelta más a la manzana de casas. Más tarde, amplié el giro. Bajé hasta la plaza de Neptuno, torcí por el paseo y, antes de Atocha, justo cuando estaba pensando si se trataba de una estrategia de fuga mediante la ampliación del círculo –hasta que uno de los puntos situado en una tangente táctica me dejara enfilado hacia el Manzanares, o quizá lo rozara mediante ampliaciones después de muchas horas–, regresé por la calle Santa María a la calle de Patricia, al portal desierto y al balcón apagado. En la vuelta siguiente, mientras pensaba si llegaría hasta Atocha y prolongaría el camino, tuve tiempo de notar que iba más deprisa, como si estuviera perdiendo mucho tiempo o estuviera muy retrasado y alguien me esperase en alguna parte.

Estaba otra vez en la calle León. El último sistema de espera marchando en círculo –me dije a mí mismo intentado sonreírme, tratando de volver ridículas todas las escenas de la noche– habían creado un gigantesco centro. No podría irme. La casa de Patricia y Patricia eran más urgentes que cuando simplemente esperaba en la esquina, hacía horas, y me habían hecho girar demostrando una potencia magnética que no pudo existir durante la espera puntual, en un lugar fijo, como en cualquier espera.

Había un escaparate de zapatería. Miré los zapatos, el cartel de los precios escritos a mano. Habían hecho escalones cubiertos con una especie de raso. Luego, me fijé en los zapatos que llegaban por la acera, que reducían el pie o que lo aumentaban, que lo contenían limpiamente y sin adornos o que lo desbordaban a base de suela, de tacón, de cuero. Levanté la vista y, bastante lejos, treinta metros o más, vi a una mujer como Patricia, de espaldas, con un vestido negro, delante de un hombre joven mucho más alto que ella. Estaban muy cerca, o acercándose, o se habían detenido en el último instante de su acercamiento. A la derecha, estaba el portal de Patricia. Aquél era su portal y ellos se habían detenido justamente en ese portal. Me fascinaba esa casualidad muy por encima de lo que hacía la pareja. El balcón seguía con la luz interior apagada. Descendí al portal. La mujer alargaba una mano hacia la puerta y el hombre estaba muy cerca de ella, como si se hubiera pegado de repente a su espalda. Ella volvió la cara, quizá para decirle algo a él y vi la cara trasparente a través de la oscuridad y de los faroles, la cara de Patricia, como si se hubiera acercado a la velocidad de un fogonazo sólo para que yo la viera y alejarse enseguida con el movimiento de labios que se dirigía al hombre de su espalda. Entraron juntos. El balcón se iluminó.

Por primera vez, pensé entonces, podría decirme que volvía a mi casa y que ya estaba todo listo. También, si me daba prisa, podría llamar al portal, decir que estaba abajo y que quería que bajase aunque fuera un segundo, un segundo antes de irme (si ella quería que me fuera).

Pero estaba llorando. Simplemente llorando, porque no haría ninguna de las dos cosas. Por esa razón con la que volvía a encontrarme. El llanto que es un reencuentro.

22

–Mi madre murió cuando yo era pequeño. No recuerdo su cara, sólo sé lo que mi padre me ha contado de ella. Hubo una época en la que soñaba con caras de mujer que no había visto nunca. No sé de dónde las sacaba, pero eran muy reales. Hablaba con ellas y me despertaba convencido de que había estado hablando con mi madre. Creo que la voz, en cambio, era siempre la misma. Podía figurarme todas las caras que quisiera, pero no pasaba lo mismo con la voz. Sólo había una, supongo que era el hilo conductor de esos sueños, lo que les daba verosimilitud, porque si hubiera soñado siempre y a la vez con caras y voces distintas, me habría dado cuenta de que eran sueños. Quizá había escuchado esa voz en alguna parte, incluso en mi madre, o quizá era esa clase de voz de los sueños que no suena, no se escucha, pero que uno se imagina oír, que está hecha de muchas voces y que hace suponer siempre la misma. Luego le contaba a mi padre cómo era la cara que había soñado y él me la iba corrigiendo según su propio recuerdo. Alguna vez noté cosas contradictorias. Puede que yo soñara justamente lo que él quería olvidar, de forma que aunque en alguna ocasión soñara con alguna cara que se pareciese mucho, no hubiéramos llegado a ponernos de acuerdo, no hubiera podido decírmelo, porque hablábamos de lo que para los dos era borroso, aunque en sentido contrario, yo estaba haciendo una cara ausente y él trataba de deshacer una presente –le había dicho con naturalidad que mi madre estaba muerta con toda naturalidad y con toda espontaneidad como si hubiera sobrevenido al pensamiento. Sin hacer el esfuerzo. La estaba viendo delante de mí comiendo con toda naturalidad en la cocina de Hernani y con toda naturalidad me pareció que mi madre estaba muerta. Que lo que ella podría entender querer entender es que mi madre estaba muerta. Viéndola a ella por tanto allí mi madre estaba muerta. Una conjunción de comienzos sorprendentes en el momento del comienzo. Ella estaba allí comenzando conmigo y yo había comenzado a contar mi vida y mi vida empezaba por ese comienzo. Era lo mejor. Lo que se desprendía de ella mientras comía enfrente de mí. Una madre muerta es mejor que una madre que abandona y yo no quería empezar por un gran silencio porque no estaba seguro ni quería estarlo de que un silencio pudiera empezar algo. Lo supo Regina después de mucho y lo sabía Clara después de mucho. Una madre muerta es mejor que una madre que abandona y mucho mejor que una madre que vive a ciento cincuenta kilómetros a la que podría haber visto si hubiera tenido el valor o el interés. Igual que mi madre hubiera podido verme pero ahora se trataba de mí de contarlo yo. Cuánto me recaía cuántas preguntas si decía que nunca la había visto mientras vivía a ciento cincuenta kilómetros nunca en mi vida. Mi padre me explicó que se fue cuando le pareció que podría explicarlo porque antes sólo se trataba de un viaje. Un viaje durante años y después la explicación del abandono como si ésa fuera la parada final de ese viaje adonde ella había llegado y lógicamente nosotros no podíamos llegar. De forma que era mejor no contarlo lo único que yo no había pensado no contarlo y simplemente surgió así. Igual que surgió la idea del sueño de las caras que me pareció realmente buena que me animó a seguir el relato por ese camino perfecto del mismo modo en que uno se encuentra algo para descubrir que es un tesoro por la afinidad entre lo casual y la disposición hacia lo maravilloso. Por nada del mundo habría deseado que me pasara algo así con esa clase de infierno tan estrictamente ridículo y literario. Lo que sucede es que mientras lo fui contando me fue gustando contarlo y contárselo a ella. Al ir comparando su gesto sus grandes ojos azules fijos y emocionándose me fue gustando la idea de que me hubiera pasado realmente hasta lamentarlo. Me dije que yo hubiera podido ser así y no sólo por aquellos ojos azules en los que yo no era. Entreví una variante del sendero al lado del sendero vertiginosamente retorcido en que se retorcía la verdad. Qué me hubiera costado que eso me hubiera pasado llegué a pensar por encima de la sensación ridícula que era pensarlo.

–Es una historia triste –dijo ella con una apagadura en la sonrisa que subía hasta los ojos del interés emocionado–. Pero tu padre podría haberte enseñado una fotografía. Podrías haber visto a tu madre en una fotografía.

–Mi padre no había dejado muchos rastros. Es comprensible. No había fotografías, ni vestidos, ni cosas suyas danzando por ahí. Se quedó viudo cuando era todavía demasiado joven como para ponerse a vivir con un espectro. Demasiado truncado todo, además, y esas historias truncadas se vuelven peligrosas. Habría sido diferente si les hubiera dado tiempo a vivir su relación, a agotarla un poco, a hacerse más viejos. A partir de cierta edad supongo que la memoria no importa, porque es lo que se tiene y hay que disponerse a utilizarlo. El caso de mi padre es el contrario, tendría la misma edad que yo tengo ahora, y debe de ser duro echar en falta cuando te falta tanto todavía –no lo había pensado hasta ese momento en absoluto pero era cierto que mi padre tendría esa edad y también era cierto que se había dedicado a borrar. Lo que pasa es que se borró a sí mismo junto a lo que quería borrar. Me parecía completamente ridícula la escena del pequeño Alejandro despertándose por las mañanas y contándole a papá lo que había soñado para después esperar una respuesta estremecido en su pijamita. Mi padre borró las huellas las mató antes y nos dedicamos a vivir con el enigma hasta que fue suficientemente tarde para no tener que pensarlo ni un minuto más ni nunca más y entretanto yo había aceptado hasta el punto de no sentir ninguna curiosidad por ver a la mujer que existía en la ciudad de ciento cincuenta kilómetros de distancia. Él me dijo un día cuando yo acababa de cumplir los catorce mientras afilaba un cuchillo en la piedra mecánica que ella estaba en Cáceres por si lo quería saber y tengo ese recuerdo como si mi padre me hubiera hablado desde lejos al fondo del pasillo en el cuarto sólo con la luz de la ventana cuarteada mientras yo todavía estaba abriendo la puerta. Unas palabras que me escupieron en un túnel. O yo me fui lejos de las palabras y por eso las recuerdo dichas así. A lo mejor es verdad después de tanta mentira que los dos nos acostumbramos a vivir con algo borroso. Era una pena empecé a decirme a mí mismo que una historia tan hermosa y triste como la que yo le estaba contando tuviese que terminar en alguna clase o túmulo de verdad. Porque era mejor la total invención que traerse de extrañas maneras lo borroso y lo borrado.

–Debéis de haber estado muy unidos –dijo ella.

–Te refieres a mi padre y a mí...

–Claro. Os quedasteis solos. ¿Le ves a menudo?

–Siempre que puedo. Me fui muy pronto de Mérida. Tendría dieciocho años y ya no hacía nada allí, excepto sentarme en la Alcazaba y leer durante horas entre los mosaicos rotos y las tumbas romanas. No es una ciudad para hacer cosas, está igual de muerta que su lago de Proserpina y sus bosques de eucalipto. Tenía que irme. Había llegado a un punto en que lo único que hacía era sentarme a leer durante tardes enteras y, si estaba de vacaciones, días enteros. No salía con nadie, no iba al centro, no me movía en absoluto –no era yo el que leía pensé deprisa. A mí me pasó todo lo demás pero no fue eso lo que hice. Lo que hacía era ir de un lado a otro buscando compañía y vivir con angustia el tener las manos vacías y el no saber qué me iba a pasar ni qué quería. Martín fue el que se puso a leer como un poseso sin dar explicaciones y separándose mientras yo trataba de averiguar qué estaba pasando. El único amigo que había tenido y con el que había hecho planes para cuando acabara el instituto simplemente se alejaba no con nadie sino con algo que parecía distinto de lo que habíamos sido hasta entonces. Se encerró en la Alcazaba con montones de libros que mandaban a su padre los del Círculo de Lectores y no me dijo nunca por qué. Quizá sólo quiso poner distancia conmigo y no supo cómo decirlo mientras estudiaba a lo mejor en los libros la manera. Cuando llegó el momento le dije que yo tenía la maleta preparada y él me respondió que no se marchaba. Le pregunté por qué y contestó que yo no lo entendería. Recuerdo haberme quedado mudo como pocas veces y pensar que lo que no había estado entendiendo es que él se había estado separando y yo insistiendo sin pensarlo ni un momento. Un estupor que era darse cuenta de golpe como todos los estupores de lo que debería haberse sabido o se estaba sabiendo.

–Y entonces te fuiste.

–Tenía que hacerlo.

–Viniste a Madrid...

–No, no vine a Madrid enseguida. Quería estudiar, pero también quería darme tiempo. Estuve viajando –cuando le dije esto último puse mucha atención a su propia atención porque quería saber si estábamos abriendo puertas si había una bisagra más para seguir empujando.

–¿Viajando? ¿Viajando por el mundo?

–Bueno, no por el mundo en general –contesté tratando de

colocar una ironía en un punto álgido de forma que el punto álgido no decayese por hiperelevación–, sólo por alguno de sus sitios.

–Claro –creo que le hizo gracia y también que habíamos dejado de cenar hacía ya tiempo en uno de esos instantes hiato que prolongan a veces y otras definitivamente interrumpen.

–En mi casa había una maleta y con esa maleta me fui a Ginebra.

–¿Ginebra, se te ocurrió de pronto? Yo pasé un verano en Ginebra cuando era pequeña. Mis padres tenían amigos allí. Por lo del francés. Es una ciudad bonita que unos días parece limpia y otros días parece sucia. ¿Se te ocurrió de pronto?

–Me habían dicho que en Suiza se encontraba trabajo en verano.

–Querías encontrar trabajo...

–Tenía que vivir. Mi padre no pudo darme nada. Y, sobre todo, tenía que ahorrar si quería venir a estudiar a Madrid –fui a Ginebra porque era el plan de Martín porque ya no podía quedarme donde estaba. Irse cuando sólo hay que irse es una de esas cosas que suceden sin destino para acabar en cualquier parte. Tampoco quería estudiar sólo quería irme y en cualquier caso buscar el modo de no volver que empezaba por agarrar la maleta y un tren.

–Y encontraste trabajo...

–Estuve en un hotel seis meses.

–Y qué hacías.

–Todas las cosas que se hacen en un hotel, allí todo el mundo tenía que hacer un poco de todo, ése es el sistema, es diferente de lo que se hace aquí –de repente me había encontrado atascado completamente obturado porque había una palabra que destrozaba el gran viaje por el mundo y todavía quedaba mucho viaje mucho viaje del que necesitaba seguir hablando. La palabra «camarero». Sintiéndola en ese sitio aplastado y vivo donde están las cosas y los animales que no deben crecer con todo el peso de la conciencia echado encima hasta aplastarlo aún más en otro caso devorarían para siempre. Huir de «camarero» lo sabía lo supe desde el principio pero se me había arrojado como si no hubiera estado prevenido–. Portero de noche, conductor, empleado de seguridad, esas cosas. Pero allí conocí a un italiano que había sido marino y que volvía a embarcarse. Se llamaba Piero y era mi compañero de habitación en el hotel de Ginebra.

Me dijo que podía conseguirme algo en su barco. Era un ferry que hacía el trayecto de Hull, en el norte de Inglaterra, a Rotterdam. Le contesté que sí, lo consiguió, y durante ocho meses estuve navegando por el Mar del Norte en un buque que se llamaba *Star of Northumberland*.

–Debió de ser fantástico. ¿Es un mar bonito?

–Hay días en que es bonito, pero no creas que fue completamente fantástico. En el mar hay galernas, ya sabes.

–Bueno, pero es una experiencia. Un barco en alta mar en mitad de una tormenta... Aunque supongo que, tantos meses, es duro. Y también es un trabajo duro.

–Al principio el ruido de las máquinas no me dejaba dormir y me parece que nunca acabé de acostumbrarme. Al final, lo que no me dejaba dormir era el olor del gasoil, que se quedaba pegado al cuerpo y a la ropa, aunque estuvieses en tierra. Las tormentas son desde luego una experiencia, pero no estoy seguro de que sea de la clase de experiencias que se puede contar. Hay cosas que te pasan y de las que sólo puedes decir que están ahí, como si las señalaras con el dedo.

–Deben de ser impresiones muy fuertes –me fijé o volví a fijarme en que los ojos tan azules estaban ya demasiado cerca como si se hubieran ido aproximando sin necesidad de que el cuerpo se moviera aunque también sentía todo el cuerpo receptivo de mujer. Y pensé de mujer joven como si yo fuera viejo. Porque no es que fuera siéndolo mucho más joven que yo sino que era el cuerpo receptivo y tan próximamente receptivo lo que cambiaba mi.edad o mi sensación de los tiempos mutuos.

–No sé si yo lo llamaría impresión. Se parece más a una negación, a una negación de que estás allí, de que eres tú mismo mientras sucede. Y sales de ello totalmente negado, como si no hubieras existido durante un determinado plazo. Las impresiones dejan marcas. Pero esto te anula.

–Manejas muy bien las palabras. No te lo he dicho, pero eso me gusta mucho de ti.

–Un día –continué sin darle importancia falsamente a lo que acababa de escuchar– sentí que me temblaba el culo. Va en serio. Estaba sentado y noté que el culo se echaba a temblar como si tuviera vida propia. Pensé que me estaba mareando o que tenía una enfermedad marina, que era una cosa que me pasaba a mí. El barco navegaba tranquilo y la gente se movía de un lado para otro con toda normalidad. El cielo tenía una oscuridad limpia con las estrellas brillantes dibujadas y muy nítidas. Después del primer susto, pensé que se me pasaría y que sólo tenía que ponerme a esperar. Pero al cabo de un rato esa parte me seguía temblando y a nadie parecía pasarle lo mismo. Y, por supuesto, me cuidé mucho de ir a contárselo a un compañero o de salir corriendo a la enfermería. Era demasiado ridículo y demasiado real, pero para mí estas dos sensaciones mezcladas se han convertido para siempre en el verdadero sentimiento de peligro. Muy ridículo y muy real, significa peligro. Quince minutos después, se levantó una tormenta con olas de más de diez metros, una mar arbolada, el cielo cambió el negro de su oscuridad y lo pasó a un negro cenizo, manchado y vuelto, opaco, el barco empezó a batirse como si le hubieran quitado el peso, todo el peso, y muchos marineros tuvieron que atarse para poder hacer sus faenas. En el restaurante –aquí pensé y pensé aunque me dije enseguida que estaba fielmente colocado en todo lo demás y que no sonaría en consecuencia como si yo dominara el restaurante por encima de lo demás– las bandejas salieron volando a la primera embestida y los que estaban en sillas se echaron a viajar por el pasillo cuando no se convertían en invitados repentinos e incrustados de alguna de las mesas vecinas.

–Eso es gracioso. La gente cenando de repente con gente que no conoce.

–Sí, es gracioso. A menos que estés allí.

–¿Qué teníais que hacer en esos momentos? ¿Qué hacías tú?

–Yo estaba libre de servicio esa noche.

–Pero habría más tormentas en tanto tiempo. Me refiero a cuando había una tormenta.

–Una tormenta no es más que subir y bajar. Subir interminablemente y bajar interminablemente mientras suenan golpes de todas clases por todas las partes del barco –aunque era insuficiente hablar así mientras me veía en la cocina del barco aguantando el corrimiento de la vajilla con los brazos extendidos y mil ojos hacia arriba por lo que pudiera precipitarse sobre la cabeza junto a los otros camareros y al sobrecargo dando voces o ayudando a los pasajeros de la cafetería o del restaurante recogiendo cosas con escobas y trapos. Había gente que se volvía contra los camareros como si ellos fueran responsables de la tempestad les hubieran engañado al venderles el billete. Sobre todo los ingleses borrachos del fin de semana que aprovechaban para su propio estropicio y para volvernos locos a gritos porque disfrutaban viéndonos a cuatro patas ellos que estaban completamente borrachos pero todavía erguidos–. En las subidas el barco mete el hocico en el mar y en las bajadas se queda con la quilla de popa al aire. Las máquinas suenan también diferente. Tienen un sonido ronco como cuando se arranca un camión cuando escalan la cuesta de la ola y un sonido parecido al de hélices cuando la descienden.

–Pero tú qué hacías...

–Un marinero en esos casos está a lo que le ordenan. En máquinas, en el puente, vigilando las bordas. Hay muchos relojes y aparatos que informan de la presión, de la temperatura del motor, del aire. En el puente siempre hay un marinero de guardia. De vez en cuando tocaba estar una noche dándole conversación al piloto para que no se durmiera o se distrajera. También hay que controlar a los pasajeros. Controlarles y que no hagan nada raro o peligroso. En una tormenta, pueden ser arrastrados por el agua o caerse en una escorada.

–¿En una escorada?

–Cuando el barco se escora –era una palabra dudosa que salió de ir calentando el cuadro técnico pero ya era hora de escapar y escurrirme por el mismo gran viaje–. En fin, pero no había tempestad todos los días. Era un trayecto un poco rutinario, el mismo trozo de mar, la misma ida y vuelta. Cambié de barco. Tuve suerte, conocí a un tipo noruego y me metió en el *Kong Harald*, otro buque de pasajeros que iba desde Bergen al Cabo Norte, ya pasado el Círculo Ártico.

–Hablas del Polo Norte, tan lejos.

–Costeábamos toda Noruega, veinte mil kilómetros de fiordos, pasábamos por las islas Lofoten, donde cazan las ballenas, cruzábamos la corriente del Maëlstrom y atracábamos en la última punta habitada, un lugar que se llamaba Vlogth –sabía que no había hecho ese viaje ni estado en ese barco pero sabía que podía contarlo. Nunca me había atrevido con Regina ni con Clara pero ahora me sentía libre para contarlo completamente libre. Hablaba y mientras hablaba no me estaba viendo en la verdadera cocina del restaurante de Bergen sacado de la claustrofobia hostelera del *Star of Northumberland* por un matrimonio español con el coche averiado que intentaba regresar a Noruega. Les ayudé porque el coche no se movía y las cosas se complicaban para moverlo meterlo sacarlo del barco. Ellos tenían el restaurante de Bergen y yo sentía ya la necesidad de salir a cualquier sitio porque había empezado a irme mucho antes sin destino. Me dijeron que fuera con ellos y que me esperaban. El *Kong Harald* atracaba en Bergen todas las semanas delante de la ventana del comedor. Se quedaba allí más de un día para que yo lo viera desde el encierro húmedo del local en la ciudad donde sólo había un sol de medianoche y el barco parecía traer tinieblas verdaderas con él en su carga de monstruo.

–Entonces el pez palo –comentaba Muriel en una entrada de lo que yo seguía contando ahora metido en el lado perfecto del viaje con un barco perfecto que me traía y llevaba a lugares irreconocibles sin moverme del sitio de ahora y del encerrado de entonces. Aunque nunca llegué a saber y tampoco ahora puedo saber por qué no pudo interesarme si el *Kong Harald* salía de Bergen o llegaba a Bergen o Bergen era una simple estación de camino a ciudades más al sur. Simplemente escuché los nombres lo que me dijeron en el restaurante y construí la navegación mientras no podía moverme. Tanta inmovilidad por tanto siempre sujeta a la construcción de viajes adonde los otros van o han ido. Escuchaba porque preguntaba o porque me quedaba escuchando daba lo mismo. Quizá salir sin destino es más que ir o acabar en cualquier parte es también quedarse en el encierro del principio y no saber tampoco lo que te va pasando hasta volver. Volver que no sería más que el destino de marcharse mal. Entonces habría un destino donde nunca parece haberlo y sintiendo que no lo hay. Pero me gustaba contarle el viaje a Muriel a los ojos azules jóvenes. El viaje finalizado e imposible desde mi madre abandonando o muerta hasta el polo del regreso al sitio en el que estaba ahora. En el comedor de Hernani.

–Todos ésos son peces de las Lofoten. Las llaman «el muro», porque son pura montaña. Cuando el barco se acerca parece que una tierra se ha levantado de golpe en mitad del mar. Durante la mayor parte del año están heladas, heladas de tundra negra y de nieve blanca. Lo que no es blanco es negro en esas islas. Si cierras la mano en el aire, cuando vuelves a abrirla está llena de cristales pequeños. Es hielo. El aire es hielo –y ahora recuerdo la tarde en que miraba el folleto de los ferrys noruegos sentado en el comedor de Bergen con una fotografía de las islas Lofoten al contraluz el sol clavado como un pin sobre el recorte de montañas sombreadas. La tarde en que quise volver mirando esa fotografía. Porque me daba cuenta absolutamente de que jamás iría a ese sitio ni a ningún otro en especial. Porque estaba mirando el Bryggen desde el comedor en mi día de descanso y viendo impasible la luz perpetua del sol de medianoche en el muelle de casas rojas de madera y veleros. Supe mirando la fotografía que yo no iba a hacer ese viaje. Ni a hacer ningún otro. De la misma forma en que tampoco había hecho ninguno. Había sido camarero y camarero era distinto de viajero. No sólo era eso claro está pero también era eso. O no era eso en absoluto pero merecía la pena averiguarlo partiendo de eso. Allí estaban las montañas de las islas árticas y allí había estado hasta hacía poco el *Kong Harald*. Y no significaban nada. Yo los miraba para sentir que salía esa emoción que hace que la gente se vaya llegue. Pero yo no sentí nada. No había estado sintiendo nada en todo el tiempo sólo haciendo mi trabajo de camarero desde Ginebra a Hull a Rotterdam a Bergen. Me había ido quedando quieto y no pude descubrirlo antes porque me quedaba el recuerdo de la prisa de Mérida el recuerdo de salir deprisa por tanto de haber llevado prisa. La única emoción del todo mecánica. Porque lo demás fueron vicisitudes de camarero. Me dolía o me impulsaba lo mismo que a un colega del gremio en Ampurias o en Puertollano y me olía el mismo detergente en la camisa y tenía las mismas yemas reblandecidas. En realidad no me di cuenta de esa forma no me di cuenta y menos del todo. Abrí el folleto de los ferrys noruegos y vi la fotografía de las oscuras Lofoten nada más.

–Había sitios con nombres de ciudades que no eran más que casas de madera pegadas a un muelle o a un embarcadero con tenderetes de pescado puesto a secar. Stamsund, por ejemplo. Parecen ciudades pero no son más que un invierno metido dentro de otro invierno. Yo me imaginaba las caras detrás de las ventanas, unas caras solas pálidas viendo pasar el barco e imaginando a la vez cómo las verían desde el barco, entonces se retirarían de la ventana dando un paso atrás. Ésa era la razón por la que yo pensaba que nunca veíamos a nadie, sólo a la gente del puerto o a los pasajeros con su bolsa para una noche. Gente que nunca se había movido, en sus islotes lanzados inmóviles al mar, abriendo los folletos del ferry y pensando que lo más probable es que no fueran nunca a ninguno de esos sitios. Era como ir a ver el fin del mundo y descubrir que en el fin del mundo la gente se ha quedado quieta, que han llegado allí porque nunca han querido moverse. Por eso decimos «el fin del mundo», no porque se acabe un trayecto, sino porque es un fin. Solamente fin –y pensé otra vez que la invención era traerse una clase o túmulo de verdad de la que no se puede escapar aun en presencia de alguien enfrente confundido. Al fin y al cabo terminaba viendo esa cara exacta de mí mismo tras los cristales de las aldeas Lofoten como si hubiera exactamente estado allí mirándome. Yo detrás de las ventanas reales y yo desde el barco imaginado. Una invención qué sería más que decirse a uno mismo que no escapa aunque los demás queden expulsados por el engaño como un clamor. Pero la mentira no existe. La mentira es una invención de los ineptos los sordos que tienen que darse una gloria deprimente a través de lo que son incapaces de averiguar o de escuchar. Nadie puede mentir. Ese imaginario gran dominio. Qué más se quisiera excepto que en un mundo de dioses egóticos la mentira subyuga cuanto más se la apedrea. La gente quiere engañar y mentir. Así que delata. Mentiroso o sea yo puedo hacerlo mejor que tú. Me has mentido no puede decirlo más que un mentiroso un pobre desdichado.

–Me gusta lo que dices. No siempre te entiendo, pero me emociona. Todavía no sé por qué. Es verdad que me emociona.

–Luego, pensé que ya había pasado suficiente tiempo. Me vine a Madrid. Quería estudiar. Quería estudiar Sociología.

–Claro, por eso has acabado la carrera más tarde. Tienes veintiséis –Muriel se quedó un segundo en silencio como si yo necesitara recrearme en el hecho de que ella conociera mi edad y de hecho me recreé y me gustó que me dejara ese tiempo–. Pero en total, ¿cuánto estuviste fuera, en tus viajes?

–Dos años, más, más de dos años.

–Seis meses en Ginebra, ocho meses en el barco inglés, y falta el barco noruego.

–Pues el resto. Más de un año –traté de conseguir respuestas en firme.

–Mejor dirás casi dos. En total, tres años. Soy tonta, veintiséis menos cinco de carrera, dan veintiuno. Y te fuiste de Mérida a los dieciocho. Claro que tres.

–Has acertado. Pero creo que yo nunca he pensado en ello. Para mí era tiempo general. Ya te dije que me estaba dando tiempo –no hubo viaje luego no hubo tiempo. Pasaba el tiempo nada más. Lo único seguro es que de esos tres años contados por Muriel más de uno mucho más de uno quizá se había pasado ya en Madrid. Me vine pronto de ese viaje y tan pronto como para sorprenderme a mí mismo. En ningún lugar estuve más de lo que necesitaba para darme cuenta de que no era el sitio. Meses tal vez meses breves. De que no había sitios. Tampoco el trabajo ayudaba a no pensar en el tiempo que iba transcurriendo en el sitio inútil porque el sitio seguía siendo extraño todo el tiempo como el trabajo era un abuso del tiempo. No cualquiera puede abusar de su propia extrañeza. Vine a Madrid a lo mejor porque pensé que era la capital de España y había decidido volver a España dado que no me sabía el nombre de otro país al que volver. Un día fui al rectorado. No podía matricularme en cualquier Facultad. Sólo en facultades que no existieran en mi distrito universitario de origen. Había una. Sociología. No me interesaba ni especialmente ni de otros modos tampoco. Mientras tanto miraba anuncios de trabajo y vendía por las casas. Biblias en particular muchas Biblias con una carta semifalsa de un obispado y en una empresa que se jactaba de vender lo dispar llamándolo producto. Me gustaba ganaba dinero. Cuando pensé Sociología sólo pensé llegar a algo. Llegar acabar. Para eso me había servido el tiempo luego pensándolo mejor me había dado el tiempo excepto que sin saberlo y sin saberlo incluso pensándolo o contándolo ahora. No se puede mentir ni inventar así que puedo estar del todo tranquilo. Muriel estaba allí con la verdad.

–Me lo habías dicho. Me ha dado por echar cuentas. Me gusta escucharte, ha sido por eso –a mí me hacía gracia lo que a ella parecía importarle o preocuparle. Su lado contable que no era más que atención y que me hacía sentir bien como cuando reconocía mi edad y me dejaba tiempo para reconocer su reconocimiento. Un lado contable eso era todo–. Y también me das envidia. Has viajado por el mundo, has aprendido idiomas. Y todavía eres tan joven. Imagínate saber noruego, además de inglés y francés. El noruego que debe de ser de lo más difícil.

–No soy un experto, no he dicho que sea un experto.

–Has tenido que hablarlos, ¿no?

–No hubo más remedio, estaban allí cuando llegué.

–Yo había dado siempre inglés. Pero mi padre se empeñó con lo del francés. Lo de Ginebra, por ejemplo, que te conté antes. No se me daba bien y no sé por qué. A ti se te daban bien, como es lógico.

–¿Es lógico?

–No sé. Te hubiera dado más miedo ir de un sitio a otro. Ni siquiera lo pensaste. Se te dan bien, no seas modesto.

–No soy modesto. Aunque es cierto que dominar otra lengua es tener otra alma, lo he leído en alguna parte y tengo esa sensación –simplemente era un muro como el de las Lofoten y lo que podía aprender era ese vocabulario urgente apenas de palabras completamente aisladas resonando en una orden o en un ticket de comida. Tenía que aislarlas por cierto de las otras palabras dichas en el torrente de la frase en vez de comprender sólo me propuse aislar. Aislaba y ya podía escucharlas de muchas maneras. Cosa que no me daba más confianza escucharlas en francés o en inglés o en noruego sino que la mermaba porque cada día sabía más lo que no iba a saber. Aumentando día tras día. Un muro con reducidas porosidades arbitrarias o muchos muros por los que las palabras alcanzaban una compresión limitadamente corporal como prófugos o visitantes acodados en tu barra de servir o en el bloc de la comanda. Mientras después sobrevenía la vergüenza. Dos clases. La vergüenza entonces y la vergüenza ahora. No poder hablar y no poder decir nada con lo que no he hablado. Clara en Londres sin pensar en Clara por ejemplo. Esa vergüenza que sería vivir con lo que no has vivido y deberías. Cómo se sabe que deberías no importa. Lo sabes. Has de vivirlo y sufrirlo entonces lo hayas vivido entonces o no. Debería saber esos idiomas o debería presentirlos y no los sé ni los presiento. Así que vas lejos al único lugar de reclusión de vergüenza. Mientras fui no haciendo lo que hice me fui haciendo. Ya he dicho que no soy un experto.

–Has hecho muchas cosas. Es un milagro que ahora estés aquí.

–¿Es un milagro?

–Que hayas sido marinero, que hayas trabajado en varios países, que ahora seas profesor. Creo que a ti todo te parece fácil y natural. Yo tengo veinte años y nunca he sido más que una alumna. Primero, una alumna del colegio y ahora una alumna de la universidad. Algún día yo también haré cosas, pero es fascinante que una persona como tú sea ahora profesor.

–En fin, era lo que quería hacer.

–No me entiendes. Ni tú mismo te das cuenta de lo difícil que es llegar a ser profesor y además con esa historia.

–Simplemente lo conseguí.

–Lo conseguiste tú solo y haciendo tu propio camino. Es emocionante –esos ojos azules que estaban allí mirándome desde la otra dimensión de miradas que yo no conocía como el espectro de las cosas que nunca habían pasado y ahora pasaban–. Podrías haber acabado en cualquier parte del mundo y siendo un marinero como cualquier otro. Y estás aquí. No es lo normal. La gente no hace su camino, siempre hace lo que le dicen otros, depende de otra gente. Tú, no. No puedes negarlo.

–No lo niego.

–Está bien hacerse uno a sí mismo.

–¿No te importa?

–¿Tendría que importarme? ¿Qué quieres decir?

–Supongo que no soy la clase de persona con la que tratas habitualmente.

–Ah, ya entiendo. Es verdad. Pero me interesas más tú. A mí me dan las cosas bastante hechas, pero en realidad yo no tengo nada. Lo tienen mi padre y mi madre, que hicieron su vida. Yo solamente dependo de ellos.

–¿Te molesta depender de ellos? Es lo normal durante una temporada.

–Me gusta su clase de vida, pero no me gusta la dependencia. Tengo que aceptarlo, porque me gusta lo demás. Tú eres diferente, tú eres diferente de mis amigos y de mis ex novios. Y me gusta mucho cómo llevas el seminario. Sabes muchas cosas y eres todavía joven. Serás alguien importante algún día.

–Gracias, eres muy amable.

–No seas tonto. ¿Sabes una cosa? Esta mañana me pilló mi madre depilándome las piernas. Me preguntó que si iba a salir por la noche y le contesté que sí.

Llegó tarde el primer día entrando como ese espectro cargado de la luz que moldea las cosas reales para hacerlas equivalentes a las imaginadas. Con un pelo rubio con rachas aún más rubias que no había visto antes mirando con un azul ya completamente extranjero y vestida con una ropa de colores mezclados violetas. Nada lo había visto antes estaba seguro mientras me parecía sin ninguna dificultad reconocible. Ella se sentó y yo me noté creciendo al hablar. Pensé mientras hablaba que ella me estaba escuchando que gente así podía escucharme. Estoy seguro de haberlo pensado desde ese primer momento del primer día. Antes de que me recogiera días más tarde con su coche blanco sin capota en la parada del autobús y me preguntara adónde iba. Durante días la fui reconociendo como si me dijera que en algo debía de estar equivocado. Su cuerpo joven perfecto o su voz o su boca o su gesto. Quizá yo me sintiera en lo equivocado. Me preguntaba por qué me escuchaba. Me preguntaba hacia el interior por qué era yo el que hablaba aunque hacia el exterior me agotaba creciendo. Sentía mi sitio de profesor y la veía a ella. Y sólo pensaba absurdamente pero repicando todo el tiempo que podría descubrirme. Puede descubrirte me decía. Miraba el espectro confundiéndome con su luz y sentía el temblor en la mesa en la silla en la voz. No había nada que descubrir me repetía a mí mismo horas después pero puede descubrirme seguía sonando. Qué. En qué. Soy un profesor. Ella tal vez esté hecha de toda esa suma de materiales deseables e incluso pueden haberla hecho así tantos deseos de otros. Yo soy un profesor. Estaba a punto de odiarla bella en su descapotable. Cuando se adelantó. Cuando me habló. No. No me ha descubierto me dije a pesar de todo y a pesar de que no tenía sentido pensar en nada que descubrir. Simplemente estaba allí tanto como yo podía haber estado esperándolo.

23

–Se juega a la pocha, no se hable más –Mundi cortó de cuajo el alboroto, que era lo más parecido a un congreso de petardistas que se pueda imaginar. Su hermana Concha seguía discutiendo con Espe, pero repartiendo cartas ya, que era de lo que se trataba. Los maridos asomaban y repetían lo que Mundi había dicho como en esos ecos instantáneos. La madre, la mujer, se había cansado de mediar y el padre seguía sentado a la mesa hecho un palo, con la carita blanca y alelada de vida temerosa. Agustín, el otro hermano, estaba venga ya, tías, haciendo el trabajo de suboficial junto a su novia callada y lo mismo daría que muerta, a la pobre Menchu tanta familia se le viene encima y le da susto.

Era gracioso Mundi en su mundo. Un reino absoluto. Pero un reino absoluto que le han dado sin que lo quisiera y con el que siempre está perezoso. Luego, cuando se calienta, se le pasa. Esta mañana, por ejemplo, vino cejudo, ya me pareció más cejudo de lo normal. La pereza es la de haber hecho muchos esfuerzos y cuando se hace mucho todos los cansancios son comprensibles, con amor o sin él. A Mundi le tocó la suerte de ser el mayor y la suerte más pequeña de ser el primero de los chicos que tuvo que mantener a la familia. Después fueron ayudando los hermanos que venían detrás, aunque ya de otra manera, fortalecidos por el que siempre y ya iba delante. Mundi es la sangre que fue pasando a los otros que le necesitaban igual que venas. Así que a todos se les ha quedado ahora de Mundi la idea de corazón. El padre enfermó muy joven de una tuberculosis y verle ahora en la mesa, achantado y silencioso a la menor tremolina, más recto que su silla y los ojos en el tapete, es un retrato de la enfermedad, de la enfermedad avergonzada. Se pone muy nervioso cuando le hablan, mueve mucho las manos y al tiempo sonríe como si le tirasen de los labios, como si nunca lo esperase. A lo mejor esa vergüenza le ha permitido sobrevivir, por ser más fuerte que la enfermedad. Habían venido de Soria con los niños muy pequeños y la enfermedad apareció nada más llegar. Así calladito debió de ver cómo se hacían grandes las criaturas y las penalidades.

Mundi le trata con mucho cariño y mucho cuidado, como a uno de esos hermanos muy mayores y lelos con los que se ha estado toda la vida. La gordita reluciente de su madre se la ha pasado cuidando del marido, de los críos y del puesto de pipas y caramelos que pusieron en el bajo con no sé qué ahorros. Y al revés se le ha quedado un optimismo que se nota en la energía constante, en ir de un lado a otro, en decir siempre que sí, como si estuviera demostrando que nunca pasa nada, que las cosas son posibles. No sé por qué hoy, desde el principio, he ido recordando esa historia como si tuviera que contársela a alguien que no la conoce. Muchas veces le he dicho a Mundi que en su casa le adoran y él me ha respondido otras tantas que los sentimientos son un producto de la escasez económica, que quererse es la única garantía de solidaridad entre las clases bajas. O sea, su análisis materialista venga o no a cuento. Pero hoy he pensado, aunque hoy no me lo ha dicho, que esa forma de hablar de Mundi tiene que ver con su familia. No le gusta recordar su infancia, la miseria diaria, así que para no pensarla ni recordarla suelta su discurso como el que pega un portazo. Quizá no me había dado cuenta de que cuando Mundi suelta ese discurso es porque está cerrando la puerta. La cierra cuando habla de su familia, la cierra cuando habla de su maldita oficina comercial, la cierra cuando habla del «hecho cultural». Y para él quedarse fuera, en algún sitio. Cuando ya está afuera, ¿dónde le gusta quedarse a Mundi, dónde está Mundi? Cuando me habló de Alejandro el otro día, no fue solamente lo que me dijo, fue la forma en que estaba hablando. Yo no le había escuchado hablar así hasta entonces, con el encono definitivo. Así que tiene algún sitio. ¿Lo conozco? Lo que me gustó de él es que se acercaba a las cosas, lo que me gustó de él quizá fue la diferencia con Alejandro. Pensándolo, pudo gustarme la diferencia más que Mundi. ¿Me habría gustado Mundi sin Alejandro? Ahora esas preguntas, no, por favor.

Con su familia me gusta. Puede ser porque le veo mejor que en ninguna otra parte.

–A ti se te ha aparecido la Virgen –le dice al cirujano y marido de Espe, y el cirujano sonríe, disfruta como disfrutan todos con Mundi–. De modo que vete al cuarto de rezar y déjanos ganar una baza.

–A ti te han meado la mano, vaya cartas –le dice al de Concha, que está repartiendo, un abogado de un bufete importante. A mí me parecen señores respetables, aunque no tengan más que la edad de Mundi, treinta y tantos, por ahí. Cuando hablo con ellos, noto que me entra una vara en el cuerpo, lo suficiente para sentirla. En cambio Mundi les da palique y les mueve enseguida. Eran gente de su banda, del mismo barrio del Pilar, y todavía sigue siendo su jefe. Quiero decir que les desviste y, aunque tengan un lado tieso, no es Mundi el que tiene que vestirse para hablar con ellos. A pesar de que el buen oso hizo su licenciatura sólo para tener que volver a la fábrica, a su oficina de comercial, y ahora podría estar resentido, avergonzado. Eso también me gusta de Mundi. Y a la vez es extraño. Porque no sé cómo lo hace. Entre su discurso abstracto y marxista, y este manejo de barrio que se trae con la gente, está él. Una naturalidad que puede ser otra puerta que se cierra. ¿Está mal eso o está bien? ¿Se esconde cuando echa la cerradura o solamente cierra su casa, puesto que es suya? Me digo estas cosas como si no le hubiera mirado bastante.

Mientras echábamos la pocha, la madre se sentó en un rincón del saloncito a hacer punto de cruz en un mantel. Pero miraba más a la mesa que a su mantel, por encima de las gafas de abuela. Había escogido un observatorio para mirar a sus hijos en aquel cuarto que no era más que el de siempre, el mismo de Mundi y de sus hermanos de niños, sobre el parque de arena. Supuse que les estaría viendo como eran entonces y como eran ahora. Y que el cuarto, con los mismos muebles para ocho niños que se sentaban todos los días a la mesa, que parecía lleno a pesar de no tener nada, porque sólo con la mesa y las sillas ya estaba abarrotado, era el cuarto donde ella había guardado su tiempo, un cofre en el que se levantaba la tapa y aparecía todo lo que le había importado, con una música de reloj.

–Estas dos siempre han estado más liadas que la pata de un romano –decía Mundi a los maridos en un momento en que Espe y Concha habían estado a punto de enzarzarse otra vez–. Menos mal que sólo os habéis casado con una. En cuanto te descuidas, vuelven a la infancia. A ver, pingos, ¿estamos quietecitas o voy a daros un poco de hule?

Las hermanas le miraban y se olvidaban enseguida de la disputa, poniendo unos ojos, unos ojos de chiquillas, o a mí me lo parecían, que querían escuchar más, que querían que Mundi les siguiera hablando, porque Mundi era seguramente el que más les había hablado en su vida. La gente se apega a quien le habla, hay gente a la que nunca le han hablado y vive despegada, girando en plan satélite alrededor de centritos de calor a los que nunca llegan, y alejándose cada día más o cambiando la órbita de golpe.

Cuando llegamos, al mediodía, un poco antes de la hora de comer, Concha estaba haciendo algo en el fregadero y llorando en ese silencio de las descargas. El marido leía el periódico en el salón y el resto se despistaba por aquí y por allá. Concha, y Espe igual, tiene un punto de histeria sentimental que es una fiebre de malta, así que lo general es aguantar hasta que se le pasa. Vino Mundi, le dio un achuchón por detrás, y la otra empezó a comerse las lágrimas con risas. Le decía al oído cosas de niña, le apretaba cada vez más fuerte hasta dejarla sin respiración y sin separarse de su oído. Mundi lo hizo de camino a por un vaso de agua, así que en cuanto acabó, abrió el grifo, llenó un vaso y se lo bebió. Yo le estaba mirando, pensando en su pereza, y no sabía por qué le estaba mirando tanto hoy.

Creo que porque no me estaba mirando. Era como cualquier otro domingo en que nos pasamos a comer por la casa de sus padres y nos encontramos con los hermanos. Lo distinto era mi atención y la falta de la suya.

¿Es que alguien que vive contigo puede ser una interrogación sin hacer nada más de lo que hace, sin que le pase nada más que lo que le pasa, viniendo a comer y a cenar, estando siempre en el teléfono al que tú le llamas, cumpliendo, no sé cómo se puede decir, el horario? Mundi es lo contrario de Alejandro, pero a fin de cuentas eso no significa fácil. Tú tienes una idea, pero el que tienes al lado es siempre un mundo, da igual cuánto se parezca a la idea, porque a lo peor de todo a la idea sólo te pareces tú. Para eso es tuya.

Le miro. Está gordo, de acuerdo en que no de esa gordura inflada, sino de esa gordura fuerte, medio voluntaria, pero que en resumen no le importa. Por qué. Engulle como un energúmeno, siempre pide más, nunca dice que no. Qué es lo que ha decidido, con su gordura, que no le importa. También se le puede llamar calvo, ni siquiera le salva esa pelusilla de iroqués posada en la corredera del cráneo. Se la atusa de delante hacia atrás y le hace gracia. Lo hace cuando está contento, es un gesto de estar contento. A veces se la abanica con las dos manos y entonces puede significar, además, satisfacción. Y la barba, al final. Está más guapo sin ella. Se lo digo yo y se lo dice todo el mundo. Tiene la barbilla en dos con un hoyo gracioso y los ojos, tan oscuros, se le agrandan y las pestañas, sin pelo en la cara, son las alas que parecen. Se la afeita una vez en verano y no todos los veranos. ¿Es que nadie le ha hablado a Mundi? ¿Yo, le he hablado?

Puede que no le haga falta, que esté bien así, y entonces sí que sería extraño. Mundi sería gordo, calvo, barbado, lucha de clases, barrio, licenciado de oficina, y no importar. A lo mejor eso es lo que hace que la gente se sienta bien a su lado, un relajamiento de todo, ponerse las zapatillas si hace falta o quitarse los nudos en la ropa llena de nudos. Ahora puedo imaginarme a Alejandro junto a Mundi, desabrochándose a su lado o sin echar a correr nada más pisar un suelo. Menos claro me sigue pareciendo Mundi junto a Alejandro, a pesar de la explicación del día de Abel en la cocina, porque bien visto el sitio de Mundi es el de haber dado también vueltas alrededor. La licenciatura, por ejemplo, y yo que al fin y al cabo era la novia de Alejandro.

–Se acabó la fiesta –dijo Mundi después de dos horas de pocha.

Protestas de las hermanas, sobre todo, pero él dijo que se iba. No suele ser más que el paripé para seguir otro rato y seguir encadenando con ratos, muchas veces hasta la madrugada. A Mundi le cuesta mucho resistir el clamor y al final se levanta cuando los demás se agotan, no cuando se agota él. Mientras tanto va dejando caer su deseo de marcharse, sabiendo lo que va a pasar, como si necesitara el clamor.

Así que me sorprendió verle de pie de pronto y saliendo de la mesa. Estábamos en la calle en dos minutos. Cuando íbamos en el coche, me dijo:

–Vamos a parar en la cafetería de la Basílica.

–¿No quieres ir a casa?

Hizo un gesto con la cara como si esa pregunta también se la estuviera haciendo él, pero sin dejar de mirar hacia adelante.

–A mí me da igual –dije como si tuviera que rematar yo lo que había quedado en el aire.

Nos sentamos al lado de la cristalera. Mundi pidió café y yo pedí un batido de vainilla, sería la segunda vez en mi vida que pedía una cosa así. Quería algo dulce y se me ocurrió un batido de vainilla, que en realidad era la manía de la pobre Rosa cuando era pequeña, cuando decía que quería ser mayor para tomar refrescos en las terrazas, como aquella gente que se sentaba bajo los toldos y no se los bebía. Era verdad. Nosotras íbamos muertas de sed por Conde de Barcelona o por Atocha, en pleno verano, y veíamos a los mayores con las vasos a rebosar y sin tocarlos.

Mientras lo traían, los dos nos pusimos a mirar a la calle. Había sido un día despejado y helado. El sol ya se había escondido, pero el cielo conservaba todavía la luz de antes, un poco más oscura y azul. Los adornos de la Navidad ya estaban colgados del paseo y encendidos, parecían collares. Aunque los que pasaban iban muy abrigados, el verdadero efecto de frío lo ponían los collares de luces blancas, muy pálidas, pegadas al cielo todavía azul.

El camarero trajo el café y el batido. Mundi dijo,

–Tienes que aclararte. Yo no puedo seguir así –lo dijo sin ninguna suavidad, sólo como si estuviera enfadado.

Bueno, un golpe de frío, entre lo de adentro y lo de afuera. Pero esperado. Cómo se puede decir que un golpe es esperado. O que es golpe entonces. Algo del frío tuvo que verme en la cara, porque siguió hablando después de fijarse un segundo.

–No puedo seguir pensando que te daría igual que yo estuviera o que no. A veces, se me ocurre que lo más importante para ti es tu casa. Si alguien te quiere, entra en tu casa. Tú no te mueves. Yo necesito más, necesito algo más compartido –ahora ya no parecía enfadado, más bien inquieto por tener que explicarse.

–A lo mejor, lo has pensado mucho, pero yo no sé qué quieres decir.

–Querer no es estar en casa, querer no es una casa –dijo como si agarrase palabras que se echaban a volar, aunque agarrándolas.

–¿Eso es abstracto? –dije con mala intención.

–Yo esperaba otra cosa –contestó con una simpleza desarmante.

–¿Esperabas?

–Deseaba otra cosa –dijo mirándome fijamente, otra vez en el punto del enfado.

Empezaba a hacerme una gracia rara, con frío o sin frío, que nada me estuviera sorprendiendo, que fuese una de esas conversaciones soñadas que al final suceden o que suceden con la sensación de soñadas, lo más probable.

–Yo tenía la impresión de que eras feliz –me sentí al decirlo, me sentí en una dureza que salía sin aviso–. No sé qué te está pasando, ni tampoco lo explicas muy bien. Yo te he visto feliz. Si te ha estado pasando otra cosa, háblalo con claridad. Con claridad, Mundi, no de vez en cuando ni con sacacorchos.

Arrugó los ojos y desvió la cara a la calle. Yo no quería que se enfadase.

–Dices que me has visto feliz. Pero ¿me has visto siquiera? ¿Tú crees que me has visto? –de pronto una cara feroz, achicada, llena de cortes, en el perfil.

–No sé qué quieres decir.

–Y ahora ni siquiera quieres hablar conmigo, sólo quieres que me explique. ¿Qué pasa si no puedo? ¿Qué necesitas que diga? Tú sabrás lo que hay en tu cabeza. Tú sabrás dónde está tu cabeza entre Alejandro y yo. Tú crees que se arregla porque te has quedado en la misma casa y, por tanto, a ti no te ha pasado nada.

–Así que el problema es Alejandro. Lo que de verdad pasa es que estás compitiendo con él en tu imaginación. Lo dijiste el otro día.

–Yo nunca he dicho eso.

–Me lo estabas diciendo, queriendo o sin querer. Y aparte de eso, no sé a qué viene tanta casa.

–Alejandro es lo que estás haciendo tú. Qué nos vamos a contar ahora. Dejaste la carrera y te fuiste al Círculo de Bellas Artes porque él te vio dibujando. Sigues ahí y cada día te vuelves más loca pensando para qué. En realidad, sigues donde estaba la imaginación de Alejandro y a mí me tratas como si tuviera que creerme que es la tuya. Es mucho más que eso, de todas formas, y Alejandro da igual. El problema es si ves la vida como una fantasía de puertas para afuera y como un escondrijo de puertas para adentro. Pues yo te digo que no se puede vivir en ninguno de los dos sitios. Ni solo, ni por supuesto acompañado. La casa tiene que ser más diáfana y la fantasía tener más cemento. Está muy claro, Regina. Te queda mucho por hacer.

La gente parecía más abrigada ahora que hacía unos minutos. La gente está llena de botones, pensé dando un salto. Sería más cómoda la ropa de una pieza entera, metida por la cabeza, llegando hasta los pies, sin el trabajo de entrar y salir de los ojales, por la mañana, por la noche, lugares abiertos, lugares cerrados, frío y calor. O una prenda que sirviera para los distintos sitios, y no hubiera necesidad de quitarla y ponerla, con la que se pudiera dormir y esquiar. Como una piel. Ducharse con ella, llevarla siempre puesta, sin ojales.

–Regina, no llores, haz el favor. Tienes que darte cuenta de que no quieres hablar conmigo, de que no me dejas entrar y que con dejarme entrar en tu casa no basta.

No sabía que estaba llorando. Al fin y al cabo era una conversación que ya había sucedido, o sea, que ahora no podía estar sucediéndome nada.

–¿Vas a irte? –pregunté.

–Voy a esperar a que tú decidas estar conmigo.

–Eso es irse.

–Eso es esperar.

–¿Hoy no vas a subir a casa?

–De momento, voy a quedarme en casa de mis padres. Estaré allí hasta que tú quieras hablar.

Canción de cuna. Había un niño en Entrevías que era hijo de los equilibristas de un circo. Pero tenía mucho miedo y sus padres no conseguían que caminase por la barra. Un día su padre le dijo «tienes miedo, porque piensas en el vacío y no en la barra. El vacío es sólo aire. En cambio, la barra es firme y tus pies pueden caminar por ella. Es sólo tu pensamiento lo que pone los pies en el vacío». El niño aprendió y nunca más tuvo miedo. Se hizo mayor y famoso. Conoció a una trapecista extranjera y se enamoró perdidamente de ella. Se casaron. Muchos años después, cuando por la edad estaban a punto de dejar el circo y él pensaba que podrían disfrutar de lo que habían conseguido y ser aún más felices, ella le dijo «ya no te quiero. Perdóname, pero ya no te quiero. Voy a dejarte». Entonces pensó que las cosas eran al revés de como se las había contado su padre. Que la barra escondía el vacío, pero que el vacío estaba esperando y era más real y más grande que las pulgadas de la barra. Los suelos son falsos, si los pies no saben que hay precipicio por los dos lados y que el camino entonces es siempre una espada.

24

Carmen sirvió el cava, como yo le había pedido, antes de poner nada en la mesa. Herminio había mirado la copa vacía y ahora miraba la copa llena.

–Salud –dije levantando la mía.

–Buena suerte –dijeron a la vez el abogado y Herminio.

Después de un sorbo rápido volvieron a posarse y escuché el ruido que hicieron sobre el mantel. Un ruido en forma de círculo. Siguió un silencio y volví a beber. El Juvé y Camps estaba en el punto de frío. Las burbujas estallaban y extendían la sensación por el paladar. Manteniendo la boca cerrada, esa sensación podía durar un rato. Pasaba lo mismo en el estómago vacío, sólo que allí, además, dejaban un fondo líquido cubierto por una superficie de escarcha. El cuerpo entero sentía un placer frío.

–Las cosas son según las mires –dijo Herminio, cogiendo otra vez la copa, pero sin acercársela–. Nada es grave excepto la muerte. Nada es grave. Supongo que siempre celebramos lo mismo, estar viviendo todavía. ¿No os parece? –la pregunta la dirigió primero al abogado y después a mí, más alejado, en la cabecera de la mesa.

–Me parece que sí –contestó el abogado mirándome.

No dije nada. Luego, lo pensé mejor y sentí la obligación de decir algo.

–Os agradezco que estéis aquí.

Ahora los dos bebieron, después de hacer un gesto como si asintieran. Uno de esos cabezazos con los labios apretados que dicen que sí y a la vez parece que callan algo.

–Vengo en nombre de todos, Goro. En mi propio nombre, por supuesto, y en el de todos. Debes saber que seguimos a tu lado. Jamás dejaremos de estar a tu lado. Me gustaría que no lo olvidaras. Julián –continuó Herminio señalando al abogado– lo hará de maravilla, seguro que ya lo está haciendo de maravilla.

–Se hace lo que se puede –dijo el hombre asténico, con la pequeña cabeza cuadrada y las gafas plateadas, al que había conocido hacía setenta y dos horas.

–Está bien que te lo tomes así –siguió diciendo Herminio sin prestar atención al abogado–. La verdad es que casi parece una celebración.

–Una celebración anticipada –medió el abogado enviándome una sonrisa.

–Muy pocos saben tomárselo así, porque muy pocos saben por qué lo hacen. Al final, siempre quedará aquello de «bien has hozado viejo topo». Es sólo una etapa del camino. Hemos recorrido otras, ¿no es cierto, Goro?

–Es cierto. Hozamos etapas.

En ese momento, con mis palabras, entró Carmen con el txangurro.

–Bueno, decididamente estamos ante una celebración –dijo Herminio, moviendo la silla adelante y atrás, colocándola de nuevo, como si se ajustara delante del plato–. Seguro que me estáis ocultando algo –ahora miró al abogado, pero el abogado estaba metiendo la cucharilla en el revuelto del caparazón y pareció no escucharle–. Cuéntame que celebras, Goro.

–Celebro que todo va bien. Aparte de eso, una buena cena es sólo una buena cena.

–Todo va bien, entonces, ¿eh, Julián?

–El menú es cosa de Goro. No me ha pedido asesoramiento. Ya le ves, está tranquilo. Y lo más probable es que siga así –el abogado no levantó la vista del plato mientras hablaba.

–No tienes que preocuparte de nada –dijo Herminio, que aún no había tocado la comida.

–Es una buena idea.

–No insistas, Herminio, ya lo ves –dijo el abogado.

–No importa –dije–. Me gusta que mi estado de ánimo sea el centro de la reunión.

–Fíjate, yo diría que incluso estás contento –esto ya lo dijo en voz muy baja, mientras se acercaba su primera cucharada.

En realidad, yo no tenía nada que ver con el txangurro. Fue cosa de Carmen. Quizá estaba asustada. Me dijo: yo sé hacer muy bien el txangurro, lo que pasa es que es un poco caro y he perdido la práctica. Me pareció una buena idea que Carmen lo hiciera si le apetecía, que fuese caro y que bebiéramos cava. No todos los días son iguales, y pensé que estaba cansado de los días iguales. No quería que la anciana estuviese asustada. La anciana Carmen que había sido vendida con la finca. No exactamente. Aunque siempre lo pensé así. Me gustaba esa historia quedándose conmigo. Tenían la casa en la parte trasera del pinar. El antiguo propietario me contó que habían sido pastores. Los hijos emigraron y el marido había muerto un par de años atrás. Ella era hija de gallegos y una cocinera de lo mejor. La casa no era suya, y el propietario la había dejado vivir sin pagar un céntimo hasta que vendiera la finca, que había resultado ser un asunto más complicado de lo que imaginaba, dado cómo había ido el sector en los últimos años. Quizá yo pudiera emplearla, porque necesitaría servicio en un sitio tan grande. ¿No es muy mayor?, recuerdo que le pregunté. Es de confianza, y me hace usted un favor, no sé qué hacer con la situación. Le dije que sí. Y cuando me habló del txangurro le dije a Carmen que sí. Debería haberle hablado de algo más. Tranquilizarla. La casa no corre peligro, por ejemplo. Tal vez necesitaba que le hablase de qué significaba lo que estaba sucediendo. Pero si no le decía nada, podría entender que tampoco estábamos en lo peor. De todas formas, tuve la impresión de que con el menú nos entendíamos y de que no hacía falta hablar de nada mientras nos entendiéramos en cada cosa.

–Ha sido todo muy rápido –dijo Herminio pasándose la servilleta por la barba roja, habiendo terminado antes que nosotros–. ¿No ha sido todo muy rápido?

–Come despacio y lo sentirás de otra manera –dijo el abogado con una mueca en la sonrisa que ya le había visto otras veces.

–Estaba buenísimo, por cierto –pero en el mismo tono de lo que vino a continuación–. Hablo en serio, Julián.

–Era un sumario ya abierto. Esto es sólo una pieza. Pueden ir tan rápido como quieran –contestó el abogado.

–No me refiero a eso. Me refiero a la información. Apenas ha llegado el dinero y ya lo saben. Incluso el dinero me parece que ha llegado demasiado rápido.

El abogado continuó comiendo hasta terminar. Cogió la servilleta y se la apoyó en la boca un momento. Luego, dio un sorbo al cava. Me miró.

–Es tu noche –dijo–. Si es una celebración como dice Herminio, a lo mejor prefieres hablar de otras cosas. O que no hablemos de nada.

–Estoy aquí para que sepas que estamos juntos. No sólo los que estamos aquí. Ya te he dado todos los mensajes. Eso es lo único importante. Lo demás, no tiene importancia. Hablar o no hablar me da lo mismo. No estás solo, Goro.

–Podemos hablar. Hablemos. ¿El txangurro estaba bueno?

Carmen recogió los platos. El abogado estaba sentado en el mismo sitio en el que estuvo Román la noche en que le hablé de Janet Shaw y de las historias. Me hubiera gustado que Román estuviera allí, escuchando. Habría disfrutado con lo que se decía, él, que por lo demás, está ciego. Aunque nunca lo he confesado, creo que siempre me ha gustado que Román esté ciego. Los dos pertenecemos a la categoría de ciegos. Ciego es el que escucha mucho, ¿no es así, Román?

El abogado miraba frecuentemente al ventanal, como hacía Román aquella noche. No se ve nada, cuando no hay luz. Sirve para mirar por él. La gente mira siempre hacia el sitio por donde no hay nada que ver. El abogado me echó un vistazo largo y luego volvió la cabeza hacia Herminio.

–Esa operación puede hacerse con un simple ordenador. De aquí al Pacífico, ida y vuelta, en unos minutos. Puedes tardar minutos o meses, lo que te propongas. Sólo hay que teclear números.

–Estoy al tanto de la velocidad de esos asuntos. Yo pregunto por la otra velocidad. Nada más llegar a la caja, el juez ya estaba allí. Si es que no llegó antes, pidió un café y un puro y se puso a esperar –contestó Herminio, echándome ojeadas por el rabillo.

–Si te refieres a eso, creo que ya da lo mismo.

–No da lo mismo. Hace siete días llegó el recado desde larga distancia, y hace cuatro Goro recibió la citación para mañana por la mañana. Tenían puesto el oído, porque les habían avisado. No me digas que da igual saber quién o cómo ha sido.

–De acuerdo –dijo el abogado respirando fuerte, como si respirase paciencia, sin muchas ganas de hablar–. Te contesto esto otro: es importante saberlo y da lo mismo saberlo.

–No me vengas con paradojas, haz el favor. Déjalas para confundir al juez.

–Vamos a ver, Herminio. Hay un batallón entero encausado por las financiaciones y debe de haber, por lo menos, un ejército soltando y cogiendo información desde afuera. Ya no se sabe quién compra y quién vende. Están los alarmistas que quieren ruido y follón, están los que tienen miedo, están los que quieren lavar su ropa a toda costa, están los que están en la cárcel, están los citados y están los jefes por uno y otro lado haciendo tratos para taponar vías de agua o para que el agua no pase de la cintura. Qué quieres que te diga. Están todos. Y semejante descubrimiento es perfectamente indiferente, lo que naturalmente no significa que no tenga importancia. Espero que me entiendas ahora.

–Te entiendo con mucho gusto. El escenario ideal para que cualquiera haga cualquier cosa –dijo Herminio desviando la vista hacia Carmen que venía con las cazuelitas de angulas y a continuación, como si fuera un rebote, lanzándola hacia mí.

Olían estupendamente, pero nadie dijo nada. El olor de la guindilla y del ajo siempre me había parecido mejor que el sabor de las pequeñas culebras. Carmen dijo «txangurro» y luego yo dije «angulas». Creo que a los dos nos hizo gracia. Algo de primera comunión, de boda, de domingo de medio pelo. Herminio había bajado la vista hacia lo que le ponían delante, pero no hizo ningún comentario.

Era fácil imaginar lo que pasaba por su cabeza. Estaba claro que el abogado había echado una cortina de humo. Se trataba de atar cabos, pero de estar tranquilos. Quién, cómo, eso era contrario a la tranquilidad. No sabíamos lo que sabía el juez, mejor dicho, cuánto. Al día siguiente habría un cuestionario desconocido al que yo tendría que contestar. Con tranquilidad se andaría mejor entre lo desconocido. Imaginé que a Herminio se le hubiera ocurrido sospechar que yo mismo me hubiese delatado y echado a la pira. Eso habría podido conseguir una cena más entretenida.

–No he sido yo, Herminio –dije, de repente, pero sin saber exactamente cómo lo decía, cómo podía sonarle.

Herminio paró lo que tenía en la boca y se quedó mirándome con una expresión alarmada. Puede que lo dijese demasiado serio, aunque la gracia podría estar en decirlo demasiado serio.

–Ha sido una broma –dije enseguida.

Herminio enfocó directamente al abogado que había empezado a sonreírse y que, al ver el gesto, decidió contenerse.

–¿Crees que hubiera podido pensar eso? –preguntó pasmosamente serio.

–Ha sido una broma –repetí.

–Tengámoslo en cuenta como posibilidad. ¿Qué te parece, Julián? Ya que puede ser cualquiera, también puede ser uno mismo. El que más y el que menos tiene una buena cantidad de motivos para desear que alguien le juzgue –el abogado miraba a Herminio y removía en la cazuela, con un aire pensativo, de ausencia–. Un juicio es siempre liberador, incluso cuando te condenan. Te liberan de la carga o te permiten compartirla, y además te ofrecen la posibilidad de expiar tu culpa.

–Es un chollo –dijo el abogado con el mismo aire.

–La gente no sabe lo que le pasa. Pero los jueces pueden decírselo. Hoy en día hay juicios para todo, porque te divorcias, porque te ha mordido el perro del vecino, porque tu casero quiere echarte de casa, porque te han insultado en la oficina –Herminio probó las angulas, pero dejó enseguida el cubierto y se recostó en la silla–. En todos esos casos nadie está seguro de tener razón.

–Puede que simplemente no les guste discutir o que no les gusten las conversaciones largas –el abogado respondía en un tono de ligereza, pero su ceño estaba fruncido.

–Eso es lo que acabo de decir. ¿Cómo pueden llegar a un acuerdo dos que no están seguros de tener razón? De ahí el juicio regenerador. Fuera angustia, fuera dudas, ése es el verdadero *esprit des lois*. Una secreta aspiración a la justicia cuando no tienes nada. ¿No te parece, Goro?

Me hizo gracia preguntarme si de verdad no había sido yo. No dije nada, pero traté de poner una cara interrogativa. Las cosas no cambiaban mucho, otro granito de arena a una tumba colectiva, aunque arrojado por mi propia mano, y un sencillo holocausto personal.

–Ha venido del Banco –dijo el abogado, de pronto.

Herminio se acercó entonces a la cazuela y con mucha tranquilidad empezó a coger angulas con el tenedor.

–Quién.

–No sé quién.

–Cómo lo sabes.

–No lo sé. Es una sospecha. Esa rapidez es el resultado de haber seguido al pájaro desde que levantó el vuelo. Sólo puede ser el Banco. Ya has conseguido lo que querías. Y ya ves que es poca cosa –dijo el abogado tapándose la boca con otro bocado.

–En conclusión, no sería nadie de adentro. Del nuestro, quiero decir.

–No es nadie de adentro. Come.

Unos minutos en silencio. Pedí a Carmen otra botella de cava. Había metido la guindilla en la boca y la había dejado allí un buen rato. Necesitaba algo frío y lo que quedaba en la botella estaría caliente. Necesitaba también la sensación de burbujas explotando en círculo, como el ruido de la copa.

–¿Has hablado con tu presidente? –me preguntó Herminio masticando.

–No.

–¿No te parece raro?

–No.

–¿Has dimitido?

–No.

–No hace falta –terció el abogado–. Si la instrucción del juez sigue adelante –pareció buscar las palabras– el consejo de administración tendrá que presentar una demanda. Durante unos días todo el mundo estará callado. Y velando armas.

Había hablado con el presidente. Por teléfono. Esa misma mañana o tal vez la mañana anterior. Llamó él, yo no habría podido hacerme cargo de la conversación.

«– No voy a poder hacer nada. No puedo parar lo imparable. Estamos en un aprieto. Habíamos hablado. ¿Recuerdas que habíamos hablado?

–Sí. Está bien.

–Tú ya sabías que yo lo sabía. Habíamos hablado. Además también hablo con los directores generales y, a veces, ellos hablan conmigo. Has tenido que sacudir muchos papeles y mucha información. Lo sabías, ¿no es cierto? Sabías que yo estaba encima.

–No estaba seguro.

–No sé qué has hecho, Goro, porque no lo entiendo. No me siento traicionado, porque no te entiendo.»

Carmen estaba retirando mi cazuela, apenas tocada. No lo mencionó. Después, susurró algo en mi oído, pero no pude entenderlo. Herminio y el abogado habían terminado. Herminio miraba al techo y el abogado al ventanal. La noche en que vino Román, yo quería que habláramos de Clara. Creo que no hablamos mucho de Clara. En un momento dado, tuve la impresión de que esta casa no era el sitio adecuado. En el momento de verle, quizá. De verle mirando el jardín a medias, el salón con los paquetes amontonados y sin desembalar. El clavicordio para Clara.

–Y tu mujer, ¿cómo lo está llevando? –preguntó Herminio removiendo en una taza de café.

–Todavía no he hablado con ella. No conoce el asunto –dije.

–Pero afectará a vuestro divorcio, supongo.

–No nos estábamos divorciando.

–Si las cosas salen mal, podría verse perjudicada económicamente, embargo de bienes y demás.

–Ya está pensado y no hay problema –intervino el abogado–. Ese capítulo lo tienen arreglado desde hace tiempo.

Clara había llamado al despacho dos veces con el recado de que le devolviera la llamada. No lo hice. Era mejor otro momento. Se me ocurrió que tal vez aparecería por la casa de Las Rozas y cuando se me ocurrió me di cuenta de que no lo deseaba. Hacía más de seis meses que no sabíamos nada uno del otro. Es curioso. Una conversación y todo había quedado zanjado, sin un fleco, sin un desajuste, sin un problema de intendencia que exigiera una llamada telefónica. Nada en absoluto. Después de veintidós años, la mudanza también estaba hecha. Unas cuantas palabras y darse la vuelta. La casa de Las Rozas ya era habitable. En la casa de Quintana sólo hacía falta quedarse. Una letra, un seguro, un cuadro comprado a medias. Nada en absoluto. Todo eso estaba repartido antes o bien nunca hizo falta repartirlo. Veintidós años son una esquina a la que se da vuelta. Las únicas cosas intermedias, compradas para Clara y compradas con mi dinero, estaban metidas en cajas detrás de la puerta corredera que daba al salón. Excepto el clavicordio, al que un día le había quitado el embalaje, pensando que estaría mejor a la vista, que tal vez sirviera para que algo estuviese a la vista. Las cosas intermedias eran un tercer espacio, pero en el que nadie había vivido. Quintana, Las Rozas y la montaña de cajas. En Quintana vivieron dos, en Las Rozas, uno, y en la montaña de cajas, nadie. No deseaba ver a Clara, no quería que mirase allí.

–Queremos que no tengas más problemas que los inevitables, Goro –dijo Herminio adoptando un tono de disculpa.

–Los cabos están atados. Ése es el mensaje –concluyó entonces el abogado con una voz que pareció diferente, como si la hubieran cargado de una autoridad que entraba por la puerta en ese justo momento.

Herminio le dedicó una mirada de un segundo y se bebió el último sorbo de café. El abogado le estuvo observando más tiempo. Pensé que, con su cabecita cuadrada y sus gafas platea-

246

das, había permanecido setenta y dos horas a mi lado sin que yo me diera cuenta.

—He visto algún fotógrafo ahí fuera —dijo Herminio.

—Puedes salir por el camino de atrás, por el que sigue la vía del tren.

—Duerme todo lo que puedas esta noche. A las ocho y media, como habíamos previsto, en mi despacho. Nos iremos a Plaza de Castilla con el tiempo justo —dijo el abogado.

Cuando se fueron, subí al dormitorio y encontré el maletín abierto con las dos mudas y la bolsa de aseo que había preparado Carmen. No metí ninguna otra cosa. Lo cerré. Fui al baño y después bajé al porche. El cielo estaba completamente despejado y entre las ramas del olivo se veían estrellas. Aquel olivo duraría por lo menos otros cien años. Los árboles pueden durar lo que quieran, porque no se mueven. Hacía frío. Sólo llevaba la camisa. Pensé en volver adentro, ponerme una copa de coñac y tomarla debajo del olivo. Pero me sacudí un poco y di vueltas por el porche. Era un frío que cuajaba. A través del ventanal miré las cajas del salón, con la luz que entraba de los faroles del jardín. Parecían otra cosa. Una especie de paisaje. Corrí el ventanal y empecé a cargar las cajas y a sacarlas al porche. Entonces sudaba y me encontraba bien. Algunas tenía que empujarlas y después hacer que saltaran el riel del ventanal. Me gustaba sentir el esfuerzo físico al chocar con aquellas cajas llenas de cosas sin tocar, que quizá no eran materiales.

—Le he dicho muchas veces que, cuando usted quiera, yo puedo empezar a desembalar —era Carmen, en su camisón guateado, abrigándose con los brazos, en la puerta de la sala.

—Es verdad. De todas formas, ni usted, ni yo, ni los dos juntos podríamos mover este clavicordio —le contesté.

—Ese piano es bonito. Pero el resto, ahí no está bien. Yo puedo ir haciéndolo poco a poco, si usted me deja.

—No se preocupe. Sólo estaba haciendo ejercicio.

—Yo iré poco a poco, y usted ni se entera. Tiene que haber muchas cosas bonitas.

Carmen se fue a su cuarto. Mientras descansaba y pensaba en la anciana encontrando cosas bonitas, llegó una segunda ola de sudor. Me sentía bien. Me sentía bien aunque pensara en el juez detrás de la mesa con los papeles del cuestionario esparcidos. Cogiendo el maletín, con la muda y el aseo, y entrando en la cárcel. Yo esperaba en un cuarto vacío a que Carmen desembalara.

Cuando sentí otra vez el frío, volví a cargar con las cajas y a meterlas en el salón.

Clara no dejó de visitarme en la cárcel durante aquellos once meses de aquel otro tiempo. Quería que pensara en salir, que pensara en cuando saliera. Eran once meses, para mí no era tan difícil. Pero miraba su cara y entonces me parecía que era necesario.

–Tú puedes ser lo que quieras –decía.

25

Muriel esperó con el descapotable blanco en la puerta de Hernani mientras Abel me preguntaba por Clara y yo le respondía que los alumnos habían acordado una cena. Una cena de alumnos dijo ah. Iba a cruzar el salón. Él estaba en la puerta de su habitación. Me vio salir poniendo las manos en los bolsillos como si fuera a quedarse en la posición mucho tiempo. Primero crucé el salón y luego el pasillo a oscuras con su presencia que dijo adiós cuando ya casi estaba abriendo la puerta. Sentía que arrastraba el aire con las infinitas moléculas cosidas de hilo elástico. Tirando de ellas pero sin volver. El espacio elásticamente tejido en una dirección.

No era una cena. Era sábado. Muriel había dicho «merendar». Repitió merendar. ¿Nunca has merendado? Mis padres quieren conocerte. La verdad es que yo quiero que te conozcan. Yo también quiero conocerles fue la contestación precisa cuando me lo propuso y excitado por ir a presentarme en el mundo de Muriel.

Pensaba que era un profesor de universidad que iba a la casa de Muriel a la vez que escuchaba los retratos de su familia y conducía deprisa por la circunvalación. El padre era el dueño de unos laboratorios que después había vendido y eso le había hecho rico. Ella pronunció la palabra rico. Con la misma pronunciación de una niña y la misma elección de la palabra. Miré su pelo su boca sus ojos mientras conducía riéndose y hablando igual que si me llevara a una fiesta. Era tan perfecta como para atravesar con ella la puerta de su casa. Dándome la mano atravesaríamos la puerta de su casa. Pero ahora su padre era el consejero de muchas otras empresas y estaba seguro de que había conseguido todo lo que había querido y eso le volvía a veces incomprensible o bruto. No parece el hombre que es me dijo se parece más a un jugador de rugby retirado. Al principio no tuvo nada y por esa razón le gustaría yo porque yo estaba empezando sin tener nada. Muriel estaba segura de que sólo estaba empezando y que su padre lo entendería enseguida. Aunque lo mejor era su madre ya la veía. Dejó una familia importante del Ampurdán para irse con su padre cuando su padre no tenía nada. Es mi mejor amiga dijo. Es con la que hablo todo. Es con la que he hablado de ti. Lee mucho. Le cuento lo que tú nos cuentas en clase. Lo que sabes de cine y de arquitectura y tus viajes por Inglaterra. También esos cuentecillos que sueltas a veces como el de los que se estaban ahogando y resulta que hacían pie. Creo que ya le gustas. Luego queda mi hermano que está estudiando el COU en Inglaterra y que ahora le tenemos aquí de vacaciones.

Me gustó que hablara y condujera deprisa. Me gustaba estar yendo a toda velocidad por aquel sábado por la tarde a pesar del frío sin la capota. El viento entraba como si no hubiera parabrisas azotando la cara desde todas direcciones en un dolor sólo de la piel que al mismo tiempo vaciaba todo el cuerpo hacia la superficie. También me gustaba que Muriel fuera riéndose.

Dejó la circunvalación torciendo por una carretera pequeña que después se transformó en un paseo de árboles. Había casas grandes y muros que sólo enseñaban la parte alta y los tejados. Durante kilómetros que hacían pensar en una ciudad apartada voluntariamente de la circunvalación y apartada voluntariamente de todas las ciudades. Vertida hacia dentro pensé en vez de derramarse y extenderse como las otras. Tan quieta que todo resbalaba al interior al contrario que el torbellino que todo lo arrojaba afuera. ¿Conocías La Moraleja? preguntó Muriel. Le contesté creo que no contestando a otra sensación la sensación de lugar cercanamente extraño. No era el sitio o la clase de urbanización o la clase de riqueza. Era sin más la extrañeza que lo componía todo componiendo también a Muriel y al coche junto al sábado y a mí mismo haciendo el trayecto. De repente situado en un punto único en el que el alrededor era el vegetal denso del mundo aparecido. Deseando estar allí deseándolo ahora mucho más gracias a la extrañeza y no pensando ya en absoluto en las cosas que iban quedando atrás en el espacio de hilos elásticos. Cercanamente. Necesitaba esa extrañeza para entrar con Muriel en su mundo y abrir su verja. Me dije que la necesitaba y la deseaba y quedándose la extrañeza en algún lugar.

250

Se abrió una compuerta. El coche rodó por una pendiente de cemento luego entró en un garaje. Una pequeña escalera de caracol hacia una escalinata y una fachada con un toldo y una terraza elevada. Muriel sacó las llaves las movió como si fueran a sonar de una forma especial. Aparecimos en un salón de esmalte sofás objetos con la luz de dos puertas de cristal y madera y otra terraza más allá junto a unos árboles bajo el cielo agrisado. Sentía la corona del frío del viaje en la cabeza apretando. No había nadie y Muriel me dijo que me fuera sentando. Me quedé de pie sin embargo en la espera. Mirando en la dirección en la que se había ido Muriel. Volvió pronto con una mujer de pelo blanco luminoso la piel morena. Mi padre vendrá ahora y ésta es mi madre dijo Muriel. Se llama Gracia. Hola y a continuación dijo Alejandro extendiendo la mano con lo que parecía lentitud. Cómo está usted quizá saludé. Oh sin usted por favor y se quedó mirándome segundos sin hablar pero sonriendo. Una mirada muy tranquila fija que no producía impresión de observar. Retrocedimos a los sofás. La madre se sentó en un sillón lateral con las manos cruzadas una pierna algo adelantada como si fuera a aproximarse desde su asiento. Tengo entendido que eres un buen profesor y eso es raro hoy en día ¿no es así? empezó hablando la madre con un gesto de gran interés en la mirada fija quizá subrayado por la pierna adelantada. Una doble pregunta que no podía estar seguro de que tuviera una sola respuesta y pensé en mis primeras palabras en aquel salón de objetos mientras la corona de frío había ido adelgazando pero no aflojando. Gracia había ladeado un poco la cabeza completamente dispuesta a escuchar. Los males de la universidad son endémicos y generales contesté sonriendo a mi vez pasando por alto lo que me afectaba. Una respuesta que era guardar sin abrirlo también sin devolverlo el paquete en el que me había enviado la pequeña alabanza. Confiaba en que lo entendería enseguida recibiendo una tarjeta de presentación en la que ella misma escribiría algo relativo a la cortesía y a la inteligencia. Podía estar satisfecho. Naturalmente fue su respuesta sin mover un rasgo aunque tuve la impresión de que la sonrisa se agrandaba en lo que dijo después. La universidad está muy mal realmente pero yo tengo una gran confianza en Muriel. De nuevo presentaba una conversación de dos senderos por los que se caminaba de forma muy diferente y me los ofrecía con toda consciencia para que yo tuviera que elegir ella comprobase mi elección. Muriel será capaz de todo lo que se proponga acabé contestando. De inmediato tuve la sospecha de que la madre iba derivando hacia la hija que sólo se trataba de madre e hija. Había sido una deriva y en absoluto una prueba como después de todo resultaba lógico en los intereses de una madre. Y era un acto de consideración preguntármelo a mí puesto que me lo preguntaba en calidad de buen profesor según le había dicho su propia hija. Aunque cualquiera de los senderos abandonados habría llevado a otra conversación lo que finalmente llevaba a pensar que la madre había confiado en mi perspicacia desde el principio.

No fue sin embargo así. Me sorprendió un poco quizá pero quizá sólo me resentía del esfuerzo de recoger la idea abandonada precisamente cuando la corona de frío evolucionaba hacia alfileres rojos en las sienes. He conocido a muchas personas con una gran capacidad desde luego pero éste es un mundo muy inestable y en bastante desorden dijo. Muriel se comportaba como si nos hubiera dejado solos disfrutara viéndonos en esa falsa soledad. Nos miraba a uno a otro desde su posición intermedia con la cara ya completamente iluminada en apenas unas cuantas palabras de conversación. Un gesto de infancia al mirar a la madre concordando con aquella tranquilidad de la mujer con el pelo quizá teñido de blanco y con un vestido de flores tostadas y oscuras que no se había movido. En un instante pensé que a pesar de la piel bronceada a Gracia le gustaba parecer mayor de lo que era siendo de ese modo para Muriel una madre más lejana y acercándose a la blandura de una abuela con energías jóvenes completamente dedicadas pero también menos responsable con esa responsabilidad de esquinas y filos que una madre próxima.

Gracia había hablado y yo no había dicho nada. Aun así seguía con su gesto de estar a la escucha. De pronto mientras yo me sentía dispuesto a continuar Gracia se preguntó por qué no nos había ofrecido nada. Té o café sugirió levantándose rápidamente sin separar las manos. Y al levantarse llegó el hombre cuadrado descomunal que era el padre y dijo hola como si estuviera no obstante pensando en otra cosa. Una especie de mirada al suelo aunque mirando hasta darme la mano y sonreír con una voluntad costosa pero auténtica. Venía con unas zapatillas de esparto una camisa de tenis. Cuando se sentó en la bisectriz que nos recogía a los demás en una mirada alejada junto a una de las puertas cristaleras la luz de afuera hizo brillar el sudor del cuello. Sólo dijo a la mujer que seguía de pie mirándole hasta que se hubo sentado ¿hay café? Lo dijo levantando mucho la barbilla y un gesto de miope en los ojos. Cuando la mujer se marchó volvió a bajar la vista que se quedó abstraída en el horizonte del suelo exacto que había bajo los pies de Muriel y míos. ¿Has ido a caminar? preguntó Muriel. Pues sí dijo el padre con el guiño de los ojos dirigido a Muriel ahora. Camina diez kilómetros todos los días comentó ella girándose en el sofá como si no pudiera decírmelo de otra manera haga frío o calor esté lloviendo o nevando desde hace veinte años. Hay días en que ha llegado caminando hasta La Pedriza. Una vez o un día intervino el padre que no había levantado la vista a lo que decía su hija aunque con una tensión fatigada y la boca un poco abierta descolgada tomando aire de refresco. Va a buen paso no te creas. Un día caminé con él y volví muerta. Va como una locomotora. El padre sonrió a medias con la boca todavía descolgada. Algún día podríamos ir con él siguió diciendo Muriel más claramente hacia mí bajando la voz pero suficiente para que el padre pudiese escucharlo si quería. El padre había girado la cabeza hacia la mujer que entraba entonces en el salón con la bandeja muy cargada. Podías haberle dicho a alguna de las muchachas que lo trajera dijo de pronto el padre no tanto en tono de ayuda como en el tono de quien descubre un error y no está seguro de que sea insignificante. Hay ocasiones en las que prefiero hacerlo yo todo contestó la madre con una sonrisa apurada por el esfuerzo completamente dirigida a mí. Me gustó tener esa sensación de estar en un lugar privado dentro de la gran casa mientras había gente que se movía por otros lugares y en ciertas ocasiones no entraba allí. Mientras me convencía de que el café iría ablandando blanqueando los alfileres rojos de la corona.

Gracia sirvió el café y el padre empezó a bebérselo enseguida también deprisa. La taza iba hacia su boca mientras el platillo descansaba en una mano apoyada en el muslo. El cuerpo descomunal ocupaba todo el sillón en una forma de derramarse por él y completamente recostado en realidad marchándose aún hacia atrás. El resto era la cabeza. La cabeza de pelo muy corto un ras de cepillo y quizá gris o habiendo sido antes rubio en un molde de huesos cuadrados con la cara de facciones cuadradas debajo excepto los dos ojos que tiraban solamente una línea azul igual de azul que los de Muriel y los labios que tiraban otra línea aunque larga muy delgada. Después nos miró a los tres en una mirada que alcanzaba a los tres desde un eje uniéndonos en esa mirada.

Tenía la idea de que los intelectuales estaban reñidos con el ejercicio físico dijo mostrando la media sonrisa de una satisfacción después del café. En esta casa todos son intelectuales menos yo. Mi mujer ha estudiado en Francia y mi hija estudia Arte y Sociología. Hay veces en que casi no puedo hablar con ellas así que he cogido la costumbre de echarme al monte dijo y ahora la sonrisa fue grande descubriendo unos dientes fuertes separados que ensanchó la cara. Bueno éste es mi padre dijo Muriel él pensaba que debería haberme hecho abogado. Una profesión estupenda en la que hay que tratar con las cosas reales apostilló el padre. De todas formas Alejandro no es un intelectual de los que te imaginas contestó Muriel. El padre pareció que iba a decir algo pero de pronto me encontré hablando yo pisando las palabras de Muriel. Yo no soy un intelectual. Yo no me llamaría así. Hoy en día son sólo funcionarios que darían su vida por quedarse en algún sitio para siempre que están ahí porque no tienen otro sitio. Miré entonces a la madre de Muriel cómo se tomaba esta salida pero me animó verla sonreír con sus manos cruzadas en el gesto del principio. Sólo era un pequeño chiste doméstico que conste pero para nada querría yo estaba diciendo el padre cuando le interrumpí para asegurarle que en mi experiencia en la universidad no había conocido más que archiveros que acumulaban laboriosamente informaciones sobre libros y las ordenaban en carpetas y ficheros para más tarde volver a sacarlas en plan de reseña corta o incluso de billete con su propia firma en revistas tan especializadas que sólo ellos mismos leían después de dirigirlas y también editarlas con dinero de un departamento o de un presupuesto a fondo perdido. Que hasta los mejores a lo más que llegaban era a sentarse durante meses o años en la biblioteca de un museo o en un verdadero archivo y sacar después un libro con todo lo que habían juntado y pegado aquí y en el extranjero. Yo había visto lo que era y lo que llamaban intelectual y era gente que se sentaba en un pupitre o en una mesa de contrachapado y escribía por triplicado las signaturas de los libros en fichas con autocalco. A veces llegaban a ser académicos y famosos en un premio concedido por sus iguales al éxito en no haberse convertido más que en uno de ellos.

Mientras había ido hablando o mientras hablaba todavía el padre de vez en cuando levantaba una mano en realidad la palma de una mano como si dijera eso ya lo sé pero tibiamente advirtiendo a la vez que podía escuchar más que en el fondo no le importaba que se dijera más. Sí desde luego eso le complacía le complacía tanto como para haber dejado de mirar oblicuamente mirando ahora de frente y sonreír en una mueca de la misma boca descolgada de antes cuando parecía fatigado.

Pero entonces la única diferencia es que usted lo ha escogido por lo que parece dijo en algún momento. Pero fue Muriel la que contestó. Muriel fue la que contó mi vida tal como yo se la había contado en la cena de Hernani con más detalle incluso si no con más detalle con más emoción porque ella ya sabía esa historia cuando la estaba contando a diferencia de que yo no la sabía del todo en la noche en que la conté. Para acabar rematando con la frase ideal de que sólo estaba empezando y que lo importante era ese comienzo que daba tanto como cualquier otro. Siempre y cuando se progresara. Por lo que deduzco que usted no quiere estar en la universidad dijo el padre. La sensación de una ola que ha ido avanzando hacia una línea negra del horizonte que en realidad pero no así visto a lo lejos es un acantilado con paredes verticales. Ir sobre la ola avanzando y sentir que se está en el lado de la ola junto a todo el mar que empuja. Pero después y de repente en el momento en que la ola choca contra el acantilado salta la espuma y se estalla haber estado en el acantilado ser exactamente la misma pared vertical contra la que ha chocado el mar que venía de lejos. Ser la ola. Ser de pronto la pared del choque. De pronto claramente tener que responder que no. Que no quería estar en la universidad desde que yo mismo con Muriel había embridado la ola que iba a dar contra ella. Y ese «no» que podía ser diminuto que bastaba con un movimiento de labios y un soplido de aire incluso sin modular sin subir la lengua al paladar que podía ser nada costar en ese instante tanto. Costar tanto habiéndolo deseado y habiéndolo galopado tanto. No. Lo dije puede que lo dijera o no llegué a decirlo porque Muriel contestó antes ¿y tú querías estar en los laboratorios? ¿te acuerdas de los laboratorios y te acuerdas de lo que era la química? Mi caso claro ése es mi caso dijo el padre y a continuación Gracia ¿no puedes decir que nos traigan un poco de whisky? Lo traigo yo misma no te preocupes contestó la mujer a la que miré en la satisfacción silenciosa de todo ese tiempo y a la que hacía un rato que no había mirado. ¿Traigo tu whisky? preguntó la mujer después. Claro que traes el mío vaya pregunta. ¿Tomarás un vaso conmigo eh Alejandro? Delante del vaso de whisky transcurrido el silencio que sólo era de espera de una espera que se había otorgado el padre repitió claro ése es mi caso. No tenía nada y a Gracia tuve que llevármela de su casa porque me la escondían así que imagínate el aspecto empezó diciendo. La conocí de viajante con un maletín de tela y vestido con un traje color naranja fíjate en un apeadero de tren.

Había sentido el tuteo y levanté el vaso. El whisky llegó hasta dentro igual que precipitado desde la altura. En el estómago hizo un fondo caliente que podía compararse con lo que aún notaba en la cabeza que ya no era la corona ni los alfileres sino un círculo interior sensible ni caliente ni frío ni doloroso ni placentero. Un aire en circulación que se movía muy despacio. Me di cuenta de que había apoyado la espalda en el sofá de que miraba al padre de Muriel mientras hablaba pero de que le miraba más que escucharle. Contaba una vida que transcurría desde el maletín pasando por locales industriales y enemigos y negocios quebrados en una juventud de intentos que contemplaba sentado en esa casa y contra esa puerta cristalera. Su palabra era la palabra realidad y las cosas reales hacían progresar su relato que rodaba por ese asfalto seguro único. Muriel observaba hacia el padre con el cuerpo algo echado hacia adelante e inmóvil en un gesto aproximado al de su madre del principio. Mi propia mirada desde el respaldo se encontraba con Muriel en el camino de ida o de vuelta hacia el padre. Ella se volvía más claramente a buscarme en alguna de las suspensiones subrayados de la voz que iba rodeándonos en la habitación. Una voz me fijé entonces porque hasta entonces sólo me había parecido la voz que podía esperarse saliendo de aquel cuerpo una voz grave un tanto rota como si tratase de hablar en un solo tono después de haber estado gritando durante horas y lo consiguiera al final con pérdidas pequeñas adquiriendo de ese modo un grado de proximidad también un grado de proximidad en el salón desconocido entre los objetos desconocidos entre las personas desconocidas en el centro de la ciudad inversa de La Moraleja. Que nos rodeaba iba rodeándonos como mi círculo interior sensible de aire que ahora se iba condensando llegando a un grado de reposo pero sin perder la condición sensible. También Gracia había apoyado la espalda pero con el cuerpo metido dentro del sillón manteniendo así la espalda tan recta que borraba la impresión de apoyo sin dejar las manos cruzadas ni la sonrisa una vez establecida. La sonrisa que no era un rictus pensé sino que al quedarse era una forma de bienvenida de recepción que acogía desde un lugar estable. Me sentía allí entonces y dentro solamente rodeado del exterior pero de un exterior que no penetraba igual que no lo hacían las muchachas que hubieran podido traer el café o el whisky.

Por tanto no me extrañó en particular por lo mismo que no extraña un deseo cuando se cumple porque se ha vivido con él pensé en ese momento aunque debiera extrañar su presencia el recorte real sobre la forma más vaga amplia de lo que se había imaginado por eso no me extrañó después de que el padre hablara durante mucho empujando en el salón todas las cosas hasta la cercanía con la voz de las pérdidas pequeñas y roturas y después también de que le hiciera preguntas sólo tras estar seguro de que él no diría nada más a la espera del interés que se merecía precisamente en forma de esas mismas preguntas por eso no me extrañó que me preguntara él también después si tenía planes para la Navidad. Para la Navidad. Esta Navidad. Tampoco me extrañó contestarle que ninguno. Ninguno de ninguna clase puesto que era la clase de respuesta que merecía la pregunta para que él siguiera hablando justificase su clase de pregunta. Entonces podrás venir con nosotros a la casa de Benicasim ¿qué te parece eh Muriel? Claro a la casa de Benicasim en Navidad dijo Muriel. Es una idea estupenda coronó la madre. Me pareció al principio que todos decían esas cosas a la vez para más tarde segundos más tarde parecerme que las habían dicho por separado pero repitiendo cada uno las mismas frases muchas veces hasta que unas se volvían eco de las otras en el alargamiento continuo. Y no obstante sentir que la verdadera palabra que se había puesto a transitar por el círculo interior sensible era la palabra «nosotros». El nosotros que coronaba el estar allí y el estar allí dentro con Muriel y con nosotros que coronaba la corona de frío que se fue trasformando sin desaparecer nunca. Dije que sí que se lo agradecía con la impresión de decirlo tantas veces como las veces que ellos habían utilizado. Muchas veces sí y muchas veces círculo hecho ya de las enteras palabras que circulaban. Pero justo en ese nosotros sin nadie que lo estuviera esperando precisamente por ser nosotros por decirse nosotros apareció Clara entre nosotros porque Clara también era nosotros y yo era el único que era todos nosotros. Que lo sabía.

Clara en Quintana y en la universidad y en la ciudad inversa tan lejos fuera de allí a pesar de ser o estar en el nosotros de una forma tan real como los que estábamos sentados en el salón. Clara en Benicasim y nosotros y Muriel. Muriel en Quintana y nosotros y Clara en Quintana. Clara mirándome de pronto desde el centro del salón de objetos con una mirada solamente extrañada de qué hacía ella allí que se transformaba enseguida en la pregunta de por qué estaba yo allí solamente extrañada como si le pareciese una cosa nada más que absurda o graciosa o ridícula. Nada más y sin ningún reproche o enfado aunque sin poder moverse sin dar siquiera un paso porque le era imposible saber dónde había sido depositada mientras ella estaba tranquilamente en la casa de Quintana reuniendo ordenando fichas trasladada de pronto sin poder fingir que era una estatua extrañada. Yo le decía algo le decía soy yo estoy aquí pero ella tampoco podía contestarme o me preguntaba si era yo si yo estaba allí. Entonces yo dije que sí muchas veces más claro que sí completamente agradecido.

Muriel me llevó a casa de noche. No dejó de hablar de decir Benicasim. Como si la palabra fuera su fiesta. Excitada y tocándome. Hoy me puedo quedar en tu casa si te apetece mientras yo le respondía con algo temprano del día siguiente que precisamente ésa era la única noche en que no. Dicho repentinamente como si yo mismo no lo creyera más que como si yo mismo no lo supiera. No le importó ni alteró su fiesta ni se ahogó la palabra Benicasim.

Abrí el portal y al llegar a la puerta del piso me acordé del perro de pelo duro. Mientras pensaba en abrir la puerta entrar pero era entrar ahora en Hernani. Exactamente ahora al lugar verdaderamente extraño donde estaban mis cosas compradas mi mesa de maestro.

Volví a la calle. Salí a Cuatro Caminos. Intenté cruzar a otra acera por donde no había paso. Sorteando coches me encontré en la calzada. Por necesidad tuve que caminar unos metros por la mediana con los coches pasando rozando. Después llegó el juego. El juego de seguir caminando por la mediana hasta ver adónde llegaba hasta ver si pasaba algo. Me reía. Un gran tráfico de direcciones con todas las luces puestas pero dejando el temblor negro de la mediana. Mientras jugaba.

26

La fotografía del periódico pretendía ser una fotografía de Goro y quizá lo consiguiera, aunque su cara estaba rodeada de muchas y apenas su localización central y un mínimo espacio de albedrío la distinguía en la protagonización de la escena. Pero ello no habría bastado para que resultase una fotografía veraz del objeto. Si lo era –a medida que la miraba me lo iba pareciendo más, como si la atención tuviese efectos persuasivos–, se debía a aquella fuga en la mirada de Goro que se desviaba diagonalmente y al alza, sin mirar a ninguno de los que le rodeaba, ni hacia atrás ni hacia adelante, una especie de falta de presencia acentuada por una lividez que hacía de su imagen una extraña incorporación al cuadro y, en sentido inverso, pero en el más real, tocada por una fuerza traslaticia, sustraída por un lugar al que la escena evocaba desde la enajenación. La metafísica del periodismo gráfico –que, como todas, se eleva tanto más cuanto más pobre es la materia con que cuenta– atribuye a las instantáneas la facultad de condensar la esencia de los acontecimientos –restándoles con esa atribución la dimensión de proceso y practicándoles una reducción a accidente–, cuando en realidad es el observador el que de su parte acaba poniendo la intención y la trascendencia que hagan falta. En donde hay poco o se da menos, siempre se encuentra un incauto angustiado que necesita ponerlo todo: eso es un hombre concentrado en una fotografía. Aquí, de todos modos, parecía existir un acierto. El personaje reproducido y representado parecía ajeno en lo concerniente a las meras calidades físicas de lo compuesto y ajeno también en cuanto a su papel dentro de la composición, que, al estilo románico, no mantenía relaciones psicológicas con los personajes de su circuito. Era un santo de Frómista en un set de Times Square, proponiendo, desde ahí, no sólo un alejamiento en el espacio, sino también un desacuerdo temporal. Dicho de otra manera, el personaje no estaba allí ni en ese momento ni en ese lugar, de modo que era imposible que protagonizara los hechos a que hacía referencia el artículo ni que indicaba el pie de foto, al menos a través de la instantánea. Bien, un Goro ausentado en presencia de un público estricto, es decir, de la clase de público que registra lo que ve, cámaras, periodistas, policías y, más adelante, taquígrafos. Cómo era posible, me pregunté, que ese público asistiera a un espectáculo vacío, cuyo centro estaba ocupado por una perfecta ausencia, pero también, y no menos, me pregunté por la sorpresa de Goro al sentirse observado repentinamente donde él no estaba.

Me fijé más detenidamente en aquel sentimiento diagonal y prófugo de la mirada de Goro, por descubrir si había pesadumbre, inquietud, auténtica sorpresa o, tal vez, enmascarada en las docenas de reflejos retenidos en sus ojos, esa nitidez del miedo. Su otro lugar, su otro espacio y tiempo, convergían en el personaje que describía la fotografía sin poder llevarse a cabo, paradójicamente, en el instante recogido –y que en ningún caso además, lugar de espacio o lugar de tiempo, estaban delante o detrás, tal como indicaba la trayectoria diagonal y en sensible elevación de su mirada. Sea lo que fuere, no estaba en su pasado ni en su futuro –del más al menos inmediato– y era, por tanto, utópico y ucrónico, de manera que, en el fondo, fuera lo que fuese ese tiempo y ese lugar, no había que dirigirse a ningún sitio para encontrarlo, sino que regresaba a la cabeza de Goro como una idea establecida y de su absoluta propiedad, desde la presunta ausencia y falseada orientación de lo que miraba: no había nadie en esa idea del mismo modo en que no miraba a nadie, gozaba de un mínimo espacio de albedrío respecto de lo que le estaba rodeando agobiante e insistentemente, prescindía de su pasado y de lo que pudiera venir con su ligera elevación y era diagonal en la medida en que lo atravesaba todo, como un arquero diestro que controla la tensión de su cuerda para que el dardo atraviese justamente su objetivo, no desfallezca antes ni salga tampoco por el lado contrario y caiga vencidamente al suelo. Ésa era la idea, la forma de la idea, la clase de idea instalada en la cabeza de Goro y que solamente él conocía.

Ahora bien, esa idea estaba a punto de ponerse en contacto con el mundo –la instantánea sólo revelaba el primer momento y necesariamente un único momento–, y acaso pudiera hallarse una sombra de lo que le pasaba o pudiera pasarle fijándose con detenimiento, yéndose a la trama de puntos con que la fotografía en el periódico reproducía los ojos de Goro. Entonces llamó Clara.

–Hola, Román –dijo su voz muy baja y muy al fondo, callándose con un silencio mayor que el de esperar la contrapartida al saludo.

–Hola, Clara.

No era una llamada esperable, como no se espera de quien te ha ido expulsando de su vida con ese empujoncito persistente que consiste en no levantar nunca de tu espalda la mano que te empuja. No le pregunté cómo estaba.

–Siento que debería estar haciendo algo y, en cambio, estoy aquí sentada delante de un montón de fichas y mirando el patio de manzana –se interrumpió unos segundos, como si reconsiderase el significado de lo que había dicho, el hacer algo y las fichas–. Algo que supusiera levantarse de aquí, ir a alguna parte, moverse, hablar. ¿Qué crees que ha pasado?

Era capaz de entender el sentido de la pregunta, pero no estaba seguro de querer contestar tan pronto. No tenía ninguna razón para empezar aceptando sobreentendidos, para que Clara impusiera la clase de intimidad que podía convenirle en esos momentos.

–Los periódicos, Román –intervino ella para concluir aquella demora que ya debería de haber cumplido su efecto.

–¿No has hablado con Goro? –pregunté entonces.

–No.

–¿No te ha llamado? –insistí.

–No.

–Yo tampoco he hablado con él –dije, omitiendo que era la continuación de «si me has llamado por eso...», y pensando al mismo tiempo que era estúpido por mi parte presumir la posibilidad de esa conversación, en mi cabeza o en la de Clara, puesto que si había sido delicadamente expulsado de la vida de Clara, en lo tocante a Goro no cabía semejante cosa, porque en lo tocante a Goro y a mí no cabía nada común que provocara algo tan entrañable como las expulsiones–. ¿Tú le has llamado?

–No. Le he dejado recados. Sí. ¿Qué crees que ha pasado? –la voz seguía baja y al fondo, en un hilo continuo.

En algún momento de más adelante, o quizá en ese mismo,

percibí que Clara ya había encajado el hecho de que yo no la llamara, tal como exige el reglamento de las desgracias que convierte a las víctimas en destinatarios y a los cercanos en emisores, lo que suponía haberle dado una contestación al hecho y, más tarde, gracias a esa contestación o a pesar de ella, dar el paso de la llamada telefónica, absolutamente inadecuado según el citado reglamento. De ello cabía deducir que Clara había entendido mi silencio, mi delicada expulsión a base del empujoncito continuo, o que el desconcierto o la desesperación la habían llevado hasta el teléfono, ciega a todo lo que no fuese mitigar su actual estado de ánimo.

–No estoy en condiciones de creer nada. He leído los periódicos, igual que tú, y los periódicos dicen lo que suponen que saben. Nunca he podido hacer grandes deducciones de una noticia y jamás he aprendido de esa lectura nada que no me haya hecho lamentar, el día en que se conoce la verdad o simplemente algo nuevo, el tiempo que he perdido –hubiera preferido no haber dicho esto último, que sonaba a consuelo, aunque fuera consuelo vago, general, abstracto.

–Dicen que hubo una inversión no autorizada de quinientos millones en Panamá que terminó en una sociedad del Partido –dijo como si no me hubiera escuchado y como si eso pudiera ser comentado por cualquiera que no fuese ella.

–Es lo que hemos leído.

–No pudo ser Goro. Goro no es así.

–No. Goro no es así.

–Tú tampoco crees que lo hiciera –sentí el punto de energía que había subido en su voz.

–No he dicho eso.

Hubo un silencio al otro lado. Escuchaba su respiración, como si tuviera muy pegado el micrófono.

–No te entiendo, Román –ni estoy dispuesta a entenderte, podría haber dicho, como en otras ocasiones.

–Goro no es así. Eso es lo que he dicho. No confundiría a Goro con una malversación, eso es lo que he querido decir. Pero, a lo mejor, lo que tú quieres decir es que en Goro no cabe una malversación, porque Goro es de una manera que tú conoces y en la que eso no cabe.

–Goro no es así –repitió casi mecánicamente–. Goro es lo contrario de un corrupto. Es lo más ajeno a la corrupción que cabe imaginar.

–Que quepa imaginar, tal vez. De hecho, cuando uno se imagina, jamás se imagina corrupto, del mismo modo en que los asesinos profesionales jamás se imaginan asesinos. Uno nunca se imagina mal, igual que nunca se ve demasiado mal cuando, recién levantado, se va preparando por el pasillo para mirarse en el espejo. Los espejos trabajan mucho, pero nosotros sabemos poco.

Permaneció callada unos segundos. Escuchaba su respiración a punto de desfondarse en un suspiro o en algo peor.

–¿Tú crees que lo ha hecho? –preguntó de nuevo.

–No lo sé.

–Quizá haya entrado en el remolino...

Esperé a que siguiera.

–El remolino de esa vida, de esa gente –lo dijo como cuando se despega una tirita, se tira el papel y se pone el adhesivo en la herida o en la rozadura.

–En fin, tú les conoces. O les conocías, por lo menos –maldita sea, no permitiría que me utilizara para convencerse de que ella nunca había estado allí, nunca había estado con Goro mientras Goro iba pasando de un lado a otro, para terminar en aquel fantástico agujero del Banco en el que le fueron abandonando.

Más silencio, de ese silencio que cansa como el tirar de una carga pesada con un cordel delgado.

–Supongo que no quieres hablar –dijo en una salida más reconocible.

–Antes me has preguntado si creía que Goro lo había hecho. ¿Es realmente importante? ¿Cuál sería el problema?

–Tratas de decirme que no ha pasado nada –dijo con una ironía distante, como si quisiera sentirse capaz de desprenderse de lo que yo pudiera decirle después de haber preguntado hasta hartarse.

–¿La corrupción, por ejemplo? Bueno, pues es posible que la corrupción no sea nada. Es posible que sólo pensemos en ella cuando se convierte en un problema legal. Se corrompe el cuerpo, se corrompe la vida, nos corrompe la obediencia a quienes tienen el poder de hacer que nos ganemos la vida, nos corrompe el haber seguido una dirección equivocada y darnos cuenta demasiado tarde. ¿Por qué no habíamos de corrompernos? Es una de las exigencias de la vida. Significa lo mismo estar vivo que corrupto, a pesar de lo que se diga en los funerales.

–Creo que estamos hablando de un caso distinto y no tan

abstracto –dijo Clara, escuchando, después de todo–. Nunca te ha gustado ver diferencias, siempre el ojo de pájaro...

–Naturalmente, es un caso distinto, porque no hay nadie dispuesto a tolerar las consecuencias. Nadie está dispuesto a mirarse ni a hablarse mientras podamos seguir clavando mariposas muertas con nuestro alfiler predilecto, siempre está por ahí la historia del crucificado cuyo éxito se debe, en gran parte, a que salvó a la humanidad sin obligarla a pensar demasiado. La salvación analítica es insoportable, así que el cuerpo pide salvaciones mágicas o, como mínimo, por tercero interpuesto.

–Sólo estoy preocupada por Goro –murmuró Clara.

–Es un caso distinto, naturalmente. Es el caso en el que la ley trata al corrupto como un saqueador de la felicidad ajena, manteniendo el mito de que la felicidad tiene algún parentesco con el botín.

–Goro puede ir a la cárcel.

–Lo más lógico y lo más solidario, lo digo para los que se apresuran a juzgar, sería la compasión, no la condena. Alguien que no tiene nada, se imagina que lo que no tiene está en alguna parte o que lo tienen otros. De modo que va y lo roba. Nadie puede robar si no está convencido de que los otros tienen más y mejor. Se le juzga y se le condena públicamente para trasmitir la idea de que hay un botín, no para redimir al desgraciado de su penosa sensación de vacío.

–Por favor, Román, deja de hablar de esa forma –dijo con una cierta firmeza.

–Se hace lo que se puede.

–Hablas así para no tener que pensar en Goro.

–No he dejado de pensar en él.

–No te atreves a pensar en él. No puedes acercarte tanto. Eres capaz de empedrar el camino de palabras.

El periódico seguía extendido sobre las piernas y yo seguía sentado en el sillón, cerca de la ventana por donde entraba esa luz sin colores de los días grises de Madrid. Fui doblando el periódico con la mano libre y lo arrojé hacia la mesa. Cayó al suelo y se quedó abierto y al revés. Torcí el cuello, pensando en lo último de Clara, intentando leer los titulares invertidos.

–Estaba hablando de él, y quizá de ti. Quizá de cualquiera de nosotros –dije.

–¿Y yo? ¿Yo he hecho algo? –preguntó, en lo que me pareció un remonte brusco, cuando daba la impresión de que nos desli-

zábamos pendiente abajo, hacia una parada horizontal, mortecinamente prolongada.

–Soy el que no se acerca lo suficiente, ¿cómo puedo saberlo?
–dije mientras seguía con los titulares.

–Eso quiere decir, por lo menos, que has entendido lo que he
preguntado –parecía ya firme del todo, aunque con esa firmeza
del que se dispone a salir a la calle en el peor día de invierno.

–Lo que me pregunto, a mi vez, es por qué me toca a mí responder a esa cuestión, tan circunscrita, por otro lado, a cosas de
tu exclusivo conocimiento y pertenencia.

Un día, debió de ser de los primeros, vi a Clara entrar en clase abrazada a su hato de libros. Venía con una bufanda grande,
que le tapaba la nariz, y una trenka beis. Se sentó en la última
fila y empezó a colocar sus cosas. Dobló cuidadosamente la bufanda, colocó la trenka con el forro vuelto sobre el respaldo de la
silla de al lado, distribuyó los libros sobre la mesa, abrió un cuaderno y se puso a esperar a que llegara el profesor con aquella
mirada concentrada que no conocía la lateralidad, ni el giro. Tenía la punta de su nariz respingona completamente roja a causa
del frío, y sus ojos tártaros color de miel estaban un poco nubla-
dos, quizá también a causa del frío, pero a mí me dio la impresión de que los nublaba la fatiga. Llevaba la melena corta a la
francesa que tantos años le duró y que era la forma cómoda de
llevar el pelo, de no tener que arreglárselo continuamente, de no
pensar en él –hasta que le llegó mucho después el casco frigio de
resultas, creo, del escalaventanas: aquella propensión a hacerse
mayor de lo que era para desprenderse de lo que había querido
a destiempo. Al contemplarla, me dije «ésta es una de esas chicas que necesita ayuda para relacionarse con el mundo». Pensaba en una de esas muchachas de internado de monjas, ni siquiera de colegio mayor, que trabajaban muchas horas y que se
superaban en la vida profesional mediante un sobreesfuerzo que
cortaba de cuajo cualquier brote de gracia, al tiempo que se en-
simismaban para protegerse de los impulsos sexuales. Durante
la clase, el profesor, un reciente y famoso ex ministro de Información de la época, argumentó sobre la base de Montesquieu
–con aquella erudición de libro de citas que le caracterizaba y de
la que estaba ausente no sólo un pensamiento propio, sino incluso la posibilidad de pensar lo que decía– que el pueblo necesita representantes por la sencilla razón de que el pueblo carece
de los conocimientos técnicos necesarios para ejercer el gobier-

no. Todo ello para establecer, por supuesto, no tanto la necesaria elección de los representantes, como la exclusión del pueblo de tareas superiores. Fue entonces cuando Clara, sin levantarse del asiento y sin perder su aire de huésped, le contestó –vía Tocqueville– que bajo la sombra misma de la soberanía popular suele cobijarse el despotismo de los elegidos, pero que, cuando no se da siquiera ese caso, solamente podría decirse que los déspotas se cobijan bajo cualquier sombra, con lo que se quedó tan ancha como mudo el ex ministro censor –que indecisa y certeramente se escabulló al mismo tiempo de la comprensión y del diálogo. Ése fue el primer instante del crecimiento de Clara, hasta convertirse en el ser níveo que caminaba un par de palmos por encima del suelo. Me fascinó su respuesta y su estilo, pero me olvidé más tarde de su forma de colocar las cosas en el asiento y la mesa: se me olvidó conjugar lo uno y lo otro. Las cosas dobladas, cuidadas y distribuidas en un espacio pequeño, como una isla de propósitos. ¿La Clara de ahora era tan distinta de la del primer momento, a condición de saber conjugar? Me pregunté si, a fin de cuentas, no acabamos haciendo culpables a los otros de la forma en que les hemos mirado, si no cargamos la mirada de un interés tan avaro –o tan indigente– que no puede prescindir de la contrapartida sin emitir condena al mismo tiempo.

En cualquier caso, yo no tenía por qué aceptar sus preguntas como si le debiera las contestaciones, toda vez que había sido expulsado y toda vez que se dudaba de mis aproximaciones. Ya no estaba descifrando los titulares invertidos, sino que me parece que miraba esa cortina de aire intermedio que separa a los ojos de lo inmediato, mientras la cabeza proyecta imágenes en una especie de eco visual.

–Está bien, si no quieres hablar –la escuché decir.

–Si te preguntas qué has hecho, pregúntate qué estás haciendo –contesté.

–¿Qué estoy haciendo?

–Es un sistema como otro cualquiera, puesto que los pasados siempre quedan a la distancia suficiente, hablando de corrupción, para que los corrompa la biografía. Se inventa mucho y se sabe poco. Es más fácil mirar en lo que estás haciendo ahora.

Ahí, pensé, después de todo, y por ejemplo, estaba el escalaventanas arrojado a Sánchez Artola, y la propia Clara en su cáustica indiferencia. Tal vez una catástrofe mutua, tal vez nada de eso. Era su oportunidad para hablar.

Otro de esos silencios sepultos. Y concluido en un nuevo remonte. Tuve la sensación de que, a pesar de la fragilidad que se escuchaba al otro lado, había un guión escrito con una mano imperativa.

–¿Crees que Goro lo ha hecho porque no tenía nada? Antes has hablado de los pobres desgraciados, de la compasión y de la penosa sensación de vacío –dijo.

–Tú debes de saberlo. Te separaste de él –pensé que no había sabido nada de esa separación, como antes no había sabido nada del casamiento y ahora no sabía nada de cómo iban las cosas íntimas con el escalaventanas.

Tuve tiempo para pensar en todo lo que no sabía, porque Clara no contestó enseguida. La conversación se parecía definitivamente al descubrimiento de las cataratas Victoria, demasiadas lagunas y un largo viaje por ríos equivocados. Siempre había aceptado la ignorancia en asuntos capitales de Clara como la forma de ser de Clara, que era la forma de ser que la mantenía intacta para mí, sin desgaste y sin rozamiento, sin reanimar pústulas propias que hubieran supurado a la mínima empatía con semejantes.

–Nos separamos, en efecto. Pero eso fue sólo una conclusión más bien de tipo lógico. Aunque está todavía tan cerca. Yo también he pensado en la separación...

–Bueno, estoy convencido de que la gente se separa de la misma forma en que ha estado junta. Los que se separan a garrotazos, han vivido a garrotazos, etcétera. ¿Habéis hablado últimamente de esa conclusión lógica?

Volví a pensar en todo lo que no sabía, pero también me di cuenta de que, ni aun ese momento de desapego, de alejamiento y de protección contra las emociones de Clara, me hubiera importado saber. Me pregunté por qué necesitaba saber lo que no había sabido, por qué lo necesitaba todavía, qué clase de necesidad me atraía al lugar de la averiguación y a pesar mío.

–No hemos hablado mucho –dijo ella.

–¿Goro seguía de acuerdo en los fundamentos lógicos?

–No hemos hablado desde la separación. No hemos hablado –dijo como si interrumpiese la respiración nada más acabar.

–¿Ni por teléfono?

Se escuchó un «no» tan lejano que quizá no fue pronunciado, que quizá resonó en la ausencia misma de la contestación.

–Bueno, no creo que lo de Goro tenga que ver con la separación, ni con esa clase de trastornos, ni con ningún trastorno –noté de pronto, al decir algo extraño a lo que creía que estaba pensando, que me protegía a mí mismo, por nada en particular, o acaso por algo tan particular como haber frenado en el último centímetro de un precipicio con la sensación del vértigo dejado a los pies.

–Fue todo normal –terminó diciendo o prosiguiendo, y el sonido rotundo de la palabra «normal» se instaló en una cámara vacía y hermética.

Miré el periódico caído y abierto en el suelo, la luz sin colores que entraba por el balcón alargándose hasta la penumbra del pasillo y sentí, por primera vez, la presión del auricular sobre el oído, así como, también por primera vez, intenté imaginarme si al otro extremo del hilo había un periódico en el suelo y entraba la misma luz mientras alguien hablaba junto al balcón.

–Seguramente no hay nada que preguntarse. Sabemos demasiado poco –dije.

Creo que Clara fue prolongando una a una mis palabras y yo, en mi turno, las suyas que a la vez eran las mías. Pero al otro extremo del hilo había alguien. Alguien no perfectamente reconocible. Alguien confusamente sonoro, confusamente iluminado, compuesto del mismo polvo negro y blanco que las imágenes del periódico. No hemos hablado. Fue todo normal. ¿Qué crees que ha pasado? ¿Crees que Goro lo ha hecho? ¿Y yo, yo he hecho algo? La posibilidad, me dije, de que el hilo que comunicaba los micrófonos estuviera comunicando –a través del paisaje victoriano de lagunas– que Clara no sabía nada, que nunca lo había sabido, que yo había sido tan riguroso con esa carencia como un artista lo es con su talento, construyendo una torre de marfil y deshabitada. ¿Podía saber Clara todo lo que había hecho, aun haciéndolo? No se trataba de exculpaciones, ni de lavativas morales, se trataba de un asunto crucial: si Clara sabía que había empujado a Goro, aun empujándolo, desde su extraviada pureza de Lancelot a un exilio bancario con demasiadas copas en la mesa y ningún Santo Grial, tras haber perdido con todos sus enemigos, desde la época del Citroën Mehari y pasando por una hermandad política con la que no le unía ningún lazo de parentesco, si Clara sabía quién era Goro, si Clara sabía por qué había conseguido lo que deseaba, si Clara sabía por qué cuando había conseguido lo que deseaba, se había enamorado del escalaventanas. Si Clara sabía qué le estaba pasando con ese muchacho y qué estaba haciendo con él, mientras hacía algo con ella misma, si Clara, en realidad, no sabía nada de todo eso y, efectivamente, no sabía nada de qué estaba pasando, de qué podía pasar y eso, de pronto, por un golpe envenenado del destino, se encarnaba en Goro, donde lo trágico se volvía tan patente como lo ignorado. Clara, la mujer que había tenido las respuestas y que, con su luz reveladora, había puesto en fuga a las almas tiznadas por el mundo.

Tanta luz reveladora que la escondió a todos los ojos, pero, sobre todo, que se perdió todos los ojos. ¿Había vivido sin ser vista y ahora no veía?

¿Y quién era yo –después de que ella preguntase lo mismo en esta absurda situación niveladora– al que llamaba? ¿Era, por fuerza, el inventor de algo más que de sus propios fantasmas? Ella tenía las respuestas, ella retorcía los argumentos hasta dejarlos en ese punto de sequedad que los vuelve útiles para emparse de nuevo –dado que no hay sequedad que no espere su lluvia o que no disponga de su conciencia de agua–, ella parecía estar segura. Segura, cierta, entera. El precipicio dejado a los pies, era un precipicio que estaba a la espalda, a la espalda del tiempo, y sobre el que habíamos ido reculando sin darnos cuenta, exactamente como si fuéramos mirando hacia adelante y dando todos los pasos atrás. Todos los años pasados, la gigantesca fantasía del conocimiento propio, mutuo, ajeno, convertida en la realidad de un abismo, arrojados quizá antes de verlo, navegando en el vértigo antes de caer.

Y darse cuenta demasiado tarde, pegados al hilo de un teléfono, uno preguntando qué ha hecho y el otro preguntándose por qué le llaman.

–Es mejor esperar noticias –me oí decir.

–Supongo que cuesta reponerse del golpe.

–Sabes que me tienes aquí.

–Me gustaría que lo dijeras de verdad.

–No puedo mentirte.

–Son muchos años. Ahora esto...

27

Estábamos dibujando a la chica del taburete, con una pierna levantada y cruzada sobre la otra, y las manos apoyadas. De pronto se echó a llorar. Era muy joven, cualquier cosa que le pasaría. Las modelos son cuerpos un poco fantasmas que nunca sabes de dónde llegan. Volvió la cara. Volviendo la cara, el cuerpo se le retorció y se le marcó más, pero fue curioso que no moviera la pierna ni las manos y que se quedara en la misma postura sólo que torcida hacia atrás. El profesor estuvo hablando con ella un rato. Después la dejó, sin que ella hubiera cambiado la postura, y a los demás nos dijo que buscáramos ángulos. Yo cargué con el caballete y me puse enfrente de su cara, lo que quiere decir en el lado contrario de antes, para dibujarla en contraposto. Todo lo que hice fue cambiar el caballete de sitio, porque nada más volver a plantarlo, se me quitaron las ganas de dibujar, las ganas de mirar a la chica y las ganas de estar allí. Todo me pasó con el retorcimiento de la chica y con su postura paralizada, me imagino. No sé, me daba pena no verla moverse, me daba rabia. Entonces y como suceden estas cosas, me pregunté qué hacía yo dibujando en el Círculo de Bellas Artes desde hacía años, una de esas preguntas tontas que no tienen respuesta, pero que con hacerla parece que se ha encendido la bombillita de los tebeos. Pero no me pregunté qué hacía yo dibujando y de pascuas pintando al óleo, por ejemplo, sino que me lo pregunté todo. Si hubiera estado con los pinceles me habría dado lo mismo y la verdad es que con el carboncillo me sentía a gusto, tranquila y en paz. Es como cuando Rosa hace tapices, no sé la gracia que le haría ponerse a hacer alfombras persas o brocados. Pensándolo bien, el carboncillo me había hecho sentir a gusto cuando los pinceles quedaban todavía lejos, o sea, no por el carboncillo sino por lo que quedaba lejos. Toda una vida se puede estar así, esperando a lo lejos. Por eso hay quienes aguantan tanto en un sitio que no les gusta, por miedo a las cosas que vienen después. Para mí, cuando era pequeña, eso era la sala de espera de un dentista. Con tal de no entrar y sentarme en aquel sillón horrible, me hubiera quedado en la sala para siempre. Todavía estaría allí, estoy segura, y estoy segura de que no me hubiera quejado, ni molestado, ni pedido otra cosa. Sería una mujer que habría crecido, tenido hijos y envejecido allí hasta la muerte, sin decir esta boca es mía y a lo mejor tan contenta. Puede que lo mejor de este mundo sean las salas de espera. Pero también se puede descubrir que no hay dentista y pasar lo que pasa.

Así que plegué, colgué la bata y salí por la puerta. En la calle había esa luz que no es todavía noche y que parece que nunca va a serlo, que se va a quedar así sin claridad ni oscuridad. Pasaba mucha gente con las compras de Navidad. Lo primero que eso me hizo pensar fue en que todavía no tenía decidido lo que iba a hacer en Nochebuena y lo segundo en que no había comprado regalos y en que no sabía si tenía que comprarlos. La casa de mis padres, mi casa, regalos para Mundi o no regalos para Mundi, o sea, regalos y adónde ir, cosas tan parecidas. Mundi no había respirado y a mí me faltaba aire para llamarle. Me daba miedo llamarle porque iba a ser Nochebuena y también me daba miedo sentarme sola en la casa de mis padres. No por las explicaciones que hubiera que dar, Mundi dónde está, sino por verme como yo me veía, igual que en una fotografía, allí sentada como si hubiera vuelto, como si a la casa de los padres una sólo pudiera volver estando acompañada. A lo mejor es porque volviendo con alguien no te coges el globo de que has vuelto, esa pesadilla.

Mundi me pedía que lo supiera todo para llamarle, y sin contradicciones, la palabra tremenda que usaba en ciertos casos. Alejandro y yo, yo y él, Alejandro en el pasado y yo en el pasado, Mundi en el futuro y yo en el futuro, yo en el futuro con o sin Mundi y con Alejandro colocadísimo en el pasado, sabiendo por qué iba al Círculo o por qué lo había dejado, por qué había dejado la Facultad, si la Facultad me gustaba o en realidad no me había gustado nunca, etcétera y etcétera, y como las matruskas rusas, unas figuras saliendo de las otras y encajadas de maravilla dentro de la matruska grande. La verdad es que él no me había pedido todo eso y que todavía estaba sorprendida de lo que Mundi había llegado a saber pareciendo que no sabía nada, o estando en el sitio como un peso muerto. La verdad es que él no me había pedido todo eso, pero la verdad es que me había dicho que le llamara yo. Quiero decir, que para llamarle yo, tendría que tener mis razones y las razones tendrían que ver ni más ni menos con todas esas cosas. Si no, no me hubiera pedido que le llamara yo, me habría dicho simplemente que seguiríamos hablando. Creo que eso fue una equivocación de su parte, no necesitaba ponerlo todo patas arriba. Y resultando que para levantar el teléfono necesitaría la fuerza de un gigante. Creo que se equivocó. O quién sabe.

En cuanto a lo de mis padres o mis padres y tal, ellos han sido siempre dos marcianos y la casa una nave espacial. Siempre estaban preocupados por el dinero y nunca sabían qué hacer para no estar preocupados o para conseguir dinero. Así que hablaban de lo que nosotras no entendíamos y en un idioma que tampoco, a la vez que, no sé por qué, tenían una manía espantosa de que no se tocara nada, de que todo se rompía o se estropeaba, y de que cuando a algo le pasaba algo nos íbamos a estrellar contra la atmósfera o a terminar en la quinta dimensión. Creo que eso no tiene que ver con que fueran ricos ni pobres, que visto en perspectiva es lo segundo, sino porque cuando necesitaban algo nunca lo conseguían, cuando no tenían algo lo querían por encima de todo y cuando tenían lo que fuese nunca estaban seguros de que fuera suyo. A lo mejor, les sucede a todos los emigrantes y a todos los emigrantes andaluces en concreto. Qué más da ya, al fin y al cabo. Quizá una Nochebuena con marcianos sea de lo más original.

Subí por Alcalá a buscar el Metro directo a Cuatro Caminos. Cada vez había más gente, porque se acercaba la hora de cerrar las tiendas, cuando todo el mundo tiene prisa y se acuerda de lo que no ha comprado. Al llegar a la boca de Sevilla, se me ocurrió un paseo por Santa Ana. Entonces me di cuenta de que no había subido por Alcalá para coger el Metro directo, que lo que había hecho era tirar en una dirección como cualquier otra con tal de moverme. Había salido del Círculo como un torbellino y lo lógico no era encerrar el torbellino en casa, tan pronto y con tan pocas cosas que hacer. El frío me daba en la nariz y pensé que el frío venía de aquella luz sin claridad ni oscuridad. Lo que hace bonito al barrio de Santa Ana es que parece que la gente vive allí, a diferencia de muchos otros sitios de Madrid por donde parece que la gente sólo está pasando o que se encuentran en ellos por casualidad o por un poco de tiempo. Pensé que era más fácil vivir sola o solo en un barrio como aquél que en uno como el de la Glorieta de Cuatro Caminos o el de la Basílica. Qué clase de ciudad, me dije, es una ciudad que cuando uno vive solo parece que no vive en una ciudad. La gente tiene que juntarse en las ciudades o morirse. Y llegué a la conclusión filosófica de que las personas se enamoran en las grandes ciudades para poder vivir en ellas y que no hay otra razón para el amor. O sea, que no hay amor en el campo.

Lo cierto es que Santa Ana, a cambio de lo esperado, estaba bastante vacía, quitando las cervecerías con su reflejo amarillo de cristales y la gente metida adentro con sus abrigos. En el parterre había mendigos con el equipaje subido a los bancos y dos señoras mayores guiando perros.

Creo que ya tenía un poco de angustia, por culpa de la modelo llorona, de haberme escapado del Círculo con ganas de no volver, de haber tirado hacia el Metro sin ir hacia el Metro y lo peor con diferencia, según lo pensaba ahora, de haber esperado encontrarme con no sé qué en Santa Ana. De la espera uno va acabando mal en la esperanza. En las salas de espera de dentista lo que te encanta es que no pase nada y seguir como si tal, y en la esperanza, por culpa de esperar, no hay nadie y se ha ido todo el mundo.

No me extrañó nada encontrarme bastante deprisa en la Carrera de San Jerónimo y con la nariz pegada a un escaparate. Son maravillosos los escaparates, y con todos das la espalda a la calle.

Cuando decidí mirar, después de haber pegado la nariz en el cristal que estaba más templado en comparación, vi que eran objetos de escritorio. Y tan de golpe como eso, me acordé de la mesa de maestro de Alejandro. La mesa grande como un armario que va llevando a todas partes. La tenía ya en la pensión de San Bernardo, se la había comprado en el Rastro por seis mil pesetas. Por lo visto, tuvo que serrarle las patas para meterla en el cuartucho, nada más comprarla. Y después tuvo que volver a serrarlas para sacarla de allí y meterla en mi casa, y la misma operación cuando se fue y se fue a Hernani. Después las pegaba con cola de carpintero. Lo malo es que nunca era capaz de serrarlas por el mismo sitio y las patas de la mesa parecían retales de leña, aparte de haberse ido quedando bastante coja. Además, no era de las buenas, sólo era grande y con todos los cajones. A mí me parecía mucho trasto para tan poca gracia, y por si no bastara, Alejandro no la usaba jamás, porque prefería leer y estudiar en los cafés delante de su copa de coñac, o en las bibliotecas con los libros que no podía comprarse. Pero fue de lo único que hablamos el día en que se marchó. Estaba serrándole las patas otra vez y yo le dije que no merecía la pena ir cargando con ella de un sitio para otro o cosa por el estilo, pero que era evidente. Me miró con aquellos ojos verdes que se le ponían como lunas cuando sentía un desafío y me contestó, con su forma rara de entender lo que se le decía, que por qué de un sitio a otro. Yo estaba hablando de la mesa y él quería hablar de lo de un sitio a otro. Puede que yo tuviera la intuición de que a la mesa le quedaban todavía muchos serruchos, pero lo cierto es que ya entonces el apero estaba hecho un cachivache. Así que sólo quería hablar de la mesa, estoy segura. Y fue lo que le contesté. Por qué vas cargando con ella a todas partes, terminé por decirle. Porque es mía, fue la contestación tan airosa.

En el escaparate había las típicas cosas, en muy plan bien, como se imaginaba el dueño que debería ser el escritorio de un hacendado o de un notario, pero que a mí me resultaba más el de un anticuario o el de alguien que lo ha recibido en herencia, o el de las fotos de las revistas de decoración, donde por muy antiguas que parezcan las cosas lo que parece es que nunca las han usado. O sea, el estilo de la casa de mis padres, pero en vistoso.

Hasta que me fijé en uno de esos pisapapeles en cristal de aumento con una flor marina, como margaritas minúsculas, más bien estrellitas violáceas o rosicleres, con puntitos de cadmio. Que depende por dónde lo mires, lo que contiene es grande o pequeño. Pensé enseguida que el asunto de los regalos podía solucionarlo enseguida regalándome algo a mí misma. Además de que aquello no pegaba allí ni con la cola de Alejandro, de forma que sería también como quitarlo de un mal sitio. Pero me gustó mucho pensar que el asunto de los regalos quedaba resuelto regalándome algo a mí misma, cosa que no se me hubiera ocurrido ni por asomo si me hubiera puesto a pensarlo sentada y metida en casa.

Casi dos mil pesetas, bueno. El hombre que llevaba un traje como si llevara un guardapolvo se puso a envolverlo y le dije que no, así que me lo guardó en una bolsita de papel. Me pasé el viaje en Metro buscándole los ángulos que no le había querido buscar a la modelo llorona. Por arriba, parecía que la flor iba a hacer explotar el cristal y en cambio por debajo parecía que la habían tirado al fondo de un vaso. Era más bonita aumentada, porque empequeñecida no pasaba de un hongo del color de la enfermedad.

Salí del Metro y por lo menos ya era de noche. En Cuatro Caminos había menos gente y para mí más frío. Me metí en Hernani, de todas formas por alguna calle tenía que bajar hasta mi barrio de la Basílica, pero cuando miré desde la misma acera del portal las ventanas iluminadas del treinta y cinco, me di cuenta deprisa de que Hernani no era alguna calle, sino por la que yo había decidido pasar. Sin decidirlo, quiero decir, como cuando aparece un sabor muchos días después de haber tomado el alimento de ese sabor, que se ha quedado allí y sale, aunque mientras tanto ni existía, ni se recordaba, ni se recordaba si había existido alguna vez.

Yo pregunté si estaba Alejandro, pero la voz de Abel por el telefonillo sólo me contestó sube, sube. Se lo repetí otra vez y sube, sube.

Abel me abrió la puerta, me saludó y echó a andar por el pasillo como si me hubiera estado esperando y como si hubiera que colocarse pronto en el sitio, porque no se entretuvo nada después de cumplir el saludo. Se veía la luz de la lámpara de pie del salón, que era la que salía a la calle y poco a poco, por lo menos así era la impresión, fue apareciendo el perfil de Alejandro, como esos títeres que primero asoman el careto y luego lo demás.

Abel pasó por delante de Alejandro para sentarse en el otro sillón. En el sofá había una chica muy rubia que tenía cara de pasárselo bien y que puso una sonrisa que quería decir que me recibía de esa forma y que yo también podría pasármelo bien. Al primer golpe de vista, pensé que era tonta. Aunque no era una de esas polvorillas que se hacen el circuito por los pisos de solteros a ver que va cayendo. No tenía pinta de necesitar dejarse caer, ni de que la cogieran. Una niña pija y guapa, hasta demasiado guapa.

Abel me dijo que se llamaba Muriel. Alejandro no se levantó del sillón y dijo hola, Regina, como si nos hubiéramos despedido ese día por la mañana, lo que era un error de ciento y pico.

–El champán lo ha traído Muriel. Excelente. Tienes que probarlo –dijo Abel justo cuando ya estaba pensando en empezar a irme por donde había venido.

–Siéntate aquí, aquí –dijo Muriel con palmaditas en el sofá y con aquella gran fiesta en la sonrisa.

Nada más sentarme, llegó ese medio minuto de silencio siguiente a cuando alguien se ha pasado de efusión. La cara de Abel tenía también una sonrisa, sólo que en su caso parecía que la cara y la sonrisa se habían chamuscado en un fotomatón. La de Alejandro era mejor, a medias entre un funeral y una alucinación, como si hubiera aterrizado en la sala sin que le avisaran de quién estaba allí. Esa cara suya era corriente cuando el cumpleaños o el entierro era de otro, y tenía que quedarse sin nacer o morirse ese día. Muriel y Abel, pensé. Una de esas chicas con las que se paseaba sin presentarlas y que desaparecían en la boca del Metro. Pensé que merecía la pena haberse quedado, sólo para adivinar las cosas pequeñas que nadie te dice.

–Hablábamos de Inglaterra, Regina –dijo Abel para espantar el ángel que estaba pasando–. A Muriel le fascina.

–Claro que me fascina –comentó Muriel–. Está todo lo que me puede interesar, todo lo que estoy estudiando. Oh, me hace una ilusión.

–Sí, la fascinación del Norte –dijo Abel con el tono de perifollo que se le conocía, aunque cuando pareció que iba a darle por ahí, se conformó con lo que había dicho, nada más raro.

–Los mármoles de Elgin, los retratos de Constable, el British, la National, los teatros del Strand, Charing Cross, las tiendas de Mount Street –dijo la tal Muriel, como si lo estuviera ensoñando y lanzando la mirada como si fuese una red.

–¿Conoces bien Inglaterra? –pregunté por respeto a las emociones.

–Me mandaban cuando era pequeña, pero sólo para conocer el idioma –contestó con su sonrisa y cerrando los ojos, o sea que me habló cerrando los ojos, una especie de remilgo a la antigua.

–Será un viaje maravilloso –dijo Abel con los ojos brillantes.

–Es que os vais de viaje... –dije yo.

–Diez días a Londres, a finales de esta semana –Muriel volvió a cerrar los ojos para decírmelo.

Me volví hacia Alejandro. Después de todo, había venido para verle a él, no para escuchar las vacaciones de Abel y su loro, y suponía que Alejandro estaba tan contento con aquel parloteo como yo misma.

–¿Sigues viviendo en Madrid? –le pregunté con un poco de guasa.

Alejandro puso los ojos no como si hubiera recibido una pregunta, sino como si le hubieran tirado una tarta y los abriese.

–Sí... Vivo en Madrid.

–Y no te has hecho trapense, ni nada.

–No, no.

–Eso está bien –me reí, qué iba a hacer.

Hizo esfuerzos por sonreír, pero enseguida volvió a poner la cara del tartazo. A veces también ponía esa cara cuando se había pasado de copas.

–Me alegro de verte, en serio –dije para sacudirme un poco a la ropa tendida.

–El trabajo –contestó–. Es el trabajo.

–No has probado el champán –terció Abel el solícito.

Tampoco me había fijado en que me lo había puesto. Pero sí me fijé en lo contento y distendido que estaba Abel. Más de lo normal para una reunión social que según Mundi solía confundir con un «foro existencialista».

–¿Es que te dejas ver poco, Alejandro? –escuché a Muriel, mientras yo probaba el champán, pensando que nunca me había gustado y que tenía demasiadas burbujas tontas.

Creo que también oí un gorgoteo de Alejandro.

–En la Facultad –dije después–. Abel nos dijo que a lo mejor entrabas en la Facultad.

–Se lo dije, sí –Abel se echó para atrás en el sillón.

–Soy profesor en la cátedra de Sánchez Artola. La cátedra de Sánchez Artola es la de Historia del Pensamiento. Estoy a cargo de un seminario –se explicó Alejandro como si fuera a lanzarse, pero enseguida pensé que no, que no se lanzaría y no se lanzó, que había sido para dejarlo sentado y no hablar más de ello.

Lo pensé enseguida, porque quien no aparecía era la catedrática. A mí siempre se me hubiera ocurrido que lo más fácil era que se metiese donde ella, aunque lo más fácil podía ser también lo más equivocado. Me daba igual. La cátedra de Sánchez Artola, pues muy bien.

–Un seminario estupendo –dijo Muriel–. Yo voy a él. Y no lo digo porque esté el profesor aquí –seguía divirtiéndose.

Miré a Abel y noté su mirada de ojos de ratón bajo el chorro de la lámpara.

–¿Estudias Sociología? –pregunté.

–Claro. También estoy en Historia del Arte –y tuve la impresión de que lo decía como si yo debiera saberlo, ese tono.

Lo primero que se me venía a la boca era preguntarle qué hacía allí. Era lo más lógico, puesto que para seguir hablando, según parecía, debería saber cosas que no sabía. Volví a mirar a Abel y Abel no había cambiado la mirada, todo contemplación.

–Entonces, te vas a Londres –dije y yo también me sentí contemplando, aunque contemplando a Muriel.

–Claro, ya lo he dicho –la rubia volvió a cerrar los ojos, pero con un gestito de desconcierto–. Alejandro lo conoce muy bien y va a enseñármelo.

–En realidad, no es definitivo. Es una posibilidad –me pareció que Alejandro miraba más hacia Abel–. Una posibilidad real –entonces miró más a Muriel–. Tengo que estar seguro de que puedo –entonces me miró a mí.

–Pero si lo habíamos cambiado por Benicasim –dijo la rubia como si se horrorizase–. Si lo habíamos cambiado por lo de irnos con mis padres.

Alejandro no dijo nada.

–Más champán –propuso Abel y se dedicó a servir.

Alejandro y Muriel. Abel, contemplándolo. La catedrática, fuera de concurso. Alejandro, Alejandro... Un escalofrío real y verdadero. Lo más curioso de ese escalofrío es que no era de los que van marcando, como una cuchilla o una punta de hielo, sino de los que recuerdan, recuerdan que tienes columna vertebral y recuerdan que esa columna vertebral está en la espalda, y que la espalda está en el cuerpo. Pero así y todo, viene de fuera y el momento en el que toca no es el momento en que lo estabas esperando. Alejandro, Alejandro...

–Pero por supuesto que puedes –dijo la rubia igual que si hubiera dado un salto–. Todos los profesores tienen vacaciones en Navidad.

Entonces no era tan fácil, no tan fácil. ¿Dónde había ido a parar la catedrática? Y dónde creía la rubia que estaba. Sin contarme a mí, vecina y circunstancial, pero que había venido a amontonarse en el cuadro. Era un escalofrío por Alejandro que me tocaba la espalda, pero a lo mejor Alejandro era un escalofrío. Lo había sido siempre.

Iban a fusilarle, hoy, mañana, o cualquier día. Pero iban a fusilarle, porque unos le habían encontrado y otros estaban a punto de encontrarle. Allí estaban los ojillos de Abel y allí estaba el montón de cosas que no podía responder. Alejandro que no estaba nunca en el sitio en el que estaba, siempre más acá, más allá, en otra parte, nunca se sabía dónde estaba. Porque así no le encontrarían, porque así seguiría vivo. Pero de repente no estaba en demasiadas partes y de repente le buscaban.

–Podíamos ir a cenar –dijo mirándonos a todos, pero como si buscara una puerta entre uno y el de al lado.

Lo último fue poner sus ojos en mí. Tan pájaros, tan líquidos, quietos sin volar. Dios mío, volví a sentirlos como cuando empecé a sentirlos. Me asusté. Me asustó sentirlos. Los dos pájaros verdes en la negrura del pelo revuelto. Pero no me asusté por mí, por mí de esa manera cuando le amaba, me asusté por la lástima, por esa lástima infinita con la que yo podía sentirle, en el rellano de la pensión, en su chaqueta de viejo, quedándose dormido en el sofá mientras Mundi dormía conmigo, llamando al portal de madrugada y preguntando si podía entrar y sabiendo que no.

–Podíamos ir a cenar –repitió.

Hubiera ido con él a cualquier parte y si hubiéramos estado solos yo no habría podido resistir. Pero iban a fusilarle y yo no tenía más lástima, porque se la había dado toda, toda hasta no quedarme ni una gota para la última noche. Y también porque yo me estaba preguntando si era capaz de distinguir entre la lástima y el amor, y por qué tenía que hacerme todavía esa pregunta. Qué clase de ser no sabía distinguir eso. Tal vez lo de Alejandro nunca fue amor, sino lástima. Pero yo no sé si llegaré a saber cuál es la diferencia.

–Tengo que irme –dije cuando ya estaba en el pasillo, como si hubiera llegado hasta allí con los ojos cerrados.

En la calle pinteaba y tuve la sensación de que el agua no resbalaba, que se quedaba en la piel. Me acordé de la flor marina y de que acababa de dejarme la flor marina en el salón de arriba. Podrá ponerla en su mesa de maestro, pensé. Y también pensé en que tendría que llamar a Mundi. El próximo fin de semana. O el siguiente. Me apetecía ir a casa y coger los lápices.

28

–Me siento mal recurriendo a ti siempre. Pero no tenía fuerzas. Sólo pensar...
–Es como una excursión. Piensa que estamos yendo de viaje. Fíjate en qué día magnífico, y cómo está la sierra. No parece invierno.

Conducía alegremente, mirando a lo lejos, como si me diera a mí también la oportunidad de elegir esa alegría y esa forma de mirar; exagerándolas para que pudiese cuando menos tenerla en mi horizonte, que no llegaba más allá del habitáculo y de la conciencia de problema inmediato, un problema como una montaña o como una guinda, y ahí sí que a elegir, que lo ocupaba todo como un pasajero voluminoso, aplastándome en mi propio asiento. Me maravillaba la tranquilidad de Abel en los pequeños horrores de los días, y que él trasmite como un confort que pone lo execrable a distancia; él no escuchaba aquel ruido de motor sonando igual que una hélice en una pared, ni se dirigía al Polígono Industrial de Alcobendas para poner el Saab en manos de mecánicos; no temía que el coche se nos descompusiera por el camino o provocara un accidente, ni sentía esa aprensión del trato con el taller, la espera, los papeles, la mañana indecisa... Siendo, además, que lo era, culpa de la última revisión, cosa que habría que discutir con los responsables nada más llegar; una guinda o una montaña terminaba por aplastarme en el asiento. Mi propio temor, pensaba, a esas fechorías cotidianas venía de la manera en que desarbolaban el tiempo, dejándolo abierto sin principio ni final, completamente a merced de otros. Goro me excluyó, gracias a Dios, de esos padecimientos; con Alejandro no podía ni contarse. Alejandro..., el pequeño bicho. No podía, en todo caso, mirar las montañas como transportada a la fantasía de un viaje, a pesar de que Abel fuera tan confortable, estuviese tan cerca.

–Puede ser cualquier cosa. Cabe dentro de lo posible que nos volvamos con el coche dentro de un rato.

Comenté, tratando de sacar un poco las manos de lo que me caía encima, como esos personajes de cómic enterrados en el suelo por una roca.

–Volveremos dentro de un rato, de todas formas. Deja de preocuparte tanto por lo del coche. Es un rato perdido y nada más.

Abel contestaba abriendo una sonrisa silenciosa.

–Estoy un poco avergonzada. Has tenido que cambiar tu turno en el hospital y, en fin, debería haber podido hacerlo yo sola.

–Lo del turno en el hospital viene a pasar todos los días. Tú tienes demasiadas cosas en la cabeza, te preocupan muchas cosas. Yo soy feliz acompañándote.

–Me preocupan muchas cosas..., debería haberlo notado.

No conseguí imitar su sonrisa.

Abel conducía despacio por el ovillo de circunvalaciones, incorporaciones, pasos elevados, cruces, salidas, que a mí me hubiera resultado imposible dominar en un día cualquiera. Desde que abrí los ojos por la mañana sentí cómo se posaba el desfallecimiento con sus largas patas de pájaro, igual que si hubiera estado volando a oscuras por la habitación y esperando a que me despertara. Alejandro se había quedado en Hernani como muchas veces en las últimas semanas, ocupado con su trabajo, con sus clases, suponía que absorto en su nuevo papel, en su tremenda necesidad de quedar bien, de despuntar; podía entenderle a distancia y respetar los placeres que descubría en su estrenada independencia, aunque me había hecho un poco de daño no tenerle más cerca con lo de Goro, y también había empezado a molestarme la maleta abierta después de tantos meses sobre la plataforma del armario, como si pudiera cerrarse en cualquier momento para un traslado, tan amenazante todavía. Sin embargo, en el pasado no habíamos hablado de Goro más que en ocasiones y de refilón, de modo que, incluso para mí, resultaba forzado volcarle lo que estaba sucediendo, porque era traer a escena demasiada historia; sobre todo, si quería explicarle mis sentimientos y someterlos a la especulación de quien sabía tan poco. Tan poco, realmente... Porque no sería más que especulación y, aparte del forzamiento, podía sentir también que me escondía de esa mirada de Alejandro, no por su bondad o maldad, su inteligencia o su falta de perspicacia, sino por el descrédito y la ignorancia de cuanto no sabía. ¿Cómo podía ser Alejandro, en toda aquella catástrofe, alguien tan exterior? Lo había pensado mucho en las últimas semanas y, a pesar de ello, nunca había pasado de esa exposición tan reducida del problema; yo también padecía mi propia ignorancia. Tal vez haya una clase de amor en la que se prescinde de la biografía. ¿Qué clase de amor sería ése? ¿El verdadero para la pasión y el fatal para la supervivencia? ¿Qué hace el amor con los asuntos diarios, con las catástrofes, con el pasado? Era más eficaz recurrir a Román, por la sencilla razón de que Román era dueño de una parte, al menos, del catálogo de antecedentes; era alguien que había estado, que nos había presenciado y, en consecuencia, necesario. Naturalmente, en los días en que dudé en hacer la llamada, porque la relación con Román es mutuamente elástica y eso nos expone a veces a perspectivas difíciles en los puntos más alejados de la tensión como a encuentros laxos en la cercanía, y por supuesto a todo lo contrario, me pregunté si la amistad es algo distinto de una recurrencia que el tiempo convalida. El testigo más veterano se convertiría siempre en amigo, una vez desprovistos de papel criterios sustanciales como el afecto, la empatía, la solidaridad, la correspondencia..., el amigo habría estado demasiado tiempo y algo nuestro sería suyo.

–No sabes nada de Goro, como es natural.

Me pareció que Abel enlazaba con el asunto de las preocupaciones, pero con el gesto un poco cambiado.

–¿Como es natural?

–Quiero decir, que si hubiera algo nuevo me lo habrías dicho.

–Por supuesto. Por supuesto que sí.

Abel había llamado todos los días, se había convertido en la única conexión permanente. En la universidad, se había extendido la mancha, nunca mejor dicho, de silencio que amparaba esos casos; un repliegue ante el temor de la mácula, ante el castigo demasiado cercano, de los mundos cerrados que, con el paso del tiempo, sin embargo, se trasformaba en el murmullo constante de una cañería que acompañaba todos los movimientos del mancillado; se pregunta «cómo estás» y la respuesta, amplia, subterránea, explícita, evasiva, puramente cortés, queda a cargo de la disposición e intenciones del que contesta. Únicamente Vives me habló claramente y me aconsejó que cerrase mi huerto. «Hortus conclusus», la gran declaración existencial de Vives que también a mí me cerró el paso; Vives nunca fue alguien a quien acudir... Trataba de verle como fue desde el principio, ¿acaso diferente alguna vez del hombre que corría sus cortinajes para contemplar a solas sus batallas entre lapitas y centauros? De todos modos, le agradecí que me hablara y, al mismo tiempo, que me separase. De modo intermitente llegaban, aun así como el goteo interminable de las clepsidras, casi injustificable, los telefonazos de algunos parientes, de los amigos no demasiado cercanos, en actitud de duelo y con genéricas palabras de duelo. Los hermanos de Goro no llamaron, con una delicadeza y tacto de los que, probablemente, nos congratulábamos las dos partes; hacia su hermano pequeño, los industriales cántabros no han mantenido más que una aprensión sistemática y una de esas protecciones a distancia que, en realidad, eran un método de vigilancia. Goro les sorprendió varias generaciones por detrás a resultas de un último brindis de los padres y, desde luego, esa sorpresa se les quedó para siempre bajo aspectos diversos de la inquietud; cuando Goro decía que su familia era como todas, que su forma de chocar con las esquinas no tenía ninguna relación con Torrelavega, yo me reía. En resumen, me había dado cuenta de los mundos reducidos en que vivimos, a pesar de lo que vamos tejiendo; y, en resumen, sólo Abel había presenciado, por lo que a mí se refiere, el episodio catastrófico.

–Tendría que haberte llamado.

Abel dejó pasar tiempo antes de decir esto.

–Quién...

–Goro. Goro tendría que haberte contestado. Estarías más tranquila, seguramente lo sobrelleva mejor que lo que pasa por tu imaginación.

–Supongo que en la cabeza tiene más cosas que mi tranquilidad.

Abel atendió a algo de la carretera y luego esperó otro poco antes de seguir hablando.

–Puede que yo lo esté viendo desde afuera. No sé, de todas formas, pensaba que desde la cárcel... No sé, voy a decir tonterías. Pensaba en ti, nada más.

–Goro ya ha estado en la cárcel antes. No te preocupes por mí, por mi imaginación no pasa nada, hay realidades aplastantes. Sé que está en Preventivos de Alcalá y que no tengo nada que imaginar.

Hubiera podido seguir diciendo, casi automáticamente, sin pensarlo: «quisiera hablar con él, pero no estoy segura de que quiera hablar con él en la cárcel o sabiendo que está en la cárcel. No quiero oír hablar de la cárcel».

–Perdona. No debería ponerme pesado.

–No, por favor. No hay nada de eso.

Otra maniobra y otro ligero ensimismamiento.

–Era por la lealtad.

Había arrugado un poco la cara.

–¿Por la lealtad?

–La lealtad al sufrimiento. Hay una lealtad cuando alguien sufre. En las relaciones hay algo que se debe, hay una economía y hay compromisos...

No entendí muy bien, pero lo traduje por una expresión de sentimientos hacia mí, que sólo podía agradecer.

Miró por el retrovisor, se echó hacia la derecha, disminuyendo la velocidad. Luego, entramos en una vía de servicio que corría paralela a la pista. Otro de aquellos ovillos...

–Yo jamás hubiera llegado.

–Por eso estoy aquí.

Lo dijo con un tono de rotundidad entrañable.

–Menos mal que no está Alejandro. A estas alturas, llevaría media hora protestando.

Había echado un vistazo al reloj, había calculado y ese plazo de tiempo, casi cincuenta minutos, había traído el recuerdo de Alejandro, como una detonación trae imágenes de cuerpos y de sangre.

–Casi seguro...

–Supongo que ahora le tendrás en casa como nunca. Te deseo lo mejor. De verdad. Supongo que estará contento, tiene que estarlo. Es lo que ha querido. ¿Le ves contento?

–Ya sabes cómo es.

–Sinceramente, creo que aún no sé cómo es Alejandro cuando tiene lo que quiere. En Hernani se encuentra más cómodo para trabajar, tiene allí sus cosas..., bueno, bastantes cosas.

–Sí.

–El primer año de profesor no se pasa del todo bien. Es un sarampión, miras y te miras, y sólo ves granos. Avísame si algún día le encuentras muy enfermo.

Hubiera preferido no tocar las enfermedades, ni que viniese a rondar el antiguo asunto de la hepatitis de Alejandro, cuando tuve que suplicarle a Abel que le ayudara. Qué complicado era todo... Supliqué a Abel que le ayudara, pero nunca le pregunté por qué le costaba tanto; sencillamente, me parecía más directo pedírselo, porque a mí no me lo negaría. Pero por qué se lo negaba a Alejandro, era lo que sucumbía en el misterio, a la vez que yo había olvidado la cuestión desde el momento en que conseguí lo que me había propuesto. Sin querer, por un símil tontuno, había enredado unas extrañas sensaciones; aunque también, siendo las circunstancias felizmente tan distintas, en aquella época veía menos a Alejandro y también por entonces Abel era una especie de mediador.

–No le veo tanto. Creo que llegaremos por aquí, rodeando el híper de Continente.

Giré mecánicamente la cabeza hacia la explanada vacía del supermercado, con un fondo de naves industriales asentadas en una vaguada de campos marrones.

–¿Quieres decir que no os encontráis?

–Coincidimos a veces. Un momento...

Habíamos rodeado la explanada y el edificio, bajando hasta una intersección con lo que parecía la carretera principal que cruzaba el polígono.

Abel frenó el coche ante una señal y miró volviendo el cuerpo.

–Estos cruces son peligrosos. Apenas puede verse a los que vienen.

Miré con él. No había mucho tráfico, pero los automóviles pasaban a bastante velocidad.

–¿Has estado haciendo el turno de noche en el hospital?

Nos habíamos incorporado al carril.

–Este año me las he arreglado para trabajar sólo de mañanas. Quiero acabar la carrera en condiciones. Me gustaría hacer bien el curso, será como un regalo. Creo que es la primera rotonda. Pero tú has traído el coche hace poco, ¿de verdad no puedes acordarte?

–Vine con un taxista.

–Sí, es ésta. Mira, ahí al final pone Saab.

–Alejandro tiene épocas en las que se encastilla. Ahora debe de estar pensando en lo que se juega. Tiene una forma singular de encerrarse igual que tiene una forma singular de salir disparado. En los dos casos parece que lo hace contra alguien. Hay

285

que irse acostumbrando, pero, por otro lado, está bien que se tome a pecho esta oportunidad. Lo ha pasado mal.

Había sentido la necesidad de volver a Alejandro, de seguir hablando, no para decir nada, no para añadir nada.

–Por supuesto. Claro que sí.

El coche se detuvo. Abel lo situó en una fila de espera en la que había unos cuantos más, a la entrada de una fachada blanca con letras azules y ruido de taller que salía del portón abierto; a un lado se veía gente con bata, y paneles de oficina.

–¿Es que no le estás viendo? ¿No le ves?

–¿A Alejandro? Claro que le veo. Pásame la documentación. Voy a hablar con el jefe de taller cuanto antes.

Moví las manos hacia la guantera. Sentí que durante un segundo se quedaron indecisas, mientras me preguntaba, algo absurdamente, por qué el jefe de taller no podía esperar medio minuto más. Luego, le pasé a Abel la documentación.

–Si tenemos suerte, acabaremos enseguida.

Le vi adelantar la fila de coches y meterse entre los paneles, salir al cabo de unos minutos con la carpeta bajo el brazo, mirar hacia el interior de la nave y perderse de vista. Pensé que debería salir del coche y acompañarle; después de todo, el coche era mío y la solicitud de Abel no merecía aquel desplante de marquesa. Sin embargo, se me ocurrió, un poco mágicamente, que si yo no salía, Abel regresaría antes; yo quería que Abel se quedara en el coche, que Abel estuviese en el coche.

Por otra parte, estaban todas las sensaciones de querer permanecer abrigada en el vehículo, el abrigo de los días en que las puertas pesan demasiado, las corrientes hacen daño, la luz hiere los ojos, la calle destempla; los días de los sitios pequeños, de los libros sobre la mesa, del chal en los hombros. Sentía que me estaba arrebujando. O que lo preferiría...

Vi venir a Abel, con la mirada midiendo sus propios pasos. Abrió la portezuela, pero no entró.

–Vamos a tener que dejarlo. No tienen tiempo para vistazos. Les he dicho lo de la revisión, pero están hasta arriba, por la Navidad.

Se marchó de nuevo. Llegó hasta la puerta de los paneles, miró hacia dentro, luego, hacia el interior del taller, pero permaneció en la puerta. Tenía la cara muy vuelta y forzada, en una postura de extravío. Me pregunté qué hacía tan quieto y tan forzado, esperando rígidamente, aunque con demasiada rigidez para la espera, y contorsionado hacia donde alguien o bien no venía, o bien tardaba en exceso en llegar. Yo le veía por el lateral y francamente, siguiendo la línea de coches que se detenía en el portón, avanzando después por el espacio libre del vestíbulo de cemento blanco. La cabeza de Abel fue regresando lentamente de su tensión, como vuelve la bailarina de una caja de música, empujada por el muelle y con el movimiento ilusorio de la única postura, regresando lentamente y clavándose en mi ventanilla. Ese pesado instante del encuentro biselado con unos ojos lejanos que certeramente te miran, de los que podrías jurar por tu vida que te miran a ti, solamente a ti, y de los que podrías jurar que los verías mirándote a kilómetros de distancia, porque has encontrado una sola de esas chispas que habías esperado encontrar, aunque no sabes qué clase de incendio o de gloria irá a desatar. Oh, Dios, nadie se libra del contacto excesivo con la vida, de esa pesarosa puja por encontrar lo que busca...

Observé cómo Abel se retiraba delicadamente hasta quedarse entrevisto y de seguido se introducía en la oficina. Se retiraba él, tras el contacto, como si los ojos, suyos y míos, hubieran encontrado algo igual, demasiado igual para seguir mirándolo. La mirada, la mía, retrocedió, encontré mi cara en el retrovisor de afuera, una cara sin exactitud, de otro instante o de otra persona; esas caras que son como una mortaja, una anticipación, un resumen apresurado y brutal de algo que se ha hecho y se ha olvidado, que, a pesar de todo, se va reconociendo como propia, gracias a ese esfuerzo de identificación que hace el miedo en lugar nuestro, porque, en el fondo, ésa es una cara temida, es una cara temida desde el principio, desde que se sabe que hay una cara, una cara temida y nunca antes vista. Temida por eso, tal vez; cómo es posible descubrir una fidelidad absoluta entre lo que durante años ha sido un duende trémulo, desleído, y el retrato que devuelve un espejo. No era yo, y era yo, aquella mortaja sorprendida que me miraba con aquellos ojos inútilmente viejos, con la carne manchada de palidez, tumefacta, como si el espíritu careciese de arranque para moverla y distribuir los rasgos en una expresión animada, cambiante. No era dolor, no era golpe, fracaso, derrumbe, desorientación. De ser algo, era muerte. La muerte que no puede ser otra cosa que mirarse en un espejo donde solamente estás tú y no te reconoces. Ni siquiera locura; no. La locura son mil rostros que nunca se reúnen. Aquél

287

era un único rostro para siempre, acaso el de siempre. Acaso, acaso, acaso..., el de siempre. Ese primer indicio de la eternidad, siempre, siempre, siempre así, esa cara que está enfrente, ese que mira, esa imposible separación en el reconocimiento imposible que eres tú.

–Clara, Clara. Voy a dar las llaves. Sal. Vámonos.

Era una mano en el hombro, que lo agitaba.

Detrás de Abel había un hombre con un mono blanco. No salí enseguida, me costaba en ese primer instante. Abel dio la vuelta al coche y tiró de la portezuela. Noté que, al enderezarme, muchas pequeñas vesículas, capilares, ligamentos, tenían que erguirse al mismo tiempo, la sensación de un cuerpo que se arma sin fluidos, sólo con las piezas secas de una maquinaria en desuso.

Pero empecé a caminar y a hacerlo deprisa. No caminaba, no caminé, por una acera, por un arcén o por asfalto, no era un suelo firme. Escuchaba las llamadas de Abel, muy próximo, casi al lado. Había piedras que se clavaban en el suelo de las botas, matorrales que crujían y que soltaban una vara de látigo, pero todo eso no se trasformaba más que en el ruido de las llamadas de Abel, en el ruido engranado del cuerpo que forzaba la marcha.

Más tarde, me sujetaron. Me sujetaban las manos de Abel por la espalda, pero en vez de sentir el retroceso, el frenazo, sentía la fuerza vertical que me clavaba al suelo. Pensé que esas manos podrían darme la vuelta, pero fue Abel el que se adelantó y se puso delante.

–Qué está pasando.

Grité. Qué está pasando, qué está pasando... No era más que un grito, no era más que estar en mitad de aquel campo o de aquel solar y gritar, como si hubiera ido hasta allí para desahogarme y desfondarme. El grito..., todo el rechinido del cuerpo, todas las voces que sonaban, sumándolas en mi grito, porque no podía ser más que un grito lo que ya sabía, lo que debería haber sabido, lo que me hubiera costado tan poco saber; no era una pregunta, no se lo estaba preguntando a Abel, a pesar de que no supiera nada en ese instante, pero sí supiera que todo lo que viniera, fuera lo que fuese, era sabido.

–Qué esta pasando. Qué está pasando..., Abel.

Ya no necesitaba sus manos para quedar sujeta, ni sus manos para esperar. Prefería además que se demorase todo, que se demorase todo hasta el último punto del punto final del tiempo, y así tener la oportunidad de seguir gritándolo, y que nadie lo cortara, como si cortase la voz en las fibras de su yugular, con unas palabras diminutas y afiladas que harían el ruido de tajo de una explicación, algo duro y frío en el cartílago caliente del grito.

–Es por la lealtad. Es la lealtad.

Le miré y le temblaban los labios, unos labios duros temblando, en el cuerpo grande, duro y quieto, que retrocedió un paso, permaneciendo a una distancia extraña para hablar en el campo abierto, con todo el espacio para colocarse.

–La lealtad, la lealtad.

Mi contestación seguía gritando, y también el aire cortado y de hielo de la mañana que iba entrando a la vez que salía el de las palabras.

–No está contigo.

Dijo las palabras apretadas, en una formación afilada.

–No está conmigo...

Repetí, y en ese momento no me importaba quién, sólo me importaban esas palabras, con su peso, con su propia suficiencia, que se desploman encima, sin importar quién. Quién, quién...

–No está contigo. Alejandro no está contigo. Es Alejandro el que no está contigo.

–Es Alejandro. ¿Por qué es Alejandro?

¿Seguía gritando? Aunque, en realidad, por qué era él del que estábamos hablando, por qué existía, por qué le había conocido, por qué no podía llamarse de otra manera, por qué no podía ser otro, otro al que aún no hubiera conocido, alguien que todavía no existiese.

Además del aire cortado y de hielo, que ahora era la única materia de las cosas, no nosotros, envueltos bajo su pesadumbre; aire verdadero, que existía, alto en el cielo y extendido sobre la tierra horizontal, un cuerpo en el que nunca nos habíamos fijado, posado sobre grumos de un gas al que llamaban vida, que era esto, respirando.

–Está con una muchacha. Está con una alumna.

Ahora los labios de Abel ya no temblaban, su cuerpo era la cicatriz de los labios por donde decía, de sus propias palabras heridas.

–Cómo se llama.

–Cómo se llama...

Abel repitió como si dudase o no entendiera.

–Cómo se llama, cómo se llama.

Estaba segura de que necesitaba ese nombre, lo que pasaba era ese nombre.

–Qué importa cómo se llama. Muriel. Qué importa.

–¿Muriel?

–Muriel. Hace un mes que está con ella. Quieren ir a Inglaterra.

–Muriel es el nombre de una muchacha...

–Tiene veintidós años. Vive en La Moraleja. Una de esas niñas.

–Es solamente un nombre.

–Una de esas niñas vacías, rubia, sin expresión, que no tienen nada, que no hay nada.

–Muriel. Alejandro y Muriel.

–Conoce a los padres. Alejandro conoce a los padres. Y ella no sabe nada, nada de ti.

–Nada de mí.

–Alejandro le ha dicho que le enseñará Londres. Van por casa.

–Alejandro duerme en casa.

–Ellos van por casa a menudo. Yo no lo he sabido. No lo he sabido del todo, hasta hace poco. Levántate, Clara. Por favor, levántate.

¿Estaba en el suelo? Abel se había retirado, nada me sujetaba, el aire cargaba con todo su peso, era lógico que hubiera descendido y ahora, sentada sobre las piernas, en una genuflexión, me extrañase mirar hacia arriba y encontrar tantas nubes líquidas.

–No llores. No puedes llorar, Clara. Ya te lo dije. El sufrimiento, por lealtad...

Yo pensaba en Muriel, en el nombre de Muriel con que se acercaba Muriel, y trataba de pensar en Alejandro, pero Alejandro no se acercaba, no encontraba nada de Alejandro.

–Si no, no te lo hubiera contado. Por nada del mundo. Yo no tengo ningún derecho. Yo vivo con él, es mi amigo.

–No vive contigo. No vive...

Tal vez, aunque sólo fuera para hacerme más daño, el daño que pide más una vez probado más allá de su medida, como el alcohol o un veneno, en ese paladar abotargado de la muerte, trataba de que volvieran las imágenes de la ternura, del placer, de la felicidad con Alejandro, aquellas escenas que estaban en alguna parte, en Londres o en Madrid, y en las que nos acariciábamos o reíamos. O quizá no fueran para el daño, para el más daño, sino para agarrarme, con toda la fiebre de la caída, a un delirio más fuerte que lo que acababa de saber, que lo que debería haber sabido, y un simple abrazo, una simple palabra de cariño, aunque fuesen pasados, pudiesen borrar la realidad de las palabras de Abel y matar la raíz de aquella sospecha que había contemplado durante semanas, pero que no vi.

–No he podido decírtelo. Yo no te he dicho nada, Clara. Tienes que pensar que no te lo he dicho. Por favor, levántate, no estés así. No he dicho nada.

Buscaba en el dormitorio de Quintana, en el dormitorio de Kennington, en los paseos por el Oval, en los jardines de la Facultad, en aquel bar del Strand, en la chaqueta de tela gris que siempre llevaba puesta, en el vestidor de Liberty's, pero Alejandro no volvía con esas imágenes, y era igual que perseguirle por habitaciones desconocidas en casas desconocidas, por calles desconocidas en ciudades desconocidas.

–Te lo ruego. Clara, te lo ruego. Tienes que decirme que yo no te he dicho nada. No quiero que me digas que no me has oído, quiero que me digas que yo no he dicho nada. Por favor.

Entonces trataba de recordar el placer, aunque sólo fuese mecánico, de su cuerpo metido en el mío, de su cuerpo entrando y saliendo, apretándome sobre mi vientre, guardando las manos entre el vientre, y cogiendo y amasando esa carne; me hundía y tocaba, pero no sentía más que rozamiento, presión, de la superficie desigual de las manos, del vientre.

–No te he dicho nada, por favor. No te he dicho nada. No lo he dicho.

Pero Alejandro no volvía, no le encontraba en ninguno de los sitios, ni siquiera en las partes del cuerpo en las que había estado. No podía imaginarle, pensarle, ni desfigurado, ni oscurecido, ni vagamente, en aquellos encuentros felices que alguna vez debieron de suceder y de los que se extraía, con toda la consonancia de una figura bella y perfecta rota en mil pedazos, este dolor de ahora, este dolor eterno porque era todos sus instantes.

–Es lo único que te pido. Tú puedes decírmelo. Clara, escúchame.

Y fue de pronto, como el hallazgo de un objeto pequeño perdido en la arena de la playa, después de que ya se ha desistido e incluso haga un rato que comenzaron los lamentos, pero mientras la mano continúa el gesto de la busca, con mayor torpeza, lejos de la zona en que se pensó haberlo perdido, cuando me dije a mí misma, pasando incrédula, primero, por el contorno sepultado, apuñando luego la arena y notando adentro una densidad distinta, cribando después entre los dedos ese resto de arena, cuando me dije, «yo se lo he enseñado todo. Yo se lo he enseñado todo».

–Yo se lo he enseñado todo.

Lo dije en voz alta, pero no más alta que para que lo escuchara Abel.

Abel estaba en cuclillas, con la cara escondida y las manos entre el pelo. Me miró con los ojos brillantes, alzando la cabeza, como si mirase hacia lo alto después de una caída, como si asomara desde algo profundo. Pensé que estaba sufriendo. Sentí lástima.

–Ven a casa. Ven a casa y quédate todos los días que quieras. Todos los días que quieras.

Fue mi proposición. Estaba tranquila. Cuando se apaga el dolor furioso, queda una paz que tal vez sigue siendo dolor, pero que es la paz misma, la paz de lo que se ahuyenta. Yo se lo había enseñado todo. Porque no hay ninguna otra paz, ninguna otra paz verdadera.

29

Bien, bien, ya estamos aquí. La cajita funcional con la docena de empleados adentro y esa luz que llaman fría, pero que no
es otra cosa que una extensión de esa funcionalidad que hace
equivalentes un sentimiento y un propósito a los ojos del que la
presencia –ninguna geometría es menos deseable que la estricta,
resumida y constante, de la función–, quien, de ese modo, sintiendo frío y sintiéndose rodeado de objetivos, entiende que hay
una alarma confusa en las planchas de corcho que tapizan las
paredes, en los boxes herméticos y trasparentes de las ventanillas, en las columnas de mortero rudimentariamente embelleci-
do con llana y pintura plástica que comunican un techo raso
con respiraderos de aluminio concéntrico y una moqueta de
suelo ignífugo.

–Hola –me presenté–. La verdad es que no pasaba por aquí.

Patricia se demoró en levantar la vista, pero el resorte con
que fue desprendiéndola del legajo de la mesa, admitió una primera fase de indiferencia mecánica –como si en ese espacio y
hasta ese tiempo, no se cubriera más que la respuesta hacia las
voces inoportunas de todos los días, de cualquiera que llegara
ante la mesa– mientras que en una segunda fase, ya fuera lentitud o pereza, el resorte adquirió la certidumbre de adónde se estaba moviendo, desacelerando precisamente cuando el último
golpe de nervio debía dejar una cara frente a otra.

–Román... –o tal vez: ¿Román?–. ¿Qué haces, qué haces aquí?

Por aquellos magníficos ojos negros debía de estar cruzando,
amparada en la doble oscuridad, o amparada en el brillo, esa línea de asombro o esa línea de temor que fue recorriendo el rostro –fijado en una instantánea de cera o de yeso y en una atención reculante– con una red de capilares ejecutores.

–¿Qué haces aquí? –insistió, con el amago de vistazos laterales, como si buscara socorro o lo temiera, o temiera necesitarlo, con la espalda protegida, pero también bloqueada por la pared y una serigrafía con un río, una montaña y un cielo.

–Quería verte y, desde luego, quería verte para hablarte. Todavía no tengo cuenta en este banco. Preferiría que de eso nos ocupáramos otro día, pero si piensas que es mejor despejar cuanto antes ese requisito, he traído los datos necesarios. Carnet, NIF, nómina, cheques, dinero en metálico...

–De qué hablas, por el amor de Dios –ahora volvió definitivamente la cabeza hacia un lado en el que vectorialmente se encontraban ventanillas y ocho, tal vez doce o veinte, clientes formando una cola sinuosa entre pivotes acordonados.

–No puedes estar tan asustada como yo. No he cambiado de entidad bancaria en treinta años, de modo que calcula el alcance de este paso. Si continúas así, terminará pareciéndome que me ocultas algo. ¿Se trata de la seguridad? ¿Este banco no es suficientemente seguro? A pesar de todo, creo que podría arriesgarme. De hecho me arriesgaré y, como prueba de buena voluntad, no voy a exigirte que me confíes nada de lo que te inquieta, nada en absoluto. Te devuelvo, pues, intacta, tu lealtad a este grupo financiero.

–¿Tú estás bien? Tú no estás bien, ¿verdad? –ese fijo espesor que alguien te echa encima cuando su preocupación por ti es la máscara de su propio vilo y exige una pacificación inmediata de todo temblor, por insincera y simbólica que sea, ofreciéndote algo que en realidad reciben sus propias manos.

–No, no creo que esté bien. De veras, no lo creo en absoluto. Tampoco me atrevo a decir que estoy mal o, por lo menos, que esté mal absolutamente. Me parecería una carga excesiva acaparar tanta atención. Una carga excesiva para mí. Pero lo de cambiar de banco es una conversación que puedo sobrellevar. Si tú me ayudas, claro.

–Es mejor que vayamos a tomar un café.

–Hablemos de abrir una cuenta.

–Vámonos de aquí.

–No. Hablemos de abrir una cuenta.

–¿De verdad quieres abrir una cuenta?

–No. Jamás se me hubiera ocurrido.

–Entonces, ¿de qué quieres que hablemos?

–De no irnos.

Era un silloncito giratorio y con ruedas, de tela gris y reposa-brazos negros, respaldo alto, material programático de oficina que, lejos de trasmitir una deslizante multimovilidad, trasmitía la impresión de un artefacto para seres paralizados, del mismo modo en que una silla de ruedas, provista de todos sus roda-mientos, cabezales y mandos, produce la impresión de parálisis y, sólo en una mente perversa, la de bólido. Patricia la había movido un par de veces como si fuera a huir con ella, pensé, o también a acercarse con ella al perchero a por el abrigo y el bol-so. ¿Esperaba acaso que yo fuera empujando la silla, con ella adentro, hasta el café de la esquina?

–Estamos en mitad de un pasillo –dijo.

–No sé qué importancia puede tener eso.

–Hay gente pasando todo el tiempo y se supone que quieres hablar.

–Ni más ni menos que si estuviéramos en una calle o en un restaurante.

–Éste es mi sitio de trabajo. Pueden venir mis compañeros o mi jefe a pedirme cosas.

–Sabré interrumpirme.

–Estás loco, Román –ahora su atención estaba fijada de otro modo, digamos que como si yo, de pronto, empezara a interesarle.

–Y tú, en contrapartida, estás lógicamente bella.

Suspiró. Aproveché para confirmar que estábamos en medio del camino entre la puerta y las ventanillas, con los rechinidos de un cajero automático a la espalda, abiertos –y no ocultos como esos amantes avergonzados de su delirio en las esquinas de las barras, en los parques solitarios, en los cuartos atranca-dos– al público que quisiera mirarnos o interrumpirnos: des-pués de todo, el amor personal nunca ha dejado de ser un colo-quio entre muchas voces, algunas bastante muertas, que vitorean a las parejas que salen al campo satisfechas de ver cómo llega el día en que se pisa el césped de un estadio. En fin, me sentía feliz de estar allí y de no haber permitido que Patricia me escondiese en una gatera con olor a tristeza de desayuno.

–Me gusta este sitio –dije inequívocamente en voz alta.

–Me alegra saberlo. Ya que estás tan bien aquí, dime qué quieres.

–Te ruego que me trates con esa falsa cordialidad y pérdida de tiempo con que se trata a un cliente.

–Lo que más rabia me da es que todavía no soy capaz de mandarte a la mierda. Es lo que más me apetece y no puedo hacerlo. He pensado muchas veces que eso es lo primero que haría en cuanto te viese.

–Eso quiere decir que has pensado mucho en mí.

–Por supuesto. Pero no te hagas ilusiones. En cuatro meses da mucho tiempo a pensar en muchas cosas diferentes.

–Hablábamos de mí.

–Vete a la mierda.

–No puedo. En cuanto a ti, ¿ves como sí podías mandarme?

–Pues ya lo he dicho todo.

–¿Y no te interesa saber por qué no puedo yo?

Estábamos en medio de un pasillo y ella estaba hermosa, la melena negra, la tez en nácar, los ojos grandes junto a los labios de carne roja, eso era todo. Decirme «eso era todo» me gustaba tanto como el sitio. Aun cuando había algo peor: la certidumbre sin arrugas ni mácula de que Patricia ya no bebía, de que había una manifestación de salud –o de equilibrio aglomerado– que era mi contrapartida, de que no me tiraría del pelo porque yo no podía hacer que enloqueciese durante un simple segundo, de modo que no se estaba tratando de su belleza sino amargamente de lo que yo había perdido. Digamos, de lo que no había conseguido ganar.

–Sé por qué no puedes tú.

–Ajá. Nada hay más sucio y más falso que esa inquietud que entra cuando te dicen que saben algo de ti. Estarías dispuesto a creer cualquier cosa que te digan. No, no es exactamente eso. Estés dispuesto o no lo estés, acabarás creyéndolo. Lo negarás, y acabarás creyéndolo. Lucharás y rechazarás, pero te irás a casa creyéndolo. Te convencerás de que has ganado y, finalmente, el resto de tu vida actuarás con arreglo a lo que ha dicho de ti ese que afirmó que sabía algo de ti.

–No sé por qué es sucio, ni por qué es falso.

–Hay otra opción igual de mala. Es creer en ti mismo o creer que tú eres tú mismo. La mayoría de locos con los que he tropezado pertenece a este grupo, mucho más limpio, por supuesto.

–No tengo ganas de entenderte, Román –¿dónde lo había escuchado?

–¿Qué era lo que sabías de mí?

Llevaba un suéter claro pegado a las formas del cuerpo, siempre y cuando uno entienda que una prenda siempre recoge lo que sabemos o ignoramos del cuerpo, lo que hemos perdido y ganado, de forma que, en este caso, tenía la impresión de no haber visto antes ese suéter en la misma medida en que sentía haber perdido ese cuerpo. Las prendas de lo que no se tiene son la primera señal, la más poderosa y donde se concentra más pertinazmente, más dañinamente, más significativamente, esa increíble ausencia. Quiero decir que cualquier prenda que hubiera llevado esa mañana me hubiera parecido pertinaz, dañina y significativamente extraña. La otra cuestión era: ¿cómo había podido perder lo que yo decía que había perdido?

–Has venido a decirme que volvamos a estar juntos.

–Sí.

–No te lo he escuchado a ti.

–He venido a decirte que volvamos a estar juntos.

Bien, permaneció mirándome con esa sonrisa esperable –y del todo deficitaria, puesto que es esa sonrisa que conoce su esperabilidad y sólo alcanza hasta donde el otro la espera, ni una marca de microtomo más– hasta que calculó que habíamos llegado al sobreentendido suficiente como para seguir hablando. Cielos, era hermoso conocer los pasos tan convencionales de la situación convencional, reproducirlos como si un auditorio tuviera que seguir los movimientos, con ese talante interpretativo con que el actor –mucho más que el actor, puesto que el actor, tanto si lo quiere como si no, está limitando su esfuerzo a la función de ese día o de esa hora, y está preso de esa falta de prolongación en el tiempo y en el espacio que no conoce el amante que actúa para su eternidad y para su único instante, grabado y perpetuado además por el público histórico de la Gran Escena Amatoria, que le necesita, más que le observa, para su propia eternidad y su instante– mira con un ojo a sus compañeros de interpretación y con el otro al patio de butacas.

–Y no tienes más que decir.

–Había imaginado que eso sería suficiente.

–Yo tendría que levantarme y salir contigo de la mano.

–Puedo ser laxo y esperar a que termines la jornada laboral.

–¿De verdad, no habías pensado decir nada más?

–No.

–Vete, por favor. Vete ahora mismo.

Aún no había decidido si era capaz de irme o no lo era, ni siquiera si, a pesar de todo, lo haría. Vino entonces una suerte de jefe de negociado con un galés severo, dejó a Patricia una carpeta de archivador, habló insonoramente con ella, si bien Patricia, mientras le hablaban, no levantó la cara de la carpeta. El sujeto, ante la inhibición de Patricia, decidió mirarme y yo decidí sonreír como imaginé que lo haría un cliente eventualmente –lo que no quiere decir indefinidamente– satisfecho. Otra vez se repitieron los rechinidos del cajero automático de detrás y deduje que era una buena ocasión para abstraerme. Abstraerme teatralmente, quiero decir. Sentirme observado en mi abstracción por un jefe de negociado que hacía un momento me había observado eventualmente satisfecho.

–Tengo mucho trabajo, Román. Y no sé lo que estás tramando, pero éste no es el lugar para nada de eso. Me gustaría, y te lo estoy pidiendo, que te fueses –dijo la bella cuando se marchó el traje de gales.

–Hubo un tiempo en el que mis insuficiencias te parecían tolerables.

–No sé de qué insuficiencias estás hablando.

–Me había parecido entender que lo que había pensado decirte, y que yo consideraba suficiente, a ti te parecía mezquino. Quieres que me vaya porque te he dicho que volvamos a estar juntos y porque no te he dicho nada más.

–Muy bien, Román.

–Entonces, si digo algo más, ¿puedo quedarme?

Patricia había escogido una posición muy incómoda desde el punto de vista, digamos, estratégico –que es decir lo mismo que punto de vista, a secas. Había abierto la carpeta de archivador que le depositó el traje de gales y la había colocado en el centro de su ángulo de atención, quizá como una deferencia insegura y culpable hacia el que acababa de irse, pero con esa actitud lo único que obtendría era mi descalificación como cliente, dado que a un cliente no se le atiende mientras se despachan tareas rutinarias. De modo que, a los presuntos ojos de sus camaradas –hipotéticamente expuestos a cualquier radiación de lo personal en un ámbito mortecinamente administrativo–, y al presunto ojo vigilante de su superior inmediato –ubicado tal vez en la parte alta del gales–, Patricia se comportaba de una manera extraña y torpemente proclive al pábulo.

De pronto, pareció mirarse a sí misma junto a una mirada que recorrió la mesa, los papeles (y que me incluyó en la última tangente) y cerró la carpeta apartándola a un extremo desde el que con una mínima inflexión volvió su cara hacia mí en una reconquistada continuidad. Apoyó los brazos en la mesa y su cuerpo, a la vez que una expresión de su rostro, se rearmó en una solicitud distante y protegida.

–Quieres volver conmigo porque me amas –dijo completamente apoyada en la postura y en un tono catastral.

–Supongamos –contesté.

–¿Supongamos que me amas?

–Eso es.

–Ah, que no me amas, vamos.

–No he dicho que no te ame. He dicho que estoy dispuesto a suponerlo. ¿Te parece poco?

–Me parece una chulería.

–Está bien. Te amo.

–Me lo dices para poder seguir hablando.

–Y para que no me llames chulo.

Levantó el arco estrecho y afilado de las cejas unos segundos después de que yo hubiera hablado y cuando ella no estaba diciendo nada (como el reflejo, un tanto mecánico, resumidamente localizado, de una combustión interna a la que el organismo da una respuesta eléctrica, pero sin alarma).

–La gente tiene deseos, la gente ama con sus deseos...

–Sí.

–La gente desea y tú de eso no sabes nada.

–Sé que la gente tiene deseos, pero creo que la gente no desea nada.

–Ni la menor idea de lo que es desear...

–Nadie desea nada. En el fondo de cada uno no hay ninguna clase de deseo. Se aprende, eso es todo. Se aprende a desear y, de paso, se aprenden los deseos. A eso están destinados la escuela, el amor, las revoluciones y la profesionalidad. No desear y no amar, forma parte de la naturaleza. Yo quiero volver contigo porque estoy dispuesto a aprender a amarte, no porque te ame.

–Igual que si fueras a la escuela.

–Igual.

–Eso no tiene nada que ver con el amor.

–Tiene que ver con la pedagogía, aunque con una pedagogía un poco maltratada.

Tal vez fue un movimiento de reacomodo, un leve cambio de postura que me acercó sin querer a la mesa, pero al que Patricia respondió con la retirada de sus brazos y su espalda contra el sillón, en una especie de tope encontrado durante la huida, dificultosamente reconocido, como esos personajes contra una pared y los brazos extendidos mientras se proyecta una sombra alargada.

–¿Sabes por qué dices siempre que el amor es una historia, una historia que nos han contado, una historia que contamos?

–Me parece que tú tienes una idea.

–El amor es para ti una historia porque no conoces lo demás.

–Lo demás...

–Supongamos que es una historia, supongamos, Román. Pero en algún sitio tienen que entrar las caricias, la ternura, el placer, lo que le pasa a la piel y a la carne. Una historia son letras y palabras, pero cuando te acercas a alguien y le tocas, hay más cosas que letras y palabras.

–Puedo estar de acuerdo.

–Alguien que piensa que el amor es historia, con mayúscula y con minúscula, como tú, es alguien que evita lo demás. Dices que el amor es una historia, porque no tocas, porque no sientes placer tocando, porque no te pasa nada. Sólo te pasa algo mientras tú mismo cuentas la historia de que el amor es una historia.

El nuevo rechinido del cajero automático dibujó una extraña red de líneas que seguí con la mirada. Las paredes, la luz, las columnas, las ventanillas, los muebles, los respiraderos, habían dejado de ser funcionales y estrictos, estaban dejando de serlo, porque podía apreciar que ganaban en una gravedad distinta, como si pesaran alrededor y, más que dispuestos o situados, colgasen de su pesantez en un espacio orbicular, se movieran agrandados por las propiedades adquiridas. Bien, decidamos que un espacio, lugar, sitio, ocupación, volumen de aire desplazado, no es más que un recinto moral –entendiendo que lo moral es, a su vez, una inclinación emocional en la que, como en un producto de síntesis, se han precipitado instintos de supervivencia y una selección de razones comprensibles a las que se añade una cierta potencia de comunicación entre nosotros y los otros y los otros y yo mismo, por poner un caso cercano–, si así fuera, no habría lugar que no fuera a su vez una representación concéntrica de lo que te sucede en él y, cuanto más profundo, cuanto más tiempo o permanencia, más pequeño se hace el círculo u otra clase de polígono en el que te mueves, es decir, más consonancia y, sobre todo, proporción adquiere tu cuerpo con lo que le rodea, más sensaciones se calcan, en la piel y en la carne, de lo que está fuera. No vivimos en espacios, sino que los vivimos, regresando pues, cuanto más descubrimos, a los espacios originales de ceguera.

–Quiero volver contigo.

–Por qué.

–Porque te lo suplico.

–¿Me lo estás suplicando?

–Sí.

–¿Me amas?

–No.

–Pero aprenderás a amarme.

–Aprenderé a aprenderlo.

–Entonces, no.

–Por qué.

–Porque no necesito enseñarlo. Porque no necesito estar con nadie que tenga que aprenderlo. Porque no tengo que estar esperando sólo porque tú tengas que llegar a donde estoy yo.

–Tal vez aprenderías algo conmigo.

–Tal vez me quedaría esperando.

–Vuelvo a suplicártelo.

–Y yo voy a desayunar.

–Te suplicaré mientras desayunas.

–Sé que no te levantarás de aquí.

Volví la cabeza mientras se marchaba. Una de esas caras que se vuelven hacia el paraíso, mientras el resto del cuerpo sigue marchando hacia adelante, hacia el final que nunca nos encontrará de frente. El paraíso no se ve, sólo se ve el gesto torcido de la cara. Es lo que queda después del mundo al que ya se ha dado la espalda. O tal vez, porque no hay mundo, haya paraíso.

30

Por la noche había soñado que esperaba a una mujer a la que no veía hacía muchos años. En un banco de una plaza, en Torrelavega. No sabía quién era esa mujer. Sabía que había estado muy enamorado de ella y que no la había olvidado en los años transcurridos. Pero no sabía quién era. Cuando llegó no me costó reconocerla, a pesar de la pamela de un color exagerado. Se sentó en el banco con una sonrisa luminosa y yo le dije que no había cambiado nada. Estaba completamente convencido de que era así. La mujer tenía alrededor de treinta años, la edad en que recordaba que la había amado. Cuando le dije que no había cambiado, se quitó la pamela y le cayó sobre los hombros una melena blanca. Entonces me di cuenta de que era una anciana. Con un sobresalto. No imaginaba que hubieran pasado tantos años. Todo parecía igual. El tiempo pasa y el corazón se mantiene, llegué a pensar en el sueño como otra parte del sobresalto. Me desperté. Por la mañana llamé a Clara. Aunque había pensado llamarla desde el principio.

Me llevaron por el pasillo y entré en la zona vis a vis. En los bancos había media docena de parejas. Tardé en ver a Clara. Se había colocado justamente en el lado de la puerta. Sonrió con ese gesto de apretar los labios, pero que no afecta al conjunto de la cara. Es su sonrisa triste y a veces la sonrisa de cuando se siente incómoda. Hubo impresiones que me hicieron recordar el sueño. La veía allí como la había visto veintitantos años atrás, la misma Clara. Sin embargo, no recordaba la cara del pasado. Veía aquella cara y me cercioraba de que era la Clara anterior. Cuando me senté, empecé a notar aspectos diferentes. Clara no llevaba una pamela, pero estaba arrugada, contraída y pálida. Igual que si me hubiera sentado junto a la mujer mayor. Clara, mayor.

–Debería haberte llamado antes –dije.

–No importa. Se te ve bien.

–Pensaba que te llamaría cuando estuviera en la cárcel. Fue el pensamiento inicial, cuando explotó el asunto.

–Si no, ¿no me hubieras llamado?

–Creo que no.

–¿Querías que te viera en la cárcel?

–Ése fue nuestro principio. Sí, creo que quería que me vieras en la cárcel.

–¿Como si empezáramos otra vez?

–Tú ya tienes otro principio.

Bajó la vista y juntó las manos. Le temblaban un poco. No terminaban de trabarse.

–Crees que lo he hecho mal –movió la cara como si fuera a mirarme, pero no me miró, miró sus manos.

–¿Lo dices porque estoy aquí? La cárcel no es una conclusión de nada, no funciona en mi cabeza como una conclusión. No estoy aquí para hacerte reproches. Quería verte.

–Me ha costado, Goro. Quiero que sepas que me ha costado.

Al decir eso, ya pudo mirarme. Quizá esperaba que yo dijera algo más en esa línea.

–Recuerdo que me dijiste que me llevaba todo fuera de casa, que me llevaba el sexo fuera de casa –dije entonces.

–Era cierto.

–No lo he dicho para discutirlo. Tú no querías tener hijos, tú sabías lo que había que hacer. Tú sabías. He estado pensando que yo escapaba sin darme cuenta.

–Escapabas de mí...

–Escapaba de que tú sabías.

Había ido volviendo la cara. Intuí que podía pasarle algo más que aquella conversación en aquel lugar. Enseguida pensé que no. Que todo es duro. Hubiera preferido no venir y estaba allí. Yo tampoco deseaba romper una pared, saltar una verja, entrar libremente en su cabeza como un prófugo.

–No es una recriminación –dijo Clara.

–No, no lo es.

–Me cuentas lo que hiciste tú, pero junto a lo que hice yo.

–Lo que hice yo y lo que hiciste tú, lo hicimos los dos.

–Es muy sabio eso. Pero nadie aceptaría comprenderlo.

–Lo que yo no sabía, tú lo sabías. Me fui escurriendo.

–Y ahora estás aquí.

–Esto no funciona como una conclusión. No para mí. A pesar de lo que se imagina, aquí no tienes que escapar. Escapar es una fantasía. Aquí tienes que vivir con esa fantasía y saber que es una fantasía. Todo a la vez. En eso se parece y en eso se diferencia de estar libre. Cuando estás libre, crees que escapar es la única realidad.

Noté que al decir eso necesitaba coger su mano. Igual que agarrar algo que se está yendo deprisa. Que lo has forzado a que se vaya y al mismo tiempo quieres aguantarlo para que no sea tan rápido.

–Qué va a pasar –dijo Clara como si adivinase un movimiento de mi mano que no se produjo, sentada muy recta, mirándome desde un punto de vista técnico.

–No hay nada que tenga que pasar.

–Qué te ha dicho el abogado.

–Todo será largo y lo perderé todo. En la casa de Las Rozas está el clavicordio. Creo que sería posible que te lo llevaras.

–El clavicordio. Cómo se te ha ocurrido pensar en el clavicordio.

–Nunca me enteré muy bien de esa historia.

–No hay ninguna historia. Simplemente, en casa de la madrina había un clavicordio.

–Tu madrina te obligaba a tocar el clavicordio.

–No me obligaba a tocar el clavicordio. Daba clases de música en el clavicordio, porque me gustaba.

–Estaba convencido de que te habían obligado. Hubiera jurado que me habías contado algo muy parecido.

–No tenía que ver con eso. Lo que sucede es que no me dejaba tocarlo, tocarlo físicamente, si no era para dar clase. No hay ninguna historia.

–¿No te dejaba tocarlo cuando querías?

–Nunca. Alguna vez pensé que me lo regalaría. Cuando me casara, por ejemplo. Ella tenía el clavicordio y yo tenía dedos, parecía decirme. Supongo que pensé que por esa razón el clavicordio sería mío. No sé, no me acuerdo. ¿Cómo te ha dado por ahí?

–Porque compré el clavicordio pensando que te daba algo que tú nunca hubieras comprado.

–Yo nunca lo hubiera comprado.

Pensé en la cara que me dijo que ya no me quería. Varias caras. La conocida, las otras. La cara de la última vez que me visitó en la cárcel, que no recordaba, y la cara que estaba ahora delante.

–¿Coincide lo que hiciste con lo que se lee en los periódicos? –preguntó saliendo a bocajarro.

–No. Pero no han mentido. En estos casos nunca se dice la verdad y nunca se miente.

–Cuál es la verdad.

–Que de aquí no tengo que irme. No tengo que irme porque no tengo que escuchar a nadie. No tengo que creer a nadie. No tengo que buscar, porque no hay nada que buscar.

–No quieres decirme qué pasó.

–Te lo he dicho. Me cansé de estar libre.

–Nadie se cansa de eso.

–Yo me cansé. A lo mejor, lo quería demasiado. Es agotador querer algo sólo porque no lo tienes. Es agotador quererlo todo el tiempo.

–Y qué querías tú.

–Ya te lo he dicho.

–Dices muchas cosas a la vez.

Miró al frente, como si el espacio le pareciese pequeño. No era pequeño. Había gente que hablaba en los locutorios y en el exterior. Quizá fuese eficaz que no hubiera ventanas. No sé qué efecto hubiera tenido una ventana allí.

–Puede que nunca me quisieras –dije, pensando todavía en el espacio.

–Yo te quise –dijo bajando la vista al suelo y levantándola después hasta mi cara.

–Quizá nadie sabe qué es querer.

–Tenemos palabras para nombrar cosas que se ignoran. Hay una clase de palabras que nombra lo ignorado.

–Qué clase de palabras.

–La que menos nos gusta. Sentimiento, ternura, placer, emoción, esas palabras. ¿Tú sabes qué es querer?

–Nunca he sabido tanto, nunca he pensado que lo supiera.

–Pero yo sí lo he pensado...

–Yo me escapé por fuera y tú te escapaste por dentro.

–Lo sabes todo, entonces.

–Estoy en paz en esta cárcel.

Me dieron la señal. Clara se dio cuenta al mismo tiempo, estando de espaldas.

–¿No he venido aquí para que me odies, verdad? –le temblaron los labios y los ojos se enturbiaron.

–Sólo quería que me vieras y a lo mejor que me escucharas.

Fue ella quien me cogió las manos de improviso. Eran calientes y con un tacto muy blanco. Pensé si las recordaba. No era un recuerdo. No era en absoluto un recuerdo. Era como imaginarlas y sentirlas, después de imaginadas mucho tiempo. Como haberlas estado esperando mucho tiempo y al final, como en el pelo, una piel desenvuelta y larga.

–Imagínate que volviera a esperarte, como hace años. Imagínatelo –era una sonrisa de agua, quería reír–. ¿Volveríamos a estar juntos?

–Sí. Pero prefiero que nos despidamos. Vamos a despedirnos, Clara.

–Al final era una conclusión.

En el sueño, con la melena blanca, había un viento.

31

Le temblaban las manos le temblaba la boca al decirlo. No era miedo ni vergüenza era la excitación de haber conseguido decirlo. Se lo he contado todo a Clara se lo he contado todo porque tenías que haberla visto como yo la he visto. Sólo por eso entonces y eso no significa nada. Qué has visto qué le has contado. Todo. Yo estaba colgando el teléfono cuando le vi en el sillón siempre cercano a su habitación. Clara no quiere verme ni hablarme le dije entonces incluso antes de preguntarme si había estado todo el tiempo en el sillón y si había estado aguardándome o escuchando o las dos cosas. Clara no quiere verme ni hablarme le dije a Abel y ya sentí su silencio un silencio de apenas un momento un silencio de concentrada sabiduría como se escuchará en el desierto el rumor de galope de jinetes que no se ven y están llegando. Pero yo estaba entonces más preocupado por contarlo contárselo a alguien incluso a él que preocupado por todo lo que él pudiera esconder. Clara no quiere verme ni hablarme. Se lo he contado todo. Alejandro.

Tendrías que haberla visto como yo la he visto. Sólo la había llamado para poder vernos. Buscaba el tiempo para estar con Clara después del tiempo que empleaba en Muriel. O junto con el tiempo que empleaba en Muriel porque ya había decidido que mi tiempo estaba dividido que yo no podía hacer nada con esa división hacia el tipo unificador ni siquiera hacia el conciliatorio. Ya no podía hablar con Muriel de Clara ni con Clara de Muriel. Del mismo modo en que por Clara no había podido irme a Benicasim con los padres de Muriel y en cambio se me había ocurrido proponer Inglaterra como algo lejano donde pasar las navidades sin traicionar a Clara puesto que irse a Inglaterra era irse solo aunque con el desliz leve de la compañía de Muriel. Ni siquiera importándome que Muriel descubriera mi inglés. Sabiendo que a Muriel podría decirle en el último momento que no y seguir aquí con las mismas cosas. Ni con sus padres ni con Inglaterra ni sin ella ni sin Clara. Mientras me preguntaba todo el tiempo qué me había pasado cómo había podido organizar una elección imposible en la que cualquier determinación era imposible. Siendo cierto que yo amaba a Muriel y que a Clara no la amaba porque nunca la había amado había sido una relación diferente. De la que no podría desprenderme eso era distinto. Muriel era el amor Clara era algo en lo profundo no amor. Mientras no fuera yo el que tuviera que explicarlo ni ponerme delante de Clara de Muriel para explicarlo.

Algo sucedió entonces cuando yo le propuse a Clara si podremos vernos y respondió a secas qué tal tu rubia. No hables así respondí. Ella envió entonces la pregunta de si estaba enamorado. Enamorado sin mencionar a nadie creando el gran hueco. Sólo podía decir que sí. Bueno pues ya tienes lo que has buscado y ahora lo tienes todo porque eres profesor y tienes a la muchacha joven rica. Le expliqué que yo no lo había estado buscando. Clara terminó diciendo que era lo que había estado buscando todo el tiempo. Podríamos vernos repetí como al principio porque tendríamos que vernos para hablar. No sé qué más tenemos que decirnos. Vete con tu muchachita. Yo ya tenía todo lo mío y ella simplemente ya no quería verme más. Algo sucedió entonces que había estado sucediendo desde que dijo qué tal tu rubia. Estaba libre. Primero fue el golpe la humedad líquida de un chapuzón con la diferencia de que no hay líquido de que no es líquida sino otra cosa en relación con la temperatura con sensaciones también en relación con la forma en que está el cuerpo y estás tú dentro del cuerpo. El pavor instantáneo de que puede haber cuerpo y tú y el esfuerzo de que no se separen. Pero enseguida después de ese golpe primero el aire entero liberado entrando saliendo. De repente un golpe no es más que un golpe. Lo demás es liberación la descarga incluso el golpe también de algo que definitivamente se ha cerrado a la espalda para no volver nunca más a ello. Y colgó. No tendría que hablar a Muriel de Clara y Clara lo sabía todo. Podría ir a Benicasim o a Inglaterra según decidiéramos. Por delante la vida con Muriel también algo que Muriel no tendría que saber jamás. O que podría saber con un empujón al tiempo si previamente se había dejado pasar tiempo dentro de años quizá cuando las épocas fueran difusas.

Y con mi sueldo de profesor esas ciento cuarenta mil pesetas durante todo el año. Durante siempre siempre y cuando no molestara más. Demostrara más al profesor Sánchez Artola. Aparte de que Muriel estaba allí era lo más diferente de estar solo como otras veces. Excepto que no había cobrado todavía las ciento cuarenta mil pesetas por causa de la lentitud burocrática en la tramitación del contrato. Aunque todo estaba firmado todo esto pasaba antes de la normalidad de todo.

Con esa liberación tan contigua al golpe qué tal tu rubia me acerqué al sillón de Abel. Sin dejar de mirar al suelo me dijo si quieres puedes pegarme. ¿Pegarte? Desde luego podría pegarle con las garantías contra alguien que al mismo tiempo ha propuesto su indefensión. La indefensión excesiva que puede ocultar desvirtuando un sospechoso beneficio. Los hechos agrupados en aquello que podría llamarse traición armaban las manos. Una traición así se saldaba suele saldarse como en cualquier equilibrio de cumplimiento con puñetazos también la mínima violencia para el que se ve obligado a responder a la traición de un modo canónico a través de la rara correspondencia entre humillar y haber sido engañado. Por qué entonces me sorprendió tanto en las manos que estaban blandas sin motor. Pensaba en la liberación la descarga. Quizá es eso pensé. Quizá de todas formas debería pegarle viendo la desproporción exagerada entre su abatimiento de traidor y mi desarme exagerado. La traición tiembla pensé entonces como una señal morse llamando en direcciones a una respuesta siendo insoportable el silencio.

Tranquilízate le dije. No pasa nada le dije. Quizá no has podido hacer otra cosa le dije. Sólo entraba la luz del patio interior para quedarse en un lugar pálido de la otra mitad del salón. Abel no había encendido la lámpara. No me senté. Aunque miraba el sofá como si estuviera preguntándome si al final me sentaría. Tuve que contárselo todo volvió a decir le conté quién era Muriel que dormía aquí que conocías a sus padres siguió diciendo. Se lo contaste por cómo habías visto a Clara comenté yo. Tú no la has visto como la he visto yo dijo. Entonces cómo la has visto. Entonces ésa era su salida contarme cómo la había visto. Pero allí justamente Abel contestó lo irreconocible. No tengo que contarte cómo la he visto yo porque eso no tiene nada que ver contigo. ¿No tiene nada que ver conmigo? No tiene nada que ver contigo insistió. Levantó en ese momento la vista justamente para levantarla no para mirarme de frente no para encontrarse mi cara. No tengo que contártelo porque es sólo de Clara sólo de Clara. No tuyo. Volví a la conciencia de estar de pie de una forma nueva completamente que era no estar sentado en el sofá que era no estar pegándole que era no estar en la parte oscura del salón sino en la parte donde yo era único y sombra. Ella te ha pedido que no hables de eso. No ella no me ha pedido nada. A ella no la metas no tiene nada que ver en la conversación. Desde luego y. No tuyo.

Fue cuando me esforcé por sentir las manos blandas sin motor. Que seguían blandas sin motor. Abel estaba en su sillón diciendo sus cosas seguras para sí mismo mientras yo estaba de pie sin ninguna colocación. Fortificado en esa otra seguridad más fuerte que la traición. Como si tuviera algo o estuviera aprovechando que yo no le había pegado que yo le había dicho que no pasaba nada. Quizá no fuese la liberación después de tantas cosas sino que fuese su propia desconocida entereza de decir que lo había contado que había traicionado que no tenía que contarme lo que era de Clara y no mío. Desde el principio pues y entonces. Las manos eran blandas contra ese baluarte de pronto Abel era fuerte. Yo podía quedarme sin fuerza con Muriel con Sánchez Artola con vida por delante. Abel tenía algo de pronto tenía algo entre una historia de nada de pobre camillero de aspiraciones tristes intelectuales y rondador de Clara. Una fuerza tal vez no fuerza pero al menos fortificación. La ranura asombrada de una herida mortal tiene por dentro el ojo que se sorprende ante el disparo accidental o ante la increíble constancia de que ése no era el momento ni el lugar para morir. Somos amigos le dije entonces como tú has dicho muchas veces. No dijo nada. Yo no le había pegado. Pensé que tal vez debería golpearle en ese momento tal vez su sangre pudiera devolver la conversación al sentido de lo que me había dicho y yo tendría que haber hecho. Cómo podía tenerlo todo yo no tener nada en las manos a pesar de mi liberación tantas cosas por delante como las había deseado.

Tengo que irme dijo. Quise saber adónde iba antes de querer retenerle. Tenía que quedarse en el salón de la luz interior pero mucho antes yo tenía que saber adónde iba. Voy a casa de Clara. He quedado con Clara dijo. Yo tengo que hablar con Clara y ver a Clara contesté. Clara no quiere verte ni hablarte. Espera un momento somos amigos le estaba diciendo mientras pasaba al lado y era el momento de que le agarrase. Sentase. Golpease.

Pero Abel desapareció pronto en el pasillo curiosamente llevándose la luz. Dejando oscura la ventana de aquella mitad del salón. Dejando aquella sensación ahora de cobarde de no encontrar razones para no pegarle.

Me senté en el sofá. La marcha de Abel en lo oscuro era nítida. Aquel aire se venía además encima como un abrazo marcando la falta de orificios. Pero no podía encender la luz sin antes saber qué iba a hacer. Sólo unos minutos antes tan sólo unos minutos había sentido la liberación. Por qué pegado a ella tan pronto se presentaba el agobio. Me levanté al teléfono en una sensación de manos que apartaban el aire para poder llegar con la sensación también de espacio invisible por mucho que esas manos apartaran.

Llamé a Muriel. La constancia la seguridad de que a partir ya las próximas conversaciones iban a quedarse grabadas.

Clara se iba alejada dejándome todo por delante con Muriel. Bastaba con depositar las malas sensaciones. Llevarlas a otra presencia para que desaparecieran. Las cosas estaban bien y nítidas por fin no ser engañado por el sentimiento de agobio ni de cobardía ni de que algo de Clara profundo se estaba yendo. No amaba a Clara. Estaba bien no haber pegado a Abel. No me importaba que Abel fuese a casa de Clara cuando era lógico que Clara no quisiera verme ni hablarme. Cada cual se va armando mientras la realidad le desconoce porque a esa realidad hay que ponerle siempre habitantes. Sólo dar el paso de una luz a otra de una manera de estar iluminado a otra. Bajo el foco nuevo uno sólo busca donde está la luz. Ya no vuelve adentro de lo que deja ni mira atrás.

–Tengo que verte ahora –tan sencillo como decirle eso a Muriel.

–¿Ahora mismo? Estoy estudiando.

–Quiero verte –poner las sensaciones malas bajo el otro charco de luz.

–Hemos quedado mañana. De verdad, nos vemos mañana.

–Qué es lo que tienes tan urgente, hay algo que sea tan urgente.

–La exposición para tu seminario. Acuérdate de que habíamos decidido que expusiera yo.

–Entonces, déjalo. Después de todo, es para mi seminario. Haré una exposición y tú podrás retrasarlo una semana.

–No lo entiendes. Ya he empezado, quiero hacerlo ahora.

–Es absurdo, Muriel. Es mi seminario y yo necesito verte ahora.

–Vamos a vernos mañana que es cuando hemos quedado.

–Es absurdo. Te estoy diciendo que necesito verte ahora. No puedes dejarme por mi seminario.

–No te estoy dejando, no digas cosas raras. Pero podrías entender lo que me importa a mí. Lo que estoy haciendo es muy importante para mí.

–Tal vez también hay algo importante que me está pasando a mí.

–Seguro que no te va a pasar nada hasta mañana. Seguro que es igual de importante que lo mío.

No podía quedarme en el salón de aquella casa de la que se había ido Abel a la casa de Clara. Ni pensar en leer ni pensar en nada allí dentro.

Estaba en la calle aunque ahora estaba en la calle quedaba por delante la ciudad como un mundo sin las señales del sitio al que iba. Quitadas de golpe a través de la noche instantes después de haber estado allí. Cuando entran en el aire las moléculas desmenuzadas que el ojo siente agolpadas pegándose a la visión boreal. Mientras el estómago y los pulmones se revuelven hacia esa visión. Lo boreal en los pies de plomo.

Entré en el Asturiano. Me acordaba en un túnel del perro de pelo duro y lo busqué casi con risa alrededor mientras pedía el coñac. Pensé llamaré a Clara ha sido extraña esa conversación. Pensé viendo los lamparones de los camareros esa suciedad que hacían de propia exhibición las caras manchadas sobre la barra el suelo de papeles las botellas con la pátina grasa vistas por la puerta abierta donde el perro de pelo duro se había parado hasta desaparecer más tarde del café de aquella mañana. Entonces estaba agarrado al teléfono verde llamando a Clara.

–No vuelvas a llamarme, por favor –dijo a lo lejos como si la empujara el fragor la barra lo manchado alrededor aunque también algo suyo la empujaba.

–Te pido que no me digas eso. Por favor, no me lo digas.

–Es mejor que no vuelvas a llamarme, Alejandro. Es mejor por ti y por los dos. No quiero decirte nada ni hacerte daño. No vuelvas a llamarme. Si me sigues llamando, todo será peor.

–No quieres que te llame por cómo te ha visto Abel.

–No sé qué estás diciendo. No te entiendo. Voy a colgar.

–No te gusta que Abel te haya visto como él dice que te ha

visto. No quieres que yo te vea y por eso no quieres hablarme. –Ya tienes lo que querías. Ya lo tienes. Ahora pórtate con un poco de gallardía y olvídame.

La palabra gallardía tan extraña sonando como tan extraño sonaba Clara alejándose. Era una palabra alejándose como cada vez que Clara me enseñaba algo. Esos momentos. Cuando salía me llamó el camarero porque el coñac había que pagarlo. Había pensado inmediatamente llamarla. Aunque no volver a llamarla allí desde allí. No enseguida. Para darme tiempo lo que haría simplemente sería ir a otro sitio puesto que mientras el trecho se alargaba se alargaba el tiempo necesario. Nada enseguida ni a continuación desde allí. Pagué pagando ante la mirada del camarero que debería de conocerme pero que en esa mirada realmente no me conocía de nunca me tranquilicé calculando que se alargaba el tiempo alargando el momento anterior a que empezara a alargarse el trecho. Mientras pagaba el coñac. Que hasta la próxima llamada hubiera algo que durase y que Clara supiera que no me había quedado mirando el teléfono verde hasta llamarla. Ella debería pensar mientras yo no debería correr mientras corría buscando otro teléfono.

Por ejemplo hubo pronto una calle con un parking una escalera una explanada sin bares. La calleja sin luces más dos hombres mirándose a un paso sin decir nada. Iba trotando. En la iglesia de pronto estaban las puertas cerradas así como en el terraplén siguiente los faroles teñían de más amarillo la arena. Unas fachadas de ladrillo metidas más tarde en un fondo oscuro. Pensé me he metido en un laberinto sin bares sin teléfonos. No estaba en ningún lugar sino en un laberinto seguro ya de que se iba pasando la hora de llamar. Quizá hubiera bastado con una cabina pero hubiera debido buscarla en la Glorieta es decir en otro sitio que no fuese un laberinto. Aunque creía haber decidido que no quería cabinas o que no me parecía posible hacer esa llamada desde una cabina es más vulnerable que un bar pueden pasarle más cosas puede estarse más solo después. Mientras se pasaba la hora de llamar de forma que mientras había alargado el tiempo había perdido todo mi tiempo. Entonces miré hacia atrás y el Asturiano se veía a cien metros. Apenas cien metros como para preguntarse cuánto era el tiempo de estar corriendo para mí. Con las puertas abiertas sobre los lamparones de las camisolas blancas de los camareros las caras manchadas las botellas con la pátina de grasa tal vez con el perro de pelo duro asomado en el umbral. Corrí. Corrí volví a entrar en el Asturiano. Un hombre colgaba sin prisa el teléfono verde para que yo pudiera decirme he tenido suerte y no es demasiado tarde todavía.

–Tienes miedo –dijo Clara cuando cogió el teléfono–. Crees que puedo quitarte tu trabajo o algo por el estilo. Quédate tranquilo. Intenta que te vaya bien con Artola. Está hecho a tu medida.

–Soy un buen profesor. Me lo han dicho –aunque sólo quería decirle que quería hablar con ella en absoluto del miedo a que ella pudiera romper mi contrato ni esas cosas por el estilo.

–Eso está todavía por demostrar. Pero está bien comenzar creyéndoselo uno mismo. Forma parte de la capacitación profesional.

–Yo soy un buen profesor y tú lo sabes. Siempre me has dicho que podía hacerlo bien. No tienes derecho a dudarlo ahora.

–Creo que has leído muchas solapas de libro y que le has sacado un gran rendimiento.

–¿Qué quiere decir solapas?

–No me digas que no sabes qué es una solapa.

–Lo sé.

–Pues has leído solapas, Alejandro. Yo estaba dispuesta a ver cualquier cosa.

–Me dijiste que era el alumno más inteligente que habías tenido.

–Nunca dije cosa semejante.

–Qué quieres decir. Si tú me lo dijiste..., ahora quieres negarlo todo. Ahora quieres dejarme sin nada. Y también sin lo que me dijiste.

–Tienes lo que te mereces y lo que has buscado. No te quejes tanto. Creo que no es mucho pedir que me dejes en paz.

–Me hablas así porque Abel ha llegado y está escuchando.

–No tengo que soportar tu locura. Ya no tengo que hacerlo. Me parece increíble que lo haya hecho alguna vez.

–Porque Abel te ha visto y ahora quieres que te vea de otra manera.

–Abel no está aquí. Quédate tranquilo.

–¿Tengo que estar tranquilo porque Abel no está en tu casa, no está contigo? Comprendo.

–Tú no comprendes nada. Ya te he dicho que Abel no está aquí. No volveré a coger el teléfono.

Entonces era eso sólo quería quitármelo todo junto a lo que me había dado. De pronto había dado demasiado cuando yo apenas acababa de irme con una muchacha de mi edad de la edad que ella no tenía como era esperable. ¿No podía haberlo esperado o sabido? Yo no había hecho nada que ella no hubiera podido esperar desde que le dije por primera vez que no la amaba. Nada de lo que pasaba hubiera pasado debería cogerla por sorpresa. Mentía nada más mentía para quitarme lo que yo hubiera conseguido lo que yo solo habría conseguido aun estando con ella.

Colgué el teléfono golpeando. Golpeé. No importaba porque podía llamar a Muriel. Bastaba ahora con decir que tenía algo que contarle ya sin ningún temor a que se enterase. Ella comprendería de la misma forma en que se comprende sin escapatoria cuando se ha decidido encerradamente estar con alguien como ella había decidido estar conmigo. Conocía a sus padres ella misma me había llevado a su casa además de que todavía estábamos a tiempo de irnos a Benicasim demasiadas cosas para que ella se negase a entenderlo. Había estado con Clara hacía tiempo y ahora Clara quería vengarse. Era la verdad con la que Muriel vendría. Porque necesitaba que viniese sólo que estuviera allí conmigo sólo que se quedase un rato apagando lo que tenía que apagarse si había que seguir viviendo al día siguiente. Sólo para vivir ella tendría que quedarse un poco de tiempo. Cuando Clara se estaba vengando para quitármelo todo.

–Puedes contármelo mañana –dijo Muriel.

–Ahora. Es ahora.

–No estoy dispuesta a que tú también pienses que nada de lo mío es importante, como mi padre, como toda la gente.

–Es importante. Conmigo es diferente, te lo prometo. Pero te necesito, te necesito mucho ahora. Te lo ruego, Muriel, ven aunque sólo sea una hora.

–No puede pasarte nada. Me estás confundiendo, Alejandro. No me imaginaba esto. Tengo que ir una hora porque tú lo dices. Pensaba que eras de otra manera. De verdad, estoy confundida.

–Sólo quería decirte que te necesito, no te enfades.

–No sé, de verdad, no sé qué me estás diciendo.

–Que te necesitaba ahora. Que tenía algo que contarte.

–Mañana –dijo cansada o fríamente.

Empecé a caminar. Quise acordarme de cosas. Tal vez los

barcos Mérida mi padre. Sólo me puse a recordar a Regina. No había que recordar nada de lo que nunca había recordado. Pero pensaba acordándome de Regina mientras iba en la dirección contraria de la Glorieta. Allí en Cuatro Caminos se abrían las avenidas. Daba lo mismo ir en esa dirección siempre que supiese que Regina estaba cerca. Siempre podía pensar en Regina. Nunca había recordado. Yo no tenía recuerdos mientras me despertaba por las noches y Regina me contaba sus cuentos de canción de cuna. Eran pesadillas en lugar de recuerdos. Si no hay que volver no hay que recordar. Salí a la Glorieta. Comencé a pasear y tantas avenidas en tantas direcciones. Había gente. El aire se desmenuzaba entre moléculas negras y blancas que formaban el negro. Sentía el aire más vivo que nunca. Extraño tan nítido y amplio. Igual que si realmente lo estuviera respirando sin la sensación de que se quedaba en la piel igual que atravesado y sin pasar. Había gente. Los televisores del almacén estaban encendidos. Gente bajo ese aire o apartándolo para ir de un sitio oscuro a otro. Quizá tenía prisa así que iba cruzando pasos de peatones también iban quedando atrás cosas que volvían en un circuito. Daba vueltas en lo circular ni tenía que dirigirme por ninguna de las avenidas. Entré en una cabina del trayecto porque después de la llamada podía seguir a pesar de que era tan trasparente y cruzada de rayos como una interrupción o una trampa. Podría seguir con la mirada mientras el teléfono se clavaba en el oído como una aguja de voz estática tiesa con la mirada en la trasparencia los pasos los cruces siguientes de la Glorieta.

–Estás con Abel –le dije a Clara– porque crees que Abel puede defenderte. Crees que yo no he podido defenderte como el día del camarero en El Pardo. Ya estás con Abel y tienes a alguien que te defienda. Pero tú nunca me enseñaste. Tú me escondiste. Crees que Abel te defiende y que no le importará ser escondido.

Lo dije deprisa como si lo estuviera dejando en algún lugar depositado a pesar de que ella no estaba escuchando. Me pareció que tenía que decirlo que de todas formas lo había dicho. Pensaba que me quedaba Regina mientras continuaba las vueltas a la Glorieta. Pero si yo te amo Clara y no lo has entendido.

AGRADECIMIENTOS

En rigor, una novela debiera agradecerse a aquellos con los que se ha vivido mientras se ha escrito. Pero si se quiere practicar una saludable distancia entre las novelas y la vida, más vale agradecerle la vida a aquellos con quienes la compartimos y agradecer las novelas a otros corazones más especializados (lo que no obsta para que al mismo tiempo se comparta lo demás).

Silvia Valero es una experta en quitar obstáculos de los caminos, limar asperezas y empujar. Si en estos ofuscados años que ha durado la redacción del libro, ella no hubiera estado por aquí, me temo que ahora no estaría escribiendo esta nota, sino reflexionando sobre la inexpugnabilidad de cualquier cosa que me pusieran delante. Una amiga.

Lluís Llach intervino en un momento crítico. La novela parecía inacabable –en tanto mis fuerzas y mi carácter parecían ya acabados– cuando ofreció su casa de Parlavà para una larga temporada veraniega. Él se limitó a desaparecer y yo a ocupar con enseres y familia una hermosa masía de L'Empordà. Allí concluyó la primera redacción de la cosa. Y sin tramontana. No he conseguido que me dejara agradecérselo.

Con Mikel Insúa he llevado a cabo la época más rigurosa de mi vida. La disciplina y la concentración de Mikel han tenido mucho que ver con el tramo definitivo de la novela. Le agradezco especialmente su forma de pasear por este mundo.

Ana Basualdo se tragó el primer manuscrito y, buena conocedora de la histeria del creador, emitió su veredicto en cuarenta y ocho horas. Ella no sabe el peso que me quitó de encima, pero sí sabe que es una de las pocas personas que podía quitármelo.

Constantino Bértolo, José María Guelbenzu y Rafael Conte

contestaron todas mis preguntas sobre una época de la Historia de España que hemos vivido muchos y de la que seguimos sin saber demasiado. La novela se ha aprovechado de lo que sabían.